U0022798

望道與旅程

——中西詩學的幻象與跨越

Chasing The Dao and Planetary Poetics

米家路 著

謹以此書獻給我最親愛的家人

內子盧丹

愛女米顆

愛子米稻

【推薦語】

樂黛雲　（北京大學比較文學著名教授，國際比較文學協會前副主席）

米家路這部文集的確是一部跨文化性，跨文類性與跨學科性的翺翔力作，既體現了作者的宏大視野，又有細緻入微，富有灼見的文本解析。作者筆調生動，論述新穎獨特，且富有深切的人文關懷，值得推薦給每一位對中西方文化研究有興趣的讀者來仔細閱讀。

劉再復　（中國當代著名人文學者、思想家、文學家）

米家路所著的《望道與旅程：中西詩學的幻象與跨越》、《望道與旅程：中西詩學的迷幻與幽靈》正是我期待的詩學，其詩學主題，詩識詩心，其涵蓋的詩歌及相關的藝術、文學、文化內涵等均出於我的意料之外。他的詩歌視野深厚寬廣，論述紮紮實實、抓住了現代詩人的大苦悶和他們展示的詩意夢想，從而道破了中西現代主義詩歌的主題變奏，的確是一部非凡價值的詩學著作，讓我們讀後，不能不讚嘆，不能不讚美！

米家路的巨著跨越了詩與哲學，文學與文化的界限，打通了詩歌批判與文化批判的血脈，使米氏詩學更為豐富也更為博大，抵達了一般詩論者難以抵達的哲學高度。在米氏詩學中，詩與哲學相互輝映，詩人與哲人異調同聲，二者構成異常精彩的共鳴與交響。米家路不是去建構一個詩與哲學同一邏輯的詩學體系，而是散播啟迪性的真理。這種闡釋真理的散發性篇章，比體系性的結構更能明心見性。

楊小濱　（中央研究院中國文哲研究所研究員，著名詩人，評論家）

米家路教授的這本論文集視野廣闊，述及的話題涵蓋古今中外各類文化領域，令人目不暇接，大開眼界。身在北美的學院，回望東方文明，米家路在東西方文化撞擊的各個瞬間敏銳地抓住並挖掘出具有啟示性的觀點，極大地挑戰了讀者的感性想像與理性思考。

序「秀威文哲叢書」

自秦漢以來，與世界接觸最緊密、聯繫最頻繁的中國學術非當下莫屬，這是全球化與現代性語境下的必然選擇，也是學術史界的共識。一批優秀的中國學人不斷在世界學界發出自己的聲音，促進了世界學術的發展與變革。就這些從理論話語、實證研究與歷史典籍出發的學術成果而言，一方面反映了當代中國學人對於先前中國學術思想與方法的繼承與發展，既是對「五四」以來學術傳統的精神賡續，也是對傳統中國學術的批判吸收；另一方面則反映了當代中國學人借鑒、參與世界學術建設的努力。因此，我們既要正視海外學術給當代中國學界的壓力，也必須認可其為當代中國學人所賦予的靈感。

這裡所說的「當代中國學人」，既包括居住於中國大陸的學者，也包括臺灣、香港的學人，更包括客居海外的華裔學者。他們的共同性在於：從未放棄對中國問題的關注，並致力於提升華人（或漢語）學術研究的層次。他們既有開闊的西學視野，亦有扎實的國學基礎。這種承前啟後的時代共性，為當代中國學術的發展提供了堅實的動力。

「秀威文哲叢書」反映了一批最優秀的當代中國學人在文化、哲學層面的重要思考與艱辛探索，反映了大變革時期當代中國學人的歷史責任感與文化選擇。其中既有前輩學者的皓首之作，也有學界新人的新銳之筆。作為主編，我熱情地向世界各地關心中國學術尤其是中國人文與社會科學發展的人士推薦這些著述。儘管這套書的出版只是一個初步的嘗試，但我相信，它必然會成為展示當代中國學術的一個不可或缺的視窗。

韓晗

2013年秋於中國科學院

導讀

劉再復

50年前上學期間，就讀了亞里斯多德的《詩學》這部產生於西元前335年的名著。從那時候起，我就期待能閱讀到中國學者用方塊字寫成的一部「詩學」，尤其是現代詩學。後來我讀到了朱光潛先生的《詩論》，錢鍾書先生的《談藝錄》，還讀了他們之前的許多中國詩話、詞話等，但仍然期待一部涵蓋古今中外詩歌風貌、具有廣闊視野的現代詩學著作，讀後可瞭解現代詩歌的詩核詩心，又能瞭解現代詩歌基調的史論皆宜的著作。這種期待持續了五、六十年，直到去年（二〇一六）秋天，我來到香港科技大學人文學部和高等研究院，才從劍梅那裡發現米家路所著的《望道與旅程：中西詩學的幻象與跨越》、《望道與旅程：中西詩學的迷幻與幽靈》。它正是我期待的詩學，其詩學主題，詩識詩心，其涵蓋的詩歌及相關的藝術、文學、文化內涵等均出於我的意料之外，我用近5個月業餘時間不斷閱讀，每讀一章，都被啟迪。米家路是劍梅的北大學長，劍梅把我的讚美告訴遠在北美的米家路，他竟然要我為他的這部集子作序，我開始覺得此著作分量太重，密度非常，難以說清其成就，於是猶豫了，後來則擔心功利的世界（包括人文世界）會忽略這部紮紮實實、確有非凡價值的詩學著作，所以就提筆寫下一些感想。

（一）

亞里斯多德的《詩學》，企圖界定文學的第一門類詩歌，即給詩歌下定義。他和柏拉圖一樣，認定詩歌與音樂、舞蹈、繪畫和雕塑，皆以「模仿」為創作原則，彼此的區別只在於模仿的手段、對象、方式不同。悲劇旨在模仿好人，而喜劇則旨在模仿壞人。我們能讀到的《詩學》第一卷，論說的是悲劇與史詩，而第二卷（論述喜劇）並不完整。兩千多年過去了，我們今天再讀亞里斯多德的《詩學》，總覺得它的文心（「模仿」說）已不能充分說明詩歌。古希臘產生的詩學經典畢竟離我們太遠。米家路巨著的詩歌視野顯然比亞里斯多德深廣精彩得多。米著全書分為四卷，既涉獵詩歌，也涉獵小說、散文、電影、繪畫和大文化思索。[1]但詩論是它的出發點也是它的興奮點和歸宿點。四卷中的卷一，題為《詩鄉——放逐與還鄉》；卷二為《詩遊記——詩眼東張西望》。有這兩卷墊底，全書主脈、主題、主旨便格外分明。尤其是第一卷，它道破了中西現代主義詩歌的主題乃是「放逐與還鄉」。這一主題擊中要害，可謂「明心見性」，即明詩心，見詩性。關於「還鄉」，米家路說得很清楚：

> 現代詩人所「還」的「鄉」絕不僅僅意指一個與之相對應的鄉村的回返。本文中的「鄉」的意思還包括自然本身（自然之物，本樣本原世界等）和精神本體世界（即終極性，真善美的「家園」）。後者是前者得以神聖化移情的根據；前者是後者得以顯現的媒介（mediation）。也就是說，詩人是在對都市化進行否決之後所發出的對鄉村，始原世界和精神家園的「還鄉」行為。現代詩人為何要否棄一向被視為文明，創新，自由，現代性和「社會進步無可爭家園」的都市呢？難道大都市的發展真違反了人生命自然形態的內在合理和內在需求嗎？事實上，一種令人困惑的悖論是：一方面，人們對工業化，都市化的快速發展所帶來的物質進步與生活條件的改善感到歡欣鼓舞，而另一方面，他們卻總感到絕望，憂鬱，不適，壓抑，恐懼，沮喪，空虛和焦慮；一方面他們生活在由鋼鐵，混凝土和玻璃所構造起來的全封閉式的高樓大廈裡身感安全，但另一方面，他們總存有一種無家可歸，無處安心的失落感。何以如此？現代人為何這樣矛盾重重？要解答此一惑人的問題，我們必須對都市現代人生存的心理狀態，勞動方式以及終極關懷問題進行考察以診斷出現代人在資本主義社會中的精神症狀。

米家路的整部詩學論著，可視為「放逐」與「還鄉」的主題變奏。「放逐」與「還鄉」都是隱喻性極為豐富的關鍵性範疇。所謂「放逐」，有被迫放逐，有自我放逐，有政治放逐，有社會放逐。米家路講述的是美學放逐，也可以說是詩情放逐。詩人棲居的家園被現代化的潮流吞沒了，詩人的本己存在被潮流卷走了，世界被異化，被物化，被僵化與被機

---

[1] 編按：米家路原全書分為四卷，今因篇幅考量，將原書卷一〈詩．想．鄉：放逐與還鄉〉與卷二〈詩遊記：詩眼東張西望〉合為《望道與旅程：中西詩學的幻象與跨越》；原書卷三〈幽靈性邏輯：詭異的異托邦想像〉與卷四〈迷幻凝視：虛擬的後人類想像〉合為《望道與旅程：中西詩學的迷幻與幽靈》。

器化，詩人無家可歸，真人無可逃遁，唯一可以「自救」的道路便是「還鄉」，即回到本真的村莊，本真的土地，本真的存在，本真的自我。米家路發現，一切現代優秀詩人，都是渴望擺脫異化、渴望擺脫物化的詩人，也都是渴望還鄉的詩人。還鄉，意味著人性的複歸，也意味著詩性的複歸。所有傑出的詩人，都天然地加入了「還鄉」的偉大行列。米家路用「放逐」與「還鄉」這個隱喻，極為精當地描述了現當代詩人即工業化、現代化之後的詩人所處的真實困境和他們企圖走出困境的精神狀態。這個大隱喻，形象，凝練，深邃，準確。它高度概說了現代詩人的基本狀態，也為米氏現代詩學找到了精神基點。

現代詩人，早已無從模仿。既無法模仿自然，因為整個世界已經疏離大自然；也無法模仿現實，因為人類的現實生活已經完全偽形化。清醒的詩人作家只能「反思」生活（不是「反映生活」）。整個世界已變成機器場與大商場，有山賣山，有水賣水，有肉賣肉，有靈賣靈。物質愈來愈膨脹，精神愈來愈萎縮，也離詩歌愈來愈遠。詩人們過去發現，詩與政治帝國對立，二者無法相容；現在又發現詩與經濟帝國對立，同樣無法相容。市場繁榮昌盛，但人們的神經全被金錢抓住。財富的邏輯統治一切。世俗社會所追求的高樓大廈，給詩人們形成巨大的壓迫，也造成美的頹敗和詩的失落。但是，正是這些詩人們最先發現這種頹敗與失落，於是他們抗議，抗爭，掙扎，用詩歌向世界也向自己發出天籟的呼喚，這就是「還鄉」，返回原初的精神故鄉。他們的詩，已不是對現實的模仿，而是對現實的抗爭。他們身無寸鐵，唯一抗爭手段就是歌唱，唯一的存在價值就是詩本身，於是，他們發出點叩問；我們何時存在。叩問之後，他們的回答是「歌唱即存在」。他們歌唱，歌唱「還鄉」；他們沉吟，沉吟「還鄉」；唯有歌唱，唯有寫作，他們才能免於沉淪，才能免於與被異化的社會潮流同歸於盡。他們說，「歌唱即存在」，唯有歌唱，才能自救，才能回到大地與鄉村之中，才能把心靈重新安放在自由的空間之中。他們的還鄉——返向本真角色，簡直是一場偉大的抒情戰役：一場烏托邦的詩意實踐，一場與通靈者、朝聖者、煉丹士的偉大相逢，一場展望「頹敗田園夢」的自我拯救。

米家路全書的開篇之作寫於1991年，離現在已有二十五年。那時他還是北京大學比較文學所的學生，在其老師樂黛雲教授指導下思索。也就是說，在二十五年前，米家路就為他的詩學奠定了堅實的基石。二十五年來，他到西方深造，擴大了視野，深化了學問。在西方的處於飽和狀態的「現代化」環境中，他更深地感受到物質潮流對詩的壓迫，也更深地闡發了青年時代發現的詩心與文心，二、三十年如一日，他不斷奮鬥不斷積累，終於抓住現代詩人的大苦悶和他們展示的詩意夢想，讓我們讀後，不能不讚嘆，不能不讚美！

（二）

米家路的詩學，既道破了現代詩歌主題，也描述了現代詩歌主體——詩人本身。詩人作為「人」，在現代社會中被消解了。人失去了自己，失去了人的尊嚴與人的驕傲，失去了「人的完整性」。詩的困境背後是人的困境，詩的問題背後是人的問題。米家路用大量的篇幅描述人在工業化、現代化後「喪失自身」的巨大現象，也引出現代傑出詩人何以那麼多的失落感、空無感、空漠感與無家可歸感，米家路說：

> 物化異化的結果就造成了現代人的普遍自我喪失，人格分裂，人自身的陌生感，精神被壓抑以及孤獨、絕望、憂鬱、厭倦、恐懼、沮喪、空虛與焦慮等精神症狀，加之因終極價值的失落和土地的分離而導致西方人靈魂的無根無依，無家可歸的漂泊流浪感就毫不留情地把現代西方逼到了危機的邊緣和絕望的深淵。

米家路在講述這段話之前還說，

> ……現代人的靈魂隨波浮逐，無依無靠，因而就產生了無家可歸的虛無感。這是人與宇宙相離後的結果。人在失去了宗教信仰以後便把整個命運都押在了僅作為認識工具或方法的理性之上了，似乎只依靠這萬能的工具性理性就可以征服，盤剝，奴役和佔有大自然。但是，其結果不僅取消了自然本身存在權利的主體——「一個應當共處與人性宇宙中的主體」而且還造成了對自然的破壞，污染，生態失衡等毀滅性的惡果。在馬爾庫塞看來，「商業化了的自然，污染了的自然，軍事化了的自然，不僅在生態學意義上，而且在實存本身的意義上，切斷了人的生命氛圍，剝奪了人與自然的合一，使他成為自然界的異化體。不僅如此，這些空氣和水的污染，噪音，工商業對空曠寧靜的自然空間的侵害，都反過來成了奴役和壓迫人的物質力量。人本與大自然合為一體，相親相和相融的，但都市化卻使人不但脫離是其自身根基與誕生地的土地，而且還演化為大自

> 然的對立面，人從此使成了一個無對象性的孤獨的自我。他第一次發現自己孤身一人暴露在廣袤而漠然的荒野上無根無依，無任何東西前來保護他，猶如一個畸形的胎兒，「退化為最恐怖，最不可名狀的孤獨的自我」。在人遠離上帝又斬斷了他與土地的根系之後，他是作為怎樣一個人生活在大都市之中的呢？

由於人類世界已經產生了巨大的裂變，因此，現代詩人必須充分意識到這種裂變並成為先知先覺者，為還鄉詩人設定的一個尺度和前提條件。也是米氏現代詩學的另一個思想重心。他說：

> 首先，當我們說一個詩人是一位還鄉詩人時，他本人必須是一位覺醒者。即是說，他已意識到了世人的沉淪與墮落，意識到了人的非本真的生活，意識到了因神的隱遁與人們對土地的背棄從而在人心中產生的無家可歸感，無居感與虛空感。最重要的是，他必須洞察到沉淪的世人對家鄉田園的遺忘所鑄成的時代匱乏和時代黑暗。不僅如此，作為一位掌燈引路的還鄉詩人，他還必須覯悉到沉淪的世人在掙扎的耗盡中對家鄉田園的渴念以及傾聽到家鄉田園的焦切召喚。毫無疑問，還鄉詩人同時也必須是一位秉具現代意識的人，但他是這樣一位「現代人」。在容格（Carl Jung）看來，「現代人」（Modern man）應該是覺醒程度最高的人，「他必澈底地感知到作為一個人的存在性……他是唯一發現隨波逐流之生活方式為太無聊的人」。他生活在現代人之中，但他始終站在世界最邊緣，經常「抽打其肉體以便在它遭放逐之前夕使它重新蘇醒」。
>
> 其次，作為一位還鄉詩人，他必須是一名探險者。我們須從兩重意義上去理解「探險者」一詞的含義。其一，在佛洛伊德看來，文明的過程就是人被壓抑的過程，而無壓抑則屬於潛意識的，前歷史的，甚至前人類的過去的東西，屬於原始的生物過程和心理過程的東西。因此，非壓抑性現實原則的思想就是一個回歸問題，對過去的回歸也就是對未來的解放。然而，工業文明的力量與進步則控制了這種向非壓抑物的回歸，結果，人的潛意識全是淤積的文明的禁忌史與隱蔽史。這些隱藏在人的內心深處的禁忌史與隱蔽史反過來又控制著人，這也是現代人被異化的一個重要原因之一。而作為一位冒險者的還鄉詩人就必須潛入現代人的內心深處，洞悉其祕

> 密，調節個體與群體，欲望與實現，幸福與理想之間的對應，使其症狀得以醫治於補救，恢復其精神平衡，從而設定一個非壓抑性的沒有異化的新的生存方式。

米氏詩學要求詩人必須是覺醒者的理由，說的似乎是現在，但他又往前追溯到一千多年前和兩千多年前。中國的晉代，早就出現了陶淵明這位偉大的田園詩人。他早已唱出「田園將蕪胡不歸」。米家路還發現，在二千多年前的西方古希臘，即在西元前316-260年，就產生田園詩人泰俄克里托斯，之後，在古羅馬又產生了維吉爾這位也呼喚田園的偉大詩人。他們全都發現城鄉的分裂所造成的人類生命的撕裂，上帝將對城市進行末日審判。兩千多年過去了。在二十世紀，中國還產生了頹廢田園詩，米家路以專門一章的篇幅，描述和評價了李金髮，給這位被世人所誤解的「頹廢詩人」重新命名，充分論證他的樂園圖景與「殘酷的心理幻象」，他不是「頹廢」，而是預感到人類生活裂變帶來的生命刺痛，所以他把詩當作自己的精神逃路和自我設置的烏托邦。無論是波德賴爾的家園幻象，還是蘭波的新世界幻象，無論是里克爾的後家園幻象還是李金髮的樂園幻象，都反映了現代詩人的內心焦慮和自我重塑的渴望，都是自我烏托邦的不同呈現形式。

米家路的視野投向西方田園詩人的時候，寫出了「淺論英美意象派詩歌」、「詩，現代文化精神的救護者」、「城市、鄉村與西方的田園詩——對一種人類現象語境的『考古學』描述」。既用心又用力，真把詩人的先覺性與先知性描寫出來了。在把視野投向西方的時候，他的另一隻眼睛沒有放棄東方，他丟開一切是非、道德法庭，只用審美眼睛面對二十世紀中國的新詩，於是，他又寫了《張狂與造化的身體：自我模塑與中國現代性——郭沫若〈天狗〉再解讀》、《論黃翔詩歌中的聲音，口頭性與肉身性》、《河流抒情，史詩焦慮與八十年代水緣詩學》，連《論《河殤》中的媒介政體，虛擬公民身分與視像邏格斯》也描述進去，讓人更信服。米氏詩論擯棄一切政治意識形態，只留下審美，建構的是純粹的詩學。

米家路對詩人主體的評述與對詩歌主題的評述在邏輯上是完全一致的，二者一體難分，我在此文中加以區分只是為了敘述的方便。本人在評說希臘史詩時曾說，荷馬所著的《伊利亞特》與《奧德賽》，實際上概說了人生的兩大經驗，一是出發與出征；二是回家與回歸。米家路所描述現代詩人之路，其重心不是出發與出征，而是回歸與複歸，即重在奧德賽之路，因此，他描述的仍是詩人的「反向努力」，即不是向前去開拓、去發展、去爭取，而是向後的複歸嬰兒，複歸質樸和複歸於本真家園與本真角色。米家路所把握的詩人心靈邏輯和詩人精神道路，既準確又深刻。《望道與旅程：中西詩學的迷幻與幽靈》卷一《幽靈性邏輯，詭異的異邦想像》包括下列重要文章：《奇幻體的盲知：卡夫卡與博爾赫斯對中國的迷宮敘事》、《從海景到山景：環球意識，帝國想像與景觀權力政治》、《消費西藏：帝國浪漫與神聖高原的奇觀凝視》、《達摩異托邦》這些論文初讀時令人畏懼，細讀後則讓我們對異化現象又產生新的聯想。

讀進去之後，方知這是在更深邃的層面上書寫詩人的反向努力。達摩面壁九年，彷彿時間停滯了，身體沒有前行，實際上，禪宗祖師在作反向修煉，他揚棄了城市的塵土，繁華的糟粕，心靈的灰塵，重新贏得身心的完整，恢復本真，恢復了禪的純粹。詩人也如達摩，他們在還鄉的路上，需要揚棄身心的塵土與飛煙，需要恢復質樸的內心，需要從迷宮中返回原先的質樸和靈魂的生長的。米家路在描述現代詩人們的掙扎與反抗時，特別注意到里克爾的口號：「誰言勝利，挺住便意味著一切」。在現代化的大潮流中，詩人需要「挺住」，不做潮流中人，只作潮流外人。挺住，不被物質潮流卷走，便是勝利。一是「挺住」，一是「回歸」，米家路的《詩學》給詩人們指明的自救之路既簡單又明瞭。

（三）

米家路的巨著用很大的篇幅進行哲學式的文化批判。既評介此時席捲西方課堂的「西方馬克思主義」馬爾庫塞、福柯、本雅明等思想家的文化哲學。還朝前講述了海德格爾等，這一切似乎與現代詩學無關。然而，仔細閱讀之後，就可發現，米家路正在打通詩與哲學，文學與文化。原來，現代詩人們與現代思想家們殊途同歸。他們都發現了世界被異化與物化的大現象，也都發現人（自我）在繁華世界中的沉淪，只不過是他們使用不同的形式和語言進行抗爭而已。讀了米家路關於文化批判的文章，我們便會從更高的精神層面上去理解現代詩人的詩情努力和他們對抗異化的歌唱。毫無疑問，米家路做了一般詩評家難以企及的工作，抵達一般詩論者難以抵達的哲學高度。

打通了詩歌批判與文化批判的血脈，使米氏詩學更為豐富也更為博大。讀了米家路的哲學講述，讓人信服地明白，原來，世上的一群先覺者，詩人與哲人本來都是「還鄉」的同路人，都充斥著無家可歸感與對家園的遺忘感。這些詩人與哲人使用的語言不同，但都在表明「我們全被異化了」，「物化了」，我們已經不是本真的自己。表面上追逐文明，實際上在被放逐，在朝著荒疏的方向滑落。讀米家路的書，開端覺得奇怪，這位詩學家怎麼也談西方馬克思主義諸子，怎麼也熱衷本雅明、馬爾庫塞、阿多諾等「法蘭克福」學派，原來，他們都是現代文明的覺醒者與質疑者，他們的內心都蒙受壓抑並且都渴望擺脫城市與機器的控制，米家路發現，在所有的覺醒者中間，詩人是第一覺醒者，是「先知」。是詩人們用敏銳的感覺率先發現人類正在用自己製造的一切反過來壓迫自己和主宰自己。所有傑出的詩人都是還鄉的詩人，都是最先反抗異化的詩人。正是這些詩人最先潛入現代人的內心深處，洞悉其祕密，並用詩企圖調節個體與群體、欲望與實現、幸福與理想之間的對應，使其現代症得以補救，設定一種非壓抑的沒有異化的新生活方式，即新的烏托邦。正如波特賴爾所言：跳過未知之國的深處去捕獵新奇。即跳過絕望去尋找希望。

米家路詩學中既有卡萊爾、海德歌爾、柏格森與休漠等，也有惠特曼、席勒、艾略特、波德賴爾、蘭坡、龐德、奧登、里爾克、李金髮、穆木天、郭沫若、海子、黃翔、顧城等，哲學與詩融為一冊。於是，米氏詩學，不僅讓人聯想起柏拉圖。在柏拉圖的「理想國」裡，哲學為王，詩歌為末。不僅是「末」，甚至被驅逐出「理想國」。詩與哲學不可調和，因此，柏拉圖只能擁有哲學，卻未能擁有詩學。而米家路二者相容，並發現二者共同的詩意，這就是對「異化」和「心為物役」的拒絕。正因為如此，米家路對「法蘭克福學派」諸思想家的闡釋也別開生面，擊中要津。於是，在米氏詩學中，詩與哲學相互輝映，詩人與哲人異調同聲，二者構成異常精彩的共鳴與交響。在米家路的歷史描述中，執行「文化批判」的哲學家們是還鄉的「嚮導」，而執行詩歌批判的詩人們也是嚮導，他們都是先知型的嚮導與掌燈人。按照以往的思維慣性，有些讀者可能會要求米家路建構一個詩與哲學同一邏輯的詩學體系。其實這樣做只能束縛全書的主題變奏。米家路的詩學闡發的重心不是實在性真理（科學），而是啟迪性的真理。這種闡釋真理的散發性篇章，比體系性的結構更能明心見性，只不過是需要讀者善於進行聯想性閱讀。米家路本人未必能意識到自己的詩學意義及其貢獻，這些意義與貢獻還是得讓有識的讀者逐步發現，我的這篇序文，肯定只是粗略的開端而已。

二〇一七年一月九日
於香港清水灣

目　次

卷二　詩遊記　詩眼東張西望

卷一

詩・想・鄉

放逐與還鄉

第一章　放逐，還鄉與自我烏托邦[1]
——論現代主義詩人的家園意識

從夢中的鄉村返回，
你的信仰終身不滅。
——狄蘭・湯瑪斯

當我們把「還鄉」母題拈出來加以討論時，我們便冒了很大的風險。風險之一便是「還鄉」二字在語義上可能產生的疑惑性／含混性；風險之二便是「還鄉」二字在歷史經驗上可能產生的誤讀導向／閱讀成見。然而，儘管如此，我仍願意知難而進，鋌而走險。這樣，在寫作時我們就不得不細心謹慎又謹慎了，並在進入討論之前就需要對還鄉概念，還鄉主體和家園意識進行理論設限與解釋。

一、還鄉，還鄉詩人與家園意識

何為還鄉？為何現代詩人要發出「還鄉」的召喚？他是否是對這個沉淪世界的大徹大悟者？莫非他就是那個再次來臨的先知抑或是一個徹頭徹尾的瘋子？顯而易見，「還鄉」的字面意思不言自明，其通常的意思是，人在遠離了其故鄉，家鄉以及誕生地之後所發出的回家，歸返行為。回家唯一的前提一定是回家者在離家遠行之後的成行。他之所以要回家或還鄉，那也必定是家鄉或故鄉有某種神祕的東西在召喚著他，亦即他是被家鄉召回的。既然他是被家鄉召回的，那必定是回家者在離開家鄉之後尚未找到一個新的居處，而一直處於無家可歸，無家可棲的虛空狀態之中；也就是說，這位還鄉者一直過著一種不自由和空虛的懸淵生活；進一步說，這位還鄉者便一直在一種非庇護性與非人性的身不由己的狀態中，漂泊著又流浪著，一定飽受了無家喪家之後的萬般痛楚，而這萬般痛楚也必定包括了他對新居所作的漫長而堅韌不拔的尋找和探覓之苦。然而，幸好他「曾經」有一個「家」，不然，他就無處可還，甚至連「還鄉」二字也無從談起。所謂還鄉，就其在文學美學中的意義來講，就是返回一個居於

---

[1] 卷一《放逐與還鄉》寫於1991年北京大學比較文學所。感謝恩師樂黛雲的批評建議與悉心指導。

天空與大地之間，人所生於其中並養於其中的最本己最親熱的時空之地。「故鄉意味著不可更改的出生之地，意味著根」，[2]「它本是不可還原，不可向經驗世界求證的」不可重複，不可替代，只有一次的感性生命自身。[3]在文學本體意義上，鄉村，故鄉，田園，土地，家園，根基暗含著互相感應契合的本體性品質。而還鄉，懷鄉，鄉愁，回家，尋根以及求真這些行為性片語也大都是詞異而義同。難怪返回故鄉是「一種不言而喻的動機，一種無須論證的前提」。[4]正如海德格爾所說，「一切詩人都應是還鄉詩人」。[5]

在此，我們應從兩種意義上去理解這句話所內含的意思。其一層面的意義是，一切詩人都是還鄉的，是因為「田園將蕪胡不歸」在呼喚著詩人還鄉去看護照管。「家啊，親人呀／何其生疏的東西啊！」（紀弦《脫襪吟》）。由於現代人對土地的背棄和對土地的暴掠已使原為人根基性的土地橫遭毀壞，使原為人最本己的田園已成為最異己之物。現代人這種對土地的遺忘性生疏感與土地本身遭破壞性掠奪後的荒蕪感在迫使現代詩人還鄉，以擔當起土地保管員和看護人的天職，把深受科學理性掠奪中的土地解放出來，恢復其作為人最親和的家園的原本面目。其二層面的意義是，一切詩人都是還鄉的，是因為人在脫離土地家園之後在最異己的都市中找不到一個新家園所產生的對虛空的恐懼，正如海德格爾所說，「一旦我們空虛地忙碌著，我們日常本真的親熟性就會被破壞的恐懼」。[6]也就是說，人一旦與土地分離，他不但找不到最本己的新家，而且連他原為自己所有的本原，根基與本性也會一同喪失殆盡。這種歸去「樓空」，不歸則是懸空的「忘本」焦慮在逼迫詩人踏上還鄉之途。里爾克唱道：「離開村莊而漂泊在外的人／終將暴死在路上」（《村莊》），因為「這是世界上最後一座房屋」，誰此刻離開它，誰就不能再建造，誰就會永遠孤獨。然而，現代人離家久矣，他已被完全肢解，物化，固化在珊格化的都市空間之中，身不由己，感覺麻木，心如死灰。回家，歸途在何處？現代人已迷失在由鋼鐵，街道，煙囪和玻璃所組成的城市槽模之中，已失去了回家還鄉的道路，他需要一位引他重返久已喪失的家鄉的嚮導，以便帶引他踏上歸

2　南帆：《文學：城市與鄉村》，《上海文論》1990 年，第四期，第 3 頁。

3　趙園：《回歸與漂泊》，《文藝研究》1989 年，第四期，第 62 頁。

4　同上南帆。

5　轉引至趙越勝：《土地的歌唱》，《讀書》1988 年，第九期，第 54 頁。

6　喬治 • 斯坦納：《海德格爾》（長沙：湖南人民出版社，1988 年），第 135 頁。

鄉的正途。

無可爭辯的理由是，這位引導現代人「走出」城市的槽模而返歸家鄉的先覺者必定是詩人，因為「一切詩人都是還鄉詩人」。他始終靜候在家鄉田園的根基近旁，以詩歌表達他對土地的感謝，感謝它已置於詩人的精心保管之中。他的存在最與自然大地相諧和，其呈現如同鄉村中農民的耕作技能一樣是一種對大地家鄉的捐獻（播種）和接受（收穫），而不是對土地的挑釁和掠奪。所以「詩人是人向自然真理，向在的世界的神聖家庭的最終還鄉的最偉大的，也許是唯一的保護者」。[7]在這個焦慮（W.H.Auden），墮落（T.S.Eliot），懷疑（Aldington）和虛無（Heidegger）的時代，難道真的一切詩人都是還鄉詩人嗎？難道還鄉就這麼容易成行？是否真有詩人不但沒有還鄉的衝動，反而傾心於大都市物質的豪華呢？看來唯一適當的回答就是，我們應該為還鄉詩人設定一個尺度和前提條件，否則一切更進一步的討論都將毫無意義。

首先，當我們說一個詩人是一位還鄉詩人時，他本人必須是一位覺醒者。即是說，他已意識到了世人的沉淪與墮落，意識到了人的非本真的生活，意識到了因神的隱遁與人們對土地的背棄從而在人心中產生的無家可歸感，無居感與虛空感。最重要的是，他必須洞察到沉淪的世人對家鄉田園的遺忘所鑄成的時代匱乏和時代黑暗。不僅如此，作為一位掌燈引路的還鄉詩人，他還必須觀悉到沉淪的世人在掙扎的耗盡中對家鄉田園的渴念以及傾聽到家鄉田園的焦切召喚。毫無疑問，還鄉詩人同時也必須是一位秉具現代意識的人，但他是這樣一位「現代人」。在容格（Carl Jung）看來，「現代人」（Modern man）應該是覺醒程度最高的人，「他必須徹澈底底地感知到作為一個人的存在性……他是唯一發現隨波逐流之生活方式為太無聊的人」。[8]他生活在現代人之中，但他始終站在世界最邊緣，經常「抽打其肉體以使在它遭放逐之前夕使它重新甦醒」。[9]

其次，作為一位還鄉詩人，他必須是一名探險者。我們須從兩重意義上去理解「探險者」一詞的含義。其一，在佛洛伊德看來，文明的過程就是人被壓抑的過程，而無壓抑則屬於潛意的，前歷史的，甚至前人類的過去的東西，屬於原始的生物過程和心理過程的東西。因此，非壓抑性現實

---

7 同上斯坦納，第 10 頁。

8 卡爾・容格：《現代靈魂的自我拯救》（北京：工人出版社，1987 年），第 293 — 295 頁。

9 雅克・德里達（Jacques Derrida）：《寫作與差異》Writing and Difference（Chicago: University of Chicago Press, 1978），第 209 頁。

原則的思想就是一個回歸問題，對過去的回歸也就是對未來的解放。然而，工業文明的力量與進步則控制了這種向非壓抑物的回歸，結果，人的潛意識全是淤積的文明的禁忌史與隱蔽史。[10]這些隱藏在人的內心深處的禁忌史與隱蔽史反過來又控制著人，這也是現代人被異化的一個重要原因之一。而作為一位冒險者的還鄉詩人就必須潛入現代人的內心深處，洞悉其祕密，調節個體與群體，欲望與實現，幸福與理想之間的對應，使其症狀得以醫治於補救，恢復其精神平衡，從而設定一個非壓抑性的沒有異化的新的生存方式。其二，隨著神的隱遁，世界賴以立足之上和人類於其上置身投足的大地便完全虛無一片，「大地去而不返的時代則懸垂於搖擺於深淵之中」。[11]健康，美妙的事物也抽身而去了，世界變得病態淋漓，邪惡不堪。各種由病態與邪惡之物所構成的威脅與危險紛紛向人類襲來，但是，沉淪中的世人卻無法體察到這些危險與威脅，因為這些危險隱身於所有存在者之下的黑暗深淵之中。能看到和揭示這一危險的人，必須對世界的深淵有所體驗，敢於進入深淵，身歷其黑暗，身受其熬煎的人。「他背負罪惡的負擔，顛簸其苦海之中，唯有陷入此一慘狀後」，[12]他才能從病態的深淵中帶出美妙健康的事物並通過對它們進行命名，為神的「適宜之時」而至預備一個安身之所，從而最終迎接神性的降臨，使大地再次成為一個「遊戲空間」。[13]在這一層面上說，還鄉詩人具備了雙重使命。一是他得為沉淪的世人尋找一個安身立命的適意的居所；二是他得為神性的「適宜之時」的複歸預備一個安身之地。

最後，作為一位引路的還鄉詩人，他必須是一個能忍受極端身心痛苦的孤獨者。要理解這個孤獨的人格分裂者的含義起碼也要從兩個方面去加以描述。在第一層面上，為了成為現代人生活全部崩潰時的目擊者，他必須從他們當中分離出來，退居在崩潰的邊緣地帶，把大眾遺留下來的腐朽之物一一加以拋棄。「他放眼遙望這片白茫茫的世界，一切都顯得那麼荒涼，陳腐」，而他「仍佇立在一片會長出萬事萬物的空曠原野前」。[14]這片獨存的「空曠原野」便是詩人珍藏的免於劫難的生成性力量之源，未來世界就在此之上雛形。除了從現代大眾的墮落中分離出來之外，還鄉詩人

---

[10] 佛洛伊德（Sigmund Freud）：《文明及其不滿》Civilization and Its Discontents（London: Hogarth Press, 1949），第 123 頁。

[11] 馬丁 · 海德格爾：《詩 · 語言 · 思》（鄭州：黃河文藝出版社，1989 年），第 98 頁。

[12] 同上榮格，第 305 頁。

[13] 同上斯坦納，第 203 頁。

[14] 同上容格，第 330 頁。

還必須與自身相分裂，以捕捉到世界創生的原真圖像。他必須轉向「不可見的詩性自由的內部」，才能從其黑暗的裂隙啟合之中窺見世界創生圖景的盲源，所以，「正是分裂或放逐這些詞始終在規定與世界圖景分裂的內在性和在其中的創造性運動」。[15]在第二層意義上，現代還鄉詩人並不拋棄城市，他並不因城市的荒涼與腐朽景象而逃遁（因為實際上他已無處可逃，實存的田園世界早已蕩然無存了），相反，他生活在城市之中。他默默地注視著奔流不息的陌生人流，波德賴爾這樣寫道：「他這樣走啊，跑啊，尋找啊，他尋找什麼？」，這位富有活躍想像的孤獨者，他在尋找一個「更高級的目的」，「一個更普遍的目的」，這就是波德賴爾稱之為「現代性」（modernity）的東西。「現代性」，在波氏看來，是從流行提取出來的歷史中最富有「詩意」的東西；從過渡中抽出的「永恆」。它是人類生活無意間置入其中的「神祕美」。[16]蜜雪兒・福柯（Michel Foucault）在評論波氏的「現代性」時說：「現代性不是一種對正逝去的現在的感知現象，而是一種使現在『英雄化』（heroicalize）的意志」。詩人捕捉這現在時間的英雄品質，意在建立一個塵世中依然還存活著的某些具有「永恆性」的「記憶庫」，這就是波德賴爾說「我仍然活著」的重大意義所在。福柯認為，波德賴爾的「現代人不是去發現（discover）自身，其祕密和其隱藏真理的人」，而是「試圖去創造（invent）自身的人」。[17]這種現代性並不在他自己的存在中去解放人類；它逼迫他面對創造自身的使命。也就是說，作為一位具有還鄉意志的詩人的使命並不追求在現存秩序中的人類解放，而是要使自身脫胎換骨，以創造一個全新的自我，其目的就在於在現存秩序中充當一個保存那些仍活著的純粹而未遭汙貶的價值的英雄。創造一個全新的自我，這就等於創造了一個全新的世界，其意義與上帝創世時一樣重大。在一個普遍沉淪，沒有英雄和諸神遠遁的時代裡，還鄉詩人決心創造一個行使諸神角色的英雄，他的「創造」（invention）實際上是在宣佈「諸神的再生」，在宣佈「一個前宗教想像界的再生。」他一定不是發了瘋，就是一個大徹大悟者或者先知。

---

[15] 同上德里達，第 8 頁。

[16] 波德賴爾：《波德賴爾美學論文選》，郭宏安編，（北京：人民文學出版社，1987 年），第 485 頁。

[17] 福柯（Michel Foucault）：《何為啟蒙？》What Is Enlightenment?《福柯導讀》The Foucault Reader, Paul Rabinow 編（New York: Pantheon, 1984），第 39-42 頁。

二、還鄉：危機與解救的歷史衝動

由此可見，現代詩人所「還」的「鄉」絕不僅僅意指對一個與相對應的鄉村的回返。本文中的「鄉」的意思還包括自然本身（自然之物，本樣本原世界等）和精神本體世界（即終極性，真善美的「家園」）。後者是前者得以神聖化移情的根據；前者是後者得以顯現的媒介。也就是說，詩人是在對都市化進行否決之後所發出的對鄉村，始原世界和精神家園的「還鄉」行為。現代詩人為何要否棄一向被視為文明，創新，自由，現代性和「社會進步無可爭議家園」[18]的都市呢？難道大都市的發展真違反了人生命自然形態的內在合理和內在需求嗎？事實上，一種令人困惑的悖論是：一方面，人們對工業化，都市化的快速發展所帶來的物質進步與生活條件的改善感到歡欣鼓舞，而另一方面，他們卻總感到絕望，憂鬱，不適，壓抑，恐懼，沮喪，空虛和焦慮；一方面，他們生活在由鋼鐵，混凝土和玻璃所構造起來的全封閉式的高樓大廈裡身感安全，但另一方面，他們總存有一種無家可歸，無處安心的失落感。何以如此？現代人為何這樣矛盾重重？要解答此一惑人的問題，我們必須對都市現代人生存的心理狀態，勞動方式以及終極關懷問題進行考察以診斷出現代人在資本主義社會中的精神症狀。

在西方，已有眾多的現代思想家對工業化，都市化與科學理性對現代西方人造成的精神病疾進行了深刻的診斷，我在此不一一詳述，就其與本文寫作相關點來講，我將把它們予以概括性集中，以便為現代詩人還鄉勾繪出一個大的文化歷史心理語境和啟程的序幕。總的來講，在田園詩時代，即在鄉村都市化之前，西方人的宏觀世界（上帝・神性），自然世界（大地・自然）和微觀世界（人・精神）這三者是統一和諧與互相貫通的。[19]但在工業革命以後，亦即鄉村都市化以後，舊的三位一體和諧秩序就被徹底打破了，原先三者的互通互融關係分崩離析了。確切地講，由於近代科學與理性實證主義的興起，人們不再虔信在人之上，人心系於其中的宗教神權了；人們也不再需要牧師教會來解釋那神祕莫測的大自然了。在理性萬能的審視下，牧師教會都是些寄生蟲，其解說之物全是胡言妄語。宗教有關「原罪」與「救世」的教義在自然科學面前一觸即潰。人

---

[18] 荷爾頓（R. J. Holton），《城市，資本主義和文明》Cities, Capitalism and Civilization（London: Routledge, 1986），第 73 頁。

[19] 葉維廉：《從跨文化網路看現代主義》，《中國比較文學通訊》1989 年，第二期，第五頁。

們現在可以完全相信自己的理性與科學推理來與外部世界打交道。自此，「宗教已不再是人類生活中獨一無二的中心與統治者」。[20]人類便與上帝發生了分裂，脫離了神性的朗照與庇護。海德格爾在其《世界圖景時代》中認為，人「離棄了上帝」就使世界的圖景非基督教化了，即，人進入了一個非宗教時代，世界的根基成了無限，無條件和絕對的無根基性深淵。[21]在這座無根基性深淵之中，現代人的靈魂隨波浮逐，無依無靠，因而便就產生了無家可歸的虛無感。這是人與宇宙世界相離後的結果。人在失去了宗教信仰以後便把整個命運都押在了僅作為認識工具或方法的理性之上了，似乎只依靠這萬能的工具性理性就可以征服，盤剝，奴役和佔有大自然。但是，其結果不僅取消了自然本身存在權利的主體——「一個應當共處與人性宇宙中的主體」，[22]而且還造成了對自然的破壞，污染，生態失衡等毀滅性的惡果。在馬爾庫塞看來，「商業化了的自然，污染了的自然，軍事化了的自然，不僅在生態學意義上，而且在實存本身的意義上，切斷了人的生命氛圍，剝奪了人與自然的合一，使他成為自然界的異化體」。[23]不僅如此，這些空氣和水的污染，噪音，工商業對空曠寧靜的自然空間的侵害，都反過來成了奴役和壓迫人的物質力量。人本與大自然合為一體，相親相和相融的，但都市化卻使人不但脫離是其自身根基與誕生地的土地，而且還演化為大自然的對立面，人從此便成了一個無對象性的孤獨的自我。他第一次發現自己孤身一人暴露在廣袤而漠然的荒野上無根無依，無任何東西前來保護他，猶如一個畸形態的胎兒，「退化為最恐怖，最不可名狀的孤獨的自我」。[24]在人遠離了上帝又斬斷了他與土地的根系之後，他是作為怎樣一個人生活在大都市之中的呢？

首先，大工業化的機器生產造成了前所未有的物質繁榮，但同時，大規模的集體性機器生產與流水線作業也造成了生產者與機器的奴化關係。人非但沒有成為機器的主人，反而成為了機器所控制與支配的對象。他已被自己的創造物所佔有，失去了自身的所有權。人不再是「萬物的尺度與靈長」，而蛻變成了他人或自己經濟利益的工具，蛻變成了受龐大經濟機器所雇傭所支配而獲得高額利潤的物具。他的生命力被「物」所吞

[20] 威廉 · 白瑞德：《非理性的人》（哈爾濱：黑龍江教育出版社，1988 年），第 2 頁。

[21] 轉引自劉小楓：《拯救與逍遙》（上海：上海人民出版社，1988 年），第 34 頁。

[22] 赫伯特 · 馬爾庫塞：《審美之維》（北京：三聯書店，1989 年），第 132 頁。

[23] 同上馬爾庫塞，第 131 頁。

[24] 傑姆遜（F. Jameson）：《後現代主義與文化理論》（西安：陝西師範大學出版社，1987 年），第 41 頁。

噬，他把自己的生活意義全部投射到了這個「物」之上，使「物」成為他生命所崇拜的偶像。在都市化的商業社會中，「時間就是金錢，效率就是生命」，[25]人則是微不足道的，正如馬克思在《哲學的貧困》中所說「人不過是時間的屍骸」，[26]人不過是經濟效率的原子。更有甚者，建立在絕對抽象概念之上的近代科學取消了人們對客觀世界進行絕對感官知覺知識的權利（如近代興起的幾何學和抽象數學），使人們不再相信自己的感官感性，從而造成了對人身體的離異。新的科學依靠了一套純外物的抽象概念來控制著人與世界，而至於這些外象之內的東西——感性而整體的人類自身——「則衰退成一個影子或是一具幽魂」。[27]所以現代人掩蓋了人類生存的全部現實性，而代之以一種認為的虛假現象的抽象面具。不僅如此，由於都市化社會是一個追逐商業與利潤的社會，商品的數量化（經濟活動的嚴格計算）與價值的抽象化（思維活動的概念化盤算，以紙幣形式為衡量價值的尺碼）佔據了主導的地位，人們便生活在數字與抽象觀念之中。因為不存在任何具體的東西，所以就沒有任何什麼東西是真實的。正如E・弗洛姆所說：「在這種瘋狂的混亂中，他為抽象的思考和盤算而終日奔波勞累，因而使他越來越脫離了具體的生活」。[28]加之，工具性理性與機器生產所導致的分工細密化，知識專門化殘酷地把統一的物象打破了，把人肢解了，從而產生了許多互相隔離的單元層，致使人的整體性遭到了分解，置換和喪失。「人的消解」（dispersion of man）（福柯語）使人成為宇宙中的一粒塵埃，一個失去了反觀自身，參照系統的碎片，如同一種失去了完全自治權的東西；漂浮在宇宙空間，正無限遠離自己的原始世界。[29]這就是資本主義工業化與都市化所造成的人的普遍的異化物化。「異化是資本主義給人的存在帶來的嚴重後果」，也是「現代人最本質的生存特徵」。[30]

物化異化的結果就造成了現代人普遍的自我喪失，人格分裂，人自身的陌生感，精神被壓抑以及前述的孤獨，絕望，憂鬱，厭倦，不適，恐懼，沮喪，空虛與焦慮等精神症狀，加之因終極價值的失落和與土地的分離而導致西方人靈魂的無根無依，無家可歸的漂泊流浪感就毫不留情地把

---

[25] 馬克斯・韋伯：《新教倫理與資本主義精神》（北京：三聯書店，1987年），第33頁。

[26] 轉引自埃利希・弗洛姆：《健全社會》（北京：中國文聯出版社，1988年），第150頁。

[27] 同上白瑞德，第30頁。

[28] 同上弗洛姆，第119頁。

[29] 讓・鮑德里拉：《反美學》（紐約：新出版社，1983年），第133頁。

[30] 同上弗洛姆，第30頁。

現代西方人逼到了危機的邊緣和絕望的深淵。馬爾庫塞說，「在工業文明的中心，人們似乎處於一種身心貧困的狀態」。[31]海德格爾則認為「物質世界使人類世界達至夜半，進入了最大的時代貧困」。[32]卡爾・雅斯貝爾斯在其《存在哲學》中深刻地描述了三個時代。在他看來，不安定是這個時代人類的精神本質，到處都有反抗，到處都有虛無主義價值，大批不滿現狀的人感到困惑。人類在失去了上帝的同時也失去了價值感。總之，當代世界在壓抑生命，精神生活極不穩定。[33]當代西方著名的社會學家馬克斯・韋伯在論及資本主義精神使天職概念轉化為具有體育競爭特徵的經濟衝動時一針見血地寫道：

> 沒有人知道將來是誰在這鐵籠裡生活；沒有人知道在這驚人的大發展的終點會不會又有全新的先知出現；沒有人知道會不會有一個老觀念和舊理想的偉大再生；如果不會，那麼會不會在某一種驟發的妄自尊大的掩飾下產生一種機械的麻木僵化呢，也沒有人知道。因為完全可以，而且是不無道理地，這樣來評說這個文化的發展的最後階段：「專家沒有靈魂，縱欲者沒有心肝；這個廢物幻想著它自己已到達了前所未有的文明程度。[34]

世界陷入一種如此進退維谷的絕境中，難道人人都自甘沉淪而不找尋任何「謀生」的出路，使人類終得一救？正是在這種「全新的先知」尚未出現，而「偉大的理想」已去的雙重匱乏的懸淵中；正是在整個都市化世界正昏昏沉睡於暗夜的時刻，現代詩人就已「被拋出」了都市之外，拋在了還鄉的路途上。波德賴爾說：我仍活著。

> 跳進深淵的深處，管他天堂和地獄，
> 跳進未知之國的深部去探獵新奇！
>
> 波德賴爾：《旅行》

---

[31] 馬爾庫塞：《愛欲與文明》，上海譯文出版社，1987 年，第 70 頁。

[32] 同上海德格爾，第 8 頁。

[33] 參見卡爾・雅斯貝爾斯（Karl Jaspers）：《存在哲學》Philosophy of Existence（Philadelphia：University of Pennsylvania Press, 1971）。

[34] 同上韋伯，第 143 頁。

偉大的愛爾蘭詩人葉芝吟唱道：

> 我就要走了，去茵尼斯弗利島，
> 去那裡建座小屋，築起泥笆房；
> 我要有九排雲豆架，一個蜜蜂巢，
> 獨居於幽處，在林間聽群蜂高唱。
>
> W·B·葉芝：《茵尼斯弗利島》

於是，在一種居於別處的放逐－分裂－遁離的心理情境中，現代詩人便開始了一場朝向歷史與時間反面（反歷史）進行「還鄉」的偉大歷程。

三、作為烏托邦幻象的現代還鄉意志

從前述的討論中我們可以得出一個結論，這就是：從現代還鄉詩人所秉具的勇毅精神，激情，決心與先覺性意義上講，他們是真正的英雄。他們具有在現代主義時代生存的一切英雄素質，正如本雅明（Walter Benjamin）在論波德賴爾時所說：「英雄是現代主義的真正主題」，[35]而傑姆遜（Frederic Jameson）在論現代主義時說：「現代主義的基本特徵是烏托邦幻想」。[36]現代主義在其主題意義上是英雄，而在其基本特徵上則是烏托邦式的幻象，這二者究竟有何關聯呢？依照現代主義美學奠基者之一波特賴爾的洞見：「詩的這種命運何等偉大！不管是快樂或是感傷，它身上總是帶著烏托邦式的神聖品格。它總是反駁現存的事實，否則它將不復存在……它還糾正謬誤。它到處都在否定不平」，不僅如此，在行為上，他要拿著斧子（像杜邦一樣），砍斷堡壘吊橋的鎖鏈，並且呼喚道，「歌唱著走向未來吧，身負天意的詩人，你的歌是希望印出來的閃光的圖畫，是人民的信念」。[37]在波德賴爾看來，作為一位烏托邦式的現代主義英雄，他稟賦著偉大的天意使命，以一種超越自身的能力去修正，改變和否定現存的社會秩序，永遠執著於未來現實的希望。可以見得出來，現代主義的烏托邦幻象與傳統的烏托邦幻想顯然有著不同的意義取向。

傳統的烏托邦（自莫爾《烏托邦》問世以來）是一種個人理想的外在

35　瓦爾特・本雅明（Walter Benjamin）：《發達資本主義時代的抒情詩人》（北京：三聯書店，1989 年），第 92 頁。

36　傑姆遜：《後現代主義與文化理論》，第 132 頁。

37　波德賴爾：《波德賴爾美學論文選》，第 35 頁。

化；是一個對「已實現了」的社會理想或理想社會的幻想，其特徵呈現為一種固定的政治靜態模式。而作為現代主義的烏托邦幻象（存在於所有現代主義藝術中）則是一個個人理想的內在化，它是一個創生與生成（becoming）的過程；是一種述說行為（act of enunciation），一種精神分裂的「內在湧流」以及實踐方式，它始終呈現為一種個人內在欲望和衝動的力比多動力學狀態。[38]就其Eutopia（烏托邦）在古希臘語中的雙重含義「烏有鄉」（no place）與「理想鄉」（good place）來講，烏托邦所幻象的理想秩序既處於時間之外又處於空間之內，所以它總是作為一種永不終止的超越性衝動與欲望內化於人們的心理機制之中。把烏托邦幻象落實到現代主義詩歌上就是：現代主義詩人欲想通過詩歌本體去對整個沉淪與異化的不完美世界進行幻想性的改變，否定其「非自由」的潛意識記憶（佛洛伊德），並堅持以幻象所改變後的本真現實為「理想的自然狀態」，以喚起「快樂原則與現實原則」在一切文明之前的未分裂的統一，從而恢復個體被工業文明壓抑後所忘卻的重建幸福的願望與衝動。[39]甚而可以這樣說，當個體的欲望被工業化都市化科學化秩序所壓抑與摧殘時，烏托邦幻象就充當了被壓抑欲望與衝動的解放者，就成了新生欲望與衝動的生產者。它向現代都市提供了一個反觀自身的「它者空間」（the other space）並使現代詩人始終保持內在精神分裂的「湧流」之中。在現代主義詩歌中，我們可以從一首詩，一節詩，一行詩甚至一個句子句法結構中讀出潛在的烏托邦的幻象性欲望。正如波德賴爾在《惡之花》中所說：

> Car j'ai de chaque chose extrait la quintessence,
> （我從每一件事物中提取精華）
> Tu m'as donné ta boue et j'en ai fait de l'or.
> （給我你的糞土，我把它變成黃金！）[40]

這就是現代主義詩人脫胎換骨，點鐵成金與催化的烏托邦衝動與堂吉訶德式的欲望。本文擬將加以討論的「作為烏托邦幻象」的還鄉行為就是沿此路徑進行的。確切地說，現代詩人還鄉的過程就是烏托邦幻象的過

---

[38] 傑姆遜：《理論的意識形態：歷史句法》The Ideologies of Theory: The syntax of history，Vol. 2（Twin Cities: University of Minnesota Press, 1988），第 80-81 頁。

[39] 馬爾庫塞：《愛欲與文明》，第 56 頁。

[40] 夏爾　波德賴爾：《惡之花》，郭宏安譯（上海：上海譯文出版社，2008 年），第 7 頁。

程，就是現代詩人對非本真性的都市進行幻想性改變的過程。「還鄉」既是本真存在的過程，又是它欲抵達的目的；既是現代詩人棲居本源的方式又是棲居的源始。無論如何，現代詩人唯有在烏托邦幻象的生產性欲望中才能被帶到家鄉田園的近旁，才能返回到一切根基性的土地近處，才能被安置在一切忘卻之物的不斷喚醒之中，從而找到一個精神得以解放與安息的家園，從此他便在家鄉的本真親睦中，獲得聖地瞬間的淨化和超越，獲得一種圓滿，一次再生，一種永恆的存在。

在西方，自從德國詩人荷爾德林發出「還鄉」的呼喚並身體力行之後，已經出現一大批相當卓越的還鄉詩人（自十九世紀初前期浪漫主義以來），他們的詩歌分別代表了不同時期對城市與家鄉的不同理解以及還鄉的本質。儘管如此，本文只選擇了波德賴爾，蘭波，里爾克，李金髮，戴望舒等詩人。這是否能從某一些詩人的作品中所拈出的東西作為現代詩人還鄉的普遍本質呢？這些詩人之被選中，在我看來，在一種更卓越的意義上，是因為這些詩人對沉淪的時代早已有了領悟，並對還鄉的普遍本質早已具有了深刻的體驗。他們受詩人使命的驅遣，直寫了現代人與現代精神的存在狀態。在此文中，我不可能一一列舉和解釋這些詩人的所有作品，我只提取他們關於還鄉母題的精義，也就是這些詩歌所深含的現代詩人暗中所追尋的作為烏托邦幻象的詩意還鄉的普遍經驗。

由於「還鄉」已成為現代人精神經驗中最本質的特徵之一，因而它具有普遍的世界意義，同樣適用於世界文化大語境中的中國現代主義詩歌（文學）。也就是說，在中國現代主義詩歌中也可以發掘出其中所深含的詩人「還鄉」的普遍本質。在把中國現代主義詩人的幻想經驗納入這世界主題的大框架之後，並從中西詩人對城市與家鄉所把持的態度中，我們可以引出以下互觀互照互現的追問。即，在不同的文化心理語境中，中西詩人為什麼竟如此一致強烈地表現了對城市的否決，憎恨與厭惡呢？這種否決性態度是如何產生的？換一個角度，西方詩人是如何陷於對城市絕望的深淵的？對此我已作了解答。而現在首要的問題是，在對城市歷史性經驗的普遍空缺中，中國現代主義詩人為何也處於靈魂被放逐的無家可歸的漂泊之途中呢？是什麼獨特的文化歷史境遇使得西方式的處境在中國發生又致使中國現代詩人還鄉呢？本源文化是怎樣在其無意識的迷戀與記憶中調解，制導著他們對西方態度的策略與揚棄呢？的確，從接受與影響研究的角度可以明辨這些問題內含的某些層面，但是我以為此種理路可能失之簡單化，模式化，不能深刻地從中國本源文化所面臨的危機情景中帶出中國現代還鄉詩人精神漂泊不定的本質以及上下求索的真正意圖所在。唯有把中西詩人對城市文明的某種共同內在感受放在中西各自獨特的文化歷史與心理情志中以考察其還鄉意向的不同起因與指歸才能對中西現代主義詩人在還鄉主題中尋求建立精神家園和意志進行闡釋性描述，並由此引導出對作為烏托邦幻象的現代詩人還鄉－後家園意識在美學與價值取向上的評判。

第二章　人造天堂：一場偉大的抒情戰役——論波德賴爾的家園幻象

那裡，一切都是秩序和美好，豪華，安寧與逍遙。

波德賴爾：《邀遊》

西方工業革命後在人們生活中出現的巨大分裂，即物質的進步與精神空虛的反差；居住環境的「安全」性與居住心態的無家／無根基感的對立，已明白無誤地揭示了現代西方文明（即由工業化，機器化，科學化和都市化所鑄造起來的文明階段）內在的疾病和它所陷入的深重危機。這種反常態的矛盾生存狀態在西方現代主義詩歌中的顯現便是現代西方詩人詩性意識中所透露出的一種大難臨頭的，世界危亡在即的「末世恐懼」（Eschatological Fear）和由此恐懼所透射出的對一種「新生世界」進行追尋和渴往的「烏托邦衝動」。這裡，現代詩人對西方現代文明形式的末世恐懼是詩人烏托邦表達的前提與條件，即現代詩人所構想的「新生世界」是文明現存狀態壓抑下的轉移／昇華的魔幻化的結果。從歷史邏輯的意義上看，可以說，這種對現代文明的「末世恐懼」肇始於現代主義詩歌的祖師爺法國象徵主義詩人夏爾・波德賴爾（現代世界即地獄世界），中經過詩人亞瑟・蘭波（現時代即恐怖謀殺的時代），奧地利大詩人里爾克（現代世界即匱乏，荒涼的世界），愛爾蘭詩人葉芝（現代世界即中心信念土崩瓦解的世界）到美國詩人愛略特（現代世界即「荒原」世界）這一條「末世恐懼」呈螺旋式上升的現代西方詩人的精神病理學。對這種「末世」精神現象學的描述便是對現代西方詩人在否定資本主義文明形式之後所產生出的「新世界」烏托邦衝動的揭示，並進而對現代西方詩人潛意識中的「家園」幻象進行深刻的剖析。

一、大都市——現代人流放的深淵

「十九世紀是一個城市的世紀，」荷拉德・弗裡德利克寫道。[1]城市大規模的興起與都市化是那個時代人們興奮的神經中樞，彷彿在一夜間，

[1] 轉引自理查・沃德：《都市化》，《美國歷史的比較研究》（華盛頓，1983），第207頁。

城市的街道上就擠滿了從四面八方湧來的陌生人群和孤獨的大眾。工業革命的發展創造了前所未有的物質繁榮，人們的沉醉與狂喜心理就可想而知了。然而，物極必反，都市化與工業化並沒有給人類帶來更多的自由與幸福，使人類獲得徹底的解放，反而因其極端的工業化與機器化給人類帶來更多新的壓抑與災難，使人的整體生命遭到肢解，使創造的主體淪為其所創之物的奴隸。波德賴爾在一八五一年寫道：「病態的大眾吞噬著工廠的煙塵……有機體組織裡滲透了白色的鉛，汞和種種製造傑作所需要的有毒物質……；這些衰弱憔悴的大眾，大地也為之哭泣驚愕」。[2]在其《危險的信號》的短文集中，他又寫道：「世界正走向窮途末路……我們將被我們以為是生存依託的東西所毀滅。專家政治體系使我們美國化，技術的進步將使我們的靈性枯竭……世界的毀滅不只表現在政治組織或者普遍的進步中……它首先出現在人的心靈深處，為維護統治者的虛假秩序的措施使我們這些已經麻木的人都會感到不寒而慄」。[3]在另一處，他承認科學進步給人類帶來了新的享受，但同時他又敏銳地覺察到了科學又是對人類的「最巧妙，最殘酷的折磨或一種不斷更新的自殺方式」，他說，「我們生活在一個必須重複某些平庸的東西的時代」，「一個不幸的驕傲的時代」。[4]

文明的過程就是人類戰勝，征服和取代原始野蠻狀態而取得進步的過程，即所謂的知識對自然的非神祕化解碼過程。但是，這並非意味著文明人就絕對優越於野蠻人。在波德賴爾對現代人即文明人與野蠻人進行了比較之後，他發現，野蠻人是全能的，而「文明人則被局限在專門化的無限小的範圍內」；文明人杜撰了有關進步的哲學神話，但野蠻人則是「勇敢的戰士」，是「引人歌唱往昔和祖先的憂鬱詩人」，因而他們更貼切「理想的邊緣」；波德賴爾警醒世人在崇拜美國物質文明時，應不斷把目光注視著那些「野蠻的奇跡」。[5]在其《我們坦露的心》中，他宣稱「真正的文明不在於煤氣，蒸汽和轉盤，而在於消除原罪的痕跡」。[6]此處「原罪的痕

[2] 夏爾・波德賴爾：《波德賴爾全集》，第二卷，頁 408。參見本雅明《發達資本主義時代的抒情詩人》（北京：三聯書店，1989 年），第 92 頁。

[3] 波德賴爾，參見K・洛威斯：《歷史中的意義》，（芝加哥：芝加哥大學出版社，1949 年），第 97-98 頁。

[4] 波德賴爾：《波德賴爾美學論文集》，郭宏安編譯（北京：人民文學出版社，1987 年），第 364-366 頁。

[5] 同上波德賴爾，第 147-149 頁。

[6] 參見馬爾庫塞：《愛欲與文明》（上海：上海譯文出版社，1987 年），第 111 頁。

跡」是指人本能的負罪感與恐懼感。正是在「人類的空間在縮小，大眾的健康因惡劣的衛生制度受到損害……城市裡一片混亂」的危機情景中，[7]一位身負天意（「當初，在最高之神的命令之下／詩人降生到這個煩惱的世間」。[8]），行走在基督受難的道路上（「他跟輕風嬉戲，他跟浮雲談笑／在通往十字架的路上高歌陶醉；／伴他朝聖的聖靈見他像林中的小鳥／那樣高高興興，不由落下眼淚」），決心為痛苦的人世找尋治療的靈藥從而「引導堅強的人趨向神聖的喜悅」的具有烏托邦品質的詩人。波德賴爾是現代詩歌中第一個先知，他是第一位城市詩人。[9]

說他是第一位城市詩人，並不是指他是一位率先對城市的崛起和蔓延大唱讚歌的詩人，相反，他卻是第一位在其詩集《惡之花》中使用了城市詞彙和日常生活詞彙，[10]並敏悟到城市的非本真性生存方式從而把城市貶為地獄的最早先覺者之一。「《惡之花》創造了一種新的頹廢風格，第一次揭露了現代之病」。[11]

> 內心喜悅，我登上山崗。
> 在高處，把無邊的城市俯瞰；
> 到處是監獄，煉獄，地獄，
> 一片片醫院，妓院。（頁506）

這是在其散文詩集《巴黎的憂鬱》的「結束語」中所呈現出的波德賴爾對巴黎城的內在景象。在詩人的俯視中，巴黎城沒有透露出一片輝煌美妙無比的心理感受，反而產生一種劫難般的恐懼。人們的心靈深處正在走向毀滅，靈性已枯竭，感覺器官已被磨平。關鍵是導致這種劫難的不是別的東西，而是人們生存所依託之物。就是人類利用文明的智慧親自建造並生存於其中的大都市。是人的文明進步導致了人自身的毀滅和蹈死的劫難。正是這位被放逐在沉淪的人間的「碧空之王」才發現了現代城市的這種自殺的毀滅性本質和死亡的冷酷性：

7　波德賴爾：《波德賴爾美學論文集》，第 45-46 頁。

8　波德賴爾：《惡之花》，錢春綺譯（北京：人民文學出版社，1991 年），第 11-16 頁。文中引詩皆出自該版本，不另注。

9　M‧ 漢帕格：《詩歌的真理：從波德賴爾到二十世紀六十年代現代詩歌中的張力結構》，（紐約：哥倫比亞大學出版社，1969 年），第 1 頁。

10　本雅明：《發達資本主義時代的抒情詩人》，第 120 頁。

11　H‧R‧ 姚斯：《接受美學與接受理論》（瀋陽：遼寧人民出版社，1987 年），第 213 頁。

我們一步步墮入地獄，每天每日，
沒有恐懼，穿過發出臭氣的黑暗。

《致讀者》（頁6）

這是比極地更荒涼的不毛之地；
沒有野獸，河流，沒有森林，草原！

《我從深處求告》（頁73）

我從上空觀看這圓滾滾的地球，
我不再去尋找一個藏身的位所！
雪崩啊，你肯帶我跟你一同墜落？

《虛無的滋味》（頁176）

舊巴黎已面目全非
（城市的樣子比人心變得更快，真是令人悲傷）；

《天鵝》（頁200）

熙熙攘攘的都市，充滿夢影的都市，
幽靈在白天里拉行人的衣袖！

《七個老頭子》（頁203）

像夢游病患者，可怕而且奇異；
……　　……　　……
就此穿過無邊的黑暗。啊，都市！

《盲人們》（頁213）

一種灰暗的氣氛籠罩住全城，
有人得到寧靜，有人添上煩惱。

《靜思》（頁368）

大都市是一座骯髒，喧鬧，庸俗，霧氣騰騰，遍地泥濘，陰雨綿綿，嚴寒逼人，破爛不堪的黑暗而惡夢的「魔窟」，一片「罪惡，恐怖又瘋狂」的「沼澤」。而都市中的人則生活在這個「罪惡的污穢的動物園裡」，像一頭被困的怪物那樣在其中「尖啼，怒吼，嗥叫，爬行」《致讀者》。他們軟弱，殘疾，醜陋，窮困，淫亂，退化，疲憊不堪。他們是深淵中隨波漂蕩的無根幽魂：

> 當大地變成一座潮濕的牢房，
> 在那裡，「希望」就像是一隻蝙蝠，
> 用怯懦的翅膀不斷拍打牢牆，
> 又向朽爛的天花板一頭撞去；
> ……　　　……　　　……
> 像那些無家可歸的遊魂野鬼，
> 那樣頑固執拗，開始放聲哀號。
>
> ——一長列的柩車，沒有鼓樂伴送，
> 在我的靈魂裡緩緩前進；「希望」
> 失敗而哭泣，殘酷暴虐的「苦痛」
> 把黑棋插在我低垂的腦殼上。
>
> 《憂鬱》（頁171-172）

> 穿過田野，也辨不出冬天夏天，
> 骯髒，醜陋，無用，就像廢物一樣。
>
> 《驕傲的懲罰》（頁45）

> 啊，不然，這裝扮得很美的輝煌面龐，
> 不過是一副面具，騙人的裝飾。
>
> 《面具》（頁54）

> 而且，大多數從來不知道什麼
> 家庭之樂，從未好好地生活過。
>
> 《黄昏》（頁221）

> 是的，這些嘗夠了他們家庭的煩惱，
> 厄於年齡的老大，因於工作的疲勞，

> 被巨都巴黎所吐出的雜亂的穢物——
> 大堆的垃圾壓得彎腰曲背的人物。
>
> 《拾垃圾者的酒》（頁246）

大都市巴黎在詩人的感知經驗中完全是一塊人性的流放地，它絕不是天堂的對應物而是地獄的對應物。天堂世界裡是一派透明，深邃，明亮，炎熱的藍天，到處彌漫著自由，純淨與力量；而地獄則是一座罪惡，奢侈，瘋狂和墮落的深淵，四周散發著冰冷，陰森黑暗與惡夢的眩暈。在波德賴爾看來，現代人則生活在這座苦難與罪惡的深淵中。更為嚴重的事實是，他們對自身所處的困難與罪惡早已變得麻木不仁，難以自我救贖。「我的心害怕，竟羨慕這許多熱狂地／向張開大口的深淵走去的可憐蟲／他們全喝飽自己的鮮血，歸根到底／不要虛無要地獄。不要死亡要苦痛！」《賭博》（頁223）。然而，至此，一個意義重大的問題便被隨之提了出來，即，現代詩人的存在狀態如何？在這普遍墮落的晦暗時代，詩人是否也已隨大眾一同沉淪了呢？

二、消失的調解者與被放逐的立法者

在古希臘，詩人一直被尊崇為先知，扮演著人類導師的角色。而在古希臘文中「詩」（Poiēsis）一詞本身就表示「創造」和「製作」之義。詩人就是創造者，「詩性的智慧」則意味著創造性的智慧。[12]在那個太初蒙昧混沌的時代，詩人在神靈的幫助下（柏拉圖的「神靈附體說」）創造出了優美的詩歌，並在神靈的啟示下把神的旨諭轉達給芸芸眾生。[13]因此，詩人是神與人之間進行交流應和的仲介者；是神意的闡釋者和人之未來的預言者；是以隱喻性／寓意性（metaphorical／allegorical）的話語方式把芸芸眾生召集在三位一體的神聖中心之中並協調神與人之間的種種衝突和猜疑，使神與人保持和諧安寧的關係，使人與人之間彼此溝通並成為彼此信賴的卓越的調節者。在人類漫長的文學事業中，詩歌作為知識的源泉與作為真理源泉的功能，而詩人作為宇宙世界的第一闡釋者和作為事物意義的洞穿者的地位一直受到無限的尊崇，並在後來浪漫主義時代被詩人們拔高到了頂峰，即，浪漫主義詩人雪萊在其著名的《詩之辯護》中所設定的

---

[12] 維柯：《新科學》，朱光潛譯（北京：人民文學出版社，1987年），第39頁。

[13] 柏拉圖：《伊安篇》，參見《文學批評》第一卷，A·H· 吉伯特編（底特律：韋恩州立大學出版社，1962年），第9-23頁。

「詩人是世間未經公認的立法者」。[14]為詩歌及詩人作「辯護」這一舉動本身便暗示了詩歌正遭遇到的危機和詩人所處的困境。在雪萊的《詩之辯護》發表十五年年之後（該文寫於1821年，於1840年發表問世），英吉利海峽彼岸的法國詩人波德賴爾則在《信天翁》一詩中無情地把這種危機和困境坦露了出來（波氏的《惡之花》初發於1855年）：

常常，為了消遣，航船上的人員
捕捉些信天翁，這種海上的巨禽——
這些懶洋洋的旅伴，追隨著海船，
跟著船隻，在苦海的漩渦上翔行。

當海員把它們一捕放在甲板上面，
這些笨拙而羞怯的碧空之王，
就把潔白的巨大翅膀，可憐地，
像雙槳一樣，垂側在他們身旁。

這插翅的旅客，多麼怯弱呆拙！
往時無比美麗，而今醜陋滑稽！
一個海員用煙斗戲弄它的大嘴，
另一個蹺著腳，模仿會飛的跛子！

雲霄裡的王者，詩人也跟你相同，
你出沒於暴風雨中，嘲笑弓手；
一旦被放逐在塵世，陷於嘲罵聲中，
巨人似的翅膀反倒妨礙它自由行走。

《信天翁》[15]（頁17-18）

翱翔於太空的「碧空之王」——信天翁失落在人間遭凡人戲弄的非神聖化形象無疑準確地宣述了超越歷史時間的「雲天王者」——詩人被「降級」的非崇高化處境以及其遭世人嘲諷的深深的放逐感。人類文明賦予詩

[14] 雪萊：《詩之辯護》，《英國作家論文學》（北京：三聯書店，1985 年），第 89-123 頁。
[15] 本詩是在綜合戴望舒，錢春綺譯文之上改譯而成的。

人輝煌的王冕被無端無情地罷謫了。浪漫詩人雪萊在《詩之辯護》中曾把詩人視作「既是給別人寫出最高的智慧，快樂，德行與光榮的作者，因此他本人就應該最快樂，最良善，最聰明和最顯赫的人」。[16]然而，雪萊意識中詩人的這些特質到了波德賴爾那裡就蛻變成了：

我可憐的詩神，今朝你怎麼啦？
你深陷的眼睛充滿了黑夜幻象。
我看你的臉色在交替地變化，
映出冷談沉默的恐懼與癲狂。

《患病的詩神》（頁30）

雪萊在《詩之辯護》中說，詩人常常懷著巨大的熱忱，「來逃避痛苦而追求快樂」。[17]然而，情形卻正好相反，波德賴爾唱道：

——感謝你祝福，天主，你賜予的苦悶，
就是治療我們的污垢的靈藥，
這就是最優良，最純粹的香精，
引導堅強的人駛向神聖的喜悅！

《祝福》（頁14）

不僅如此，更有甚者——

我知道，痛苦是唯一的高貴之寶，
現世和地獄絕不能加以侵蝕，
要編我的神祕的花冠，那就需要
依靠一切時代和整個世界的助力。

《祝福》（頁15）

在《致詩人》一詩中，英國浪漫主義詩歌大師華茲華斯要求詩人：「假如你的光亮確實發源於天庭／那麼，天賜你多少光就放射多少光吧／

[16] 雪萊：《詩之辯護》，第120頁。
[17] 同上雪萊，第21頁。

詩人！你應該安於其位，應該稱心」。[18]然而，詩人的這種「應該安於其位，應該稱心」的存在狀態在波德賴爾那裡卻成了另外一種模樣：

為了獲得每晚的麵包，你必須
像唱詩班的童子，搖晃著香爐，
去唱你不大相信的讚美詩篇，

或者，像枵腹的賣藝者去獻媚，
強作笑顏，卻在暗中偷彈眼淚，
為了博得庸俗觀眾們的一粲。

《為錢而幹的詩神》（頁32）

從「碧空之王」的非神聖化，「詩人—雲天王者」的非崇高化到滿眼全是「黑夜的象」的患病詩神；從一向被視為一切知識的智者先知到淪為獻媚的「賣藝人」，詩人的放逐到了何等嚴重，何等殘酷的程度。詩人從知識，智慧和文化價值的中心一下子就被拋到了社會的邊緣地帶，成為荒野裡的逐客。究竟是什麼導致了詩人的去冕世俗化情態？也就是說，現代詩人的放逐史是怎樣發生的？

要全面究清這一非常複雜的問題，實在需要極大的功夫，在此，本文自然無法完成。但勾繪探測出放逐的潛在軌跡是可行的。簡而言之就是：

（一）當一個社會中心秩序／文化凝融結構處在穩定不變的狀態時，支配人們日常行為與信仰生活的符號，神話和價值是自然而有序的，並產生巨大的凝聚力量。也就是說，在文化中心秩序／結構尚未解體的時代，西方世界的三位一體——神，自然與人的關係是和諧貫通的。但自文藝復興和宗教改革運動以來，西方世界的精神面貌便發生了根本性的改變。人的理性首次被當作了一切行為和價值判斷的標準。西方人開始以理性為價值尺度對宗教皇權的絕對性進行了質疑，從此，「神聖的真理信仰」神話被打破了。至高無上的神靈便開始了漫長的世俗化行程（即，馬克斯•韋伯所說的「去魅／非神祕化」Entzauberung／disenchantment過程）。結果，原先一直作為神意的代言人和充當神與人之間的調解者的詩人便失去了他「自然的理想故鄉，變成無家可歸」（尼采語）。「上帝死了」（尼

[18] 華茲華斯：《英國湖畔三詩人選集》，顧之欣譯（長沙：湖南人民出版社，1986年），第1頁。

采語）或者「神隱遁了（海德格爾語），社會中心秩序遭到完全解體，凝融框架被拆散了，世界便顯露出了一個巨大的虛空，而這虛空的中心則是一片黑暗。詩人的崇高信仰從此無家園／無故鄉，殘酷的放逐便踏上了漂泊而遙遠的路途。

（二）哥白尼和伽利略所引發的科學革命打破了以神權政治為宇宙核心的神話，促進了以實證主義與理性邏輯為特徵的近代科學的興起。自然科學獨霸了對自然事物的闡釋權，並進而導致了對知識的劃界和分科。劃界和分科的結果便出現了知識的專門化，零碎化和微細化等無數各自為界的小世界。而且這些細分的學科所包含的知識完全是經過工具性理性精確地實證後而嚴格地篩濾進入的。這種以「精確性準確性」和「實證經驗性」為特徵的自然科學便把無數屬於精神性，意識性，直覺性和非理性人類心智活動裁定為不合理的，不可靠的知識，並把它們無情地加以排斥。現在，科學家取代了原先詩人作為宇宙現象和自然事物第一闡釋者的地位，而作為人類歷史心智活動最主要表現形式之一的詩歌便被推向了知識中心的邊緣。詩人和詩歌的功能遭到了現代自然科學的澈底放逐。

（三）其後，科學的興起和發展引發了資產階級工業革命。工業革命的成果便是蒸汽機，內燃機，鐵路和電力的廣泛運用，從而造成了社會物質財富的繁榮昌盛。現代西方社會從此便邁入了以機器化和工業化為特徵的都市文明階段。但由於都市文明是在對美好大自然的澈底征服和對鄉村的無情摧毀之上而建立起來的，因此，先前詩人們所歌唱的自然美景早已被搗毀了，所寄託情懷的鄉村圖景便早已蕩然無存了，詩人們所懷抱的田園理想失落了。隨著科學化，工業化機器化所造成的人的物化異化的不斷加深，詩人的生存理想便遭到放逐。

（四）在十八世紀之後，文藝人士與贊助人（Patron）之間長期的依附關係因文藝人士的獨立意識的增強和可能的經濟環境而遭到了解體（一個強有力的證據便是英國十八世紀的著名文人詹森博士那封後來堪稱作家「獨立宣言」的《致起士菲爾伯爵》的短信）。文藝人士擺脫了贊助權利機構／關係的控制，成了真正的獨立的生產者／創造者。他靠為社會提供其「產品」而生存。但是，一方面，商品化的社會為文藝人士的獨立性提供了潛在的可能和保證；而另一方面，在商品化社會中，商品一旦進入了流通交換市場，只有其有用價值才能被消耗，而其本身的價值則往往受到冷落與疏忽。從有用價值角度看，作為精英文化代表的詩歌在一個通俗文化占主流的工業化社會中則無疑會失掉其消費市場；從價值角度看，在工業化商品化的社會中，社會的普遍價值觀不再是詩歌所宣導的所稱讚的那種人類高尚優美人性的價值觀，而是由那個社會真正的「立法者」——「新人」，即，實業家和商人所影響和宣導的價值觀，即不擇手段的競爭與賺錢。也就是馬克斯·韋伯所指出的「天職」精神向體育競賽轉化的經濟衝動。加之，數量化和概念化，單面性和複製性的生存方式把詩歌的本體價值給遮蔽起來了。詩人作為社會「中心價值——主體」最終被放逐了，最終被趕到了荒原上。

從詩人的神聖信仰到詩歌的功能，從詩人的田園理想到詩人的價值主體這四個方面，西方詩人遭到了無情的放逐，並在波德賴爾時代到了最殘酷而嚴重的時刻。從此，讚頌詩人「放逐與漂泊」不但成了現代西方詩歌的重大主題，而且還成了現代詩人根本的存在方式。這種殘酷的對詩人的放逐情境不但沒有把詩人從他自然的家園驅逐出去，反而使詩人對生存危機有了醒悟從而使現代詩人始終走在尋家回家的道途中。

曾宣告「上帝死了」的德國詩人一哲學家尼采（1844-1900）在《詩人的天職》一詩中這樣描述了詩人的處境：

> 現在烏合的暴民
> 高興了？而詩人卻患了病？[19]

在一個真理和信念虛空的時代裡，詩人是：

> 那唯一的真理
> 曾把我燒的焦枯，
> ——你還記得嗎，記得嗎，熾熱的心呵，
> 那時你怎樣地渴望？——
> 我就這樣從一切真理那裡
> 被放逐了！
> 小丑而已！詩人而已！
>
> 《小丑而已，詩人而已》[20]

---

[19] 尼采：《尼采詩集》，周國平譯（北京：中國文聯出版公司，1986 年），第 40-42 頁。

[20] 同上書。

為了「陌生的神」的降臨而「鑄造莊嚴的祭壇」，可以說，尼采是在進行自我放逐。然而，奧地利德詩人里爾克（1875-1927）卻真正地被放逐了。

時光啊，你為何離我遠走？
你振動雙翅，留下傷痕在我心頭。
孤獨一人，叫我怎樣開口？
怎樣打發夜晚？打發白晝？

我沒有愛人，沒有家園，
沒有生存的立足之地。
我歌唱的一切全變得富足，
惟我自己遭到它們遺棄。

《詩人》[21]

殘酷的被世人遺棄使詩人——

他躺著，頭靠高枕，
面容執拗而又蒼白，
自從宇宙和對宇宙的意識，
遽然離開他的知覺，
重新墜入麻木不仁的歲月。

《詩人之死》[22]

「詩人死了」——接納「神性」的容器破碎了，那麼，上帝該去何處？

你怎麼辦，上帝，要是我死了？
我是你的壺啊，（要是我碎了？）
我是你的酒啊，（要是我敗了？）
我是你的衣衫和你的技藝，
失去我你就失去了意義。

[21] 里爾克：《里爾克抒情詩選》，楊武能譯（成都：四川文藝出版社，1988 年），第 71 頁。
[22] 同上里爾克。

沒有我你便沒有家，那兒
有親切溫暖的話語問候你。
柔軟的拖鞋將脫離你疲乏的腳，
因為這拖鞋正是我變的。

你的大衣將從此拋棄你。
你曾用溫暖的臉頰迎接你的
目光，作你目光憩休的軟榻，

直尋到夕陽西下，終於投入
陌生的石頭冰涼的懷抱裡。

你怎麼辦呢，上帝？我真焦慮。

《你怎麼辦，上帝，要是我死了……》[23]

詩人的這種遭放逐後的「末世絕後感」（即，里爾克詩中常出現的世上最後一座村莊；最後一座房屋；最後一位家園繼承者；最後一位物的守護者等絕唱詩句）已經淋漓盡致地拋射於世了，並在現代詩歌中獲得了恒久而且極端的表達。俄羅斯詩人葉賽甯（1895-1925）在《最後的祈禱》一詩中以相同的情緒唱道：

我是最後一位田園詩人，
在詩中我歌唱簡陋的木橋，
在落葉繽紛的林間，
我參加白樺樹最後的告別祈禱。
……　　　　……
在這藍色田野的小道間，
鐵的客人不久就要出現。
這片灑滿霞光的燕麥
將被黑色的鐵爪毀完。

[23] 同上里爾克。

這陌生而無感覺的手掌，
我的詩有你們就活不了！
只有那些駿馬般穀穗
還在為老主任哀號。[24]

為了更進一步顯示西方詩人放逐史的無限延伸性，我們不妨多引出一些詩人的詩來加以澄明。

葉芝——
現在我的梯子已經抽去，
我必須在梯子豎起來的地方躺下身，
躺在那賣破爛東西的鋪子似的心中。

《馬戲團裡動物的背棄》

瓦雷里——
起風了！……我們必須試著活下去！

《海濱墓園》

艾略特——
主啊，我毫無價值
主啊，我毫無價值

《灰星期三》

史蒂文斯——
那裡，他可以躺著眺望大海，
辨認他孤獨的家園。

《處在一座山的位置上的詩》

狄蘭・湯瑪斯——
太高傲了以至不屑死去，心碎目盲
他死了，走上最黑暗的道路，不再回頭，

[24] 葉賽寧：《葉賽寧評介及詩選》，顧蘊璞譯（北京：北京大學出版社，1983 年），第 118 頁。

冷峻，善良，勇敢而孤傲。

《輓歌》

李金髮——
何處是他的溫暖與期望？
甯蜷伏在巴黎聖母院之鐘聲響處
「如同一位被遺忘的殉難者」。

《詩人》

何其芳——
最後的田園詩人正在旅館內
用刀子割他頸間的藍色青年脈管。

《預言》

從大量的詩人對自己處境的道白中，一個似乎更明白無誤的論斷就是，詩人真的死去了。但事實是，詩人並沒有死亡。詩人對自己流放史的不斷揭秘是在宣告一個謀殺時代的結束，即沉淪的世人和黑暗的時代對詩人的共同謀殺；是在宣示一個嶄新時代的降臨，即詩人從隱遁中複出參與拯救的偉大行列。從這種意義講，詩人遭放逐的日子便是詩人尋求拯救的開始，放逐的目的便是震醒詩人在世界上下漂泊離散中去發現去創造的動力和理想。所以，詩人的流放史就是詩人的拯救史，就是詩人偉大的創世史。

三、危險的苦難救贖

正是在這座可怕的空虛深淵中，波德賴爾秉具了一種受苦的偉大力量。他沒有逃避苦難，也不能逃避苦難，他是自己在尋找苦難。一方面，他是在「利用苦難所無法傷害的巨大力量和感受性，去研究他的苦難」，即從身處苦難與罪惡中的人們，比如，拾垃圾者，小老頭，老婦人，盲人，酒鬼，乞丐，妓女，流浪漢，賭徒等身上去發現某些仍然存活著的神祕而永恆心靈；另一方面，「他所受的這種苦難暗示著某種積極的致福狀態存在的可能性」。[25]可以說，在他的這種受苦方式中，已經具有了某種超自然和超人類品質的存在。一旦認識到了苦難與罪惡所在，詩人的救贖

[25] 艾略特（T.S. Eliot）：《文選》Selected Essays（London: Faber and Faber, 1951），第 385 頁。

與詛咒便具有了針對性的力量。正如愛略特在論波德賴爾時所說，「在這樣一個不斷墮落的時代中，認識到罪過的存在便是一種新生活的開始，因此，詛咒本身便成了一種直接的獲救方式——從現代生活的倦怠中解脫出來」。[26]波德賴爾把詩人比成拾垃圾者的隱喻便是這種對苦難與罪過覺醒的具體體現形式之一，也是詩人在大都市中遭放逐的真正存在方式。在夜幕降臨，白天沸騰冒氣的大都市停止了喧囂，市民們正酣沉睡鄉的時候，有一對操同一行當的精靈出現在虛空而雜亂的街頭，各自開始尋覓眼中的「戰利品」。波德賴爾寫道：「此地有這麼一個人，他在首都聚斂每日的垃圾，任何被這個大都市扔掉，丟失，被它鄙棄，被它踩在腳下碾碎的東西，他都分門別類地收集起來。他仔細地審查縱欲的編年史，揮霍的日積月累。他把東西分類挑揀出來，加以精明的取捨；他聚斂著，像個守財奴看護他的財寶，這些垃圾將在工業女神的上下顎間成形為有用之物或令人欣喜的東西」。[27]波德賴爾正是憑持著一種詩意的天性在破敗的大都市廢墟之中搜尋，篩濾，發掘和發現某些「輝煌偉大的美德；壯麗的魔術；愛的光榮以及無數的旗幟，鮮花和凱旋門」《拾垃圾者之酒》（頁245-247），從而為病態的大眾提供先知的願望和逃難的英雄成份。

在波德賴爾向病惡的大眾提供的先知性的願望和逃難的英雄成份中，一個最具重大意義的發現就是：現代城市在一天天衰老。在本雅明看來；「城市衰老的意識是他寫巴黎的那些詩篇中具有永久魅力的基礎」。[28]

> 陰沉沉的巴黎，擦擦他的睡眼，
> 拿起它的工具，像勤勞的老漢。
>
> 《黎明》（頁240）

大都市在它高傲的豐碑未豎立起之前就是一片沉陷的廢墟了。這種大城市的衰老意識和日漸消亡感使詩人重新獲得了某種「隱秘的親和力」，過去心中注滿的熱情與崇高運動開始在他身上復甦了，「一個復活的，能引起聯想的回憶的集中，……另一個是一團火，一種陶醉，幾乎像是一種

---

[26] 同上愛略特：《愛略特詩學文集》，第 115 頁。

[27] 波德賴爾：《波德賴爾全集》卷一，第 249 頁。轉引自本雅明：《發達資本主義時代的抒情詩人》，第 99 頁。

[28] 本雅明：《發達資本主義時代的抒情詩人》，第 102-103 頁。

瘋狂」，[29]並給他帶來了一種「嶄新的青春與新鮮的堅實」（頁114）。他從此決心像勇毅的西西福斯那樣「挑起這樣一副重擔」《惡運》（頁36），在大城市的瓦礫場上「搜集燦爛的往昔的每一塊殘片」《黃昏的和諧》（頁109），「潛入深淵，不管是天堂還是地獄／深入未知的世界，去探求新奇」《旅行》（頁320）；他要像基督那樣，在「通往十字架的路上高歌陶醉」《祝福》，讓自己生命的血使「路石變成小島，一路一片汪洋／滋潤一切造物的乾渴的喉嚨／到處把大自然染得一色通紅」《血泉》（頁275）；他要像角鬥士那樣，「我曾求助於快速的劍／幫我將我的自由奪取」《吸血鬼》（頁76），」逃出爬蟲群棲之地／尋求光明，尋求鑰匙」《不可救藥者》（頁185）。對巴黎城正在衰亡的輝煌發現賦予了波德賴爾一種巨大的靈感和衝動，使他擺脫「憂鬱」的侵擊和死亡的恐懼，使他「鼓起了強健的羽翼，直沖向寧靜光明之境，真是幸福無窮」《高翔》（頁20）。並由此激發了他去創造「一種抒情的感覺方式與抒情世界」。他發動了「向天堂狀態回歸」以創造「人間天堂」（Pardadis artificiels）的「偉大抒情戰役」。[30]

四、人造天堂的神聖化幻象

波德賴爾說，「任何一位抒情詩人，根據他的本性，命中註定要奔向失去的樂園，可以說，在抒情的世界中，人，風暴，宮殿，一切都被神聖化了」。[31]既然城市不是人類的本真的家園，它是地獄的對應物，其中，一切都是非神聖化的（商業瀆神主義）。昔日的田園鄉村已被毀滅，上帝的樂園也被踐踏，那麼，天堂又在何處？人的本真家園又在何處？在波德賴爾的詩歌中，我們很容易就能發現一個作為地獄的城市相對立的天堂世界：遙遠的島嶼，大海，藍天，異國他鄉和熱帶鄉村田園。天堂世界與地獄世界構成相互對立的兩極。天堂世界是詩人遁逃，旅行，漂泊，遠遊的初生之地，黃金時代與理想居所。在遙遠的島嶼上，一切都是陽光燦爛，芳香無比，寧靜又和諧，與城市的陰雨綿綿，骯髒，喧鬧與混亂形成鮮明的對比。

悠閒的海島，獲得自然的恩賞，
長滿奇異的樹木，美味的果實；

---

[29] 波德賴爾：《波德賴爾美學論文集》，郭宏安譯，第 490 頁。
[30] 波德賴爾：《波德賴爾美學論文集》，郭宏安譯，第 136 頁。
[31] 同上波德賴爾，第 132 頁。

婦女的眼睛天真得令人驚異，
男子們身體瘦長而精力很旺。

《異國的清香》（頁58）

他的基西拉島是「天空多美麗，大海多寧靜」：

我的心，彷彿小島一樣，欣然展翅，
繞著纜繩周圍，自由自在地飛翔；
輕舟在沒有雲彩的天空下搖盪，
就像陶醉於燦爛的太陽的天使。

《基西拉島之遊》（頁282）

大海是自由，純淨和力量。「大海，茫茫的大海，安慰我們的勞累！」

請問，阿加特，你的心可有時高飛，
遠離這穢濁城市的黑暗的海洋，
飛往另一座充滿壯麗的光輝，
碧藍，明亮，深邃，處女似的海洋？
請問，阿加特，你的心可有時高飛？

《憂傷與漂泊》（頁143）

碧波蕩漾的大海不但可以消除勞乏，而且還可以免除人在城市中的恐懼。這便是詩人遠遊，旅行所帶來的新奇快感和致福狀態。

太陽的光輝照在一片紫色的海上，
城市的光輝映在西沉的夕照之中，
在我們心裡喚起不安的熱烈嚮往，
想跳入迷惑人的映在水中的天空。

《旅行》（頁315）

「黃金時代」一直是西方詩人所歌頌和夢想返回的人類的最理想的淳樸狀態，它早已成了西方詩歌中最恒久的理想主題。毫不例外地，波德賴爾在他的詩歌中傾注了巨大的情感來呈現他對黃金時代的幻象，並從此鑄下了現代主義詩歌的烏托邦情結。

那時，男男女女過著輕快的生涯，
真是無憂無慮，也不弄虛作假，
多情多意的天空撫愛他們的脊樑，
鍛鍊他們身上重要器官的健康。
大地女神，那時總是豐收豐產，
不把她的子女當作太重的負擔，
卻像心裡充滿無偏之愛的母狼，
讓芸芸眾生吮吸她的褐色的乳房。
優美，健壯，強力的男子，他有權
以佔有拜他為王的美女而自鳴得意；
那些沒受損傷，沒有裂紋的果實，
又光滑又緊的果肉使人垂涎三尺！

《我愛回憶那些赤身裸體的時代》（頁23）

黃金時代是一個輕快，純真，摯誠，撫育，健康，豐收，優美和果實自足的世界，而與黃金時代相對照的則是恐怖的面孔，畸形的軀體，醜惡的肉體；實用功利，蒼白荒淫，罪惡而憔悴，頹廢又病態的現代都市文明世界。後者顯然不是一個人類適意生存和渴望的進步世界。從文化發生學意義上講，黃金時代是人之先祖存在的童年形態，是人類先人創世前世界原本存在方式，詩人對黃金時代的追溯性喚回實質上是在喚醒作為人類個體的童年記憶，從而把詩人個體的童年記憶與作為原型的人類種族記憶融合起來，以達到個體向種族的神祕而親近的體認與回歸。

芬芳的樂園，你跟我們遠遠隔開，
在你那碧空之下，全是愛與歡樂，
人們喜愛的一切，全都值得喜愛，
那兒，人心都沉湎於純潔的享樂！
芬芳的樂園，你跟我們遠遠隔開！

可是，充滿童稚之愛的綠色樂園，
那些賽跑，唱歌，親吻，那些花束，

在山后顫動的小提琴的絲弦，
在黃昏的樹林中的葡萄酒壺，
——可是，充滿童稚之愛的綠色樂園。

《憂傷與漂泊》（頁144）

那「充滿祕密歡樂的純潔樂園」已隨時光消逝，可詩人對它的美好記憶卻永存於心，凝澱為他精神所依託的故鄉：

我還沒有忘記，在城市的附近，
我們的白色家屋，雖小卻恬靜。

《巴黎風光之十四》（頁230）

在果園和果實女神棲息的林中，輝煌而壯麗的斜陽穿透明亮的玻璃窗，耀射著素樸臺布上的晚餐並與蠟炬之光暈輝映交融為一神聖的整體空間宗教。詩人這種對童年充滿親切，神奇的回想不但是對造成苦難和罪惡的城市的否決，而且還是對作為生物體的人類的成長過程的排斥，從而在一個充滿「進步」與「革命」謊言的時代裡開啟了一個遙遠回憶中的理想逆溯性世界，並在這種反序（倒序）的轉化瞬間之際使現代世界的存在之物達致神聖化的境界，即，人造天堂的境界。

五、回憶，理想化／烏托邦座右銘

現代都市化進程解除了人們對鄉村應持存的信念，而處於虛無狀態中的現代人則完全喪失了對回憶的再生能力，從而造成了現代人內在經驗的空白與荒漠狀態。亦是說，現代都市人已經無法為鄉村找到一個獨立於時間之外的庇護所，他們只能生活在時間的「記憶」中，不斷地消解「回憶」的綿延。[32]然而，在波德賴爾看來，「只要人們願意深入到自己的內心中去，詢問自己的靈魂，再現那些激起熱情的回憶」，[33]是可以覺察出物與物之間內在的，隱秘的應合關係（「大自然是一座神殿，那裡有活的柱子／不是發出些模糊隱約的語音;／行人經過該處，穿過象徵的森林／森林望著他，投以親切的注視」《應和》（頁21），使現代經驗與過往生活

[32] 有關「記憶」與「回憶」，請參閱本雅明，帕格森，普魯斯特，布洛赫以及馬爾庫塞等人的論述。

[33] 波德賴爾：《波德賴爾美學論文集》，郭宏安譯，第205頁。

相逢，以一種宗教儀式性的超越，把過去的回憶彙集在一個理想的精神歲月中。[34]

我的回憶之母，情人中的情人，
你贏得我的全部喜悅！全部敬意！
請你回想那些撫愛的優美溫存，
那爐邊的快慰，那些黄昏的魅力，
我的回憶之母，情人中的情人！

《陽臺》（頁83）

在回憶中浮現出了氣息的甘美，芬芳和光榮——

一顆愛心，憎恨茫茫而昏暗的虛無，
搜集光輝的往昔的一切回憶！
太陽沉沒在自己凝固的血裡……
我心中記起你，閃光如聖物！

《黄昏的和諧》（頁109）

回憶是放逐者豪華的天堂，漂泊者魔幻化的狂喜源泉：

於是，在我精神流亡出的森村裡面，
響起象號角狂吹的一段古老的回憶！
我想起被棄在一座島上的那些船員，
那些囚徒，失敗者！……和其他許多人士！

《天鵝》（頁202）

回憶的本質就是跨越時空界限的「理想化」行為，旨在超越實在現實界而創生某種內在幻景的完美秩序形態。在這層意義上，「理想化」正是回憶所要到達的真正目的所在。正如波德賴爾所說，「這種理想化出自一種幼稚的感覺，即，一種敏銳的，因質樸而變得神奇的感覺！」[35]即詩人

[34] 西方現代主義文學的時間觀最為典範的概括就是法國現代主義文學大師M·普魯斯特那部十五卷本小說的名字《追憶逝水年華》。

[35] 波德賴爾：《波德賴爾美學論文集》，郭宏安譯，第484頁。

以「創造性的想像力」更改現代人約定俗成的感受方式和認識方式，使瀕於「耗空」狀態的現代都市人重新體驗到「自然新生的新奇感」，「使不安的精神得到安慰和撫愛」。

> 有的芳香新鮮如兒童的肌膚，
> 柔和有如洞簫，翠綠有如牧場，
> ——更有些呢，腐朽，軒昂而豐富。
>
> 《應和》（頁21-22）

波德賴爾正是藉著「回憶」，「理想化」的原則給現代世界灌注了「新奇」與「新的顫慄」，把現代人引入了他們最熟識的驚奇之物之中，把被他們所遺忘的家鄉田園帶回到他們面前。在《邀遊》一詩中，詩人波德賴爾完美地構造了他的理想田園世界——一個伊甸園的現代烏托邦幻象：「那裡，只有秩序和美好／只有豪華，安寧和逍遙」（頁121-123）。

在《邀遊》詩中所展現的理想世界裡，一切事物都處於一種最神聖的，最本然的與最本己的（「說出甘美的家鄉話語」）生存狀態之中。特別是不斷重複地貫穿整首詩的那兩行——「那裡，只有秩序和美好／只有豪華，寧靜和逍遙」可以說是詩人波德賴爾向現代世界提供的最具烏托邦理想的詩了，它們是人類過去，現代和未來孜孜不倦地追求和夢想抵達的恒久座佑銘。這也是詩人波德賴爾為了救贖向現代世界所作出的最獨特而輝煌的貢獻，詩人作為救贖者的偉大意義再一次顯明了。在這裡，「秩序」不再具有壓抑性的力量，它是「自由的愛欲所創造的滿足的秩序，是一種以其自身的完滿性而運動的靜態，是美感，遊戲和歌唱的生產力」。[36]它是人類向文明大步推進的轟隆聲滲出的無序，混亂和暴力的逆反面狀態。這裡的「美好」是指「存在物之間的各種形式在空間的光彩奪目的爆發」，[37]，也就是說，一切自然之物皆處於一種最飽滿，最自在的，沒有受到任何人為損傷的充盈生命活力的總開放和大顯示之中。它是精神和感官的快感和熱狂所構成的芳香，色彩和聲音的完美對流的和諧狀態。這裡的「豪華」暗示了神人同在，人生活和神恩所在之大地上，紮根於無限的饋贈的大境之中。人們內在的完滿和充實便消除了人在大都市中

---

[36] 馬爾庫塞：《愛欲與文明》（上海：上海譯文出版社，1987年），第119頁。

[37] 波德賴爾：《波德賴爾美學論文集》，郭宏安譯，第490頁。

處於最貧乏欠缺的虛空困境。而「寧靜」則是人在獲得神性之後的安寧祥和的狀態，人不再為自己的靈魂無家可歸而感到動盪不定，憂心不安。最後，人與神性，大地與自然永遠同親同在，在真實的「逍遙」中，人便於自然和諧統一，從而獲得一種最純淨而無痛苦的本真至福和大樂。逍遙的境界是烏托邦幻象中的最高形式，一切自在俱足，明亮透澈，神人同游，萬物放歌，這就是詩人波德賴爾為失其家園的現代人所創立的「人造天堂」和理想樂園。這個理想世界既是一種對早先生存狀態（伊甸園，黃金時代）的詩意回歸，又是一種新的精神性的烏托邦式的創造。其生成性原型不僅為現代詩人還鄉奠定了永久性的主題，而且還設立了一種生存方式。而這種「奠基」和「設立」的思想便是現代還鄉詩人向現代世界鑄造出的理想化／烏托邦式奉獻。

六、田園冒險與還鄉隱喻

在《惡之花》最後一首詩，「一本禁書的題詞」中，波德賴爾稱他的讀者為「溫和的，田園詩的讀者／謙虛樸實的善良的人」（頁373）。在此，波所說的「田園詩」並不是指作為一種文學傳統或主題的已經消亡的田園詩，而是指已播散在詩人的詩性意識中還歸田園的衝動。亦即，詩人通過使用鄉村詞彙在詩中重現和復活那消失的鄉村圖景，呼喚遭都市化放逐的田園詩人的再生，為此，詩人必須始終處於一種意識和精神還鄉的狀態之中，時刻保持心靈內在的「還鄉湧流」，唯有這樣才能把鄉村景象從放逐的深淵處逼真地帶現出來。在都市化／工業化獨霸天下的時代裡，這一行為本身便具有英雄的氣概和激情，須冒極大的風險。然而，波德賴爾卻勇毅地承擔這一再遭放逐的風險。在評論詩人比埃爾・杜邦時，波德賴爾寫道：「田園詩神並未失去她的權利，隨著人們閱讀他的作品，人們好像在昏暗不安的大山深處，在平常的日子，崎嶇不平的小路旁邊，看見和聽見一股古老的泉水穿過高出的秋雪，閃閃發光，發出淙淙的響聲」。[38]正因為這一持久的信念，在《巴黎風光》組詩中，波德賴爾反復強調，「當毒辣的太陽用一支支火箭／射向城市和郊野，屋頂和麥田／我獨自去練習我奇異的劍術」（頁193）。詩人猶如高空的太陽「在田間喚醒詩，彷彿喚醒薔薇」；使老人返老還童，少女般快樂，使憂愁頓覺消逝，使鮮花不朽，使穀物成熟。

[38] 同上波德賴爾，第31-32頁。

當它像個詩人一樣降臨室內，
它使微賤者的命運頓時高貴，
它像個國王，悄悄地不帶隨從，
走進了一切病院和宮殿之中。

《太陽》（頁194）

為了使田園神話復活，為了在大都市中植入田園理想，詩人決心不理睬外在世界的騷亂，退回內心，「我將要關好百葉窗，拉好門簾／在黑夜中興建我妖精的宮殿」。

為了純潔地作我的牧歌，我想
躺在天空之旁，像占星家一樣，
而且靠近鐘樓，讓我醉夢沉沉，
聽微風送來莊嚴的讚美鐘聲。

《風景》（頁191）

詩人要以他純真的田園詩，憑他的意志力把陽春喚回，「從我的心房拉出紅日一輪／用思想之火製造溫暖的氣氛」《風景》（頁192）。現代科學文明對鄉村／自然造成了不可挽回的毀滅，現代人已經淪為大自然的對立異己之物。然而，越是在這種危機四伏的生存狀態中，詩人波德賴爾越對大自然感到親切和美麗。他唱道：我為大自然的壯麗而哭泣！[39]

在評論畫家塔巴爾（1818－1869）的畫《克裡米亞戰爭，收集草料的騎兵》時，他讚揚道：「這絕不是一場戰鬥，而差不多是一派田園風光。那麼多的綠草地，那麼美的綠草地，順著山勢緩緩地起伏！靈魂在這裡呼吸著一種複雜的香氣；這裡植物的清新，這是大自然的寧靜的美，簡直充滿令人遐想的熾熱而冒險的生活」。[40]詩人從這幅關於戰爭場面的畫中讀出的不是有關戰鬥的情景，而是把戰爭主題懸擱起來，從中直觀出大自然田園的美麗景象。詩人的移情既是有意識的詩化，又是自顯的無意識幻象。現代人失去了純樸的鄉村，而獲得了沉淪的城市。在城市中，大眾也

---

[39] 同上波德賴爾，第 195 頁。
[40] 同上波德賴爾，第 430 頁。

渴望還鄉，但必須「被這願望不斷折磨」，如象一隻逃離了城市的樊籠的天鵝，其雙腳擦著「乾燥的怪石」，走到「無水的溪邊」，「心裡想念故鄉魅力的湖水」《天鵝》。雖然如此，在大眾「精神流放處的森林裡」則響起了詩人狂吹的還鄉號角，難道被還鄉欲望日夜折磨的大眾還不應和嗎？還不循著詩人先導的號角聲而尋找還回家園的道路嗎？波德賴爾在評論瓦格拉的歌劇《湯豪舍》時滿懷深情地勾繪了湯豪舍還鄉的動人情景：

> 湯豪舍從維也納的山洞中逃出，重新回到真正的生活中來，周圍是家鄉的鐘聲發出的宗教的聲音，牧人們在淳樸地歌唱……到處蕩漾這新鮮而芬芳的空氣……啊，可憐的人類又回到了故鄉。[41]

這既是詩人對湯豪舍還鄉的認同，又是還鄉情景的普遍隱喻——宗教，神聖與芬芳。在認同中，詩人獲得了與湯豪舍回到家園一樣的狂喜與迷醉；在隱喻中，詩人呈現出了人類還鄉渴望的普遍性情感經驗與體驗的本原方式。對波德賴爾來說，這種偉大的認同和隱喻正是現代詩的本質，光榮與力量所在。

總之，波德賴爾的還鄉是一種自發的成行，因而也是歷史救贖的最早覺醒舉動。正如他自己所說：「呼喚秩序，彷彿是自然的一種邀請」。[42]

---

[41] 同上書，第 567-568 頁。

[42] 同上書，第 27 頁。

第三章　蘭波的末世與創世——一個通靈者、朝聖者／煉丹術士的新世界幻象

我哭泣，滿目金光
——竟不能一飲。
蘭波：《地獄一季》

一、謀殺時代與朝聖者的盜火

如果說波德賴爾在對非人性的城市的厭倦（ennui）中尚能通過「理想化」的「應和」方式回憶和續接起過去美好的事物（「我心中記起你，閃光如聖物」），以基督受難的英雄主義氣質（「浪蕩子」英雄主義激情）把往昔燦爛的殘片一塊一塊地搜集起來（「拾垃圾著」的掃蕩威風）從而在人世間揭示出一個「美與秩序／豪華，寧靜與逍遙」的人造天堂世界，那麼秉性叛逆的亞瑟・蘭波（Arthur Rimbaud 1854-1891）則對城市的厭倦再也不能容忍了（「厭倦不再是我鍾情之所在」），他也不再以受難的英雄氣概去拼湊過去的殘片斷簡，他乾脆宣稱自己就是一個造物主，一個決心創造一個狂暴而又完全自由的全新世界的人（「我將成為創造上帝的人，」《愛之罪》）。如像當初田園詩人離開了田園進入城市一樣，1870年，年僅十六歲的蘭波也遠離了「飛鳥，畜群與村女」的家鄉夏爾維爾，乘著「醉舟」，自由自在而又瘋狂地（「江流讓我隨心所欲地漂去」）奔向了大都市巴黎。以後十年來時間裡，他曾幾十次離家出走，又無數次返回故鄉。蘭波的「出走與返鄉」行為本身便具有啟示性的重大含義，表明了現代詩人的內在品質以及現代人生存的兩難困境。

在城市裡，蘭波究竟看到了什麼？他為何棄城還鄉，然後又離家出走？在蘭波的感知經驗中，城市則意味著一塊「污泥穢土」，一塊「佈滿青苔的靜謐的沙漠」；是「漆飾虛假的天頂，」是「恐怖焦慮與不潔的病態」。人的健康受到威脅，陷入了危險的「苦難之港」。總之，「恐怖時

代已經到來」。[1]面對城市的邪惡與災難，蘭波呼請用「城諜上還留有的一尊舊炮，」「對準華麗的商店大玻璃窗轟擊！往沙龍內部轟去！讓全城吞咽灰土」。他要推毀這座「最黑暗的城市」，以便為保存人類「最後的純真」而建立一個全新的世界，甚至一個全新的城市。正如他在《出行》一首詩中所唱：

看厭，幻覺逢生於每塊雲天。
受夠，市囂城上，黃昏，陽光下，
都依舊。
識透，人生的站口，呵，繁響與
幻象！
出行為了新的愛和新的聲音！[2]

對城市的厭倦使他不能再等待，「新的愛和新的聲音「的召喚使他的出走欲望更加急迫。他決心摒棄「城市的煙塵與行業的喧嘈聲「，走向預示著未來幻象的「奇特鄉野」，「別處的世界，晴天和綠萌所佑護的居處！」（《工人》）他發誓要複生神聖性的本相：

我們浪跡四方，洞泉當酒，
路餅作糧，而我急於尋找聖地與真言。

《流浪者》

由於現代都市人沉淪於城市中功利的獲取與抽象的計算，其原有的敏悟性與感受力早已喪失殆盡，已無法擁有再生新奇事物的靈性與想像力。因此，要想找到「聖地與真言」，「新的愛與新的聲音」，作為尋找者的詩人必須脫胎換骨，（「當他陷入迷狂，終於失去視覺時，他卻看到了視覺本身！」《「通靈人」》書信）必須解放孕育著生產想像力的全部感官，也就是蘭波發明的「我要努力使自己成為通靈人」的詩觀。[3]在蘭波看來，一個

---

1 亞瑟・蘭波：《地獄一季》，《國際詩壇》第3輯（南寧：灕江出版社，1987年），第279-280頁。

2 蘭波：《蘭波專輯》，葉汝璉譯《法國研究》武漢大學法國問題研究所，1988年第2期，第12-38頁。該章所引蘭波的詩皆出自該專輯，不再另注。

3 蘭波：《通靈人通信》，《象徵主義，意象派》（北京：中國人民大學出版社，1989年），第32-38頁。

通靈詩人就是一個「新生的詩人」，他靠「打亂一切神聖的感覺」而獲得超常的感受力和洞察力，從而達到「未知」世界。換言之，通靈者的內在含義就是，詩人應當具有超越給定現實，探索神祕不可見事物的感覺能力，使約定與僵化的感覺和事物「陌生化」，給人們輸送全新的靈性與生存的想像能力，在解放和消除慣常的經驗定勢後，建立一個精神得以棲居的最大可能性，最終達到個體與自然本體世界和諧互融為一的境界。蘭波唱到：

> 在藍色的向晚，我將漫步鄉間，
> 迎著麥芒兒刺癢，踏著細草兒芊芊，
> 彷彿在做夢，讓我的頭沐浴晚風，
> 而腳底感覺到清涼和新鮮。
> 我什麼也不想，什麼也不說，
> 一任無限的愛在內心引導著我，
> 我越走越遠，如漫遊的吉普賽人
> 穿過大自然，像攜著女伴一樣快樂。
>
> 《感覺》[4]

這個通靈詩人的夢源於詩人內心深處最痛苦最瘋狂的精神分裂的湧流處，「我是一個他者」的誕生中，而那個通靈詩人在夢中發現的「大自然」、「新的自我」卻又從未知世界向現代世界奔來。他是一個普羅米修士式的「盜火者」和新世界的「預言家」。蘭波為自己的存在重新進行了命名，即詩人必須是通靈人和竊火者。為了實現這一偉大的夢想和完成這一神聖的使命，蘭波踏上了遙遠的朝聖之途，他將為這個謀殺者的世界帶來什麼呢？

二、遊戲，狂歡節／神仙的旗林

蘭波出遊而欲想建造的世界絕非一個建基於現存世界模式之上的世界，而是一個通靈詩人呼喚大洪水再一次滅世後（「——水塘，湧現吧，——泛起的浪花，湧向橋頭，越過林場吧，——黑絨的台毯和排排鍵管風琴，——閃亮和響聲，騰空旋滾吧；——大水和悲傷上漲再氾洪水吧。《洪水過後》」）而聳現的全新世界——一個聖地而始原的世界。其中，

4 蘭波：《世界抒情詩選・續編》（瀋陽：春風文藝出版社，1987 年），第 139 頁。

金殿、野性、魔術、樂園、棕櫚園、水晶天宇、牧草翠綠而茁壯的牧場、翡翠的園屋頂、大理石露臺、茅屋中的喜歌劇——鮮花、花果、飄香的花籃——美玉寶石、盛裝、樂器、金色的瀑布、斑斕的青銅——新登基的女王、王子、精靈、珍禽異獸、高大美神、舞蹈的天使、風度翩翩的潘神——圍獵、奠酒、童話中華麗的馬車、仙國的車隊、輕柔美妙的旌旗是他新生的聖地世界所得以構成的基質幻象。從這些原質性幻象中可以觀出，詩人蘭波並不是以現世界為參照系對理想世界進行描述，而是的的確確以通靈術的幻想世界為尺度在進行一種「開天闢地」的嶄新創世，這也許就是蘭波與波德賴爾所不同之處。[5]蘭波不再像其前輩波德賴爾那樣在人間發動一場駛向天堂的戰役，他本身就已在天堂世界之中並親自觀看他的新世界的創生（「我參與我的思想的誕生，我觀看它，聆聽它」。《「通靈人」書信之二》）。正如他自己所說：「他達到了未知，而當他在迷狂中失去對他之所見的理解力時，他真正看到了他的幻象」（《「通靈人」書信之二》）！也就是他在《醉舟》一詩中所展示的這一神祕過程：「我狂奔啊！連那些流動的島嶼／都沒有遇過這般激越的震盪」，「讓我龍骨粉碎！讓我化身汪洋」，「我目擊了人們想像中的事物」：[6]

> 這裡有一座又一座的城池！有一個民族，夢中的亞勒加尼斯峰與黎巴嫩山為它高聳！水晶與木頭建構的停榭在無形的軌道與滑輪上運行。周圍站滿巨人，長著銅棕櫚的老火山口在烈焰中發出韻味十足的狂吼。情侶們的狂歡在倒懸於這亭榭之後的天渠上轟鳴。被追殺的排鐘在峽谷裡發出嗚咽聲。成群的巨人歌手穿著猶如群峰之巔射來的陽光一般光鮮的衣衫舉著彩旗湧過來。羅蘭之輩在深淵之間的平臺上奏響他們的武功。在飛架溝壑與客棧房頂的天橋上，穹蒼在它的熾熱的旗杆上張燈結綵。對神靈的頂禮膜拜崩塌後落向高原，而那些長著六個翅膀的半人馬星在此於雷崩時演化。在高聳的山顛上，有一片汪洋被維納斯無休止的誕生攪得混濁不堪，充盈著俄耳甫斯的波濤和珍奇的寶珠和貝殼，這一片汪洋隨著放射出致命波光而時時暗淡。在那連綿的坡地上，人們收割大若我們的兵器與杯觥的鮮花，發出陣陣呼嘯。麥布仙女們的儀仗女身著棕紅、乳白

---

[5] 查理斯 · 查德威克：《象徵主義》（北京：昆侖出版社，1989 年），第 33 頁。

[6] 蘭波：《醉舟》，程抱一譯《象徵主義，意象派》，第 247-250 頁。

> 長袍從溝壑中冉冉移出。在高處，群鹿把腳伸進瀑布與荊棘叢中吮吸著戴安娜的乳汁。那些城郊的使女嗚咽不停伴隨著明月的熾烈與狂吼。維納斯走進鐵匠與隱士的洞穴。排排警鐘高歌各民族的思想。白骨堆砌的城堡傳出陌生的樂曲。所有傳奇故事都在演變，成群的駝鹿蜂湧進這些小鎮。風暴的樂園在坍塌。蠻荒時代的先民在黑夜狂歡時狂舞。子夜一點鐘我曾走進巴格達的一條大街人流中，那裡有成群的人在厚實的微風中為新工作帶來的喜悅而歡唱，我走著，腦海中無法排除那層巒疊嶂的神奇幻影，那才是大家先前該重聚的地方。
>
> 誰會伸出一隻有力的雙臂，在某個美妙的時辰再還我這片福地是我從中汲取睡夢和所有一切大小活動？
>
> 《城池Villes》[7]

這便是通靈詩人蘭波在夢中／想像中所目擊的新世界圖像，而且其中心的意義不僅在於詩人親眼目睹了這樣一個全新的世界，而還在於詩人在夢中／想像中創造了這樣一個世界，即，這是一首夢之夢，想像之想像的詩，而那個新世界則是一個理想的理想、天堂的天堂的世界。在這裡，詩人既是一個創造新世界的主體，又是這個新生世界在被創造之瞬間過程中的洞觀主體。無疑，蘭波的烏托邦詩學觀在這首詩中達到了完美而絕妙的呈現。那灌注全詩的先民激情遊戲的歌唱，粗獷至樂的狂歡以及眾仙們在發光的彩旗林中的舞蹈是蘭波的烏托邦理想和衝動的最鮮明的具顯。亦是說，那遊戲、狂歡、神人同舞共歡；鮮花、陽光與珍奇自然同存共在；一切事物自在俱足的狀態就是詩人蘭波理想之理想，夢中之夢，田園中之田園了。

依照德國著名浪漫主義美學家弗・席勒的洞見，在人的一切狀態中，正是遊戲而且只有遊戲才使人成為完全的人，才使作為人性的圓滿實現的美得以完成，才使人的感性和理性的雙重性得到抒發。所以，他宣稱，「人同美只應是遊戲，人只應同美遊戲。說到底，只有當人是完全意義上的人，他才遊戲；只有當人遊戲時，他才完全是人」。[8]正因為如此，只要一個人為了滿足他的遊戲衝動而出行去尋求他的美的理想，席勒說，那是絕對不會錯的。席勒把「遊戲」（Spiel／play）和「遊戲衝動」拈出來

---

[7] 蘭波：《彩圖集》，《法國研究 ・ 蘭波專輯》，第20-21頁。

[8] 弗裡德里希 ・ 席勒：《審美教育書簡第十五封信》、馮至等譯（北京：北京大學出版社，1985年），第76-81頁。

作為消解人的存在分裂狀態和人的生活脫節狀態，從而達到人的自由和健全的終極和諧狀態的根本仲介性手段，說明了具有表演性而非異化性，自由求樂性而非約束壓抑性，激情詩化性而非靜慮智化性為特徵的遊戲／遊戲衝動才是現代沉淪世界中人存在的本性和渴求的價值形態，而且也從另一個角度闡發了詩人蘭波以遊戲／遊戲衝動去創造新世界的手段和作為其價值存在形態的青春期激情生髮的過程（「飢餓、焦渴，呼叫，跳舞，舞蹈，跳舞，舞蹈」《地獄一季》）。對蘭波來說，遊戲衝動只是一個更盛大的節日的序曲，一個點燃青春期激情暴動的催化劑。也就是說，遊戲衝動在消除諸對立／矛盾關係之後不斷為另一個盛大而醉喜的節日的降臨敞開了廣闊而澄朗的空間。這個蘭波時刻夢想的壯麗又輝煌的節日便是人類在新生世界裡重新聚會的狂歡節：

> 在黎明時分，我們武裝著熾熱的耐心，
> 將進入壯麗的城市。
>
> 《地獄一季》

一個無不讓人感到驚奇的精神現象就是，與蘭波正好同時代的德國著名詩人哲學家尼采（1844-1900）在其名著《悲劇的誕生》中對狂歡和醉境為精神特徵的古希臘酒神狄奧尼索斯的描述幾乎完美地體現了蘭波狂歡空間的理想。尼采認為，酒神衝動是人對自我否定而複歸世界本體的衝動，它追求一種解除個體化束縛，返歸原始自然的狂喜體驗；它是從人的最內在天性源泉處湧奔出的充滿幸福的醉喜。即，所有原始人群和民族在「春日熠熠照臨萬物欣欣向榮的季節，酒神的激情就蘇醒了，隨著這激情的高漲，主觀逐漸化入渾然忘我之境」。[9]而「在這個酒神的魔力下，不但人與入重新團結了，而且疏遠，敵對，被奴役的大自然也重新慶祝她同她的浪子人類和解的節日。正是在此刻，貧困、專斷或「無恥的時尚」在人與人之間樹立的僵硬敵對的藩籬土崩瓦解了」。正是在此刻，「人在世界大同的福音中，每個人感到自己同鄰人團結，和解、款洽，甚至融為一體了」。「人輕歌漫舞，儼然是一更高共同體的成員，他陶然忘步忘言，飄飄然乘風飛揚。」在這一魔幻化的醉狂狀態中，人如野獸，大地流出牛奶和蜂蜜，超自然的奇跡便出現了。「此刻，他覺得自己就是神。他如此欣喜

[9] 尼采：《悲劇的誕生》，《尼采美學文選》，周國平澤（北京：三聯書店，1987年），第5-6頁。

若狂，居高臨下地變幻」；「整個大自然的藝求能力，以同一的極樂滿足為鵠的，在這裡透過醉的顫慄顯示出來了」。[10]酒神精神所內具的振奮人心的狂歡體驗；那種對人生日常界限和規則的毀壞；那種生命力完滿釋放的歌詠和舞蹈激情；那種神聖的宴飲和神話日的興高采烈；那種眾神復活所激起的芳香和繁榮以及那神人同慶的偉大儀典皆是作為通靈詩人的蘭波精神幻象中的理想狂歡式原型。透過這一狂歡式原型，我們便可以在一定程度上理解蘭波的非連續性／斷裂性欲望句法（discontinued syntax of desire）。

隨著現代語言學的革命，人們對語言本質的理解已發生了根本性的變化。語言（Language）已不再簡單地被看作一種交流溝通的媒介，語言還是一種立法，語言結構則是一種法規（code）。語言具有壓制性的，使人屈服的和支配性的功能，即，我不是在說語言，而是語言在說我以及操語言者必須符合語法、句法和詞法所規定的約定俗成的秩序規則。[11]然而，當狂歡化狀態（即狂歡式轉化成文學的語言）出現時，即，當一個人完全捲入了他內在欲望的漩渦並受到其欲望、夢、幻覺的任意擺佈時，語言的法規與約定的秩序將不可避免地遭到摧毀和破壞。這個生活在狂歡式狀態中的人只聽從欲望原則的支配，並在不可控制的欲望高漲和激盪中把語言推向白色的極限，突破語言堅硬凝固的外殼從而遁入一片空白，一種字詞自由迸發，一塊前語言的渾沌，一座無退路的頂峰上自我殘殺和空朗的天空下清新的始初之境的創世樂土之中。在這個時刻和在這片樂土中，任何寫作都意味著一些字詞的不規則的排列，一些意義已被完全抽去的直立的短句。它們在欲望湧流中永不能固定，只能混合著，迸發著，各自撞擊氛圍中不可預測的流星體並生產出更多的欲望分子。[12]由於狂歡式行為，即混合的遊戲形式、全民性、無所不包性，導致了對「所有的日常法令、禁忌、等級制與限制」的瓦解，這就決定了狂歡具有的語言形式——隨意性、坦率、斷裂性。[13]

蘭波在狂歡式中的烏托邦衝動迸射致使其語言的非連續性／斷裂性達到了最大的極限。因為對理想，完美的幻景世界的急切嚮往，蘭波通過「語法中斷法」（aposiopesis）幾乎謀殺了語言的一切「優秀分子」，使詞

---

10 同上書。

11 羅蘭・巴特：《符號學原理》（北京：三聯書店，1988 年），第 4-7 頁。關於這方面的見解，請參閱索緒爾，福柯，德里達，克利斯蒂娃的有關論述。

12 參閱G・德魯茲和F・圭塔里：《反俄狄浦斯：資本主義與精神分裂症》（紐約：維京出版社，1977 年版）。

13 M・巴赫金：《陀思妥耶夫斯基詩學問題》（北京：三聯書店，1988 年），第 196-183 頁。

語與現實之間的對等性原則遭到脫節。如下列詩行所示：

> 哦，棕櫚樹！金剛石！——愛情，力量！——高於一切歡樂和榮光！
> —無論如何，所到之處，——魔鬼，上帝，——此生的青春：我！
>
> 《焦慮》

> 赤炭，傾瀉的急作的嚴霜，——輕柔甜美！飄奔的鑽石流由不斷烤焦的地心向我們迸發光彩，——呵，世界！
>
> 《野蠻》

> 聲浪如瀉，在演喜歌劇的茅屋後奏鳴。燈彩繽紛，在梅安得爾河旁的果園和小徑延伸，——紅顏色的落日時分。賀拉斯筆下的仙女，第一帝國的髮型，——西伯利亞的圓舞，布歇畫的中國仕女。
>
> 《冬天的喜慶》

這種字詞和短語的句法是「一種修辭學的突然沉默，它們彷彿是蘭波的理想他者」。[14]而其身體的青春期激情遊戲、新世界的崛起開闢了毀滅和啟示共存的空間，使蘭波不斷沉醉在無限的句法替換與結構分裂之中，從而因幻想的激盪使其日常經驗幻覺化。蘭波首先就是使時間幻覺化，即，對現時時間進行澈底的還原，以顯現出「通靈詩人」所觀悉到的初始世界的全新圖像。在這時間的幻覺化還原中，城市所構成的實在世界被否棄了，而由史前初始世界所意向的整一性本原世界再一次在還原的喚醒中被敞亮了出來，並環護在時間意識被溶解後的非邏輯邊緣，不斷使潛意識的返歸行為得到確認和構形。蘭波唱道：

> 回歸土地吧，村民！
>
> 《地獄一季》

> 啊，寶石返回大地——
> 鮮花重新開始注視我們。
>
> 《洪水之後》

---

[14] 傑姆遜：《蘭波及其空間文本》，《重寫文學史：香港第二屆國際文學理論大會論文集》，（香港：香港大學出版社，1984 年），第 67-92 頁。

三、大回溯運動：極地／冰川幻景

蘭波所處的時代是一個西方從市場資本主義轉向壟斷資本主義的階段，而且也是世界發生完全變革的時代。一方面，個體的具體經驗已經不再重要了，抽象思維主宰了一切；另一方面，根據各種不同的心理功能而出現的知識與精神的勞動分工，專門化與科層化開始形成，人的心理異變成了不同的零碎化的分裂功能。[15]在這個無中心的情境中，蘭波卻夢想著「風俗大變革，種族大遷徙、大陸移位」等神奇的大變動，又對怎樣通過脫胎換骨而創造一個全新的身體以保存獨立的心理自我倍加困惑。「呵，讓我龍骨粉碎！呵，讓我化身汪洋」（《醉舟》）；「飢餓、焦渴，呼叫，……我身後一無所有」（《地獄一季》）;能否把科學幻景的變故和社會博愛的運動當作複歸原初坦誠的通途去珍愛？……」（《焦慮》）。這種悖論式的焦慮激發了蘭波決心創造一個理想、絕妙、嶄新和完美的烏托邦幻景世界。但是，他一直陷入這樣一種困境，即，城市以怎樣的方式消失而詩人又以什麼樣的世界來替代這一缺空狀態？《大都市》一詩揭示了蘭波的奇妙幻象：

從湛藍的海峽到奧西恩海洋，
跨越葡萄酒氣的天空洗染過的桔黃和玫瑰色沙地
水晶大道升起，縱橫交錯——

隨即，大道上擠滿了貧窮的年輕人家，
他們以出賣水果為生——一切都不富裕
——這座城市！（La Ville！）

逃離瀝青的荒原，
一路潰敗，濃霧中升起可怕的裹帶，
倒轉又下墜，在最黑暗的天空盤旋，
一個愁慘的大洋騰起陰森的煙氣，
全是些盔甲，車輪，船身，馬屁臀—
——這場戰役！（La Bataille！）

---

[15] 傑姆遜：《蘭波與空間文本》，第 66-70 頁。

抬起你的頭！看這座弧形木橋，
撒瑪利亞最後的菜園；
那張張在燈籠下為寒夜所抽打的塗彩臉龐
一個純厚的水仙女，一身長袍籟籟作響，
深棲在河底。
那些庭園重重豆架中閃閃發亮的腦袋，
和其他的無數幻影——
——這座鄉村！（La Campagne！）

大路兩旁，豎立著柵欄和圍牆，
勉強遮蔽了樹林，
那些難聞的花卉，名叫心肝和姐妹——
大馬士革的詛咒，沒完沒了——
非凡貴族縱享一切
（外萊茵區，日本人，瓜拉尼亞人）
仍能接受古人的樂曲。
——還有幾家永不開業的小客棧；
還有女公主，（如你尚未太疲倦）
遙望星宿——
——這片天空！（Le Ciel！）

清晨，在閃光的雪中，
你與她博鬥；口唇碧綠，明淨的雪，
黑色的旌旗，藍光閃爍，
極地的太陽光紫紅的芳香——
——你的力量！（La force！）[16]

這首詩既全面展示了蘭波尋找新生世界的過程，又表明了蘭波對文明存在狀態的基本態度——一種巨大的回溯性時間的回返運動。在回溯性運動中，由城市所構成的現代文明在一步步從詩人主體的時間記憶中返退，

[16] 蘭波：《彩圖集》。該詩是筆者在葉汝璉先生譯文基礎上，根據傑姆遜英譯本而改譯的。

歷史在一步步地消失，最後，在無時間的渾沌盲源處則升起了一個蘭波幻象中的完美自我與全新的世界——「此生的青春：我！」（《焦慮》）和「潔白如雪，歡歌鼓舞的國度」（《地獄一季》）的「極地世界」（Polar World）。在第一節裡，城市的興起，寬敞的大道——地平線——貧窮大眾——商業世界構成了現代城市的主體。這是一個」水晶的世界」，即城市的「非自然性，礦物質性和非人性」特徵。[17]緊接著就是工業文明的擬人化／隱喻化處理，喻示工業文明的爭鬥，掠奪和殘酷。在其中，詩人用了「可怖」、「最黑暗」和「邪惡」等否定性的修飾詞來敘述這場在瀝青荒原上空工業煙霧與廢氣的殘殺，其旨義便是詩人對工業文明的情感否定。在第三節中，詩人回溯到了一個由封建形式、農民文化和武士貴族階層所共同構成的一個田野、魔術與童年的文化時代，一個異常神祕而自然化／農業化／鄉村化的世界。然後，詩人從地表時間記憶狀態上升到了無時間概念的空間視角，並由此發現一個封建統治的整體空間一天空！時間和歷史便在這片純粹空間中開始消隱了（「還有那些永不再開業的小客棧」）。蘭波在這一節裡已發出了毀滅和啟示的強大預言。在時間與歷史消失了以後，最後詩人便來到了一個洪水之前的創世世界——極地和冰川世界。冰與雪的景象暗示著詩人向童年和愛情的重返。這就是詩人蘭波四處流浪要尋找的「新的愛與新的聲音」，「聖地與真言」的新生世界，即人類力量的源泉的誕生地。最後一節中的「雪與冰」的啟示呼應著第一節中的「水晶世界」的整體幻象，也就是說，水晶城市——「非自然性，植物性與遊戲性」構成了對立場，從而引發了以冰川時代（Ice Age）為其新生世界崛起的強烈的烏托邦幻象。城市——工業——鄉村——天空——極地世界這個大回溯性時空運動正是詩人蘭波對一直困繞著他的難題所尋求的完美解答，城市在時間的還原中的消失正好預示著新生世界的誕生。如下圖示：

[17] 對該詩的詳盡討論，請參閱傑姆遜：《蘭波與空間文本》。傑姆遜的洞見極大地啟發了筆者對該詩的解讀。

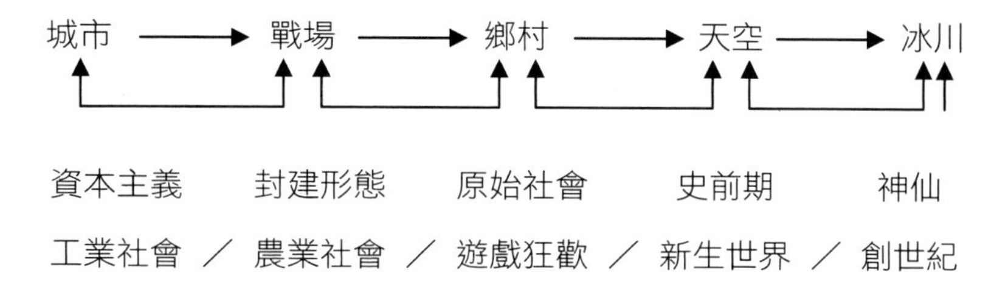

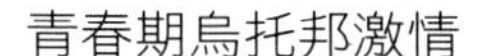

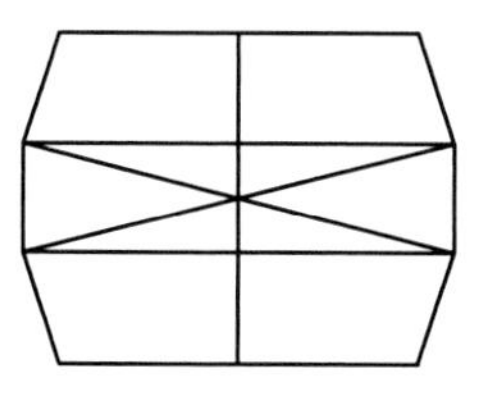

冰川／極地世界

如上圖所示：蘭波在城市與鄉村這二極對立之間並不是求得其矛盾的和解（即理想化的解決方式），而是建立一個強大的中間項（neutral term）——極地世界，由此而消除了現代社會進步的新空間與史前期的舊空間之間的對立和張力結構，從而為現代人的烏托邦夢想尋著一個非對立性的去處。詩人蘭波的創世意義和拯救功能便在此彰顯了。

從前述中可以看出，詩人蘭波始終把持著一種堅強的信念和求索精神，超越都市的非人性現實，以一種強勁的青春期激情，為現代人創造了一個壯麗而燦爛的理想世界。正如他自己所說，「我們將在什麼時候穿越遠方海岸和山嶺前去朝拜新的勞動，新的智慧歡呼暴君，魔鬼逃亡而去，迷信終結，去瞻仰人世上新的聖誕。」為此，他決心要做去得「最早的一批人」。[18]

本篇原載《四川外語學院學報》1993年第1期

[18] 蘭波：《地獄一季》，第279-280頁。

第四章　匱乏時代的放逐與第一故鄉的慶典——里爾克的後家園幻象

大地饋贈（The Earth Bestows）

里爾克：《俄爾甫斯十四行詩第一部之十二》

從歷史邏輯角度來看，波德賴爾與蘭波都是對都市化與工業化的非生存性本質的最早覺醒的一代詩人。他們對代表一切醜陋性以及造成了人性物化異化的都市文明深惡痛絕，在深深地體驗了都市人的墮落，痛苦與罪惡之後，他們決心在詩歌的聖園中重新恢復或創造一個更美好的理想生存狀態，以挽救這個危機四伏的文明世界。然而，由於他們是與都市化社會的崛起最早碰撞的詩人，當都市的巨大陰影在始初一侵入到他們意識深處的內在觸角時，他們首先關切的急迫問題就是，如何找到一個存在於這個都市文明之外的更理想的生存秩序以取代現存的非理想的世界？所以隨之而就出現了波德賴爾在遠離城市之外的遼闊島嶼，大海與異國他鄉所幻想起的「人造天堂，」蘭波在遠離歷史時間之外的極地所創造的「史前冰川世界」。由於歷史語境的局限，他們沒有深思或至少還沒來得及思考人與世界的最基本，最本源的關係，即，人與事物，人與大地以及人與家鄉打交道的最基本的具體存在方式。也就是說，作為在者的人，作為人類如何沉浸於，紮根於和嵌入這個世界，即這個地球之中，而不是在世界物質之外，並又以何種具體方式與心理狀態體現人在家鄉之中的本真存在方式與神祕的親緣關係。更確切地說，就是：作為有機體的人類究竟該以何種方式與我們置身投足其上與日日相交之中的物質世界打交道呢？先行者未思及的空白正好預示著未來詩人的出現，亦即，是高懸的空白在召喚著未來詩人的誕生，或者說，是未來詩人在召喚中發現了這一敞懸著的空白世界。這樣，在世紀轉型的大變動中，詩人里爾克應運而生了。

奧地利德語詩人勒內・瑪利亞・里爾克（Rainer Maria Rilke，1875-1926）以其卓越的詩藝和純粹的精神質素被譽為一眼「偉大詩歌的清泉」（本恩語）。這一淙詩的清泉不但哺育了現代西方詩人，而且也滋潤了中國現代詩歌（上至三，四十年代的詩人如馮至，鄭敏，陳敬容，穆旦等，下至八十年代初期和中期的「朦朧詩」與「後朦朧詩」或「新生代詩」）。里爾克的兩行名詩「誰言勝利？挺住便意味著一切！」幾乎成了中國當代詩人擁贊的精神座右銘。這位以沉思者和智者的形象屹立於西方精神世界中的偉大還鄉詩人，在西方精神處於「最匱乏的時代」（海德格爾語）裡，終生漫遊，漂泊，在找尋他詩性幻想中的「真正故鄉」，上下求索以確定人在世界中的存在本真。作為生活在科學時代而背鄉離井的現代詩人，里爾克洞悉到了由現代文明所滋生的種種症狀，即人的精神與心靈的貧窮，異化與分裂，空虛和無家可歸。他以其獨特的言說方式表達了他對都市恐懼與空間孤獨；無家可歸與還鄉意志；物化與大地轉換和世界內在空間幻想的深刻的內在體驗，從而加入了詩人還鄉和拯救危機世界的偉大歷程。

一、都市恐懼與空間孤獨

在里爾克看來，城市的蔓延搗毀了人的靈性，使健康而美妙的事物消失了，世界從此變得邪惡醜陋。不僅如此，城市對鄉村的征服和侵佔不但遮蔽了一切神性之物，而且還使通向聖物（美妙而健康之物）的途徑給斷絕了。這樣，城市就變成了一座巨大的空虛深淵，都市人便陷入了普遍的虛無之中，從而最終導致了對生命本真性的忘卻。1902年，里爾克首次來到了大都市巴黎，他描述了他在其中的劇烈痛苦，甚至是難以忍受的痛苦：「巴黎是恐懼之城，貧窮之城，死亡之城……就這樣，人們來到這裡，為了生活，我卻認為，在這裡只有一死……這座城市很大，大得近乎無邊苦海。巴黎？在巴黎真艱難。像一條苦役船，我無法形容這裡的一切是多麼地令人不快，我難以描繪自己是如何帶著本能的厭惡在這裡蹀躞」。[1]他把巴黎描述為「一個大潰瘍」，「痛苦的樓閣」，「新式動物，苦難賦予這動物特殊的器官，飢餓和死亡的器官，」而如過客的都市人「頑強地生活著，支撐著，似乎在期待著什麼，他們好像一條被剁成碎塊的大魚，抽搐著，雖然已經腐爛發臭，但還是活著。他們活著，靠虛無，靠體表的塵土，靠煤渣和污垢活著，靠狗嘴裡的殘羹剩食，靠被荒唐地打碎，不斷有人買去用作莫名其妙用途的東西活著」。[2]由此可見，里爾克對巴黎城的感受是如此恐懼，如此殘酷，其描述是如此的深刻和毛骨

---

[1] H・E・霍爾特胡森：《里爾克》（北京：三聯書店，1988 年），第 114-117 頁。

[2] 同上書。

悚然，這只有從後來詩人愛略特的《荒原》中見到這種對大都市的描寫。在里爾克的詩學觀念中，城市造成了大地的分裂，使神遭到放逐，世界從此進入了最匱乏的暗夜。而沉淪的都市，不但於時代的匱乏而不顧，不顧無邊的苦痛與無名的悲哀，反而一意孤行地，變本加厲地盤剝，侵佔大地，使神的再度降臨於世越發不可能。里爾克倍感恐懼，一方面，對沉淪的都市人越發沉淪感到恐懼；另一方面對難以為神的顯現找到一個適宜的居所而恐懼。神因不能降臨大地而在蒼天之上感到孤獨，而詩人則因為沒有神的在世也感到孤獨。詩人唱道：

然而通向你的路可怕地遙遠，
久已沒有人行走，荒草淒迷。
呵，你孑然一身，像那顆
步向深谷的心。你就是孤寂。

《祈禱書》[3]

這是一個「嚴重的時刻」，眾人越來越遠離了神性，「生活啊，這是比所有物體更沉重的重荷」（《鄰人》）。都市在不斷地為所欲為，把世界的一切規定為一個可供製造的對象而加以虜掠。一個個性靈被摧毀，一個個民族被焚燒。現代世界的製造欲望愈來愈強，愈來愈毫無顧忌，完全失去了節制和平衡。然而，人並非因無條件性的製造而增加什麼，反而失去了自我，其本性已被消滅，個人成為了渺小又虛弱的無機物。

城市總是為所欲為，
把一切拖入自己的軌道。
它摧毀生靈，如同朽木；
一個個民族被它焚燒掉。

城裡人致力於文明事業，
完全失去了祥和平衡，
蝸牛的行跡被稱作進步，

[3] 里爾克：《里爾克抒情詩選》，楊武能譯（成都：四川文藝出版社，1988年）。文中所引里爾克的詩皆出自該版本，不另注。

要想快跑就得放慢速度，
他的擠眉弄眼如同娼妓，
製造噪聲用玻璃和金屬。

他們彷彿中了邪，著了魔，
他們已經完全失去了自我；
金錢如東風陡起，轉眼間，
威力無窮，而人卻渺小又
虛弱，只能聽任酒漿和
人畜內的毒汁刺激他們，
去把事業的過眼雲煙追隨。

《祈禱書》

里爾克痛恨現代社會把金錢（紙幣）用作衡量一切價值的萬能尺度，因為機器製造而成的紙幣不過是價值的圖像，完全失去了事物的具象真實性。但在交換市場上，經過精確計算的抽象價值，紙幣就把人的人性與物的物性給切除了，這樣，錢幣就成了左右人們一切活動的「意志的意志，」[4]並把一切在者都驅入了屬於精確計算行為的買賣交易中了。里爾克要求恢復這些事物的美好本質，使之成為一切事物之中最可理解的事物，他唱到：

礦石鬱鬱思鄉，它可望
離開錢幣，離開那
將它引入生命迷津的軌跡。
它鄙棄工廠，置棄金屬
不去受卑下的熔鑄，
而是重返遭開發的山脈
而後山脈將又一次關閉，將它留住。

《朝聖書》

4　馬丁・海德格爾：《詩・語言・思》（鄭州：黃河文藝出版社，1989 年），第 121 頁。

二、無家可歸與還鄉意志

神性已從現代西方世界中抽身而去了，正如海德格爾所說：「上帝的隱遁意味著沒有神再來旗幟鮮明把眾人與萬物攝聚到自已的周圍，並通過這種聚集在其中安置世界的歷史以及人的家居之所」，[5]從此，現代人便處於虛無之中；而城市對大地的暴掠又使大地去而不返，世界因此而懸垂於深淵之上。里爾克呼喚道：

我沒有愛人，沒有家，
沒有生存的立足之地。

《詩》

誰能告訴我，
我的生活去往何處？

《新詩集》

何處，啊，何處才是居處？

《杜伊諾哀歌之五》

在這個技術統治的時代，人失去了自我，沒有了家園，沒有了居處，在無家可歸的焦慮中心靈倍受折磨。然而，在這個黑暗的時代裡，里爾克卻暗暗感到「很可能：一種偉大的力正在／我近旁萌動，繁衍」（《祈禱書》）。他決心在世界之中為現代人尋找一個家園，使其漂泊的精神在其中得以安然棲居。

在里爾克看來，故鄉意味著一種特別「親近」或「緊密」的開放性中的人道現狀總和，故鄉是一種以啟示的形象出現的，始終處於被感情奉為神聖的狀態之中的存在整體；它是「一種堪稱楷模的，標準性的環境，以相應的客觀物體與內心世界的所有方面相抗衡的環境」。[6]也就是說，就個人而言，故鄉不僅是「楷模的，標準性的環境」，即最美妙，最不可替代的生存處所；而且在普遍意義上，它還是最理想的環境，是大自然與內在心靈完完全全相融合的境界。「故鄉」是一種「環境」，確切地說，「故鄉」的所有

---

[5] 海德格爾：《詩 · 語言 · 思》，第 97 頁

[6] 霍爾特胡森：《里爾克》，第 104 頁。

方面都是人們最理想最滿足的棲居之處，人們生活在不斷呈放神性和親切人性的整一的「故鄉」之中，而「故鄉」又提供人們棲居的一切整體性。故鄉與任何親在的「分裂」與「異化」相抗衡，從而獨立於世，成為一個創造性的不定形的基元。總之，故鄉是詩人所理想的一切，無邊的一切。

1903年，里爾克遨遊在俄國的伏爾加河上，他初次飽受了精神在家性的絕妙狀態，他寫道：「我迄今所見不過是土地，河流與世界的圖像罷了」，而現在，「我在這裡看到的則是這一切本身。我覺得我好像目擊了創造」。[7]伏爾加草原上的「裸足」而行使他沉浸於大自然的土生土長的風範，使他深深感受到了還原「真實」的突破性狂喜。伏爾加河旁的鄉村中漾溢著的「風光正茂的幸福感」澈底地感染了他，征服了他，使他不知從何處著手呈現他對這些「裸足」行為的「本質與奇跡」。[8]他在描述沃爾普斯韋德散步時所感受到的自然與鄉村感覺原本的整體性時說：「晚風拂面，我們一起原野散步……，四周氣象萬千。無垠的天幕下橫躺著蒼茫的田野，起伏的山丘猶如長長的波浪，無數的歐石南花迎面擺動……隱沒在天際，」他把這種「原本感覺」稱為「故鄉與蒼天」，他寫道：「對我來說，它是故鄉，是我所見到的第一個有人生活的故鄉，除此之外，所有的人都生活在異鄉，所有的故鄉都杳無人跡……」。[9]1904年，里爾克來到了丹麥哥本哈根的弗萊迪，他住在他的一個鄉村朋友家裡。夏日的丹麥鄉村，夏雨淋淋，草地，樹林，鮮花清新撩人。里爾克再一次赤裸的腳掌親吻著大地，盡情地品享著這種自然，健康的生活。他懷著深切的感激之情頌揚為自己周圍社會奠定基石的鄉土聖情。他獲得一種從未有過的內心自信，而這種自信最親切地回答了什麼才是真正的生活方式這一不斷糾纏著他的難題。[10]

這裡是並非不可名狀的時光，
這裡是他的故鄉。
說吧，承認吧。

《杜伊諾哀歌之七》

四處漂泊而尋找家園的里爾克在故鄉的田野不斷湧現的新靈性中走向

[7] 霍爾特胡森：《里爾克》，第61頁。
[8] 同上書，第76-77頁。
[9] 同上書，第126頁。
[10] 同上書，第127頁。

自由，幸福的故鄉，並真誠地守護著這一親切神性的家園，使它更加富足而不致再遭劫難。他唱到：

蔑視命運吧：我們生存的美好的富足！

《俄爾甫斯十四行詩之二十二》

人本應存在於家鄉之中，而家鄉本應存在於大地之上。但是，現代西方精神卻違背了這一事實，它們利用現代科學技術一意孤行地沉醉在對外部世界，可見事物的征服和製造之中，人與大地便日漸對立了起來。大地之上的家鄉便遭到了放逐，從而使人陷入一種空虛，荒誕的孤立無援的狀態。里爾克充分認識到人的這種危險處境，他唱道：

這村裡站著最後一座房子，
荒涼得像世界的最後一家。

《這村裡》

正是現代人利用了技術的力量去剝削大地，把具現家鄉與大地本性的事物據為計算性的佔有物從而違反了技術是天命的召喚的本體思想，才造成了對物與大地的破壞性惡果，才造成了家園的荒涼慘狀。里爾克對現代人一意孤行的探索，佔有與盤剝行為憤怒至極，他抗議道：

我不斷警告，抗拒：請遠離些。
我愛聽萬物的歌唱，可一經
你們一觸及，它們便了無聲息。
你們毀了我一切的一切。

《我如此地針對人言》

里爾克認定他自己就是家園與大地的「最後一位繼承者」，但他究竟最後繼承了祖先們遺留給他的什麼東西？

他們留給我的遺產，我掙得的。
永久權利是——無家可歸。

《最後一位繼承者》

他沒有歸宿，是因為家園已不存在於大地之上了，大地也一去不復返了；他更不能存在於體現家鄉與大地本質的事物之中，因為這些事物早已被盤剝，強佔為已有之物了。

從人的本體存在來講，人不能沒有大地，也不能沒有體現大地本性的事物作伴，否則人就無法談論何為人了。既然大地之於人就如同血液之於人一樣重要，且必不可少。那麼大地與事物究竟是什麼？人應該以怎樣的方式與它們相觸相待呢？

在里爾克的詩學概念中，大地（ungrund）即為自然，即為存在所顯現的元初之力。這元初之大地就是人本身所是所在的純粹的根基。植物，動物與人於其上全然是在者。「正是大地作為媒介，在居中調停存在，使萬物聚攏，使其返歸本身」。[11]大地是一個「偉大的整體性和諧」，是「我們在其中運行和使用的萬有中心」。[12]大地不能被規定，被製造和被盤剝，人怎麼能製造和盤剝生命於其上存在並為生命供以滋養的元初之力呢？人只能棲居在大地上，他不能向大地挑釁以佔有大地。作為人在大地上的終極目的就是：他只能利用其技能去播種以捐獻對大地置於他保護之下的感激之情，去收穫以接受大地元初之力的饋贈（Bestowings）。人通過播種使大地更加富足，而大地則通過饋贈使世界越發青春華茂。里爾克歌唱道：

> 大地，親愛的大地，
> 我渴慕，我要！
> 慶賀聯接我們的精神吧；
> ……
> 純粹的張力，啊，力的音樂！
> ……
> 不管農夫是耕作或是憂慮，
> 那裡，種子變成了夏季
> 他從未採取。大地饋贈

《俄爾甫斯十四行詩第一部之十二》

11　海德格爾：《詩・語言・思》，第111頁。

12　里爾克：《附日記》，參見《俄爾甫斯十四行詩》英譯本（倫敦：諾頓出版社，1943年），第133頁。

三、物化概念與大地轉換

大地饋贈（bestow）什麼呢？大地饋贈「物」（Things）。在里爾克看來，物就是存在的化身，是世界存在於大地之上的最終本質。物是內心世界中的多樣性的聖質，是全部的存在，是一種創造力與存在始基的傑作。海德格爾說：「與我們親近者，就是我們通常所說的萬物」。[13]人生活在物之中，並通過物而體現出人的最終人性。作為「物的後裔」的里爾克認為，詩人不是去感受物的物性與人的人性，而是它們感覺到詩人的存在，它們「朝著我們呼吸」。詩人的職責只能去聆聽物的物性以奉獻出「傾聽」後的「圖像」並加以歌唱。然而，在現代世界中，由現代技術與製造性的機器工業在無端地踐踏物，把體現人的人性的物製造成了沒有人性而又反過來控制人的商品加以出售；在計算性與探究性的征服中使物的物性的神祕本質暴露於光天化日之下，成為毫無保護性的異在之物。里爾克哀嘆道：「活力神祕之物，即，我們所體驗的事物，即，那些熟識我們的事物，正在衰落而將永遠不可能有替代物了。我們或許是仍然熟識這些事物的最後的人。我們肩上不但擔負著持有它們記憶的使命，而且還持有其人性與家園價值的使命。大地別無選擇，唯有使其成為不可見之物（the invisible thing）」。[14]他認為，只要詩人把其存在交付給不可見之物就能夠在我們的此在（being-here）中增添我們對不可見物的持有，並在我們內心世界中，獨自完成可見之物為不可見之物的親密而連續的轉換，也就是說，在我們的內在持有中，一切可見於外在之物即同時顯現為不可見之物又同時顯現為最本已之物。他寫道：

> 自然之物，是脆弱而短暫的，但只要我們在此，它們就是我們的持有物，並成為我們的親誼之交，分享著我們的喜悅與憂愁的知識。所以，至關重要的是，我們不但不要毀壞和貶損一切大地之物，正是因為其短暫性，我們更應該以最摯愛的理解方式去把握和轉換這些現象和這些生物。轉換？是的，我們的使命就是要把這個脆弱，短暫的大地深深地，深情地銘記在心，使其本質在我們心中再一次「不可見地」再生。我們就是不可見之物的蜜蜂。我們無休止地採集不可見事

---

[13] 海德格爾：《詩・語言・思》，第 167 頁。

[14] 里爾克：《附日記》，《俄爾普斯十四行詩》英譯本，第 134 頁。

物的蜜汁，並把它們貯藏在不可見的巨大黃色蜂巢之中。[15]

這裡，詩人再一次呼請使事物重新神祕化以對付現代世界的非神祕化的生存特質，通過詩人對事物的重新命名（renaming）從而達到對事物的珍愛和親近化目的。里爾克唱道：

已經走向了你的東西正仍走來
如某些嶄新的事物。總是期待。
你從不佔有它，它佔有你。

《十四行詩第二部之二十五》

對外部事物越佔有，越對立化，終將給現代世界鑄成不可挽回的災難性悲劇。現代人對大地的唯一態度應該對大地進行珍護性轉換，並由此而豐富大地上的事物。

四、世界內在空間幻象

里爾克勇毅擔當起大地的轉換者（transformer）的使命，決心把一切親切之物從對象性之中護送返回，使一切美妙之物在分裂性的內在心靈中整合複生。詩人的這一召回性已經超越了現代都市人的一切背離性行為，它棲身於「世界內在空間」之中，並使世界的物得到愛惜和保護。里爾克的「世界內在空間」是一個世界，大地的事物整合為一個無外在規定的內在境域，在其中，人的內在靈性得到恢復，事物更加親近化，無任何掠奪，佔有和盤剝的製造性意圖，人就真正在一個內在，博大而無窮的「世界性存在」中與萬物相親和睦而居了。當我們把世界作為「世界內在空間」予以理解時，人類就棲居在人，大地，蒼天與諸神這一單純一重整體的親近之境中了。人已不再站在世界的面前而與之對立，他從此便在這個世界之中了（being in the world）。也就是說，世界之空間為一個全然的內在整體也就是人為一個全然的整體了。他的根基和歸宿都是靠這一真實而唯一的尺度來實現的。馬丁・海德格爾在闡釋里爾克這種「內在空間」幻象時指出：

[15] 同上里爾克：第133頁。

> 內在召喚把我們那種一味意願去盤剝的本質連同它所盤剝的對象一起轉入心靈空間的最內在的不可見領域中。在這裡，任何事物都是內在的：它們不僅一直保持向意識的真正內部領域轉移，而且在這一內部領域中它們的每一個都可以不受任何阻礙地，自由地轉入他者之中。世界內在空間的內部性為我們掃清一切阻礙，打開敞開者的大門。只有如此被我們留駐在我們內心的，才是我們真正憑心而知的。在這種內部領域中，我們是自由的，超脫了那些建立在我們周圍似乎只是在保護我們與對象的關係。在世界內在空間的內部性中存在著一種外在於一切保護的安全。[16]

這就是里爾克在無盡的漫遊還鄉途中為現代人締造和設立的精神家園，並沿此途徑把現代人帶到了家鄉本真存在的近旁。里爾克通過何種方式，憑藉什麼手段來達到此一還鄉的意圖呢？里爾克歌唱道：

> 我們何時存在？
> 歌唱既存在！

《十四行詩第一部之三》

在這個「匱乏時代」中，里爾克正是通過歌唱，正是通過詩化的洞觀方式和尺度把失落的美好之物召喚了回來，使之安放在世界內在化的空間裡，並在這一個世界之中，詩人為現代人謀得了一個棲居之處，使其沉淪的靈魂抵達真正的救渡。詩人歌唱到哪裡，世界的未來就在哪裡出場，詩對世界之夜的澄明和拯救便將在哪裡開始。

本文原載香港《呼吸詩刊》1996年第二期

---

16 海德格爾：《詩 · 語言 · 思》，第136-137頁。

第五章　頹敗的田園夢
——李金髮的樂園圖景與殘酷的心理幻象

快樂如同空氣般普遍在人間！

李金髮：《幻想》

當我們把還鄉母題從西方轉移到中國的場域時，我們便面對著一個與西方完全不同的情境，其討論也將變得愈加艱難。原因非常簡單，西方現代詩人的還鄉一是出自於都市化，工業化或科學化所造成的人性的物化異化的結果；二是因為宗教神權的普遍失落把西方人推向了精神無家可歸的虛無深淵的結果。那麼，反觀中國的實際情形，我們就面對這樣的難題。在二十世紀初（即使在本文寫作的二十世紀八十年代），中國仍然是一個初期現代化的農業經濟體系的國家。城市尚不發達，正處於初興之際，而且呈畸形分佈，即，沿海較發達，內地及更邊遠的地區落後。也就是說，城市在政治，經濟，文化上與鄉村尚未出現完全分裂的狀態，土地依然是人們賴以生存的最主要的基礎（民以食為天，民以土為本）。因此，在中國根本就談不上都市化的問題。那麼科學技術呢？雖然五四時期（可能更早些時候）的先哲們懷抱著富國強民以禦外的宏偉雄心壯志，在半殖民地半封建的中國掀起了傳播與實踐科學的「賽先生」（當然還有「德先生」）的浪潮，但是，科學並不因此而迅猛發達昌盛，所以根本就談不上工業化或科學化的問題。

另一個更有趣的現象則使本文的還鄉討論更為艱難，這就是，在二十世紀二十年代西方主要資本主義國家，尤其是美國，由於汽車的出現並迅疾成為都市居民的常用交通工具，西方的城市面貌便發生了巨大的變化。十九世紀的城市規模與面積只能按人的步行或馬車能達到的距離而決定，而現在，城市規模與面積則一下子就要依照機動汽車能達的距離而定了。這樣，城市的規模越來越大，一座座新建的衛星城市環繞在舊城市的周圍。這就是西方學者常稱之為「城市大爆炸」（urban explosion）或「都市蔓延」（urban sprawl）時期。隨著新興衛星城市的拔地而起，舊有的城市居住方式和生產方式遭到了解體。在十九世紀，西方主要城市（如紐約，巴黎，芝加哥，柏林，倫敦等）基本上是一個混合型城市，即，在居住方式上，富人居住在市中心，與窮人並沒有完全分居而住；在生產方式上，居住區與商業區混雜在一起，工業設施大都座落在商業鬧市區與家居區之間。而現在，衛星城市的興起因汽車的廣泛使用使人們紛紛湧出舊城市的邊界線，奔向新辟的郊區。商業區與居民區完全分離了開來，富人與窮人居住區已經劃清了界線。在城市最週邊或郊區則是富人居住區，臨近城市街道的是宗教人士與中產階層居住區，在第三層則是第二，三代移民住居區，也叫「崛起區」（zone of emergence），而在城市中心則是窮人或新移民居住區。[1]由於居住區域的等級差別所暗含的價值尺度，測量著一個人的自我實現標準，所以走出或遠離城市便成為人們所追求的人生目標了。

那麼在二十世紀二十年代的中國又是何種情形呢？即使在科學所激起的微弱光芒並未給中國現實帶來巨大的技術進步和物質繁榮時；即使連城市僅僅只是一個雛形而尚未閃現出任何強大的光明，解放與自由時，從二十世紀初到四九年前，甚至一直到二十世紀八十年代末以至可預見的將來時間裡，在中國則出現了剛好與西方完全相反的情形，就是，黑壓壓的人群從四面八方紛紛湧入城市，城市狹窄的街道上則擠滿了陌生的人流。可以歷史地講，奔赴城市的行動構成了中國二十世紀人口大遷徙的核心史詩，也鑄造了二十世紀中國人的不可遏止的強大烏托邦衝動。正是在這樣一種情境下，我們來討論中國詩人還鄉的命題，這是否合乎時宜？它是一種奢談還是一種矯情？由於中西現實情形的巨大反差，試圖對中國現代詩歌中的「還鄉」行為進行研究，其立論本身是否成立？在二者之間有沒有進行探究的共同基礎，即存不存在一種平等對話的可比性？澄清這些問題可能太過於複雜，不過，我可以勾勒一些與本文討論相關的歷史文化脈絡。

本文所關注的中國現代詩人，在我看來，分別代表了他們各自所處時代的精神現象學，分別在其詩歌中以其獨特的思想和藝術形象呈現了各自時代的內在精神動向。在這些詩人中，他們大都曾留學歐美日等工業化發達的資本主義國家。其中，李金髮，王獨清，戴望舒等留學法國，穆木天與馮乃超留學日本，「九葉」派詩人中的辛笛，鄭敏和穆旦分別留學英美。他們大都目睹了「都市大爆炸」的景象，對大都市也有過切身的內在體驗。更有意思的是，二十世紀初正好是西方文化人士對都市化和

1 理查・沃德：《都市化》，《美國歷史的比較研究》，1983 年，第 212 頁。

工業化所造成的物化異化產生普遍覺醒和尋找家園的時期，譬如，1917年，T・S・艾略特發表了《普魯弗洛克的情歌》，1922年出版了傑作《荒原》，同年，里爾克發表了《杜伊諾哀歌》和《獻給俄爾甫斯的十四行詩》。1923年，愛爾蘭詩人W・B・葉芝以「精美的藝術形式而表達了真正民族精神」而獲得諾貝爾文學獎；1924年，艾略特發表了《空心人》，並於1948年以其「對當代詩歌作出的卓越貢獻和所起的先鋒作用」而榮獲諾貝爾文學獎。也正是在這個大反思的文化氛圍中，這批中國詩人遠渡重洋，恰時地趕上了這個悟醒的時代潮流，從而擺脫了他們與世界文化的封閉絕緣狀態，使其思想的敏感性浸潤在這場偉大的詩歌還鄉潮流中。事實上，他們深受到了那個普遍悟醒的時代潮流的衝擊和洗禮，並在他們的意識內核中刻下了烙印，同時也從不同的角度，不同的方面影響了，制導了他們以後的思維方式與表達方式。在這方面，國內學者已出版過專著或發表過專論。[2]所以我就不贅述了。本章將以象徵主義先驅詩人李金髮為例擬側重考察，（1）這批中國文人（詩人）在「異鄉」的自我放逐以及對「原鄉」的烏托邦的幻化作為解救自我危機的策略；（2）當這批帶著現代西方文化對都市化和工業化的批判性否定態度的中國文人（詩人）在返回到一個完全別於西方社會的前現代化農業國家以後，其先覺意識或超前意識與本土現實的關係，即，它與本土現實情境的對峙性矛盾以及詩人如何為尋找其真正的精神家園而還鄉並由此而產生的內在心理衝突。

一、陌生的都市景象與無根的放逐

當我們把「詩怪」李金髮拈出來作為中國現代主義詩歌中第一位「還鄉」詩人加以討論時，肯定會招致各種異議和詰難，以致於有人會說這是一種極不公正或不嚴謹的篩選程序。原因不外乎來自以下三個方面。（1）從詩和詩人本身角度來講，李金髮歷來被認為「對本國的語言（無論是白話還是文言），沒有感覺力」，[3]因而他是「敗壞語言」的「罪魁禍首」。[4]他在不過一年多的時間裡（1923年左右）就創造了三部詩集，幾百首詩，可以說，他是「一位粗糙而多產的年輕詩人」。[5]（2）從讀

---

[2] 參閱孫玉石：《中國初期象徵派詩歌研究》（北京：北京大學出版社，1987年）；〈《荒原》衝擊波下現代詩人的探索〉，載《中國現代文學研究》第一期，1989年，第1-19頁。

[3] 卞之琳：《人與詩 ・ 憶舊說新》（北京：三聯書店，1984年）。

[4] 1981年4月25日孫席珍在中國社會科學院文學所的發言，參見《序言》，《李金髮詩集》，周良沛編（成都：四川文藝出版社，1987年）。

[5] 周良沛：《序言》，《李金髮詩集》，第10頁。

者角度來講，由於李金髮的詩太「怪」，所以其作品無法使讀者喜歡。[6]（3）從創作地域與時代關係上，李金髮與1919年就離開家鄉廣東去了法國留學，雖然他是在1925年歸來的，但其一生中最重要的詩集《微雨》，《食客與凶年》，《為幸福而歌》皆是在法國和德國創作而成的。由於與本土現實和時代的疏離，詩人無法感受到當時本土現實精神動向與普遍心態，因而其作品根本無法對五四運動以後的中國文人普遍還鄉的行為作出真切的反應。以上可能導致詰疑的原因都應該作認真的考慮，尤其是前兩個問題需要「實證性」的資料方可澄清，我們可以照現象學的通常策略先把他們「懸擱」起來。但就其最後一個問題而言，我們認為，一種最簡單而有效的方法就是按照新批評的讀解方略讓詩歌文本自身站出來「說話」（德里達言，「文本之外一無所有。」），即通過仔細閱讀詩歌文本，並把這種閱讀經驗置放在一個大的文化歷史與心理情態架構中以考察其文本中的意向性，透過詩人對城市與鄉村的態度而求出他還鄉的軌跡，也許這樣，我們可能解答李金髮的作品是在時代精神現象學之中或者在其外的問題。

1919年，年僅十九歲的李金髮離開廣東梅縣西渡重洋，來到了法國。可以想像得出他當時的心理狀態。作為一個剛從一塊與世界幾乎完全絕緣的國土中走出來而置身於這樣一個工業化發達的資本主義國家的青年，一方面，和當時許多受五四運動影響的中國知識份子一樣，他懷著渴望學習和掌握西方發達的技術和知識，以改變中國「醜惡的環境」，而使自己的國家「躋入文明民族之列」，使中國人過上「人的生活」的宏偉大志。[7]看他出發時的豪邁情感：「從山之源頭開始／蘆葦之岸狀其行色／獨自一人啊／但何等偉大的一遭！」（《彼之和諧》）；[8]但另一方面，在這樣一個異國他鄉的大都會世界中，他得忍受自我被放逐（即話語權的喪失）的無家可歸的折磨，而同時他又得忍受因拒絕同化而保全自我所帶來的極端孤寂感，絕世感和病痛狀態。《微雨》中首推出的第一首詩《棄婦》便是這種病痛狀態的真切表達，一種自我被放逐被拋棄與自我竭力反逐拒棄的內在心理對立過程。「長髮披遍我兩眼之前／遂隔斷了一切羞惡的疾視」（反逐拒棄，拒視醜惡），「黑夜與蠛蟲聯步徐來……狂呼在我清白之後」（無辜的被逐被棄，醜惡威逼）。整首詩充滿著一種抗爭性的

---

6 孫玉石：《前言》，《象徵派詩選》（北京：人民文學出版社，1987年），第8頁。

7 李金髮：《少生活美性之中國人》《世界日報》副刊第六號，1926年7月26日。

8 李金髮：《李金髮詩集》，周良沛編（成都：四川文藝出版社，1987年）。文章所引李金髮的詩皆出自該版本，不再另注。

張力結構和構成了一個搏鬥激烈二極對立語言場。「羞惡」與「清白」之張力；「塵世」與「神聖」之對立；「堆積」與「動作」之矛盾；「海嘯」與「靜聽舟子之歌」的反襯；「哀吟」與「徜徉」之間掙扎與爭鬥的張力；「永無熱淚」與「點滴在草地」的衝突。正是這種外在的非我異己力量與內在自我守護之間的抗衡才導致了詩人倍感「煩悶」，「憂愁」和「無端的恐怖」，同時正是這些對立張力場才使這首詩揮揚出一種暴力，錯位和不確定性的激情遊戲和力度感。然而，在這個工業化與都市化的非個人化的社會中，詩人能真正得全守住他那份純真的自我嗎？

轉眼三年了，
（還須別的證實麼？）
我喪失了Naívetè（純真），
更喪失了心，
Naívetè被風吹走了，
心呢？
是我現在尋找的。

《憶韓英》

原本的純真喪失了，心，即靈魂，即與異己勢力抗爭的自我精神也喪失了；不僅如此，美的理想不但沒有找到，反而使「一切固有喪盡了」（《憶韓英》）。所謂「一切固有」之物就是指一切、原質根性的東西，即個體生命紮根其上棲於其中的故鄉家園。李金髮身住異鄉，自我與原鄉遭受了雙重的放逐，雙重的喪失。詩人好不悲哀地唱道：

在世紀的初年——黃色簾幕之下——
一群頹敗的牧人走過，
啊，他們多麼喪失。

《幽怨》

我在遠處望見你，
沿途徘徊如喪家之牲口。

《印象》

這種「喪家」之感和自我「喪失」的病痛感深重，刻骨銘心，詩人能夠經受得住如此「慘敗」嗎？倘若「一切固有」皆已喪盡，作為詩人的李金髮還能把持一種「活下去」的信心嗎？從這個層面上講，李金髮第一部詩集中的第一首詩《棄婦》可以說是中國現代主義詩中對「原鄉」失落和「異鄉」慘敗的創傷心理和隱喻表現得最獨特，同時也是最深刻的一首詩了。在無自我，無家園的生死夾縫中，詩人怎不感到「日間生活的虛無／如原野之火燎著／生強的流放，太單調而孤獨了」（《虛無》）。他只能忍受著殘忍的空無在內心中滾動，狂躁不安。那麼，我們不禁要問，究竟是什麼導致了詩人自我與原鄉感的失落？僅僅是因為獨在異鄉的異客的局外感的原故嗎？這也許有點明知故問，因為詩人的詩已經俱陳原緣了：

> 世紀的衰病，
> 攻打我金髮之頭，
> 如深秋的霧氣，
> 欲使黑夜更朦朧。
>
> 《印象》

> 我看到了時代死灰了，
> 遂病哭其墳墓之旁。
>
> 《先是余皮的》

> 我所希求的，
> 已非時代之所有。
>
> 《給行人》

是「世紀的衰病」，「時代的死灰」和「時代的困乏」導致了詩人自我精神與原鄉感的喪失。那麼，這「世紀的衰病」，「時代的死灰」與「時代的困乏」又是什麼呢？

大致說來，二十世紀初葉的西方世界是一個愛略特所描繪的「荒原」世界（Waste Land），是一個西方精神與價值陷入普遍危機的階段。世界大戰的結果搗毀了西方固有的傳統價值中心體系，動搖了西方人對科學與萬能理性神話的信念；工業化與都市化更深一步導致了人性的普遍墮落和人性的極度異化物化；宗教神權（尼采的「上帝死了！」）的喪失造成了西方人靈魂的空虛無根；「重估一切」傳統價值的潮流致使西方文化陷入一種虛無主義的迷惘中。正是在這個「空心人」（T. S. Eliot語）與「垂死的年代」（W. B. Yeats語）裡，詩人李金髮告別了故鄉，抱著尋找知識，真理與美的樂土的理想而來到了這個「衰病」的西方世界裡（「何以他們掉了故鄉／另有樂土麼？」）（《故鄉》。無疑，樂土肯定是尋不到了，只能尋找到西方人靈魂與文化焚燒後的「死灰荒原」。他為何不感到「困乏」，不感到極度失望呢？

呵，漂泊之年發，
帶去我們之嘻哭，痛哭，
獨餘剩這傷痕。

《故鄉》

這種「傷痕」是詩人追求理想樂土因失敗而產生絕望後的內在創傷；是「這如此年輕而疲乏之遊行者」，到處漂泊，千尋萬尋總尋不著的「無根的煩悶」（《日光》）；是詩人內在希望越高所產生的對外部世界失望越大的極度遺憾之情；更是「棄婦」被拋棄之後的內心絞痛中發出的最後的悲壯輓歌。

作為一位對城市歷史經驗缺乏的中國詩人，李金髮並未因此而對城市表現出傾心的好感，正如與他同時代的西方許多大詩人（如里爾克，葉芝，愛略特，瓦雷里，龐德等）一樣，他反而對城市表示了厭惡情緒。大都市在他陌生的掃描目光下竟是一個充滿「霉腐氣」的「地窖」（《巴黎囈語》），一個人們違背萬物而投機鑽營的「黑室」（《醜》）。

巴黎亦瘦了，
可望見之寺塔悉高插空際，
如死神之手，
塞納河之水，
奔騰而下，
泛著無數人屍與牲畜。

《寒夜之幻覺》

這種對大都市的描寫真有些類似T・S・愛略特筆下的《荒野》裡的景

象。都市的擁擠使詩人不堪忍受，使其靈魂迷失了歸途。「生物擠擁之鬧聲／何其可怕！「（《失敗》）；「陣雨的急迫／群眾的擠擁／我心將迷失來路！」（《心》）。在這個「地窖」和「黑室」的都市中，詩人李金髮感到疲憊和煩悶。他說：「我厭煩了大街的行人」（《悲》），並規勸人們離開這「汙損靈魂」與「可憐空間」的城市：

遠去！可愛的孩子，
巴黎城之霧氣，
悶塞了孱弱之胸膈，
你不覺已足麼？

《巴黎之囈語》

二、明麗之鄉幻象的二重性結構：文明化／再野蠻化秩序

既然城市那麼可怖又醜陋，既非人的樂土，那麼，詩人則決心逃遁這罪惡之地，「我們，罪惡之逃遁者」（《過去與現在》），「呵，我們離這苦痛之鄉」（《我們》）。他決心「沿河徐步／去找那一座明麗之鄉」（《即去年在日爾曼尼》），「我努力去遠痛苦，罪惡／使幸福前來」（《智慧》），「去救殘廢的靈魂／安放她到春之匯畔」（《我們》）。那麼，這詩人吟唱中的「明麗之鄉」，「幸福之地」又在何處呢？詩人身處異國他鄉，孤獨漂泊在外，自我已被放逐，而故鄉又遙遠莫及。在這種懸空的生存狀態中，詩人一度憂心如焚，「呵，老舊之鍾情／你欲使我們困頓流淚」（《遲我行道》）。不僅如此，詩人心中承受著雙重恐懼；一是回歸而找不到歸途的「忘本」恐懼，「伊們戀著最初的祖先／但找不到去路／遂和我哭在地殼凹處」（《幽怨》）；二是家鄉已把詩人忘卻而使詩人產生「有家不能歸」的恐懼，「噫，故鄉的河流葉樹／忘卻我在天空之下」（《智慧》）。儘管李金髮責怪自己當初「多麼傷感魯莽／如今竟不識歸路了」（《致Henrietted'Ouche》），但故鄉畢竟是詩人的「生的來源」（《過去與現在》），是維繫詩人生命的根基，詩人能不返回嗎？能不對她「神往，啊，神往麼」（《過去與現在》）。「我可以立刻離開這世界／但一片思鄉的心啊」（《憂鬱》），沒有故鄉而不在家的人即使肉體死了，靈魂也是孤獨而不安寧的。詩人李金髮正是體悟到了這一點，也正是在此醒悟之上才作出了以下的歌唱：

冥想遠遠的鄉土，
微細的期望，
多麼一致，多麼親近。

《初夜》

詩人被拋到了這個大都市的殘酷世界中，純真喪失了，心也死了，生命也枯萎了，然而他決心回家，決心返回到生命的原鄉以獲得救助。「我們之回憶／在荒郊尋覓歸路」（《時之表現》）。荒原之中尋覓歸途，詩人正回到故鄉的近旁——「山之源頭」（《彼此和諧》）。

在李金髮的懷鄉（還鄉）詩系中，我們發現了一個污濁，罪惡與荒蕪的城市和一個純真，朴質與明麗的鄉村之間的對立結構；一個文明化社會秩序與一個蠻野的生存秩序之間的對立結構；擴展開去就是一個代表文明的西方社會秩序與一個代表蠻野的東方（中國）社會秩序之間的對抗性結構，而後者正是李金髮在西方文明化秩序中自我被放逐以後的自我覺悟和最終還鄉的歸依所在。

李金髮的第一首還鄉詩是在1922年收到「家人影片」後而作的。詩人在這首詩中一反往日生澀的句法，而以一種流暢，明朗的句式表達了他心中對故鄉的渴念。在第一節中，「你淡白之面／增長我青春之沉湎之夢」，「故鄉」與「我」還在時空對立的分裂情境之中；而到了第二節時，詩人的記憶便馬上湧動了起來，故鄉昔日的往事就不斷地閃現在詩人心靈與故鄉毫無阻滯的神祕而和諧的對流之中，即返回到了佛洛伊德所說的那種無對立的始初情境之中：

記取晨光未散時，
日光含羞在山后，
我們拉手疾跳著，
踐過淺草與溪流，
耳語我不可信之忠告。
和風的七月天，紅葉含淚，
新秋徐步去在淺渚之荇藻，
沿岸的矮林——
野蠻之女客長留我們之足音。

《故鄉》

詩人首次使用了「蠻野」這種對比性強烈的詞彙來幻化故鄉沿河兩岸的景物，而「故鄉」與「我」從「你」和「我」的時空分裂關係現在同化成了一個親密不可分的「我們」——一體化關係。最後，詩人敞開心扉，向故鄉傾述了他數年漂泊在外的痛楚和創傷。在第二首《故鄉》詩中，詩人托出了他故鄉的美好化全景。「我的故鄉，遠出南海一百里／有天末的熱氣和海裡的涼風／藤荊礙路，用落葉諧和／一切靜寂，松陰遮斷溪流。」這完全是一個遠離塵囂，沒有被文明汙損的大自然秩序本身，一個原本然的田園世界。在第二節中，詩人描述了「故鄉」中「鄉民」的「現實生活」：報警的鑼鼓敲響了，接著「如海潮洶湧似的」跑出幾十個拿著刀與矛，前去迎敵的「如獸群的人」。詩人再一次使用了一個對比強烈的語詞「獸群」去修飾他「故鄉」的「村民」。在1928年，詩人回到故鄉後寫的《重見故鄉》一詩中，李金髮唱道：

還有隨風悠揚的，
以烈日為生涯的女樵者之歌，
供給我多少詩料！
我每次聽著熱淚就向腹中流。

詩人沉醉在故鄉烈日下「女樵者」唱的隨風悠揚的山歌中，不禁熱淚盈眶，這裡，「烈日下的女樵者」及其「山歌」又一次構造了一個產生強烈對比的聯想空間。

由上述詩行中可以看出，詩人李金髮並沒有用更具文明化的詞彙去美化他故鄉中的人與風物，恰恰相反，他卻使用了「蠻野」，「獸群」，「烈日女樵者」這些與文明化秩序成反面的，蘊含著更具原始衝動，更感性，更具初始性力量的詞彙去描述他故鄉（原鄉）的親人與風物。何此如此？難道他是在貶抑他故鄉的親人與風景嗎？絕對不是！他是在異國他鄉中重構他故鄉的人與物，使其「重新野蠻化」（re-barbarization）。[9]也就是說，他是在構造一個烏托邦幻象中的理想故鄉以否定文明化的社會形態。他又怎麼能使其故鄉與親人「重新野蠻化」呢？難道他不喜歡其故鄉朝向更文明化世界的進步嗎？他離開故鄉時發出的豪言壯語又在何處？他

[9] 韋勒克和沃倫：《文學理論》（北京：三聯書店，1984 年），第 269 頁。

為何在他聽到烈日下的女樵者的山歌時熱淚滿腹呢？是感動抑或是憐憫？從更卓越的意義上說，在自我遭放逐的異鄉之中，作為詩人的李金髮在籍助故鄉的親和力來抵禦那個放逐他的西方都市化文明社會，並以此洞悉方式傳達出：正是「蠻野」，「獸群」和「女樵者」這些未開啟的本原之物才是人類真正的力量源泉，才是人性真正的家園和一切樸質，純潔與本真的「宇宙之源始」（《雜感》）。除討論其「還鄉詩系」外，我們還可以從另一個角度，另一個層面去考察詩人的這種洞悉的廣泛含義。

「還鄉詩系」是對原鄉的風情風物的抒發，除此之外，詩人李金髮還在其詩歌中使用了大量的鄉村詞彙和意象（農作物，植物，田野風景，村民耕耘與節日慶典活動等）去描寫鄉村田園中那些飽含美與存在本真性的單純之物，具有深刻的感染力和欣悅的文本快感。在《前後》一詩中，詩人唱道：

麥浪的農田裡，
日光眩人視線，
游鷗在遠處呼人。

這絕對不是一幅簡單的鄉村風景畫面，詩人對「麥浪」，「日光」，「遊鷗」和「遠處呼人」的整體性描寫令人馬上想起大畫家梵・高那種旋動而瘋狂的色彩對鄉村所投射出的強烈的烏托邦幻象。在強烈的陽光下，秋天的田野裡，金黃的麥浪翻滾起伏；天空中飛動自在的海鷗在遠處呼喚著大地上的耕耘者（收穫者），彷彿是對他們豐收之節的神聖敬意和與他們內在喜悅的應和。這裡，天空與大地，人與鳥就編織成了一個和諧的整體空間了，世界便在其中親近化，家園與人性（李金髮一直懷抱的「真善美」）就永遠在這個整體空間駐存了。詩人對鄉村田野的這種神聖化移情，意在呼喚一個整一體的自我世界空間的到來，一個真正寧適的本己世界的出現。正如詩人自己所歌唱的那樣：

你生長在什麼田野，
神的樂土裡麼……？

《呼喚》

三、村童／聖園，牧童／金牧場，野人／樂園：原鄉的潛意識衝動

故鄉的人情與風物帶給了身在異鄉的李金髮一個完美的幻象世界，憑此，詩人厭倦的心靈獲得了溫暖，安寧和撫慰的情感療治。然而，在李金髮的故鄉詩系中，童年世界以及孩童題材佔有相當重要的位置，而也最使詩人沉湎於其中。李金髮寫了大量稱頌童年，村童，牧童的詩篇，表達了詩人對童年世界樸質，聖潔與本己的自由時代的嚮往和懷念，並以此而喚醒久已沉睡在人類精神深處的初始記憶。從某中意義上說，還鄉就是對童年的回歸，就是通過歷史的溯源而續接一個民族的種族根源，從而再現一個民族是其所是的最本質的存在狀態。在詩人李金髮的記憶中，童年是一個「飾以鮮花之水岸」，「居民依行杖而歌」的「清流之鄉」（《朕之秋》）；「綠色之河裡黃沙之阪平站著／呵，我們童年盛宴之鄉」（《十四行詩》）。這種「鮮花裝飾的水岸，」「清流之鄉」和「盛宴之鄉」的記憶幻象使其童年形態達致無比完美之境，從而使異鄉中的詩人獲得一種釋放被壓抑欲望的快樂，健康的表達，融化在個體與歷史根源的和諧狀態之中，最終使其生存的信念得到增強。更具心理功能意義的是，詩人李金髮幾乎迷醉於「鍍金的草地」上的「牧童」，竭力謳歌，讚美他們那「朴質的初心」和「赤足的純真」。

聖園的牧童睡了
一片蒼白的平崗。

《在我詩句之外》

更遠的有雁兒成對，
牧童領羊兒犬兒，
（他飲其乳，寢其皮。）
他們的步音在河上錯雜呢。

《秋》

詩人把牧童放在「聖園」，「樂土」之中，顯然是在對某種事物的初始之源流的追往，正如他自己所唱的「渴望痛飲生命之泉」，其心靈「蕩漾在神聖的欲望裡」（《十四行詩》）。對詩人來說，這種對牧童田園世界的焦渴是不能自持而身不由己，尤其是在「（他飲其乳，寢其皮，）」

一行中，詩人的潛在心跡已經坦露無遺了。本來詩人把這一行加以「括弧」以示一種無關宏旨的補充性描述，說明詩人在某種瞬間忘卻（失語）之後恢復寫作的心理行為。但是，文本卻意向了一個相反的效果。「加括」（語用形式）使括起來的「事物」突顯而出，突顯之物又使加括者（行為主體）的內在意向性昭然若揭。也就是說，這一無意識的「加括」行為是在強調，加重加括者的心裡意向性，洩露了文本間隱含的祕密，空白空間以及語境的非整體性和非連續性，結果致使這一「加括」之物分裂出一個文本的中心句法。「加括」形式所構成的封閉空間阻斷了加括者主體內在情感時間的流動，使其詞語符號退回到初始空間記憶的邊緣，從而使一個全新的「自我」（即蘭波所說的「我是一個它者」）呈現了出來。確切地說，這個牧童飲其事物（乳）所是，棲其事物（皮）所是的本原世界就是詩人內在潛意識幻象（unconscious vision）的表露。更進一步講，詩人李金髮所憧憬的是一個勞動與對象沒有分離，一切自在俱足，「葡萄成熟時／他與農牧童痛飲，繼以裸體舞蹈」（《秋志》）的初始蠻野純粹的世界，盛宴與清流明麗的樂土聖園。這種抒情方式，認知方式在中國早期現代主義詩歌中是相當獨特的，它是「棄婦」最後絕望隱喻中一點一點地滲透出的輝煌而高尚的人性投射，是「浪子喪家」之後在向人間作最後生死絕別時發出的生命出世時的本能呼喚。這還可以從李金髮詩中大量出現「野人，山之子，睡蓮人，大神等」形象中得到進一步印證。

李金髮的詩可能確實太「怪」，他不但使用「蠻野」，「獸群」，「赤足牧童」意象進行謳歌，而且還迷戀於「野人」，「大神」等意象，這在中國初期現代主義詩歌中實屬罕見。何以如此？無疑，從影響研究（即李金髮與法國象徵主義詩歌的關係）層面上可以理清某些問題，但如果我們從現象——闡釋學（海德格爾式的）角度：[10]即考察主體的意識與心理意向性，可能收穫更大，更能解釋詩人李金髮的「怪癖」意象的內在含義。以此角度，我們認為，簡而言之，詩人李金髮這種對「野人」，「大神」的迷戀具有一種「客觀對應物」的功能，即，「野人」作為英雄和「野人」作為「大神」的兩重寓意功能。這種修辭轉義意在對一種救助力量的呼請，是在把這些「大神」，「野人」帶引到這個危機的世界中來，並借助他們的原始力量源泉重新對這個失常的世界進行想像性的改

[10] 海德格爾對荷爾德林，里爾克詩歌的闡釋是這一理路的典範之作，見海德格爾：《詩・語言・思》（鄭州：黃河文藝出版社，1989 年）。

造，以建造起一個詩人夢中的樂園世界（幻象中的世界比現實世界更真實）。李金髮深情地唱道：

> 希望我們如野人之狂暴，高呼勝利在
> 休憩裡。籲，你不覺生命有點和諧嗎？
> 待我們得到樂園時，我神奇之手將，
> 攀折海岸果屬，
> 咿哦地歌唱，我狂呼無情的過去。
>
> 《心期》

這就是詩人李金髮以烏托邦的幻象（Utopian vision）所構想的家鄉田園世界，這也是詩人身在異鄉之中潛意識所投射出來的那份完美無暇的「原鄉情」。在中國現代主義詩歌中，對「樂園」如此憧憬的還有戴望舒，但戴望舒的樂園鳥永遠背負著一種西西福斯式的苦役在飛翔，在詢問「天上花園的荒蕪」的，永無答案的問題。而李金髮的樂園鳥卻在一種無苦役的天堂世界中放歌，迷醉和享受狄奧尼索式的狂喜情感。他不像戴望舒詩中的樂園鳥那樣日夜四季不斷地追問天上花園「to be or not to be」（在或不在）的問題，它的樂園鳥（樂園幻象），就「在」樂園之中，樂園的「不在」問題似乎不是詩人李金髮幻象中的形上難題，即使後來他對「樂園」的詢問也不是追問「樂園」在與不在的問題，而是對他「失樂園」後對導致「樂園」失落和從「樂園」放逐的原因的詰問。不管是對故鄉的「再野蠻化」也好，或者是對鄉村自然之物，童年，村童與野人世界的竭力神聖化也好，詩人李金髮的心理意向旨在構築一個存真存我的田園初始世界去抗衡一個無我虛空的工業文明的都市化世界，並在此之上，尋得「一切宇宙之諧和」（《因為他是來慣了》），即他一心嚮往，追求的「真善美」的精神家園。

四、放逐者的末日：原鄉廢墟的最後記憶

在李金髮離開家鄉去法國時，他曾期望故鄉在他離開之後完好無損，安然無恙。「在我離開此地時／田野景物毫不變動／村童環籬歌唱／鸝鵡叫人梳頭」（《自挽》）。而正是在異國他鄉時，他曾把故鄉視為文明之外的一塊「蠻野」樂土以對抗西方都市化的文明世界。然而，在1925年回國又重返家鄉以後，他當初的願望實現了嗎？他究竟在曾被他視為完美樂

土聖園的家鄉看到了什麼？

李金髮於1928年重返故鄉時，他目睹了故鄉破敗的殘暴與荒涼的自然。「泛海歸來／遇見不相識之窗牖／透來一片哭聲／我破戶入闕覯時／眼見忠實之乳媼／向蒼天跪著／及寒暄一二句／她就向我求施了」（《懷舊之思》）。詩人在異鄉時稱頌的牧童，樵者在他「滄海歸來」時全消失了。「可是我複在此與你會見／幻影銷失了，手足戰慄了／遂成此不可洗濯之遺憾」（《歸來》）。詩人請求故鄉交還給他他離開時「所信託的東西」，但故鄉能交還給他什麼呢？「籲，饑渴，乾燥，恐怖，萎靡著十年如一日的故鄉」；一個「瘦骨之懷」，勉強「在支持現狀，喘著短氣」，其「田，園，廬，墓，溪流充斥著熔岩」的故鄉（《重見故鄉》）。雖然詩人竭力宣稱他「天生」是故鄉的「奴隸」，故鄉是他「夢境中的帝王」，但故鄉仍以「好像不相識的形態」對著他；儘管詩人在竭力呼喚故鄉，但故鄉仍以「不十分親熱誠懇」的態度對待他。何以如此呢？既然詩人對故鄉這麼鍾情，可她為何對詩人的歸來如此薄情呢？事實上是，故鄉已「一無所有死寂死寂」（《西湖邊》），故鄉已經無法收納異鄉遊子的歸來，甚至連呼喚遊子之力也沒有了，又怎麼能給予他以溫暖，安慰，力量，滋潤和安全感呢？故鄉已經不再是詩人在異鄉中所幻想的那個「明麗」，「盛宴」與「清流」之鄉了，故鄉已變成了「瘦園」，「殘園」，「枯園」，「荒園」和「荒村」了。故鄉「土地肥沃」，可為什麼「在灘石的水沫上」，至今還響著「饑渴者之悲吟」（《無名的山谷》）？詩人感到幻滅，苦悶又痛心不已，「我呢，歌聲已變作哭聲／僅有失去年發抱頭之長嘆」（《新秋》）。他決心「收回往日之豪放來」（《懷舊之思》），即收回昔日對故鄉的烏托邦移情和幻象。故鄉成了「荒園」，歸來的詩人便無家可歸了。因此，詩人的精神如風中的柳條懸在空中，無根地飄蕩。

> 不幸而生的柳條，
> 微微的招展在風下，
> 悲嘆此日無歸宿。
>
> 《西湖邊》

然而，這種「無歸宿感」，「無家感」又何止詩人一個，在「頹破」的寺廟所傳出的「悲苦和無望」的鐘鼓聲中，人世間卻回蕩著「彷徨佟夜流落者之哭聲」（《西湖邊》）。面對這種慘狀，詩人甚至產生了一種自瀆自毀的欲望，他呼請蕭殺的冷氣來臨，「噫，我願嚴冬來的更蕭殺」（《失望之氣》）。那麼，究竟是什麼導致了故鄉的荒蕪和人們的無家可歸呢？

在1932年發表的一首《憶上海》詩中，詩人給出了答案的一個方面。「容納著鬼魅與天使的都市呀／古世紀的混亂將在你懷裡開始了／你猶裝出樂觀者之諂笑／欠伸著如初醒之女人」。對詩人來說，都市上海是一個「鬼魅」世界，它將毫不留情地攫走人們的心肝而使人心空空如也。而對當時許多仍在「鐵屋子」沉睡著的中國人來講，都市卻是一個「天使」世界，它誘惑這成千上萬的人拋棄自己的家鄉田園，拋棄其最本己的生存方式而奔湧入都市的懷中。詩人強烈譴責了城市這種對家鄉所犯下的罪惡：

你已滿足於我的不幸罷！
無靈如蕩婦的誘惑者，
我將在南園的山川之垠，
宣唱你女巫似的不可宥之罪過。

《憶上海》

詩人將宣佈對城市的末日審判，但詩人憑什麼去宣判呢？詩人既然聲言要對城市判決，他必定把持有他最確信的東西。詩人說他將去南園的「山川之垠」，也就是說，詩人將守護著遼闊的山川田園並將以對山川田園的歌唱去宣佈城市的罪惡。然而，僅僅是城市（即工業與科技的綜合產物）才導致了故鄉的「荒蕪」和詩人的無家可歸嗎？詩人曾對他母親說：「『酒色財氣』／有什麼可怕／我所病的／遠出了這些」（《給母親》）。那麼，這「遠出了這些」即超越了物質享樂與追逐的「疾病」又是什麼呢？可以肯定地說，城市絕不是導致家園荒蕪和詩人無家可歸的唯一原因。詩人曾經對上帝嘆息道，「上帝啊！你將永不知道／我為甚呻吟了」（《西湖邊》）！既然神都不能領會詩人為何呻吟，那麼，我們可以發問，詩人自己知曉嗎？同一時期的象徵詩人胡也頻曾在《初醒》一詩中給出了某些啟示：

我奮力張手，
尋覓我的所失，

但除了夢痕的恍惚，
宇宙是一片虛無！

「虛無的家鄉」（穆木天語），虛無的田園；幻滅的自我，絕望的靈魂，這就是那個時代的精神現象學。在這個虛無的時代裡，李金髮能找到什麼？縱使他知道他為何而呻吟，這也不能斷定他就一定能找到那個替代虛無的在家之物。在這個層面上，詩人李金髮承受著雙重的放逐狀態。當他身居異鄉而自我遭到放逐時，他卻籍助故鄉的神力（再一野蠻化秩序）與異己勢力抗衡，企望懷我藏真；而當他泛海歸回故鄉時，故鄉卻成了一個「荒園」，詩人的自我再一次遭到無家可歸的放逐。這雙重的放逐如此殘酷，如此深重，使詩人李金髮始終處於自我虛位的人格分裂之中，以致於使他遠離了詩神，放棄了找尋那個替代虛無的在家之物或者喚回那永遠失落的「清流之鄉」，最終使他在異國他鄉之中隱居田園，從而「完成」了他曾嚮往的還鄉夙願。[11]

然而，對大多數中國現代詩人（文人）來說，一方面，他們在其藝術中使其鄉村田園神聖化，而在另一方面，他們卻對鄉村現實狀態的貧窮與落後感到悲哀，甚至表示出某種程度的憎恨情緒（如李金髮曾說：「故鄉山水太清平／無力喚取歸來同往《致Hehrietted'Ouche》）；一方面，他們在其藝術中表現了他們對城市的厭惡，恐懼和否定，懼怕西方式的都市化造成人性的異化物化，但在另一方面，他們卻希望科學技術能真正使中國富強起來，從而改變中國落後的殘酷狀況，並進而洗淨因科學技術落後而受外辱的國恥感。這就是中國現代詩人（知識份子）的樂園圖景和殘酷的心理幻象之間的對立衝突關係，而伴隨著這組矛盾衝突關係的則是中國現代詩人在尋找其健全自我與精神家園時其先覺意識所遭受的內傷和陣痛。

本文原載《江漢學術》2014年第四期

[11] 從1951年到1976年，李金髮一直在美國新澤西州開發農場，過著歸隱田園的生活直到逝世。這種選擇方式是對詩人早期還鄉衝動的一種實現或者是無意的巧合，這似乎很難予以定論。不過，這至少是一種十分有趣的現象。

第六章　還鄉：現代詩人尋求自我重塑的欲望

是的，正是我——如一個被劃掉的人
啊，他是多麼空無！
——馬拉美

故鄉和家園是我們唯一的病。
不治之症啊！
——海子

當在討論了中西現代詩人的具體還鄉行為之後，我們隨即就對這種做法本身產生了懷疑。本文擇取的題目是「放逐與還鄉，」旨在期望從中西現代主義詩人對城市的態度中引帶出他們還鄉的不同途徑以及建造精神家園的詩性努力。行文至此，我們所預設的目標達到了嗎？現代人所遭遇的生存危機已經挑明，還鄉之途業已敞開，中西現代詩人在中西獨特的境遇中能夠對其危機進行拯救嗎？這樣，問題便隨之而起。由於中西境況的強烈反差，一方面，我們對西方詩人還鄉持有足夠的證據，即討論一個基於極端都市化之上的還鄉行為是合理而且可能的；但另一方面，我們卻對中國現代詩人的還鄉行為似乎缺乏具有說服力的證據，即討論一個對都市化歷史經驗普遍匱乏的還鄉行為是困難的。鑑於此，我們的還鄉討論是否從一開始就誤入了歧途？也就是說，既然我們的討論屬於「比較文學」的範疇，那麼，我們是不是一直在西方的語言中進行比較呢？我們的思辨與敘述是不是一直受控於「西方中心主義」話語的權力方式呢？

我們認為，正是因為中西方現實境況存在著的巨大差異，才使我們對「還鄉」發生了興趣，才促使了我們能夠對起自於不同原因與目的的中西現代詩人的還鄉有所認識，並進而導致了我們能夠對中西詩人還鄉的原因與指歸進行了探討。細辨起來就是：

首先，在自然形態方面，由於現代西方人對自然形態的殘酷盤剝，一意孤行的佔有與破壞，使現代西方人淪為了自然形態的異已力量與對立之物。加之，西方近代科學、商品與理論的抽象化與概念化使現代西方人生活在與具體性完全隔離的異化中使他們陷入感性麻木、靈性僵化和生命萎縮的種的退化之中。面對這種危機，西方現代詩人和哲學家便紛紛發出了返歸自然事物的呼喚，以恢復人與自然形態本身的原初感性整體關係。可以說，「要澈底地尋回根本的無垢的質樸」一直成為二十世紀眾多詩人與哲學家所追求的目標。[1]在這種意義上的還鄉行為就是對自然形態本身存在的回返，並在回返中帶出那些未被現代工業化社會所汙損的自然本原感覺之物。所以，在哲學上，克爾凱戈爾要求人們離棄抽象的概念系統，回到具體的存在之中去；胡塞爾要求揚棄意識積澱的經驗世界，「回到事物本身」中去，以擺脫存在的最遙遠與最抽象的觀念，從而在事物源頭中獲得直觀事物的感性真實；海德格爾要求回到「萬物湧現」的和諧親近的事物世界以棲居在本真存在之中。而在詩歌中，T・E・休姆則要求詩人不斷注視具體的事物，去直接感應事物，不要經過抽象的過程；意象派詩人E・龐德則要求呈現事物本身，不加以理性說明，他相信事物本身便是一個自足自立的象徵；W・C・威廉斯乾脆說「不要觀念，只要事物」；而W・史蒂文斯有一首詩則名為「不是關於事物的意念而是事物的本身」。[2]由此可以看出，西方詩人在發現現代人與自然事物的異化之後從而轉向了對「自然形態之物」的強調和對鄉村意象的迷戀，里爾克正是在此基礎上才提出了「物化」與「大地」的詩學觀的。

如果說西方現代詩人對「自然形態」本身的還鄉旨在反抗工業化都市化所造成的人的感性的喪失的話，那麼，中國現代詩人對「自然形態」本身的「還鄉」又是為了什麼呢？比如李金髮在對鄉村自然之物的迷戀中究竟想獲取什麼？也許中國現代詩人的痛苦就在於此。一方面，他們想使國家富強起來，使人民過上「文明的生活」，但另一方面，那個社會現實——一個半封建半殖民地的官僚專制社會卻又放逐了他們的理想追求與美好願望，使他們的夢想無法變成現實。他們感到痛苦和沮喪，並對那個混亂的社會現實表示了憎惡。既然那個專制的無序社會不是他們理想的棲居地，那麼，自然形態——一個未受世俗思想干擾的原初事物便就自然成了他們理想得以表現的棲居之所與移情的對應物了。於是，他們把自然之物拔高到一個絕對的世界，在其中，他們建造一個物象與人和諧為一的

[1] 葉維廉：《尋求跨中西文化的共同文學規律》（北京：北京大學出版社，1987 年），第 111 頁。
[2] W・史蒂文斯：《史蒂文斯詩選》（北京：國際文化出版社，1989 年），第 197 頁。

神祕而原性的本體世界，並以此去否定那個混亂與專制的非真實的社會秩序。所以，李金髮說，「他愛慕著，尋找著其情緒於大自然本身，」從而實現「我們的靈魂深處與之諧和」。[3]里爾克在大自然中對「裸足而行」與李金髮對「赤足而遊」的迷戀與沉醉所激發出的奇跡般的狂喜便是一個例證，映現了他們各自對自然形態本身的移情方式與行為的針對性。可以說，對「自然形態之物」的還鄉對西方詩人來說是一種對都市化中人感性麻木的普遍覺悟，它基本上是一種認識論上的擇取方式；而對中國現代詩人來說，它既是一種在危機邊緣上存真存我的策略，然而更主要是一種朝向家園、精神性和宇宙意識的本體的詩意親近方式。

其次，在個人心理形態上，西方現代詩人對都市的心理經驗先後經過了一個從絕望（Despair）——厭倦（Ennui）——焦慮（Anxiety）——噁心（Nausea）——嘔吐(Vomit)的漸進性過程。浪漫主義時代是一個絕望的時代；波德賴爾時代（十九世紀中期）則是一個厭倦（Ennui可表示無聊，厭倦，憂鬱，失意等意思）的時代；而二十世紀則是一個焦慮的時代（W・H・奧登語）。其中，「噁心」與「嘔吐」則是「焦慮時代」的具體存在方式與體現行為。也就是說，浪漫主義詩人對都市的態度首先表現為一種反抗，然後因絕望而完全拒絕並進而逃遁於鄉村湖泊之地（如以華滋華斯為代表的英國「湖畔」詩人三傑便是一個明顯的例子）。波德賴爾時代的詩人便不再逃離都市，他們生活在其中，克制住對城市的厭惡，但拒絕認同並冷漠地注視著城市的一切。總之，空虛佔據了全部的生活。而能夠超越空虛狀態並能對都市化的物化異化有所認識的人便是那個時代的先覺者（包括波德賴爾、蘭波等詩人）。在二十世紀，因為對工業化都市化對人性所造成的物化異化的普遍覺醒，詩人們（文人）便面臨著一個選擇與實踐的時刻，即，他們得對生存的「不是其所是和是其所不是」進行判別與估價，然後作出選擇。[4]但是，止是在這個需要選擇的時刻，選擇主體卻感覺不到自己就是其自身經驗的核心。也就是說，他已失去了自我意識，已經失去了對創造性力量的感受。這種因異化物化所導致的無自我意識造成了現代人的極度焦慮。正如弗洛姆所說：「如果我們可以把今天稱為焦慮的時代，這主要是因為現代人缺乏自我意識而產生了焦慮」。[5]而佛

[3] 李金髮：〈藝術之本源與其命運〉，載《美育》第三期。

[4] F・詹姆遜：《消失的調解者》，《歷史句法》Vol. 11（雙城：明尼蘇達大學版社，1988 年），第 6-7 頁。

[5] 埃利希 ・ 弗洛姆：《健全的社會》，第 205 頁。

洛德認為焦慮是「一種情感狀態」，是「由於人體內器官激動而產生的一種令人痛苦的情感經歷」，是「自我經歷的對外部世界的極端恐懼」。[6]當現代人在焦慮中並通過焦慮而對非自我存在有所意識並努力拉回那個失去的自我時，「噁心」便產生了。可以說，「噁心」就是在自我意識恢復時所有內在器官的一陣攪痛，暈眩與攪痛的結果便是嘔吐。嘔吐是一種覺醒的高峰階段（焦慮—噁心—嘔吐三種不同程度的覺悟過程）。它是對一切被壓抑之物與內傷的宣洩；是一種脫胎換骨與催化的過程；是一種分裂與整合的過程。一方面，嘔吐在宣洩的敞開中把一切噁心之物傾蕩而出；另一方面，自我在嘔吐的轉化中得到治癒，從而誕生一個新的完整的自我。這就是西方現代詩人對都市所經歷的切膚的內在體驗，也是西方詩人還鄉的內在心理過程與目的所在。即，在還鄉與嘔吐中對自我進行重塑重構重鑄。

中國詩人由於工業化都市化經驗的缺乏和對物化異化缺乏切膚的體味，所以中國現代詩人對城市的體驗尚處在絕望、憂鬱與恐懼的心理階段。憂鬱（melancholia）的基本心理特徵為：極端痛苦的沮喪；對外部世界興趣的消失；愛欲力量的喪失；對一切活動的抑制；自貶自責自瀆自罰自毀。在佛洛德看來，導致這種病狀的原因主要是因為力比多驅力所投射的對象和與自我相關的自戀之物的喪失的結果。詹姆遜寫道：「所愛之物不復存在了。現實原則要求所有力比多驅力應從其所迷戀之物中收回」。[7]在從二十年代到四十年代的中國現代主義詩人那裡，我們可以讀到大量浸透著憂鬱、孤獨、絕望和幻滅的詩作。比如李金髮對故鄉荒涼後的沮喪與自瀆自責情緒（「我歌聲變成了哭聲。」「我願嚴冬來得更肅殺些」等）；戴望舒對家園荒蕪後陷入「單戀」的孤獨絕境，穆旦處在對自我遭放逐後的自責狀態「仇恨著母親給分出了夢境」，等。可以說，在個人心理情態上，中國現代詩人「還鄉」與其說是尋求自我的重塑（中國詩人的自我的喪失不是都市化，即異化的結果），不如說是呈現為一種極端矛盾的心理狀態——對城市的「既愛猶恨說恨還愛」的情結，即，他們既恨其都市勢力與本土專制對個人理想的放逐，恐懼其西方式的物化異化在中國發生；又愛其可能爆發出來的解放與進步力量使中國強大起來，這可能是在現代化過程中中國詩人所無法克服的普遍的矛盾心理。

然後，在藝術表達方面，由於西方工業化社會是一個複製與標準化生

[6] 佛洛伊德：《精神分析引論新編》（北京：商務印書館，1987年）。
[7] 詹姆遜：《消失的調解者》，《歷史句法》，第6頁。

產的社會，因此，語言（指日常語言）在其中便遭到了貶值。具體地講，工業化的標準化生產使有機、豐富和充滿活力的語言蛻變為麻木、無感性與無活力的語言。語言在工業化社會中就如同機器一樣，可以成批成批地生產，不斷地複製。這種工業化語言的單面化（One-dimensionalization）使語言本身的鮮話感與多義性幾乎喪失殆盡，現代作家（藝術家）從此面臨表達的匱乏，面臨語言枯竭的危險。正如J・浮爾茲所說：「詩歌在這個時代感到了貧困，那是因為突然風行起來的傳遞視聽形象的機械手段的浪潮使全世界染上普遍語言貧血症，使語言退化到危險的邊緣」。[8]他認為詩人是克服混亂和無政府主義狀態的最後防禦線。由此，西方現代詩人便轉向了鄉村（還鄉），在鄉村生活中去尋找豐富、感性和富有生命力的語言表達。他們在詩歌中採用了自然語，樸質的鄉村口語句法，民歌民謠中的節奏與含蓄性的表達與修辭方式，比如美國詩人R・弗洛斯特（Robert Frost）的自然語法；愛爾蘭著名詩人葉芝的民間歌謠節奏與口頭語；詩人里爾克詩中充滿了感性與多義性的語言以及馬拉美與艾略特打破常規語法句法的大膽語言實驗。他們都在想竭力使語言從工業化都市化的標準化與單面化中解放出來，恢復其感性、靈性，富義性和純粹性的本原性存在方式，也就是說，西方詩人對語言的還鄉就是對人存在的拯救，就是對本真存在的呼喚。正如海德格爾所說：「正因為語言是存在之家，人才通過不斷從這個家中經過而躋身於在之者。當我們造訪山泉，游遇叢林之時，我們常常已經開始在作為詞語的林與泉中遊歷了」。[9]人一旦失去了語言表達，他就又聾又啞，他就最後失去了存在於世的家園。所以，西方現代詩人在藝術表達上的還鄉就是為了尋找新感性的語言，充滿生命力的表達方式，並對其純粹性與本真性進行保護與珍愛，從而真正詩意地棲居在大地上。

因其現實境況的巨大差異，中國詩人的還鄉並不在於尋找新感性的語言，因為語言本身在中國的城市中尚未遭受到像在西方社會那樣的退化與貶值，中國現代詩人對鄉村的歸返更多的是尋找主題，即尋找滿載與飽含關於人生與生命重大意義的主題（自然、田園之物與鄉村生活）。這可能是因為中國傳統詩歌對現代詩人的「主題無意識」的影響，即傳統詩歌、尤其是傳統田園詩對鄉村生活與活動的神聖化積澱在制導著現代詩人的觀物運思方式。中國現代詩人在初興的城市中根本找不到任何可以表達他們

---

8 J・浮樂茲《亞裡斯托斯》，載《英國作家論文學》（北京：三聯書店，1985年），第512頁。
9 海德格爾：《詩・語言・思》，第138頁。

對生命、人生與宇宙思考的主題（題材）。在那種混亂、破敗、骯髒與荒涼的都市街道和流蕩著官僚勢力的腐敗之氣的都市社會裡，中國現代詩人怎麼能夠尋覓到那觸發他的生命衝動的主題呢？正如戴望舒在寂寥又悠長的《雨巷》中渴望逢見一位有「丁香一樣的顏色／丁香一樣的芬芳／丁香一樣的憂愁」的「丁香姑娘」一樣迷茫、彷徨和失望而始終逢不見。這種「不相逢」與「尋不見」的焦灼感深深地折磨著「五四」以來的中國現代詩人的靈性與渴望「相逢」與「團圓」的欲望。由此，中國現代詩人只能返回那神聖化的鄉村才能找到他們理想與欲望的真正主題，從而憑此把生命存在的意義帶出來使人在自然自發的本原本樣的存在中獲得終極性的在家的意義。從前述對李金髮的討論中，我們可以發現，中國現代詩人對鄉村牧童、村童、童年、母親、女樵者等題材的神聖化以及對純樸、聖潔、和諧、安定與崇高等主題的揭示在其尋找藝術表達上還鄉的苦心所在。

最後，也是本文一直在提問卻又一直未給出答案的問題，就是：在對城市歷史性經驗的普遍缺乏中，中國現代詩人為何也處於靈魂被放逐的無家可歸的漂泊途中呢？是什麼獨特的文化境遇使得西方式的處境在中國發生呢？李金髮那「所病」的超出了物質主義之外的東西是什麼？對中西現代主義詩人還鄉的比較是否存在可比較的共同基礎？對這些問題的解答就是對還鄉在中西文化精神與歷史價值中的意義的回答。

一個基本而較普遍的看法就是：由於西方列強對中國進行霸權式的征服（先是軍事征服，後是意識形態與價值觀念的征服）而破環了中國本源文化的穩定性與連續性，造成了中國本源文化主體的失落（文化的虛位），使先覺的中國知識份子在瀕臨無路可退的絕境中看清了傳統本源文化的軟弱無力與本土專制的腐敗殘廢，從而使他們對本源文化發生了認同危機。正是在這樣一個大的歷史創傷性情景中，一方面，先覺的中國知識份子既看到了落後要挨打的必然事實，另一方面，也看到了之所以落後要挨打的原因所在，即科學技術不發達所致。所以在本世紀初，為了振興中國，先覺的中國知識分便作出了雙重抉擇。抉擇之一便是他們熱烈擁抱和傳播他們所理解的西方的「賽先生」與「德先生」（科學與民主思想）以及價值觀念（如張揚個性等）以維護和重建危亡在即的中國；同時一批批知識份子遠渡重洋，渴望學習西方列強的先進科學與知識（李金髮就屬於後一類人），抉擇之二便是，由於本源傳統文化的病疾使其在西方列強的價值觀念與意識形態面前無能為力，這就引發了中國知識份子對過去制度、思想與價值觀念的蔑視，要求「重估一切」的全盤性的反傳統主義。

「五四」運動所促發的對傳統的「重新估價」和全盤性的否定結果便是「五四」時期中國知識份子所陷入的苦悶、虛無與孤獨的精神危機文化危機。借用海外學者林毓生先生和愛德華・希爾斯（Edward Shils）對中國意識危機與精神迷失的分析以回答上述關於中國現代詩人（知識份子）精神無家可歸病症的原因所在。

在林毓生先生看來，隨著「普遍王權」（universal kingship）〔希爾斯稱之為「奇理斯瑪」（charisma），即指任何一個社會中被視為產生秩序的最神聖的泉源相接觸的行為、角色、制度，符號與實際物體。它是終極的，不能再化簡的中心價值體系〕[10]在近代中國的崩潰而產生了中國社會政治的解體，也不可避免地導致了文化——道德秩序的破壞。在文化與道德系統的解體之後，中國人的一切傳統思想和價值觀念也隨之消失，傳統文化和道德的聚合框架已不復存在了。由於中國社會中心「奇理斯瑪」的破裂，人們便失去了與超越秩序保持接觸的媒介，終極生命關懷便落實不到實處。人們的道德感變得「迷惘、模糊、混亂」。因普遍王權的崩潰而隨之興起的全盤性反傳統主義思潮便失去了對中國傳統文化和傳統道德秩序的完全信任，從而把傳統文化作為一個有機整體予以全部拒絕（如「打倒孔家店」等口號，「先廢漢字」（錢玄同）等偏激主張）。在全盤性對傳統予以否定之後，一方面，以儒家為核心的普遍王權和終極價值越來越失去其有效性與合法性；另一方面，新的價值關懷系統又尚未找到，而作為工具性理性的「賽先生」又無法上升到終極價值的位置。這樣，中國知識份子便面臨「無家園無自我」的巨大虛無深淵之中，無處安置其精神與靈魂所托所依的終極關懷了。這就是」五四」以來中國知識份子所面對的意義危機、意識危機、精神危機與文化危機。這也是李金髮在泛海歸來以後發現」家園」已變成一片破敗、萎靡與乾渴的「荒園」景象，以及他真正無法醫治的病根所在。

「五四」時期以來一直籠罩在中國詩人心中「無自我」與「家園荒蕪」的意象還可以在三十年代的戴望舒與四十年代的穆旦詩中找到。在五・四運動反傳統的狂飆高漲的時期，詩人們極力抬高「自我」，強烈稱頌「自我膨脹」意識，如郭沫若《天狗》詩中的「我要吞吃一切，我要創造一切，我要……。」這種把「自我」外化為傳統的否定性力量到了李金髮那兒就失去了「歸宿」，而在戴望舒詩中「我」已經不屬於「我」所

[10] 林毓生：《中國意識的危機》（貴陽：貴州人民出版社，1986年），第14-41頁。

有了，它變成了「一個陌生人」（《舊居》）。在四十年代穆旦的詩中，「自我」已經被放逐，永遠「鎖在荒野」裡（「從子宮割裂，失去了溫暖／是殘缺的部分渴望著救援／永遠是自己。鎖在荒野裡」（《我》）。這種從「自我」的張揚到「自我」的失落便是五四反傳統高潮以後的直接影響的結果，它表明了中國知識份子從「母體」分裂出來後的創傷性陣痛與無庇護性的荒涼之感。而「家園荒蕪」的意象在五四以來的中國現代詩中隨處可見，可以說它已成了一個具有普遍意義的符號了。在戴望舒的詩中，「家園」已經荒蕪，人已不能回到家園裡去了。「小徑已鋪滿苔蘚／而籬門的鎖也鏽了——主人卻在迢遙的太陽下」（《深閉的園子》）。家園裡唯有和人一樣高的「寂寞」。作為「樂園鳥」的詩人詢問道：

自從亞當夏娃被逐後，
那天上的花園已荒蕪到怎樣？

《樂園鳥》

詩人所關切的不是地上的花園的荒蕪，而是天上的花園的荒蕪，即精神和終極價值世界的荒蕪。中國知識份子歷來所信守的家園，在外國列強的入侵以後遭到了放逐，而五四的全盤性的反傳統的文化虛無主義又導致了中國知識份子精神的最後棲居地的喪失。中國詩人難道不感到極度絕望和幻滅嗎？正是這種文化與精神的危機才激起了不甘沉淪的中國現代詩人的還鄉欲望。

與中國的情形一樣，二十世紀西方詩人也面臨著一個文化與精神的危機，但與中國所不同的是，西方的精神與文化危機並不是由外部勢力的征服所造成的，而是資本主義自身矛盾所引起的。確切地說，科學化與工業化既造成了西方人的物化異化，又造成了舊有的三位一體和諧關係的解體。上帝死了，宗教神權也崩潰瓦解了，人們生活在虛無的非本真性狀態之中。世界大戰摧毀了舊有的一切信念，尼采所宣導的「重新估價一切、創造需經破壞」使一切傳統價值形態失去了有效性，西方人同樣面臨著一個文化虛無主義的巨大深淵。正如W・B・葉芝所嘆息的那樣：

一切都瓦解了，中心再也不能保持。
只是一片混亂來到這個世界裡。

《第二次來臨》

上帝死了，人還可以退回到自我中心主體之中；而物化異化與「零散化」又導致了自我的死亡，人更生活在「荒原與空心」（愛略特）之中。所以，在這個無路可退的絕境中，西方現代詩人便踏上了還鄉的路程。

這樣，在中西詩人所面臨的共同文化與精神危機中，中西詩人便站到一起，共同還鄉，去尋找那個消除危機的替代之物。西方詩人還鄉的內在無意識意向就是重建解體的三位一體的整體空間關係，恢復文化的生機，使西方人重返神、人、天、地那種神祕的一體化境界之中。而因與西方歷史經驗不同，中國詩人還鄉所要尋求的是那個失落的神聖的中心價值體系，續接起分裂的文化傳統，並通過呼喚原始的野性與強力而重塑文化的獨立性格以最後重鑄民族的「人格的廟堂」（穆木天）。西方詩人還鄉所尋回的整體世界在於反抗工業化對文化精神的摧殘；中國詩人所重鑄的民族精神的獨立性格在於反抗西方列強的價值觀念對中國文化的宰割和本土專制的暴行對中國知識份子理想的放逐。

所以，在二十世紀的詩歌中，我們可以讀到大量關於歷史、神話與傳說的詩歌。比如，葉芝對愛爾蘭與古希臘傳說與神話的描寫；瓦雷里對古希臘神話（那西索斯神話）的迷戀；愛略特藉助尋找聖杯的傳說來表現現代人尋找拯救的欲望。現代詩人正是藉助了神話傳說的原始拯救力量，通過對現代危機世界的溯源返回從而在人類的源頭處為現代世界的匱乏提供一個新的價值秩序體系。由此，我們就明白了里爾克為何要把他的詩集命名為《獻給俄爾甫斯的十四行詩》的真正意圖所在。里爾克把他的歌唱獻給了一個一切歌之神——俄爾甫斯（Orpheus），他意在從與歌之神的應和中獲得救助的力量。對里爾克來說，俄爾甫斯神話表達了被分離的東西，即上帝與世界、人與自然的重新相聚；表達了一種對立之物消解後的新的存在方式。俄爾甫斯的語言是歌聲，他的工作就是消遣；在俄爾甫斯的歌唱中，所有自然之物都應合了他的歌聲；在其中，一切有生命與與無生命的存在都被喚醒了，世界從此就趨向於和諧與美的秩序。所以，馬爾馬爾庫塞說，俄爾甫斯代表了快樂、實現、創造、和平和解放。他是救贖的詩人，是撫慰人和自然，從而播種，拯救世人的神。[11]詩人里爾克的偉大之處就在於他認識到了俄爾甫斯的真正力量，並把他重新帶到了這個墮落和垂死的世界中來，使其危機的精神世界在俄爾甫斯的歌聲中得以療治和整合。

[11] 馬爾庫塞：《愛欲與文明》（上海：上海譯文出版社，1987年），第115-124頁。

同樣，李金髮藉助「野人、大神」的原始力量來彌合這個分裂的精神家園。在李金髮的詩中，「野人」通常被神聖化為「臨風長髮」、「吸風飲露」的神人仙人。他居住在大海之中，荒島（李金髮的理想之地）上，沿河兩岸。他食香草而存在。可以說，他就是李金髮借助拯救的神聖力量。「野人」形象使我們想起了莊子在其《逍遙遊》中所描寫的那位「神人」：

> 藐姑射之山，有神人居焉。肌膚若冰雪，綽約若處子；不食五穀，吸風飲露；乘雲氣，禦飛龍，而游乎四海之外。其神凝，使物不疵而年穀熟。

李金髮在面對家園荒蕪，自我虛空的精神危機中求助這遠古「大神」的原始野性的強力來拯救這個荒蕪的世界，來治療他那心底的病根，使家園重新恢復健康並得到保護，從而使人們永遠居住在一個純潔、和諧、人與物歸一的自然本性的精神世界中。

總之，現代詩人對遠古神話傳說的還鄉，在於使這個匱乏的世界重新神祕化，並通過這一重新神祕化而為現代世界築造一個具有獨立價值形態的「它者空間」，從而不斷地為現代都市化世界提供一個反觀自身的鏡像參照系，在此一基礎之上，對都市化世界進行重新符碼化過程，即重新賦予都市化社會「不再有」（匱乏）的價值與意義體系。所以現代詩人還鄉的過程就是一個對現代都市化世界的再符碼化和重新神祕化的過程。通過還鄉，詩人不斷為現代世界帶出新的意義與精神性符號，不斷地把無家可歸的現代人召回到充盈完美本真之物的家鄉中，使他們在與其最熟識最本已最親在之物的驚喜中達到真正的詩意地棲居。

由上述可見，在我們對「還鄉」的四個層面——自然形態（自然意象），心理情態（內在自我）；藝術表達（語言與主題）和文化精神（精神家園與終極關懷）的漸進性討論中，一個現代詩人還鄉的內在邏輯就已經顯現出來了；亦即現代詩人是在通過訴諸於自然本然具象之物，在一個新的自我心理情態中，以一種新感性的語言與重構的意義最後達到對精神家園的「還鄉」的。然而現代詩人，「最後」真抵達了精神家園嗎？真正找到了一個終極性的凝聚中心嗎？正如本文前面的討論所示，現代世界是一個「家園」匱乏，「家園」已經荒蕪的世界，因此，從「還鄉」所內具的烏托邦衝動意義上講，「還鄉」將永遠是一個過程，無止無終，猶如一個發亮的無底通道，不斷地湧出詩人在還鄉中所觀悉到的清新「氣息」和太初的「光暈」（Aura），始終為現代世界輸送其所匱乏的價值與詞彙。所以，「還鄉」是一個沒有「超級所指」（終極性價值始終處在缺席狀態）的無限「能指」（還鄉的實踐行為）的運動過程；是在對家鄉的追溯與期待之中，現代詩人獲得並達到對家鄉是其所是的覺醒與確認的動力學運動。在這個意義上說，中西詩人距離他們潛意識中的家鄉還遠得很，而我們對現代中西詩人「還鄉」的討論也將永遠沒有完結。正如里爾克所唱：

呵，無家可歸的永恆性
夜宿在我野性的心房。

在《哀歌》一詩中，李金髮借用印度偉大詩泰戈爾的詩以表達他的心願：

啊，我不能呆在家裡。
家已不是我的家了；
為了永恆美妙的召喚，
他正沿路前行。

現代詩人正走在還鄉的路途上，在偉大而虔敬的日子尚未降臨之前，他將永遠走在這條湧現神性的「回家」的鄉道上。李金髮會說「這是何等偉大的一遭啊！」里爾克會說「我流動！我在！」（I flow! I am!）。這便是我們對現代詩人還鄉的體悟所在，而澄明之光則從詩性深處轉來。

本文原載《藝術廣角》1991年第五期

卷二

詩遊記

詩眼東張西望

第一章　燦爛的星座：英美國意象派詩歌初探[1]

一、傳統與反叛

詩歌的轉捩點終於到來。19世紀末，浪漫主義的鼎盛時期已經過去。作為一場文學運動，它失去了昔日的革命性力量。當時的詩壇文風綺靡，一片死寂，作品中充斥著的是雜亂無章的抽象描寫與陳詞濫調，以及維多利亞時期和愛德華時期單調乏味的格律規矩。「和當時所有進步詩人一樣」，約翰・古爾德・弗萊契（J.G. Fletcher）寫道，「我對維多利亞時期的詩作非常反感……在我看來，從雪萊到華茲華斯，英國詩人似乎都在傾盡權力讓詩歌具有教化意義，宣揚某種價值觀，承載謙謙君子應該擁有的抽象的內涵」。[2]弗萊契還闡述了詩界是如何將之看作為理所當然。在一大波口誅筆伐中，他引述道，「扭曲的倒置、伊莉莎白時代的自以為是，酸腐的古體、做作的修辭手段」。[3]湯瑪斯・休姆（Hulme）借用柏格森（Bergson）的哲學理論，認為浪漫主義的陳舊傳統在19世紀末的維多利亞時代已消耗殆盡。它之所以被請出歷史舞臺，原因在於浪漫主義詩歌缺乏強健的聲音和活力表達詩人的情感。[4]在休姆看來，19世紀末20世紀初的

[1] 該文是我就讀四川外語學院英文系撰寫的本科畢業論文，也是我第一次用英文寫「學術」論文。論文寫就於 1985 年 4 月 30 日重慶歌樂山下。承蒙上海外國語大學原蓉潔女士翻譯成中文，特致謝忱。本文經過了如下的歷險：在我 1996 年 7 月下旬即將赴美留學的某個炎熱的下午，我回到了我的母校川外去向師友們道別。就在等候朋友之際，我踱步進入了英文系的資料室，不料在隨手翻閱書刊時，發現了一個佈滿灰塵，標有「英 85 級畢業論文」的紙箱子。打開箱子以後，東找西找，終於找到了我的那一份論文，紙頁業已發黃，油墨模糊，不過仍如獲至寶。遺憾的是，我當年赴美時並沒有帶上這篇習作，就把它與我的其他書籍留在了我四川美院友人的工作室裡，一留就是 16 年，直到 2010 年回國省親，在整理舊書時才在潮濕發黴的箱子裡重新發現了它，這次我把這篇習作越洋隨身帶回了美國。可是就在準備進行中譯時，發現所有的英文後注不見了。雖經盡力查尋，仍有一些注釋渺無音訊，是為憾，望讀者諒解，權作「望道」軌跡之起點吧！

[2] John G. Fletcher, cited in John T. Gage, *In the Arresting Eye: The Rhetoric of Imagism* (Baton Rouge: Louisiana State UP, 1981), p. 18.

[3] Fletcher, "Contemporary Poets." *The Freeman* (15 December 1920), p. 331.

[4] T. E. Hulme, *Speculations: Essays on Humanism and the Philosophy of Art,* edited by Herbert Read (New York: Harcourt, 1924).

浪漫主義已經在表達複雜情感方面顯得蒼白無力，因此要新的詩體取而代之。龐德（Pound）在移居到倫敦後抱怨稱，在他生活的時代，無論是文人墨客還是普羅大眾都一樣心甘情願讓自己的語言腐化，所以他們都應受到譴責。他渴望一場改革或者革命改變當前詩界的貧瘠狀態。維多利亞時期浮華的詩風令倫敦先鋒派憤怒不已，他們蓄勢待發，即將創造一種新形式的詩歌，他們迫切期待這場新的高潮的到來。

這便是當時英國詩歌界的情形，而美國詩界的情形也不相伯仲。1892年，自由詩體的先驅沃爾特・惠特曼（Walt Whitman），這位終其一生在美國詩界隨性而發的詩人去世了。一時間，無人能取代其位置而成為新詩的引領者，新詩的聲音也漸行漸遠。在世人面前，美國詩壇一片灰暗。當時文學領域占主導地位的多是散文家。僅有幾個不知名的詩人，如斯蒂芬・克萊恩（Stephen Crane）寫些多愁善感的愛情詩或抒情的十四行詩，但這些完全無法表達那個時代的精神。他們的詩歌形式平淡無奇，單調乏味，讀者並不滿意。因此，十九世紀末是詩歌的低谷，前景慘澹。然而，殊不知這只是表面的風平浪靜，一場大浪正在湧來，即將打破這片寧靜。

20世紀初到第一次世界大戰期間，一場藝術領域的變革和革命席捲全球。知識界展開了一場激烈的爭辯，人們開始討論如何以全新的方式在新時期表達觀點與感受。迫切要求改革的思潮隨之散播開來。現實使知識份子意識到，現狀將不再持續，迅速的改革迫在眉睫且至關重要。因此，20世紀初，幾位詩人相聚在倫敦，協力反抗當前令人無法容忍的局面。1909年到1917年期間，英國詩壇湧現出一個積極的聲音，其自稱為意象派（Imagism）。

意象派詩人稱自己為「先鋒派」。埃茲・龐德（Ezra Pound）在1912年將「休姆詩歌全集」收錄到他自己的詩集《反擊》中時，首次以文字的形式提到了「意象派」（Les Imagistes）。龐德序言中提到，休姆的五首詩是「1909年被遺忘的一派」，屬於「意象派」詩歌。此處「意象派」是指以休姆為首在1902年相聚的那幾位詩人。龐德自己在休姆和弗林特（F.S Flint）1909年重新組織「詩人俱樂部」後加入。儘管龐德在1912年到1914年間提出了很多新穎的想法，但他只被視為意象派的主要鼓吹者，而休姆則是意象派的主要理論家。

借助與哈裡特・門羅（Harriet Monroe）的關係，1913年1月龐德在《詩歌》雜誌上開始了他的宣傳活動。他用「意象派」一詞來描述杜利特爾（H.D.），並且在一篇名為《現狀改革》的文章中介紹了一些意象派的概念。在3月份，他發表了他的宣言《意象派詩人的幾點禁忌》。1914年，龐德編輯了詩集《意象派》，其中收錄了理查・阿爾丁頓（Richard Aldington）、馬多克斯・福特（Madox Ford）、杜利特爾（H.D.）、威廉・卡洛斯・威廉斯（W.C. Williams）、斯基普韋斯・坎耐爾（Skipwith Cannell）、艾米・洛維爾（Amy Lowell）以及他自己的詩。但是，龐德對意象派興趣逐漸褪去，洛維爾取代他成為了這個組織新的領導者。在她的領導下，另一本詩歌集出版，其中收錄了包括阿爾丁頓、杜利特爾、弗萊契、大衛・赫伯特・勞倫斯（D.H. Lawrence）和洛維爾自己在三年的詩作。而龐德已與此無關，當時他把意象派的新原則應用於所有藝術形式，但將意象派詩人譏諷為「艾米派」（Amygists）。直到1917年，艾米・洛維爾終於感到這場意象派運動氣數將盡。恰逢女詩人杜利特爾和阿爾丁頓離婚後，事情發生了戲劇性的轉變，這似乎標誌著意象派的結束。此後所有意象派詩人開始分道揚鑣。1930年，一本懷舊的意象派詩集出版，其中收錄的詩來自「十三位可能稱得上是真正意象派詩人」中的九位。[5]

以上是「意象派」歷史的簡要介紹，不過，意象派所帶來的變革遠遠超過了這個名稱。它是英語詩歌傳統的自然而然的發展，因為英語詩歌每隔幾代就會經歷從華麗到客觀再到華麗這樣的循環反復。意象派的到來是應時代的需求，因為這些意象派詩人對當時的詩壇並不滿意。他們決心掃除詩歌的說教目的，這就要將詩歌從主要的道德意義中解放出來，如彌爾頓式宏偉的辭藻。他們反對在詩歌中主觀地表達個人觀點，反對極具個人風格的維多利亞時期的詩風。意象派詩人對浪漫主義詩篇中空洞的詩風和表現形式嗤之以鼻。他們認為，自己將是文學先鋒派的中堅力量，因此竭盡才智來探索新的作詩之道。

為了與浪漫主義劃清界限，意象派詩人將意象作為詩歌的主要表現手段。在休姆看來，前輩的詩歌傳統已不再適用於表達事物的本質，因此必須創新。既然要與傳統對立，那就需要匯聚不同的意象。意象派詩人希望寫出與維多利亞時期的浪漫主義詩人不同的作品。他們用精簡的語言清晰確切地表達自己的審美觀。他們不僅以實踐對抗傳統詩歌，同時在理論層面也有所作為。他們組成一個小組，制定獨立的寫詩原則，形成系統的詩歌理論。這些理論主要來源於意象派理論家休姆以及意象派的宣傳領袖埃

---

[5] Glenn Hughes, *Imagism and the Imagists: A Study in Modern Poetry* (NY: Biblo & Tannen Publishers, 1960).

茲拉・龐德。在踐行兩位大師提出的理論基礎上，意象派詩人便開始了他們的新詩探索。

二、理論架構

如上文所述，為創造一種新詩體來取代上一代詩人拖遝鬆弛的詩歌風格，意象派詩人集中於以意象作為詩歌表現的特殊工具。由於維多利亞時期的詩人缺乏想像力和智慧，無法創造並使用行之有效的意象，意象派詩人便希望將鮮活嶄新的意象引入詩壇，創作出以直觀印象來呼喚情感的詩歌，而這些直觀印象只有理智才能捕捉到。他們認為詩歌的真正作用在於陳述，而且是具體地陳述那些觸動詩人的意象，至於結論則留給讀者自己去體會。自稱是反對浪漫主義的詩人休姆（T.E. Hulme）就在他的文章中清晰地講到了這點。他認為，他的新古典主義就是以現代表現手段實現與前輩古典詩人一樣的動機與目的。因此，他希望現代詩人能夠創造出全新的詩歌形式。休姆的新古典主義影響了很多意象派詩人。為更好地理解休姆的理論，我們有必要考察這一理論是如何來源於法國哲學家亨利・柏格森（Henri Bergson）有關語言和藝術的理論觀點的。1907年，休姆第一次見到亨利・柏格森並欣然接受了柏格森的觀點。1912年，休姆翻譯了柏格森的《形而上學導論》。他希望能夠通過自己的寫作讓更多英國讀者瞭解柏格森的哲學思想，並且將這一思想廣泛地延伸至美學。

休姆在其最富盛名的文章《浪漫主義與古典主義》一文中清晰地闡述了「柏格森主義」（Bergsonianism）是如何影響他的詩學觀點的。柏格森將直覺定義為「一種智識上的同感。這種同感是主體通過將自己置於客體之中而與客體的某種獨有的特點不期而遇。因此主體通過直覺看到的事物不是某種形式的轉化，而是事物的本身」。[6]在他的文章中，他呼籲採用直覺式的思考方式來獲取對外部世界的絕對認知。對於柏格森來說，這便是走向真理的途徑。這種在柏格森看來的正當的思考方式成為了休姆眼中正當創作詩歌的方式，他將這種方式與古典主義相聯繫。休姆多次強調，詩人應捕捉的是事物的本來面貌，而非在約定俗成的規範下對事物進行主觀分析後的結果。他宣稱，「浪漫主義和古典主義有兩點區別。首先，是否運用心理的某種特殊機能觀察事物本來的樣子，其次是否擺脫了那種受

[6] Henri Bergson, *An Introduction to Metaphysics*. Trans. T. E. Hulme (London: Macmillan, 1912).

訓化的慣常的看待事物的方式」。[7]正如柏格森所說，慣常的觀察與表達方式無法讓人深入事物本質。

如果將意象派的概念追溯到柏格森的形而上學理論，我們便可以發現意象派詩歌理論其實是基於休姆對柏格森提出的兩個意象的思考。柏格森說，「許多意象按照不同的順序來自於其他物體，通過一致的行動而將直觀的意識指向了準確的一點，在這一點上喚起某種直覺。通過選取盡可能不同的意象，我們可以防止其中任何一個意象取代它所要喚起的模仿」。[8]根據柏格森所言，此處單一的意象就是事物的圖像，它是為了喚起某種直覺感官的各種意象的聚合。之所以這些意象需要「彼此之間儘量不同」，顯然是為了防止心理只看其中之一而忽略其他。在那種情況下，當某個單一的意象佔據了注意力，直覺便通過慣常的對比行為而被加以放大。

對於休姆來說，意象不僅是表達事物本質的方式，也是發現事物的方式。意象是詩人眼中記錄事物的方式，它們是「直覺語言的本質」。休姆說，「詩歌總是語言的前衛部隊。語言的過程便是對新型類比的吸收」。[9]因此，詩歌的目的在於去除雜質，在於以非傳統的方式創造出詩人自身的經歷。詩人創造獨特的體驗和意義被看做是詩人理解「事物本身」的直接結果。

休姆說，「思想是新的類比的聚合，因此靈感是不期而遇的類比——這些類比之間都具有共通之處」。[10]按照休姆的觀點，只有對意象的新的經驗才能產生新的觀點。傳統規則只能抹殺創造性的思想。靈感並非有意而為，而是瞬間偶然的自然生成。

就藝術的功能而言，柏格森寫道，「藝術家的創造性活動只有在通過行動而實現的週邊推測觀察受到限制時才顯得必要。如果我們能夠揭開因行動的介入而覆蓋在事物之上的面紗，如果我們能夠與感官和意識直接交流，藝術的存在便沒有了意義。借助於記憶，我們的眼光便可以在空間中勾勒出定格在某一時間上最無可效仿的圖像」。[11]

在休姆看來，如果可以和感官進行直接交流，那麼藝術的作用便是讓

---

[7] T. E. Hulme, “Romanticism and Classicism.” *Speculations: Essays on Humanism and the Philosophy of Art,* edited by Herbert Read (NY: Harcourt, 1924), p. 133.

[8] Henri Bergson, *An Introduction to Metaphysics* (NY: G. P. Putnam’s sons, 1912), pp. 14-15.

[9] T. E. Hulme, *Speculations: Essays on Humanism and the Philosophy of Art*, p. 168.

[10] Cited in Michael Roberts, *T. E. Hulme* (NY: Haskell House, 1971), pp. 281-282.

[11] Henri Bergson, *Laughter: an Essay on the Meaning of the Comic*. Trans. Cloudesley Brereton and Fred Rothwell (New York: Macmillan, 19110), p. 150

我們擺脫內在和外在的限制。他認為如果意識可以超越時間，那麼通過空間「詩歌便可以呈現熱情的本質」，因為他將藝術看作是「對準確性的熱切渴望」。「最根本的審美情感是通過直接交流所產生的興奮之情」，他說道，「這種情感是準確而鮮活的。語言通常無法通過交流而展現出事物鮮活的一面……因此藝術的興奮之情來源於這種稀有而又獨特的交流」。用休姆的話說，情感是通過使用這種「稀有而又獨特」的語言創造的。[12]因此為了實現情感的準確與鮮活，意象派詩人需要尋求和探索這種特殊的語言，而且我們的直覺官能還必須擺脫時間之「流」。根據柏格森的觀點，這種「時間之流」總是不停地將所有相聯繫的一切展現在我們面前，從而歪曲了我們的認識，因此，為了滲入這時間之流，我們必須將認知的事物在時間上隔離開來。

儘管休姆是意象派的主要理論家，但是龐德的作用也不得忽視。他為意象派詩歌貢獻了很多獨創性理論，其中大部分與休姆的體系相互吻合。在為意象派辯護方面，龐德同休姆一樣也認為「意象是將華麗的辭藻盡可能徹底剝離之後的呈現」，[13]因為辭藻遮掩了真實的情感，製造出虛幻的情感。在他看來，意象是實現傳遞（即情感的交流）的方式。與威廉・巴特勒・葉芝（W.B Yeats）觀點一致，龐德堅持認為兩個世界（自然的世界和想像的世界）不是平行而是相互呼應，因此與自然進行直接交流是可能的。休姆的「不期而遇的相似」源自於龐德一篇關於自己如何於1916年寫名為《在一個地鐵車站》（「人潮中幽靈般的面孔閃現，／花瓣粘在潤濕的，黑枝條上。」）一詩的自述。它與休姆的文章形式完全一樣。「在那晚，我突然發現了這種表達。我並不是指我找到了詞彙，而是我發現了一個等式，它不存在於言語中，而是存在於顏色的小斑點中」。[14]他繼續說，如果他來描繪這幅畫面，他會創作出一幅「非再現式的」圖畫，可能在休姆看來是模糊的。[15]龐德描述的「非再現式的」圖畫是一個合適的類比，因為這種意象的創作並非是一種情感的表徵，而是情感的對等物，它來源於相互不同的物體的獨立形象。

休姆對於藝術的觀點與龐德對於詩中意象選擇的標準是相似的。「意

---

[12] T. E. Hulme, *Speculations: Essays on Humanism and the Philosophy of Art*, p. 163.

[13] Ezra Pound, "Vorticism." *The Fortnightly Review,* 6 [n.s.](1 September 1914), pp 461-471.

[14] Ezra Pound, cited in K. K. Ruthven, *A Guide to Ezra Pound's Personae* (Berkeley: University of California Press, 1969).

[15] Ezra Pound, *Gaudier-Brzeska: A Memoir 1916* (London: New Directions, 1960), pp. 86-89.

象」就是情感與理智的複合體，在瞬間給予人一種突然的解放，一種擺脫了時間和空間限制的自由，一種在最偉大的藝術作品面前的突然成長感。這一定義重申了休姆及柏格森的原則（龐德似乎並非直接受到柏格森的影響），即藝術必須將我們從時空的界限中解放出來。所謂脫離時間的束縛，就是將物體在「瞬間」靜止。這種對事物的感知是通過視覺即刻完成的，因此視覺成為了意象派詩歌必須訴求的主要感官。實際上，龐德將詩人描繪成了一個科學家。他避免將這種對情感的觀察視為一種道德義務，而是用具體的方式將其記錄下來，正如中國的表意文字那樣。「正經的藝術家」，龐德寫道，「如同科學家，因為他們展現的是代表願望的意象」，因此「藝術為倫理提供資料」。[16]就像生物學家的職責旨在發現人類之間具有的共同點，龐德認為詩人的職責便在於發現他們之間的不同點。藝術家是情感的科學家，他們記錄的僅是他們在自然中的發現，這就是他們搜集的「資料」。將意象賦予這樣的定義，龐德似乎意味著情感最好是通過理智來發現並表現，他認為理智就是採取一種科學的、置身事外的客觀眼光。「情感」，龐德說，「是形式的組織者」。[17]

對於龐德來說，藝術的作用在於「將知識份子從傳統規則的桎梏中解放出來……藝術從不強迫任何人做任何事、灌輸給人任何思想或者成為怎樣的人。它就像樹一樣存在」。也就是說，詩歌不應說教，而只陳述。詩歌的存在「是為了加強認知機能，脫離各種阻礙。在不受任何阻礙的限制後，人便可以從必然的自然規律中獲得體驗」。[18]他將詩歌看作是語言重獲「有效性」的方式，因此詩歌可以讓人的心理得以正當的運作。

龐德的詩歌理論與休姆的主張有很多共同之處，但在一些問題上，休姆對龐德的標準持不同的意見。休姆認為，僅靠視覺便可以讓詩歌獲得他與龐德所期待的自由和解放。「新詩」，休姆寫道，「是為視覺欣賞而非聽覺感知。詩歌需要塑造意象，將精神的黏土塑造成固定的形狀。新詩採用的素材…是一種意象而非聲音。它將塑造的形象傳遞給讀者，而舊詩則總是試圖影響讀者」。[19]龐德不同意休姆對詩歌中聲音的抹殺。畢竟，詩歌一貫以來的定義就是「一種將詞彙譜成音樂的作品」。因此，意象是詩

---

16 Ezra Pound, *The New Age* (28 January 1915), p. 360.

17 Ezra Pound, *Literary Essays of Ezra Pound*. Ed. T. S. Eliot (London: Faber and Faber, 1960), p. 46.

18 Ibid.

19 T. E. Hulme, "Bergson's Theory o Art." *Speculations: Essays on Humanism and the Philosophy of Art,* p. 142.

歌的主要色彩。龐德將視覺用作於詩歌中情感的直接理解的隱喻，而這與休姆所認為的詩歌只能喚起視覺感官是完全不同的。當休姆和龐德的詩歌理論見諸文字後，這些理論很快被意象派詩人們所接受。他們將這些理論踐行在創造新詩的過程中。而且，龐德與弗林特正是在這些理論的基礎之上，共同寫出了意象派詩歌的原則並於1913年發表在了芝加哥的《詩歌》雜誌上：

一、無論是從主觀還是客觀的角度，都應直接處理事物。

二、不使用那些無助於表現事物的詞彙。

三、詩歌前後應使用單一的韻律，但要有樂感。

雖然意象派詩人反對任何限制詩人創造力的規則或命令，但他們制定的三大規則不同於以往的陳規舊俗，目的是為了改革詩歌，淨化詩壇，讓詩歌走出俗套。由於對意象派來說，最迫切需要改革的是詩的形式或結構，因此他們提出的原則與內容幾乎沒有關聯，僅與詩歌的節奏和形式有關。後來，阿爾丁頓和洛爾又發表了意象派六大原則：

第一，採用普通口語的語言，但是需要使用準確。

第二，為新的情緒創造新的韻律。

第三，允許主體中具有複合性自由。

第四，呈現意象，但避免晦澀。

第五，寫出的詩歌內容堅實而清晰。

第六，詩歌的本質在於強調濃縮。

在這六大原則中，有三條原則與龐德最初提出的信條類似。以上意象派提出的兩套原則都提到了對準確的要求、採用普通的口頭語以及詩歌主體的隨意性。正如同意象派規則所要求的那樣，這些原則都是用非常平凡與普通的語言寫成的。但如果仔細研究，就會發現以上原則的實質並非表面看上去那麼簡單。意象派詩人已經建立了自己的系統性理論，發展成為了第一個現代詩歌運動。儘管意象派詩人對過去的詩歌進行改革，但他們倍受歡迎的原因之一不得不說是繼承了前輩正確的、循序漸進的知識。他們將知識融會貫通，形成自己的理論，創造出了人類的一種全新的體驗。

三、遺產與傳承：意象派的美學基礎

休姆認為，只有通過直覺才能獲得事物的本質。他受到了亨利・柏格森的直覺主義哲學很大的影響，因此他的觀點與柏格森是一致的。然而，由於任何理論都應具有其哲學根源，因此我們同樣可以找到意象派的哲學起源。龐德稱情緒可以找到它的「對應物」，詩人可以與事物進行直接交流；湯瑪斯・斯特爾那斯・艾略特（T.S. Eliot）堅持認為「理智是感官末梢瞬間的迸發」；而通過藝術形式來表達情感的唯一方式就是尋找一個「客觀對應物」。他們的理論來源於法國象徵派之父波德賴爾（1821-1817）。而波德賴爾受到了瑞典哲學家斯韋登伯格（Swedenborg）的影響，他的詩《應和》正是來源於斯文登伯格的對應論（correspondence）。

在他的著作中，斯韋登伯格稱自然與人之間，萬物之間都是相互聯繫的。瞭解自然界和精神世界的關鍵就在於應和與表徵。真相與現實是一致的，而現實是由事物本身的存在方式以及對事物的描述組成的。因此，波德賴爾在他的《應和》一詩中寫道，「世界是一座象徵的森林」。對於他來說，自然界的每一個物體都或多或少地帶有著人的感受和細微差別。它們也有著精神生活，能夠與人為伴。它們完全具有表達的功能，與人之間有著難以言表的親密。每個人都能在自然界的物體中找到代表自己的意象，所以世界「充滿了靈魂」。[20]

湯瑪斯・斯特爾那斯・艾略特是直接還是間接地借鑑了斯韋登伯格或波德賴爾的理論已不再重要，重要的是他1909年在《哈姆雷特與他的問題》一文中將「客觀對應物」一詞引入了現代文學批評中。以藝術的形式表達情感的唯一方式就是尋找到「客觀對應物」。艾略特寫到，「換言之，一種情境，一系列的事件都可能構成某種特殊的情感。如果外在的現實觸發了人的感官體驗，便立刻會勾起某種情感」。[21]在艾略特看來，外在的物體與心理中的思想之間存在著某種預先約定的關係，它們相互合作，挖掘人類心理的潛力，實現了從感知向意識的轉變。在很大程度上，意象派詩人依賴於自然事物與人類情感的關係，將其作為一種機制通過「不同的」、「分散的」意象來實現情感的直接交流。意象派更進一步發展了「應和」這個概念。他們不僅希望能夠發現理智與情感的相互感應，同時他們還希望發現現實世界的感應。他們認為，理智與現實之間不再存在任何類比，它們是相互獨立而且地位平等的，只有通過意象二者才能聯繫在一起。正如龐德在《L'Art，1910》一詩中寫到的那樣：

> 綠色的砒霜塗抹在雞蛋白的抹布上
> 壓碎的草莓啊！來吧，讓我們一飽眼福吧。

---

[20] EmanuelSwedenborg, “ClavisHeiroglyphica” (https://archive.org/details/clavishieroglyph00s wed).

[21] T.S. Eliot, “Hamlet and his Problems.” *The Sacred Wood: Essays on Poetry and Criticism*. (London: Methune, 1920), p. 49.

在這首詩中，「沾滿砒霜的抹布」與「壓碎的草莓」實現了微妙地對應，二者表達的情感是完全一樣的。

大自然與情感之間明顯的對應給予了我們一點啟示，我們可以從中討論意象派與法國象徵主義運動之間的關係。象徵主義的直接影響可能是通過亞瑟・西蒙斯（Arthur Symons）所做的一項關於象徵主義的著名研究，名為《文學中的象徵主義運動》。西蒙斯希望詩歌可以準確地表現精神世界。這意味著「正確的表達不應該存在隱喻，詞彙表達的應該就是其本身之義；他們變成比喻性的就是堅守自己本身」。[22]後來，龐德呼應弗林特的觀點。他稱「自然之物總是正當的象徵」。[23]而龐德作為早期的意象派詩人正是通過原文瞭解一些象徵主義詩人。他定義了象徵主義運動，將西蒙斯的唯靈論與意象派聯繫了起來。但是，他用心理學替代了唯靈論。「最終」他說，「它的象徵主義是通過巧妙地並置意象，試圖喚起生命中的潛意識，將我們的生命至於永恆的運動之中」。

後來，弗林特甚至將象徵派與柏格森做了鮮明的類比。他稱，象徵如同意象一樣，「試圖給予你一種直覺來感知現實本身，感知冥冥中的力量。象徵通過想像力所捕捉的一系列意象，將自己置於意象之中，並表達現實。同時，它喚起無窮，並而在當前到達頂點」。[24]弗林特的表述在柏格森所說的「流變」、龐德所說的「飽和／變化的時刻」、「澄明的時刻」以及艾略特所謂的「連鎖事件」中有所體現。他將直覺、象徵和意象融為一體。換言之，人們通過瞬間的一系列意象獲得直覺，而又通過直覺來深入瞭解現實。意象派與象徵派一樣，儘管他們的目的在於淨化語言而非毀掉語言，但他們並不相信語言（極端主義詩人魏爾倫使用語言的目的在於毀掉語言）。根據象徵派詩人亞瑟・蘭波（Arthur Rimbaud）的觀點，語言約定俗成的規則與傳統正是毀掉寫詩衝動的直接來源，因此，他希望能「發明新的花、新的肉體、新的語言」。不同於蘭波，休姆僅止於創造一種新的語言，這樣他便可以看到那些已經存在的花兒（正如同樹的存在一樣），只要他看到它們的本來面目。象徵主義詩人追尋的不僅要超越語言，同時還要超越自然。

儘管意象派的某些觀點來源於象徵派，但它屬於一個獨立的文學潮

---

[22] Arthur Symons, *The Symbolist Movement in Literature* (NY: E. P. Dutton, 1919), p. 274.

[23] Ezra Pound, “A Few Don'ts by an Imagiste.” *Poetry* I, 6 March, 1913.

[24] F. S. Flint, “Contemporary French Poetry.” *The Poetry Review* 1: 8 (August 1912), p. 362.

流。在他的文章《漩渦主義》中，龐德花了很大的力氣來區分他自己的詩歌理論以及他所理解的象徵派學說。他宣稱，「意象派並非是象徵派」。象徵派通過相互聯繫來表達，即通過一種神祕的暗指。他們借助的是寓意因為他們相信超自然力量以及煉金術魔力。換句話說，龐德反對的正是象徵派作為本質上模仿的藝術，即以一種意象指代其背後別的事物。龐德希望以不帶任何累贅的純語言表徵形式替代象徵派詩歌的多義性話語。龐德對於象徵派的學說並不是十分讚賞，但他從蘭波的話語中看到了詩中他最尊重的特質。蘭波在1872年稱，「我們應該根除繪畫時對物象進行複製的古老陋習，而須讓繪畫獨立自主」。因此繪畫不再是模仿複製物體。為了激發衝動，繪畫運用來自外部世界的線條、顏色以及形狀，但同時簡化和限制了「真實的魔力」。這種說法與龐德對他是如何寫成意象派經典之作《在一個地鐵車站》的敘述非常相似。龐德說，「如果我有力量用顏料和毛筆將它畫出來，那麼我可能就找到了一個新的畫派。這種繪畫屬於『非再現主義』畫派，它僅通過顏色的安排來表達意象……」。[25]純粹用顏色、形狀、平面來表現物體讓我們想到了印象主義對意象派的影響，尤其是對龐德的影響。

大衛・休謨（David Hume）在其《人性論》中稱，「人類思維的所有認知使得人類自己產生了我所稱的不同的『印象和觀點』」。[26]印象派畫家認為感覺印象顯然更加直接準確，因為它們距離物品更近、它們作為真實的來源而更具價值。這一點在龐德的理論中處處可見。「我並不是說我找到了詞彙，只是找到了一種等式，但這種等式並非在語言中，而是存在於各種細微的顏色斑點中」。[27]意象派詩人接受後印象派畫家秀拉（Georges Seurat）的點彩畫理論、顏色的光混合效應以及光的傳播。印象派畫家希望通過純光譜顏色捕捉對一時一刻的瞬間印象，他們在畫布上用毛筆劃出的小而不規則的幾筆便是對這點的應用。以同樣的方式，意象派詩人希望捕捉當知覺轉化為情感之瞬間的印象。他們的詩不需要夾雜個人評論，反對所有的理性解釋。他們依靠的是受到心理聯想所觸動的不可預測的「湧流」。

印象派和意象派的主要不同點在於印象派否定任何清晰界定形式的存在（應消除或模糊化這種形式），而意象派的宗旨在於創造出「硬朗而清

---

[25] Ezra Pound, *Gaudier-Brzeska: A Memoir 1916*, p. 36.

[26] David Hume, *A Treatise of Human Nature* (Oxord: Oxford UP, 1896), P. 7.

[27] Ezra Pound, *Gaudier-Brzeska: A Memoir 1916*, p. 38.

晰」的詩歌，不含任何模糊或不確定因素。相對於印象派愉悅地將自己沉浸在生命的意識流之中，意象派則將瞬間即逝的印象從時間的「流變」中提煉出來，將之轉化為「情感與理智的複合體」。

如果說柏格森的形而上學為意象派提供了概念框架，那麼中國詩歌以及日本的俳句則為意象派詩人寫詩樹立了好的榜樣。在「詩人俱樂部」成立的早期，休姆與弗林特就效仿中國古詩與日本俳句。他們將其介紹給龐德，稱二者是圖畫呈現的典範。龐德在1913年拿到了研究東方文學的學者歐尼斯特・費諾羅薩（Ernest Fenollossa）的論文《作為詩歌手段的漢字》的手稿，並將其編輯出版。這篇論文成為了他後來捍衛意象派表達手段的很多論述的基礎。1915年，龐德出版了一小本中國詩集，名叫《華夏集》（*Cathy*），這本詩集很快激發了外界公眾對中國古詩濃厚的興趣。

費諾羅薩的觀點對於意象派來說具有自然而然的吸引力。原因之一在於它們彌補了柏格森式理論模型的缺陷。在文章中，費諾羅薩認為中國的表意文字是從對自然物體間關係的原始認知中發展而來的：即，這種文字具有比喻性，在休姆看來是一種直覺構念。費諾羅薩稱表意文字可以聚集一種表達的力量。作為詩歌媒介的表意文字具有詞源的，文字便是以書寫的方式將這種來源得以顯現。作為詞源的詞根本身是有形且可被觀察的。

費諾羅薩稱從中國文字中可以看得到它的原初比喻。「我們可以看到文字演變的過程」，而且表意文字在抽象化後永遠不會失去它的自然本源。而這種現象在英文中，是由規則決定的。「中文符號」，費諾羅薩說，「是基於對大自然活動的活靈活現的速寫。中文的這種記錄方式流露的是大自然的暗示」。[28]對於費諾羅薩和龐德來說，中國的表意文字確實是用來表達意象的範式，它被認為是大自然的體現而非規則使然，它是大自然活生生的比喻，它與自然「不止於類似，而是完全結構相同」。因此，中國文字是直接、具體、可見的。它以揭示自然現象來煥發人們的情感。從對中國文字的學習中，費諾羅薩認為「圖畫是事物自然而然的圖畫，因此中文中最根源的思想便是語法所指稱的名詞」。但同時，他也認為中國文字展現了有關動詞的畫面，正是動詞拉近了語言與自然物體的距離。費諾羅薩文章的另一方面闡釋了東方的寫詩模式賦予詩人客觀觀察者的角色。理論上認為詩人不應該對其觀察的事物有任何道德立場，不應對

---

[28] Ezra Pound, *Instigations of Ezra Pound: Together With an Essay on the Chinese Written Character* (NY: Boni and Liveright, 1920), pp. 357-388.

其附加任何評論或者修飾。他寫到，「最初人類創造的語言是符合科學的，而非符合邏輯思維」。

在描述中國詩人寫詩時，弗萊徹稱中國詩人「運用想像力將自己與所描繪的物體融為一體」，他們成功地在詞語中創造了對親眼所見的「物體的客觀對應物」。[29]因此，中國詩歌具有意象派所希望的特點，包括具象化、客觀意識、準確、用詞精煉以及有畫面感。意象派對中國文字的組成也很感興趣，他們認為這些偏旁部分組合在一起構成了一個獨立的漢字。通常來講，漢字的組成部分僅是暗示模糊大意。比如說，漢字「秋」，是由「禾」與「火」組成。這兩個偏旁合在一起就表示「收穫的季節與照耀的太陽」。僅一個漢字便包含了如此豐富的含義。然而，在英文中，「autumn」的意思僅是一個發音，並不意指指秋天的任何物象。因此中國漢字不僅具有某種讀音，同時也具有某種含義或者多種含義，它包含了多種畫面元素和多個比喻義。其中一個例子就是龐德翻譯的李白的一首詩《玉階怨》，該詩便展現了中國詩歌的「含蓄與濃縮」。

玉階生白露，夜久侵羅襪。
卻下水晶簾，玲瓏望秋月。

誠然，在這首詩中，意象的功能更多是象徵性的，而非陳述性的。「玉階」象徵著一個奢華的家；而從「羅襪」一詞中，我們可以看出，那個等待的女子出身高貴，而非布衣。「明亮的秋月」表明天氣很好，因此女子等待之人沒有理由不來踐約。她已待他多時，因為臺階上滿是露珠，已變成了白色（或許是月光）。露水滲入女子的羅襪內將其浸濕。這首詩的典型特點在於它的濃縮、簡潔以及準確。感情蘊藏於詩中而非表現在詩句上。意象派詩人通過翻譯中國古詩寫出了很多類似風格的詩。他們往往會擴大詩中每個漢字組成部分的隱含意。比如，下面李白這首詩中的一個意象：犬吠水聲中（「A dog, a dog barking／And the sound of rushing water」）。實際上，對中國古詩的模仿和翻譯促進了意象派詩歌運動的持續發展。因此，葛瑞漢（A.C. Graham）說「將中文翻譯成英文的藝術成為了意象派詩歌的副產品」，「它為意象派創造了一個新的希臘」。[30]

---

[29] John. G. Fletcher, "Essay on Poetry and Poetics." *Selected Essays of Fletcher*. Ed. by Lucas Carpenter (Fayetteville: University of Arkansas Press, 1989), P. 60.

[30] A. C. Graham, "The Translation of Chinese Poetry." *Poems of the Late T'ang* (New York: Penguin,

除了借鑑中國詩歌以外，意象派及他們的志同道合者也受到了日本俳句的影響。俳句的特徵在於突出主要意象。它多採用暗示的表達方式，小心翼翼地避免直接陳述。對於意象派詩人來說，俳句的形式（三句，每句都分別有三、五、七個音節）之所以受到推崇，原因在於它具有最大化的濃縮和具體的意象，沒有冗長的篇幅和說教意義。基於俳句的模式，龐德發明了「單意象詩歌」（One-image poem），[31]屬於疊加形式。也就是說，一個觀點疊加在另一觀點之上。這是一種疊加的形式，或是採用視覺圖像配以更不著邊際或少生動性的詞句表達。最像俳句的一首詩就是龐德的《在一個地鐵站》，它就是「俳句般的一句話」。[32]意象派經常引用俳句來證明如果詩人信任意象本身的表達力而少對其評論的話，詩歌可以給人以鮮活的感覺，非常打動人心。以合適的方式選擇並表達意象可以激發讀者的想像，這樣的表現力也超過了一句直白的陳述。

當意象派將日本俳句翻譯成英文時，他們盡可能保留俳句的形式。下面的這個例子就是松尾芭蕉所寫的一篇短小的俳句：

枯樹之鳥	A crow is perched
秋日夕陽時	Upon a leafless withered bough
鳥棲枯樹上。	The autumn dusk

在這首俳句中，讀者看到的是秋日的黃昏中，一隻孤獨的烏鴉棲息在枯萎的樹枝上。這幅畫面給人一種孤獨感，一種悲秋的情懷。模仿日本俳句最出名的是艾米・洛維爾，她寫的一首詩與上面這首俳句非常類似。

昨晚雨下	Last night it rained
此刻，孤寂的黎明	Now, in the desolate dawn
藍松鴉囀鳴。	Crying of blue jays

儘管讀者在詩中會體味到一種孤獨感，但詩歌營造的氛圍與情緒是快樂的。藍松鴉的啼聲喚醒了黎明，這意味著新一天希望的到來。有些意象派的詩歌是融合了中國古詩與日本俳句的特點。龐德將漢武帝的《落葉哀

1967).

[31] Ezra Pound, *Gaudier-Brzeska: A Memoir 1916*.

[32] Ezra Pound, "Vorticism." *Fortnightly Review* (September, 1914), pp. 465-467.

蟬曲》改譯成《劉徹》就是一個很好的例子。

《落葉哀蟬曲》　西漢　劉徹
羅袂兮無聲，玉墀兮塵生。
虛房冷而寂寞，落葉依於重扃。
望彼美之女兮，安得感餘心之未寧？

《劉徹》　龐德
綢裙的窸瑟再不復聞／The rustling of the silk is discontinued,
塵埃落滿宮院／Dust drifts over the court-yard,
足音遠遁，落葉／There is no sound of foot-fall, and the leaves
繽紛堆積、靜臥／Scurry into heaps and lie still,
我心歡的伊人躺在底下：／And she the rejoicer of the heart is beneath them：
一片粘在門檻上的濕葉。／A wet leaf that clings to the threshold.

龐德取材於中國古詩，但在詩中運用了日本俳句的技巧。從以上這些意象派詩中，我們看到了它們有著豐富的意象，鮮活而驚豔。意象派詩人從自然界中選取與自己情感相符的物象來實現直接的交流。他們提倡詩歌應具有堅實而具體的內容，避免抽象與含混。同時，他們在實踐中也在某種程度上踐行了這一詩學觀。

四、意象派詩歌的特點與實踐

（一）詩歌中的意象

意象在一般的詩中是一個十分普遍的表現手段，但是在意象派詩中，它卻成為一個非常特殊的術語。它不僅僅是「將身體感知所引發的觸動在心理中重新創造」。[33]在他的文章《意象派詩人的幾點禁忌》中，龐德這樣定義，「意象是思想和情感的瞬間複合體」。他將「複合體」視為一種充滿活力的言語經歷，產生出一種「突然的解放」。它體現了「自由感」與「突然的成長」。休姆將意象視為「直覺語言的精髓」以及「通向真理

[33] Ezra Pound, "A Few Don'ts by an Imagiste." *Poetry* (March 1913), pp. 200-201.

具體而準確的道路」。[34]因此，用意象派的術語來講，意象所蘊含的意思要比一般詩歌中描述的形象要深刻得多。詩中是否含有意象對於意象派來說是詩歌是否純粹的標準。在詩中採用鮮活而獨特的意象是檢驗作者是否是一個純粹的詩人的試金石。休姆說：「如果眼前沒有視覺象徵，詩人是無法寫詩的。正是這一意象讓詩人可以落筆，讓詩歌內容充實」。此處，「每一個詞語必須是可見的意象」。[35]龐德有過同樣的論述，但語氣沒有那麼絕對。他說：「寫詩的時候，作者必須使用他尚未看到或感受到的意象」。[36]意象派詩人一直以來堅持強調視覺化作為一種意念的感知。

意象派因何對意象情有獨鍾，這或許在雪萊的文章《為詩辯護》中可以找到答案。休姆在他有關詩歌理論中一再強調的關鍵字是意象的作用。在雪萊看來，詩歌被定義為「想像力的表達」，而且它「還蘊含著人類的起源」。[37]在雪萊和休姆的論述中，原始社會的人所說的話即是詩。但由於後來社會化的人「決意在行動」，所以這些生機蓬勃的隱喻便不復存在了。

隨著時間的演變，隱喻成為了部分思想的標誌或不同類思想的標誌，而不是整體思想的體現。但是，詩人通過用語言表現「事物之間以前未被理解的聯繫」，可以再現這些反映「最初印象」的意象。在雪萊看來，詩人的「語言揭示了意象與真實物體之間永恆的類比關係，意象是參與在實實在在的生活之中的」。[38]這裡可以看出，意象的作用在於重塑體現人類整體思想的圖像，這種圖像本是人類擁有的，但是隨著社會的進步而被摧毀了。因此，意象來源於現實，在現實中得到真理。意象在意象派詩歌中如此重要的第二個原因是，由於浪漫主義詩人和維多利亞時期的詩人在詩歌中滿是華麗的辭藻，因此詩風浮華綺靡。為改變這種狀態，意象派詩人以意象為武器來淨化詩壇，因為意象是鮮活而生動的，因此可以充分強化、澄清或豐富詩中的內容。成功的意象以其準確、生動、有力且精煉的表現方式可以讓讀者抓住詩人所描述的物象或情境。詩中的意象不能太異想天開或遠離我們的經驗。意象必須為讀者即刻體會，因此它會以這樣或那樣的方式存在於我們生活的質地之中。我們在接觸或感知意象的同時，便可以抓住它所蘊含的「理智思想」。

---

[34] Hulme, *Speculations: Essays on Humanism and the Philosophy of Art,* pp. 131-134.

[35] Ibid. p. 151.

[36] Ezra Pound "Vorticism." *Early Writings: Poems and Prose* (Penguin, 2005), p. 283.

[37] Percy Bysshe Shelley, *A Defence of Poetry and Other Essays* (Book Jungle Publisher, 2009).

[38] Shelley, *A Defence of Poetry* (1821) (http://www.poetryfoundation.org/resources/learning/essays/detail/69388).

意象派希望打通物象、情感與意象之隔並使它們互為應合。理論上講，休姆認為，意象是「兩種不同圖像在心理中的同時呈現」，它形成了「所謂的視覺和絃。詩人採用互不相同的圖像來喚起意象」。[39]休姆所謂的「對物象的印象進行篩選」，就是說在經歷的基礎上增加新的元素。這樣創造的意象不但忠實於原始的印象，同時還具有了新的意義。在描述他是如何寫成《在一個地鐵車站》這首詩時，龐德寫道，「自拙劣寫作伊始，詩人一直用意象來做修飾。意象派詩歌的意義在於其中的意象不在於修飾詩歌。意象本身就是語言。意象超越了公式化的語言表達」。[40]對於龐德來說，意象是詩歌的本質，意象超越了一切，只有意象才能打破詩壇的堅冰。」一些詩歌正是展現了意象派富有創造的成就。

《秋日》　休姆
秋夜裡，涼意嗖嗖，
我外出漫步，
看到一輪紅月斜倚樹籬
猶如紅光煥發的農夫。
我腳步未停，只點頭示意，
周圍點點悵惘的繁星
面龐白皙，如鎮上的孩童。

在這首詩中，有兩組類比的圖景。一是將「一輪紅月」比作「紅光煥發的農夫」，另一是將「點點繁星」被比作「鎮上白皙的孩童」。兩組意象並非相互分離，而是緊密相連。詩人僅點頭示意，但並未停下腳步與「紅光滿面的農夫」說話，因為秋夜之寒涼，似乎將詩人的思維凍結在了某種悵惘憂鬱的情緒之中。此處，詩中選擇的物象以及景物情緒的創造已經正好與寒冷的秋天（可能象徵著人生韶華已過，即將一日不如一日）以及黯然神傷的「我」相互呼應。

由於意象派詩人受到了印象派繪畫極大的影響，因此他們希望捕捉瞬間的印象、特殊的音調、顏色以及反射的光線。他們追求通過色彩來表現詩歌，如同立體派藝術繪畫一樣不同變化形式。正如龐德所說，「顏色是

[39] T. E .Hulme, "Lecture on Modern Poetry (1908)." *T. E. Hulme*, cited in Michael Roberts（London: Faber and Faber , 1938）, pp. 258-270.

[40] Ezra Pound, "Vorticism." *The Fortnightly Review* (6 [n.s.], 1 September 1914), pp. 461-471.

瞬間的主顏料」。我們可以同時從多個層面來看待事件、人物以及物象。詩人無處不在，將其形象置於一個薄薄的平面之上，或從這個平面上移動。他們將如同繁花似錦的細節變幻成了一片金燦燦的田野。

《池塘》　艾米・洛維爾
濕冷的樹葉，
漂在苔青的水面，
蛙聲齊鳴
暮色下，嘶啞的鐘聲。

這首短詩極有可能是洛維爾對中日三首名詩的跨文化整合：日本松尾芭蕉的俳句（古池塘，青蛙躍入，水清響），謝靈運的《登池上樓》（池塘生春草，園柳變鳴禽）以及張繼的《楓橋夜泊》（月落烏啼霜滿天，江楓漁火對愁眠。姑蘇城外寒山寺，夜半鐘聲到客船）。詩間接地表達了詩人的情感。前半部分的描述顯然是詩人的觀察。枯葉在綠色的水面上漂浮著，池塘邊傳來青蛙的叫聲。最後一句轉到了詩人自身。詩人通過蛙聲與鐘聲的和絃，將打濕在水面上的凋零的花朵與鐘聲聯繫在了一起。這首詩體現的是一種衰敗、孤獨、疏遠，帶有一種宗教的顏色。隨著時間的流逝，一些事情慢慢遠去。在這首詩中，詩人仔細而巧妙地甄選描繪的意象，引導讀者內心體驗時間在內心裡的自然流動。

（二）技巧

龐德寫到，「技巧是對一個人真誠與否的檢驗」。[41]意象派希望詩歌應該情感輕盈、內容幹練，寓意深長，而不僅僅是詞彙的堆砌。因此他們必須用盡全身解數，巧妙而又精緻地創作一首詩。意象派詩歌採用三種方式來實現比較的結構：暗喻、明喻以及並置。

對於休姆來說，暗喻是基於兩個可感知的物象類比基礎上產生的全新觀點；Fenollosa將暗喻視為自然的揭示者，它體現了自然的真諦，闡明了大自然的意圖。

41　Ezra Pound, “A Retrospect” and “A Few Don’ts” (1918).

《山神》　杜特利爾
濺起吧，林海啊，
濺起你尖尖的松柏，
潑灑你巨大的松柏，
擊打我們的岩石，
用你的綠濤向我們猛撲
用你滿洋的冷杉將我們淹沒。

在這首詩中，有兩組比喻，異常隱蔽地以一種經驗的詞語去代替另一種經驗的物象。第一句詩可能會讓讀者認為大海是第一個比喻的主體，因為詩中首先提到了大海。但仔細一想，讀者很快就會改變想法，將其目光轉向森林，這一點的確令人迷惑。如果詩人將大海與松樹做類比，那麼大海以及飛濺的浪花就成了喻體，而松樹就是本體。如果大海是比喻的主體，那麼大海是本體，而松樹就是喻體。如同幻象一般，詩中的景象在讀者眼前不斷地變幻。這首詩是山嶽女神俄瑞阿得（Oread）發出的祈求。那麼她在向誰而祈求呢？她在祈求什麼呢？如果她與森林在對話，她似乎是在祈求安全；如果它在與大海對話，她似乎在祈求毀滅。無論結論如何，這首詩都留給了讀者足夠的思考空間。

一般來說，意象派詩歌採用相同的比喻手法。無論它是簡單還是複雜，明示還是暗示，基本結構都是X像Y。明喻的功能在於讓讀者意識到「X像Y」的比喻中，X是描述的主體，如同羅伯特·彭斯（Robert Burns）的詩句「我的愛人就像一朵紅紅的玫瑰」。此處，詩人將愛比作玫瑰，因此，「X」就是詩人要表達的事物，而後面一句往往是表現手段。但是，意象派詩人通常還是會使用較小的喻詞如「as，like，as if」等，因為他們認為如果同一首詩中總是以暗喻的方式將一個物象疊加在另一個物象之上，可能會弱化暗喻的「中心效果」。

《第十九篇》　洛維爾
愛情是一場遊戲——對吧？
我看它是一次沉溺；
黑柳樹與繁星

在這首俳句風格的詩中，洛維爾採用了春天的柳樹以及夜晚的繁星來喚起讀者對愛的記憶。最後一句詩與第一句詩相呼應，旨在表達愛是具有魅力的，但也是危險的。這樣的類比在這裡屬於暗指，但是完全可以理解的。詩人沒有自己得出結論，而是找到證據，並將其擺在讀者面前。儘管表述（Assertion）是意象派詩歌的關鍵特點（但大多數意象派詩歌並沒有體現出這點），但是詩人不需要引導讀者得出結論。他們應該做的是創造意象，將讀者「引向機智」。

在意象派詩歌中，並置或排比是常用的表達手段。柏格森將作詩的過程稱作「排比中的行進」，最終創造出了「視覺的和絃」。[42]龐德在為表意文字在詩中的作用作辯護時，創造了「疊加」（superposition）這個詞。[43]弗萊徹將這樣的表現手段稱為「不相關的方法」。[44]通過甄選出自然物體部分細節，意象派詩人便可創造出與自己情感相吻合的意象。龐德下面這首詩便體現了龐德的「疊加」詩觀：

《晨曲》　龐德
山谷百合，濕潤的葉子寒涼而蒼白
在黎明時分，她倚在我身旁。

首先，詩人將讀者的注意力引向了所描之物的某些特質，這些特質是經過詩人的精挑細選的，包括她的寧謐、她的珍貴、她的纖美。這不但展現了詩歌的內容，同時也展現了詩歌的結構。

這首詩同時還創造了某種「心緒」。正如休姆所說，通過甄選出物體的細節特質，我們便可以領會「同樣飄渺的心理情緒」。生長在山谷中的百合，葉子是濕潤的，整株花如同花瓣上的白霜一般冰冷。此處，讀者不僅能夠感受到詩中女子的心情（悲傷、不悅），同時還能夠看到她的臉色（慘白）。由於詩中描述的是拂曉的景象，山谷中的百合被露珠浸潤。因此百合生長的山谷的氛圍與百合所處的拂曉時辰相互呼應。在這首詩中，龐德創造出的意象喚起了我們的五官感知，包括（聽覺、對光線和顏色的視覺、嗅覺、味覺和觸覺）。讀者在閱讀這兩句詩時，通過觀察和捕捉詩中文字表達的內容，便可以感受到涼風、聞到百合的香味，看到和觸到暗淡的被打濕的葉子，聽到百合的寂靜（難道聽不到麼？）。這個女子並不

---

42 T. E.Hulme, *Lecture on Modern Poetry* (1908).

43 Ezra Pound, "On 'In a Station of the Metro'." *Gaudier-Brzeska: A Memoir* 1916.

44 John. G. Fletcher, *Selected Essays of Fletcher*, p. 214.

快樂，雖然她很美，但是她卻是悲傷的。這首詩以這樣的方式進行描述，微言大義。整首詩如同行雲流水一般，內容如畫。詩人描寫生動，觀點銳利。詩中採用的詞語簡單、直接而且精煉。詩中的兩個形象「百合花」與「女子」融為了一個意象，即女子的「心境」。這就是龐德所謂的「疊加」。詩中的所寫吸引了讀者的眼球，創造出了休姆所說的「視覺的和絃」。

五、結語：意象派的歷史功過

儘管意象派詩歌存在的時間很短，僅僅是從1909年到1917年，但它在詩歌界掀起了一股耀眼的浪潮。對於意象派詩人在文學界的位置，總是眾說紛紜。但是，一個公認的事實是，任何對20世紀詩歌發展進程中主要事件的描述都無法越過意象派。因此，這點體現了意象派詩歌的貢獻以及它的現代性，同時證明了其作為催化劑的重要作用。艾略特說，「通常來講，現代詩歌的起點或出發點起於1910年倫敦的意象派詩人，這也是比較合適的說法。」此外，他還說，我們不妨看一看1917年之後現代詩歌的觀點，就會發現這些觀點都是意象派理論的延伸。毫無疑問的是，意象派是現代文學中有關詩歌的第一次運動。它標誌著為爭取詩歌的純粹而進行的不斷努力，這種純粹體現在不受傳統規則的束縛，剔除詩中本不該有的元素。但是，意象派也有其反對者。艾沃爾・溫特斯（Yvor Winters）就經常批評意象派詩歌，因為他認為意象派有關作詩的觀點中存在很多詩中不應該有的元素。他認為意象派沒有提出一個描述其他功能的一個綜合理論。葉芝批評說，「唯一真正的意象派詩人是伊甸園中的造物主」。[45]具有諷刺意義的是，意象派詩人阿爾丁頓後來回憶甚至說，「意象派詩歌最不可原諒的罪過在於人們盡然接受它」。[46]所以，關於意象派詩歌，可謂褒貶皆有。

當意象派詩歌作為一項運動被發起時，它對現代文學做出了獨特而又關鍵的作用。它出現的意義在於反對前代詩人的弊病。意象派詩人的努力宣傳大大改變了當時的詩壇，為現代詩歌的復興鋪平了道路。為了一掃維多利亞時期詩歌的浮華綺靡之風，意象派為現代藝術創造出具體意象的概

---

[45] W. B. Yeats, cited in Glenn Hughes, *Imagism & the Imagists: A Study in Modern Poetry* (NY: Biblo and Tannen, 1972), p. vii.

[46] Richard Aldington, cited in John Thomas Gage, *The Rhetoric of Imagism* (Berkeley: University of California, 1976), p. 47.

念，這種意象體現的是「思想和情感的瞬間綜合體」。意象派認為，詩歌應該如同一幅畫面，內容充實，表達清晰。他們非常重視寫詩的技巧，因此他們創造的新型意象-複合體極大地豐富了詩歌的表現技巧，在20世紀以來的詩歌史上佔據著重要的地位。

儘管意象派僅存在不到十年，但是它卻作為一個跳板使詩歌界從農耕時代飛躍到了現代工業文明時代。意象派改革後的詩歌更好地濃縮了現代人的思想和情感。意象派如同一個熔爐，將幾代人寶貴而豐富的經驗匯聚在一起。意象派詩人將中國古詩與日本俳句引入了他們的國家，為不同文化的相互交流發揮了讓人難以忘懷的作用。

在惠特曼時代，自由體詩歌被認為是一種低俗、不正規、水準不高的詩。當時的公眾也不接受自由體詩歌。但是，當意象派運動贏得讚賞之時，這種現象發生了改變。公眾將自由體詩歌看作是民族第一藝術。讀者開始收集大量的自由體詩集，興致勃勃地閱讀。正是意象派提出了詩歌是「一種大眾的語言」，詩歌應該有「新節奏和韻律」，自由體詩歌才被公眾所認可與接收。惠特曼不可能想到他的夢想竟然被這麼幾位意象派詩人實現了，他們不僅改變了詩歌的語言與形式，同時還放棄了傳統上以音節格律來衡量詩歌好壞的機械標準。

意象派的出現打破了詩壇的固定模式，為現代詩歌帶來了春天。但最終，它還是功虧一簣。公認失敗的原因有兩點：第一是意象詩歌的晦澀難懂，第二是詩歌內容的乾癟。但這兩點還無法全面揭示意象派的失敗，導致其最終退出歷史舞臺的還有其他原因。

意象派在關於藝術作用上犯了很大的一個錯誤。根據意象派的理論，意象派詩人將「採用普通大眾的語言，而且準確使用」作為他們的首要信條。在作詩實踐中，他們的確使用了大眾化語言。但他們所謂的「大眾」僅是針對他們自己而言的，而對於公眾來說卻是一種異同尋常的語言。正如休姆所說，大眾語言不是「其他人的，而是詩人自己的」。[47]這種對語言的不信任根源於對大眾讀者的不信任。他們並不試圖「觸動大眾的內心」，原因僅是他們所描寫的經歷的本質「大眾無法理解」。龐德非常贊同休姆對大眾的排斥，他對於普通讀者沒有任何尊重。「詩人不應向公眾妥協」，他說，「只有當藝術家不再遷就普羅大眾的愚鈍之時，真正的藝

[47] T. E. Hulme, "Notes on Language and Style." *Selected Writings*. Ed. Patrick McGuinness (NY: Routledge, 2003), p. 53.

術才會產生」。[48]很顯然，龐德陷入了僅有詩歌存在的世界，在這個世界裡詩人關注的僅是自己。他從不知道公眾想要什麼，也從不迎合讀者的口味。他輕視讀者深入詩歌理解詩歌的能力。

有關詩歌的功能，龐德寫到，「它與保持工具的清潔度有關，與每一寸思想的健康性有關」。所以他稱詩歌只是「公共語言的守護者」。對龐德來說，藝術的作用不在於任何普通意義上的交流，而在於只對自身語言純潔性的負責。他可以承認，詩人對於讀者不負有任何責任。意象派的這種觀點不僅存在於理論中，同時也踐行在實踐中。意象派詩人所寫的大部分詩歌並不含很多深刻的見解，也不反映大的社會事件。他們僅僅呈現的是詩人對於物象瞬間的印象，以意象作為表達的言語。因此，意象派詩人的描述對象範圍狹窄而有限。他們認為詩歌是智者之間的交流，因此他們的詩歌並不是那麼受歡迎，擁有的讀者群也很小眾。[49]

實踐證明，意象派所追求的「改變思想」的理論，或者更直白地說，是改變認知視角的方法，是不可能的。意象派認為改變讀者對語言的態度，便可以改變認識現實的方式。某種意義上來講，這一宣言的存在是對詩歌無法實現這一終極目標的承認，因為這樣做適得其反，結果使詩歌失去了讀者。如果讀者在讀詩時不是意象派的話，那麼似乎詩歌很難使他成為意象派。那麼，作為一個思辨的讀者，他們又如何來賞析意象派詩人所寫的詩歌呢？

意象派詩人寫詩儘量不使用修辭手法，而且這一點已達到極致。而脫離時間和空間的詩歌是幾乎不可能取得成功的，但這並不代表他們在掃除他們所鄙夷的修辭手段方面是失敗的。人們既然生活在這個物質世界，又怎麼能擺脫時間與空間的限制呢？龐德後來在他的著作《日日新》中說，「我記得葉芝的話，我拋棄了一種修辭手段後，所做的不過是是樹立起另一種修辭手段罷了」。[50]

意象派詩歌的最後一點不足之處在於他們所宣導的直觀理論的失敗，即，詩歌的存在如同樹的存在。避免論斷是意象派詩歌的一個關鍵特點。在他自己的論文中，龐德發出這樣的吶喊：「該死的概念，但畢竟這些觀

[48] Ezra Pound, cited in Mark Kyburz, "*Voi Altri Pochi*": *Ezra Pound and his Audience, 1908-1925* (Berlin, Verlag, 1996), p. 245.

[49] Ezra Pound, *The Cambridge Companion to Ezra Pound*. Ed. Ira B. Nadel (Cambridge, Cambridge UP, 1999), p. 195.

[50] Ezra Pound, *Make It New: Essays by Ezra Pound* (London: Faber and Faber, 1934).

點是來源於不完美的現實演繹」。[51]一位意象派詩集編者寫道，「意象派詩歌旨在完全的客觀性，消除所有理性和精神方面的內容」。這背後的理念是只有意象才能夠實現意義的交流。意象派詩人希望自己也能「置身事外」，僅做一個「偉大真實的記錄者」。他們認為詩歌的實質恰恰是威廉・卡洛斯・威廉斯（Williams Carlos William）所宣稱的：「勿概念，唯物象」（No ideas but in things）。[52]換言之，人類的反應總是暗含於客觀物象的詩歌中。

但是，真的存在一種純粹客觀而毫無價值判斷的詩歌嗎？展現情感就會引向情感價值觀的論斷。「無論如何，詩歌是在論斷情感價值觀的」。論斷情感價值觀就意味著投入一項事業。意象派對推論進行系統性的抨擊，但最終失敗的原因在於他們所依賴的自顯自明的原則，而正是這些原則使他們招致攻擊。

意象派無論有何缺陷，他們對於現代詩歌的影響之大是無法估計的。正如康裡弗（Cunliffe）所描述的那樣，意象派僅是一段通向舞臺的道路。而這一道路非常重要，乃至所有現代詩歌都須經過它。[53]意象派這個術語本身可能並不是非常重要，重要的是這個術語所象徵的詩壇發生的一場變革，一股力量。這場運動代表的是那個時代的熱情。意象派堅持語言要精練、清晰、具體、準確，他們提倡詩歌應該使用自由體，這些在意象派曇花一現之後將仍然具有價值。在整個詩歌界，意象派詩人僅僅是一個小群體，存在於一個小範圍，它如同海岸邊小小的白卵石，但它們堅實而富有魅力。它們光彩熠熠地等待著向岸邊走來的人們，當人們將這些小的圓形鵝卵石拾起時，總會有驚人的發現。

---

[51] Ezra Pound, *Literary Essays of Ezra Pound*. Ed. T.S. Eliot (New Directions, 1954), p. 267.

[52] Williams C. Williams, "Paterson Book I." *The Collected Later Poems* (New Directions, 1950).

[53] Marcus Cunliffe, "The New Poetry." *Modernism, 1935-1970*. Ed. Tim Middleton (NY: Routledge, 2003), pp. 124-139.

第二章　詩，現代文化精神的救渡者[1]

太初有言之時，便有了詩。詩把散居異地的人們召集起來，在自由的遊戲中傾心交談，使人們產生了溝通並彼此信賴。因此，詩是人類的母語，是話語崇高的原初表達。[2]而詩人則向被篝火映照的人群宣述他對無窮宇宙的理解和冥想。人們從此便洞悟了事物的意義，以莊嚴的虔誠，人類開始了進步。自人類的文明史開啟以來，詩人把從宇宙中獲得的最初的朦朧啟示以一種清楚可見的形式表達了出來，並把所捕捉的符號賦予了豐富的含義。所以在古希臘文裡，詩意味著創造，詩人就是創造者，詩性的智慧也就是創造性的智慧。詩人通過自我心靈的外化，用隱喻使物體充滿了生命，感覺和情欲，並造就了豐富的文化。[3]因此詩的意義終結為文化的意義，詩的創造性活動體現了文化的價值存在形態。詩是文化的居所。從本體論意義上講，詩的一切形式皆是人的存在和活動的方式，它表現了人的價值存在方式和審美特性。人正是通過文化的構築活動來超越俗定的現實，進行意義的追尋，從而確定人自身在歷史中的價值意義，最終在詩的世界中獲得審美的自由和人性的解放。

在古希臘，詩人一直被視為人的導師和至尊的先知。唯有他才能傾聽到神的聲音和傳達神的旨諭，他是人與神之間進行交流的仲介。他能用帶有美妙韻律的詩行引導人們遁出蒙昧混沌之境，所以柏拉圖認為高明的詩人才是他「理想國」中唯一的神的代言人。詩人由於獲得了神靈的幫助而作成了優美的詩歌，並在神靈的依附之下向芸芸眾生傳達神的召喚。因此，古代詩人兼有神的話語的詮釋者和預言人類未來命運的雙重職責。他靠為世界提供天啟的意義而加入了現實的世界，但又要從他啟明的意義之中脫離出來，在靜觀事序中他為人類撐著進步的燈塔。他必須在文明的鼓聲中獨立存在，始終不知疲倦地提出問題，解答難題，創造比意義本身更為重要的意義。他得在詢問中回答，在回答中詢問。詩人在解答難題時，

1　此文寫於 1988 年北大比較所樂黛雲老師講授的《比較文學導論》研討班，是我寫的第一篇中文「學術」論文。感謝恩師的諄諄教誨。

2　哈曼：《美學史》，Katherine Everett Gilbert and Helmer Kuhn 編（NY: Dover Publications Inc, 1973），第 313 頁。

3　維柯：《新科學》，朱光潛譯（北京：人民文學出版社。1987 年版），第 180 頁。

他也就解答了人對神的詢問，以他的本真的心靈調解了神與人之間的對立和猜疑。所以，赫爾德林相信詩是一種新的純真的洞悉觀念，「詩是一種超凡入聖的贈品」，[4]它是一種有力量的，超越歷史，超越普通言語方式和世俗意志的本真。

由於詩人表達了神的意志並調解了神與人的種種衝突，使神與人始終保持著和諧安寧的關係，所以詩人也是英雄。他永遠居住在變動的時間裡，把神的語言記錄下來，寫成書籍，使神的聲音能永遠流傳下去，讓那些不能聆聽神的聲音的普通人也能從此領受神的教誨。詩人的英雄品質包含在平常人所不能觀察到的日常事件裡隨處呈現出來的理想觀照之中，他僅僅具有預見的慧眼和火熱的心靈是不夠的，他還得擁有歌吟的聲音。在卡萊爾看來，偉大的詩人就是把對事物精妙的幻想變成音樂的人。他把洞悉到了的「事物深處的祕密，」用「一種無法言喻，深奧無比」的方式表達出來，使人們「在瞬間看到了這無限的核心」。[5]詩人所以是英雄，不僅因為他是宇宙「公開的祕密」的洞穿者，還在於他的誕生是編年史上最主要的事件，他是一個富有靈感的永恆的人——個事物的命名者，因為他抒發靈感的能力和抓住靈性的能力是等同的。他把自然對他的啟發完美地表現在詩行之中，他毫不保留。愛默生認為世上只有三種人才能完成三位一體的崇高使命，即「行動者，思想者，預言者」。但在這三類人中，詩人是最偉大的人，其他的人只為他提供素材。他具有一個隱秘的智慧的知性，通過象徵和生命勃發的力量來揭開宇宙最深的祕密。當他把所獲得的意義重新置入自然時，詩人便與文化完整地融為一體，成為文化永久的座標軸心。

自從天地漸漸啟明以後，詩人便不再是先知，預言家和英雄，也不再漂泊山川去歌唱。他黯然神傷，因為他正面臨一個分離的世界。人與神相分離，人與自然相分離，人與整個文明相分離。人從此失去了依持的信念而顯得毫無根基感。「一切都瓦解了／中心再也不能保持／只是一片混亂來到這個世界裡」（葉芝《第二次來臨》），這是詩人葉芝最憂傷的歌聲。他痛惜「天真的禮法」和「一切信念」的喪失，但他仍然堅信「世界之靈」一定會帶來救主的「第二次來臨」。這「世界之靈」就是人類最初的意義，把人類與神聚合在一起的由詩人創造的隱喻即神話。「由於神話

[4] P・C・霍埃：《批評的迴圈》，蘭金仁譯（瀋陽：遼寧人民出版社，1987 年版），第 128 頁。
[5] 湯瑪斯 ・卡萊爾：《論英雄和英雄崇拜》（北京：中國國際廣播出版社，1988 年版），第 84 頁。

的毀滅，詩被逐出她自然的理想故鄉，變成無家可歸」。[6]這種「無家可歸」感正是現代人精神困窘的具體表現，人類要想拯救自身，只得趨近神話，憑藉神話的力量。這是因為神話表達著一個民族或一種文化的「基本價值」，是被人類遺忘了的「個人童年經驗」和「種族記憶」。神話施展於人類願望的最高層次，是一個「總體隱喻的世界」。假如從科學和歷史上講，神話是虛構的因而是不真實的。

但在維柯的《新科學》中這一觀念已經發生了根本性的變化。維柯在考察了遠古流傳下來的神話之後，指出神話故事在起源時都是些真實而嚴肅的敘述，因為Mythos（神話故事）的意義本身就是「真實的敘述」。自此以後，「神話」像詩一樣是一種真理，或者是一種相當於真理的東西，[7]它是對歷史和科學的真理的補充。神話不但可以向現代人提供生活基本的價值和意義，而且還可以滿足人類最高層次的願望和彌合現代人分裂的精神世界。所以尼采斷言如果沒有神話，一切文化都會喪失其健康的天然的創造力，唯有神話可以把全部文化運動調整為一個統一體。然而，人類想重新連絡人與神之間被斬斷的紐帶，只有憑藉詩的仲介。用詩來補救神話的消失，使人類重返昔日和諧安寧的中心。詩與神話有著天然的聯繫。當原初詩人使用隱喻賦予物體以生命時，神話即給予了詩以適當的表達形式。詩人為了最確切地表達他的經驗，正是求助於神話。榮格認為「神話是詩歌最合適的表現」，它從它的原始經驗中獲取創造力。這種經驗是深不可測的，因而就要求詩人以神的想像來充當形式，在深深的「黑暗中的鏡子裡」觀測到人類生命沸騰的「幻象」。[8]這種深不可測的「幻象」就是人類最初的普遍經驗。詩人可以深入到人類生命的源極，洞悉整個人類無意識的精神生活，向整個人類傳達他獲得的特殊意義和「一種內心深處的預感」，使人類得到「醫治和補救」的力量。所以「在最高最純的產品裡，詩也保持著與神話的聯繫」。[9]

詩是神話的歸宿之地，詩人只有借助神話的原始意象才能賦予現代社會的「空心人」以生存的意義並為現代生活設定一種價值觀念；才能使人類重新獲得歸屬感，根基感和神性感；才能使人類返回「一切都是秩序和

6 尼采：《悲劇的誕生》，見《文學論集》第四輯，第254頁。
7 韋勒克：《文學理論》（北京：三聯書店，1984年版），第206頁。
8 榮格：《心理學與文學》，參見《西方古今文論選》，伍蠡甫編（上海：復旦大學出版社，1987年），第468頁。
9 凱西爾：《語言與神話》（NY：Dover Publications，1957），第92頁。

美，華貴，平靜和感性」（波德賴爾）的家園。尼采正是從希臘的阿波羅和狄奧尼索斯的神話中發現了追求「人與自然和諧」的日神文化和追求狂歡和「智慧」的酒神文化，給衰落的西方文化注入了新的生機。瓦雷里的《水仙辭》表達了「宇宙和我們的自我合成一體」的人與神契合的境界。葉芝通過獅身人面的形象顯示了二十世紀人類神祕的恐懼和渴望拯救人類的「世界之靈」的第二次降生。在現代史詩《荒原》中，艾略特借用了西比爾的神話來表現現代人求生不能，求死不得的空虛生活，把尋找聖杯的傳說描寫成人類追蹤拯救的道路。由此可見，現代詩人正努力回歸神話，為這個世界尋找神性的意義和依持的信念來安頓人類動盪不安的心靈，在神與人的融合之中再次獲得生存的價值和信念。

尋找新的神性，這是一條幸福的道路，但也是一條以靈魂冒險的漫遊之路。因為詩人不得不對他顯示給世界的意義和價值的可靠性和真實性負責，他必須得對人的存在，對循環往復的人類悲哀與苦難進行解說和闡述，否則他的努力是徒勞和虛假的。因此，詩就從神性的世界轉向了人自身存在的世界。「詩將不再調節行動，而將走在前面」。[10]詩人是一個具有超自然認識力的「通靈人」，一個現代世界的「盜火者」，給人的生存帶來新的希望。詩人表達神意，建造了一個神與人冥合的神性世界；而詩人關注人，則開闢了一個人的詩意化的審美境界。人用詩化的眼光去感悟事物，體驗人生，與自然保持親和的關係，把隱藏的美顯露出來，在心靈的敞亮中，超越功利和塵囂而獲得人的自由和本真。所以詩存在的本質也就映照出了人的存在狀態。海德格爾在看到世界已進入夜半之時就呼喚詩人的拯救力量，「詩，是存在的神思」。他號召現代墮落的人們進入到詩的仙境，在那裡去感受世界本性的豁然洞開。世界遁入迷茫一片，唯有創造性的詩人能使它敞亮。詩向人們啟示的原初意義就是人本身的價值和存在方式。「詩是人的一切活動中最純真的，這種純真是無利害的超脫」。[11]消除人與文明的對立，淨化人的塵俗靈魂；打破人與人之間的隔膜；昇華人的情感，昭示真善美的本質，這也是人存在於文化中的歷史的精神和價值的意義。

人類在創造文化的過程中產生了詩，而詩在人類的文化中築造了一個情感，人性和美的第二自然，人類以此在那裡得到安頓並獲取創造性的智

---

[10] 蘭波：《書信 II》，參閱《法國研究》，第 35 頁。

[11] 海德格爾：《對荷爾德林詩的詮釋》，斯各特英譯本

慧。悉德尼在「為詩一辯」中指出詩可以創造出比自然更好的，更新的事物，形成一個比自然更豐富多彩的第二自然。席勒乾脆宣稱所有詩人都是自然或追蹤自然。莎士比亞也說「瞻視往古，遠觀未來」，詩人是捍衛人類天性的磐石。克萊夫・貝爾在探索藝術的有意味的形式時發現「重要的事情是無法證明的，我們只能去感覺和表現它們。這便是為什麼有重要的話要說的人傾向於寫詩，而不去做理論性的演說的緣故」。[12]詩是人的強烈情感的自然流露。詩人把個人對具體事物的內心體驗通過象徵的符號表達出來，並參與到人類生存的時空之中與文化構成一個有意義的整體。他並不「損害真實」，而是尋求「完美的真實」（塔索）。當人們傾心聆聽他的聲音時，他們也就感受和親臨到了詩人全部的內心祕密。「最理想完善的詩人就是能把整個心靈都呈現出來的人」（柯勒律治），因而經過詩人精神淨化過的人性具有最高的價值。人可以在那裡得到「最純淨，最昇華，而又最強烈的快樂」（愛倫・坡），並且在對美的徹悟觀照中抵達人的快樂的昇華和靈魂的激動。詩的這種有效性是在詩人對文化的整體作期待性的把握中完成的。所謂期待性就是詩人對他所觀照的文化敞開他寬大的心胸進行最大能量的吸收。他的「內視」敞開得越大，他的詩就越能產生震盪的效力；那麼他的詩也就越真實和具有更高的文化意義。詩的魅力不在表現，而在震盪。在於更改人們約定的感覺方式，激發起人們對新的意義的追求；喚醒人們從焦慮的圍困中成功脫身而最後獲得解救。

詩能使人類從精神的困境中獲救是在於詩始終關心整個文化和人類在歷史變動中的命運，表現人類的全部社會文化生活的完整性。亞里斯多德在《詩學》中充分肯定詩的特殊意義。他認為詩描述的是普遍性的事物，是合乎事物本身發展規律的事，所以「寫詩這種活動比歷史更富於哲學意味」，比歷史更真實。華滋華斯承傳了亞里斯多德的理論，直接強調「詩的目的是在真理，不是個別的和局部的真理，而是普遍的又有效的真理」[13]。只是華氏更推崇的真理就是感情的真實，詩的價值意義就是映照出了人類最質樸，最根本的真實情感。詩也不必有理性，不涉及概念及利害計較，它只是無目的合目的性（康得）。維柯更乾脆把詩的真理拿去衡量具體事物的真理，若與之不符則應視為錯誤。對詩的真實性的絕對肯定不僅是對付工具性的科學對自然人性構成的日益嚴重的威脅，而且主要

---

[12] 克萊夫 ・ 貝爾：《藝術》（北京：中國文聯出版公司，1986 年），第 189 頁。

[13] 華滋華斯：《抒情歌謠集》序言，參見《英國作家論文學》（北京：三聯書店，1985 年）。

是在捍衛人類和人類文化最後一塊棲居的聖殿。在現代工業技術高度發達的社會中，唯一能夠使人類擺脫人性的壓抑而獲得愉快生存的力量只能憑藉比現實充滿生機的想像和幻想。在想像和幻想的自由充沛表達中建構一個人類原初的真理價值和真實希望的伊甸園，達到人的價值在自我實現時釋放出的自豪，圓滿和狂喜的目的。人本心理學家馬斯洛認為人處於高峰狀態的體驗就是詩的體驗，人在對自身存在價值的瞬間領悟和敞亮中得到了最滿足的幸福。人的這種在高峰體驗時所流露的詩一般的表達和交流正好體現了人的存在的自然而然的狀態，說明了人在此時此刻才是一個真正的人——一個純粹的詩人。所以詩的體驗是人的高峰體驗的結晶，可以表現出人的最真純和最自由的心態。詩作為人類情感凝結的一種方式在這裡已成為人的存在活動的主要「闡述者」，一個記錄人類心靈軌跡的「歷史學家」。

自西方文化發源以來，詩人從充當神的代言人，預言家，先知和命名者到脫離神的依附，成為個體的詩人和返回內心，尋求神性成為集體意識的人，這基本上是一條神性之路，顯示了西方人對神性和聖愛的渴望的宗教方式，演奏著西方文化的主旋律。中國是一個詩的國度。漢文化可以說是一個詩性的文化，詩歌浸透了中國人的人格和身心。在詩，樂，舞三位一體逍遙的超然中，我們的祖先創造了輝煌的文明，所以聞一多先生說：「三百篇的時代，確乎是一個偉大的時代，我們的文化本體上是從這一剛開端的時期就定型了」。隨著文化的定型，文學的基本模式也就定型了，所以「從此以後二千年時間，詩一抒情性始終是我國文學的正統的類型。甚至除散文之外，它是唯一的類型。詩不但支配了整個文學領域，還影響了造型藝術，它同化了繪畫，又裝飾了建築（如楹聯春貼等）和許多工藝美術品」。[14]在漢文明中，詩是文化最充分，最完美的表現，文化的最優秀的因子就積澱在詩裡。詩成為我們祖先最基本的交際語言，彷彿我們的語言是特為詩而產生的，是奉送給詩的天意饋贈。詩作為漢文化的豐碑，那麼它的基本品質是什麼呢？中國詩沒有像西方詩那樣經歷過階梯式的層層嬗變，也缺少西方詩那種多元性的更替。但是從發源之日起，中國詩歌就一直展示著兩條道路：以孔孟為代表的儒家入世的道德救世的理性之路；以老莊為代表的道家出世的審美（超道德）精神追蹤的情感之路。前者把詩推向了現實人生的世界，後者則把詩歌導向了浪漫靈仙的天地。在

[14] 聞一多：《神話與詩》（北京：古籍出版社，1956 年），第 202 頁。

中國詩歌中，這兩條道路，兩種選擇一直並相發展，互相補充，把中國詩歌推向了中國文化的精神峰頂，而同時這兩種構成也不斷考驗和折磨著中國文化的智者們。

孔子作為中國最早詩歌總集《詩經》的編篡者從開端起就給中國詩規定了修身，齊家，治國，平天下的神聖使命，從此中國詩就肩負了個體人格修煉和服務江山社稷的雙重職責。孔子認為一個人必須經過「興於詩，立於禮，成於樂」（泰伯）這三個階段的修煉才能成為一個有德之人，而在這三者中，詩則是第一位的。它「可以興，可以觀，可以群，可以怨」（陽貨），不僅可以啟蒙人的心靈，使人的情感得到抒發，而且還可以教導人的一切行為，說明人認識世界，所以孔子說，「言修身當先學詩」，「不學詩，無以言」（季氏）。只有當人的性情得到完滿的陶煉之後，他才能「邇之事父，遠之事君」。這樣，詩經過孔子的大力推崇就被尊為文學中正宗的文學形式，一直盡心盡職地發揮著「事君」和「仁道」的實用性的功能。荀子也認識到詩的抒情言志和治國安邦的作用，他說：「詩者中聲之所止也」（勸學），「天下不治，請陳佹詩」（賦）。曹丕在《典論・論文》中指出了詩的「經國之大業」和「不朽之盛事」的兩大功能。劉勰認為詩是受到現實感染而寫成的，是「人稟七情，應物斯感，感物吟志」的結果，最終達到「順美」和「匡美」的道德感化的目的。皎然繼承了詩歌「載道」的傳統，強調詩的政治倫理的教化作用，「夫詩者，眾妙之華實，《六經》之菁英，雖非聖功，妙均於聖」（詩式），極力抬舉詩的地位。總之，把詩當作一種「載道」的工具，這是一條入世而救世的道路，它使詩直接參與到現實中人的創造活動，透露出現實中人們的真實願望和期待。

然而，當儒士們把詩當作實踐中的基本「話語」時，莊子則作出了超然的姿式。在莊子看來，詩應順乎自然之道，「道」是最高最美的境界。人應體悟「道」，使「天地與我並生，而萬物與我為一」。那麼人就會忘卻一切塵世的功利和對立，「逍遙於天地之間而心意自得」（讓王），在人與道的冥合之中，享受「大音希聲」的「天籟」和「聖樂」，從而神化於「大明」之境，獲得「虛靜」之美。莊子這種形而上的超越使詩淡化了現實的塵念從而更接近人的創造性的精神，「虛靜」的逍遙之美的觀念開啟了中國詩歌中重審美的體驗之門。陸機的「詩緣情而綺靡」的理論完成了中國詩從「言志」到「緣情」的「文學自覺」（魯迅）。鐘嶸主張「感天地，動鬼神，莫近乎詩」，詩應「吟詠情性」（詩品），強調運用

「興，比，賦」來增強詩的審美力量，達到「感蕩心靈」的目的。皎然在《詩式》中推進了莊子的「虛靜」之美的理論，指出「詩道在妙悟」，在於「言外之旨」。這樣皎然的「妙悟」和「境界」更直接地促進了中國詩歌超道德的審美方式，感知方式和時序觀的形成，並經過司空圖的「韻味說」，王士禎的「神韻說」，嚴羽的「妙悟說」和王國維的「境界說」這些理論的發揚光大而使之成為了一套完整的詩歌美學觀。中國詩歌從開端起的「言志」，中經「緣情」直至發展到莊禪玄遠沖淡的美感效果是一個巨大的突破和更進，並構成了中國文化中獨特的超道德的詩性品格和精神氣質。詩在中國文化中發揮的巨大的社會功能似乎在其他文化圈內是沒有的，「在我們這裡，一出世，它就是宗教，是政治，是教育，是社交，它是全面的生活。維繫封建精神的禮樂，闡發禮樂意義的是詩，所以詩支持了那整個封建時代的文化」。[15]鑑於詩的特性，功能和歷史意義，所以它與整個文化構成一種不可分割的獨特關係。詩的興盛也就意味著文化的繁榮，詩的荒涼也顯示了文化的沒落。詩的命運與文化的命運緊密相連，這在歷史中是可以明鑑的。

詩從敘事詩（史詩代），抒情詩到戲劇詩（詩劇）的發展在世界文化系統中預示了不同的文化形態，生髮了各民族獨特的文化段落。歷史的經驗和現實的迫切都可印證詩對某種文化形態的拯救作用，特別是當文化和人的生存陷入深重的危機而引起普遍恐慌時，詩就承擔起了重建秩序和安頓人類心靈的重任。詩已超出了作為一種純粹的文學式樣，而幾乎可以說「詩是一種新宗教」，[16]「它是克服混亂的最佳手段」（理查茲）。這是因為現代社會科學技術迅猛發達，理性精神取得了勝利並日益滲透到現代人的所有角落，人類無路可退。由於人的幻想和想像普遍消解，人類面臨著感性和情感力量的匱乏。而當人的個性受到理性的嚴重壓抑，精神的活力遭到工具的窒息時，人就會與他的本質相脫離，人也就算不上真正意義上的人。物化的結果使得人的個性自由意識沉淪下去，人類的文化繁生能力也喪失殆盡。福科在他的《監督與懲罰》中指出，理性使人的整體性遭到無情的肢解和隔離，理性是可惡的東西得到完滿和合理的解釋，人因此被折磨成了一個被分割了的非人化的器官，完全失去了最初意義上的人，所以他就象尼采觀悉到上帝的虛假之後喊出了「上帝死了」一樣發出了

---

[15] 聞一多：《文學的歷史動向》，《神話與詩》。

[16] 特雷．伊格爾頓：《二十世紀西方文學理論》（西安：陝西師範大學出版社，1987年），第52頁。

「人類死了」的宣言。「上帝死了」，人能自己成為自己的神，而「人類死了」，人變成了一個「可怕的空虛」（艾略特），那麼人又應何為呢？現代無數精神大師都曾對人類如何拯救自身提出過種種設想。佛洛德認為現代人的文化的不安定，主要是由於上帝死了而造成的文化的混亂。

人想要獲得救渡，就必須得到一種集體的和個人的平衡，這種平衡就是尋求人的原始衝動，恢復人的原初情感。[17]艾略特則相信人的獲救完全在於人類不斷傳遞和吸收的文化傳統的維持，把人類從迷途上拉回到神性的居所裡，從而使文化在真正的傳統中正常發展。浪漫詩人諾瓦利斯在看到人的普遍墮落後號召人們「返回內心」，荷爾德林則傳出了「歸鄉」的呼喚，海德格爾要求人們應「詩意的棲居在大地之上」。這些尋求人類獲救的精彩「方案」大都一致指歸於人應回到他自身，回到人類的源頭。人之回復到他自身的內心也就回到了人性，情感和美的樂園，在內心深處體察美，徹悟美在釋放被奴役的物化心靈時的詩意一般的真實感情。現代抒情詩的興盛正好說明了這種現象的真諦，文化的衰微可以通過詩在消除了「一切阻力，反常和矛盾」之後得到復興並且重新注滿運轉的生機。詩是一種獨特的文化活動，它一經產生就不斷地在整個文化中運動並發揮著巨大的作用。詩在與人類日日的相依為命中造就和豐富了人類文化的寶藏並使人類在詩化的信賴和相愛中獲得了生活的意義和救渡的聖水。

漁王佇立橋頭，準備料理人類殘存的廢墟。

本文原載《藝術廣角》1989年第6期

---

17 T·S· 艾略特：《四個四重奏》（南寧：灕江出版社，1985 年），第 288 頁。

第三章　城市，鄉村與西方田園詩：對一種文類現象語境的「考古學」描述[1]

從地表上看，城市不過是聳立在自然空間的一個人工構造物，一個具備各種供集密人口居住和生活的龐大功能性系統。它既可以是一個政治單位，經濟單位；又可以是一個商業單位，文化單位。就其在西方思想史中的獨特含義來講，城市是文明，創新，自由，現代性與「社會進步不可爭議的家園」，[2]這是一方面的人所持的觀點；對另一些人來說，城市卻是人性墮落，社會綜合病症，道德混亂，鄉村毀滅與「自由被完全剝奪的」地獄。[3]人們對城市的看法相距遙遙，調和看來是不可能的，不如讓我們換一個角度來看人們對鄉村的基本態度。無疑，視城市為文明進步動因的人肯定會把鄉村貶抑為保守，無知，落後，貧窮，愚昧，而視城市文明為墮落的人則肯定會把鄉村褒揚為和平，自然，純樸，寧靜與「人性的家園」。[4]為何會存在這種互不相容互相拒斥的認識呢？而作為這種對立性情境產物的田園詩（Pastoral／Idyll Poetry）又是怎樣在這種對立性語境（context）中產生，發展和消亡的？看來，要究清這些問題，有必要從一種「考古學」（Archaeology）的角度對城市與鄉村的對立關係以及田園詩在每一個發展階段所呈現出的新的精神意義進行一番概括性的歷史描述。

一

在西方文化的創世學意義上，上帝創造了人，也創造了一個供人居住的處所一伊甸園。人最初就生活在伊甸園之中，並與自然和睦相處，那裡沒有人工耕作，一切純粹，野性，無腐爛的田野；[5]「河流蕩漾著奶汁／流著酒／每一棵綠樹上都淌下桔黃的糖蜜……如火焰的果實光芒

1　本文寫于 1990 年重慶歌樂山下。

2　杜爾海姆（Durkheim）轉引自 R‧霍爾頓：《城市，資本主義與文明》（倫敦，1986 年），第 73 頁。

3　馬克斯 ‧ 韋伯：《新教倫理與資本主義精神》（北京：三聯書店，1987 年），第 49 頁。

4　G‧E‧ 伊萬斯：《梨之下的型式》（倫敦，1966 年），第 7 頁。

5　弗蘭克 ‧ 克莫德：《自然與藝術》（倫敦，1952 年），第 93 頁。

閃爍」。[6]這便是後來田園詩人竭力歌頌並夢想返回的「美麗的黃金時代！」（O bella età dell'oro）（塔索）。然而，美景不長，當人的祖先因偷吃了伊甸園中知識的禁果，觸犯了上帝的律令而被上帝逐出伊甸園之後，他便失去了黃金時代（Golden Age）以及原初的住所—伊甸樂園（Paradise of Eden）。他來到荒野，用自己的雙手耕作，建造棲身之所，以使世界變成人的世界，使自己成為真正的人。他雖不能返回到原初的伊甸樂園，但他仍處在神恩浩蕩的大自然之中，與其環境和自身毫不分離，並力圖期望通過與混亂而無序的荒野的搏鬥能夠重新使他獲得其「原本的人性或神性本質」（「Proper humanity or godlike nature」）。[7]這便是人類第一次空間築居和史前期的蒙昧時代世界狀況。不論從西方還是從東方的文化發展史來看，鄉村／田園皆是先人的存在方式和其童年存在的形態。

然而，隨著生產的發展和人的進化，出現了人口聚集和活動的中心—城市。「在西方意義上的城市既是指一個受保護的社會環境又是一個物質與思想得以自由交流的中心…….它如同一個十字路口，來自不同方向以求在其中生活的人互相交流並受到保護」。[8]它向不道德的人，受異教迫害的逃亡者提供庇護並拯救他們。所以早期的城市概念是避難所，拯救者和解放者。[9]在拉丁語中，「city」（城市）表示公民權（Civitas）與公民（civis）。[10]在古羅馬，urbs（城市）也是指公民生活，強調「自由公民權」。[11]「自由民」（burgher）一詞後來就演化為「資產階級」（bourgeoisie）。[12]也就是說，早期的城市居民享有種種自由的特權，城市則是一個具有自治權的自由區域。雖然如此，這種獨立的自治權並不意味著城市與鄉村的分裂。相反，在古希臘時代，城市與其周圍區域皆被視為一個整體。亞里斯多德曾說「城市與內地，城鎮與鄉村皆為一個統一體，而不是一個在空間與社會上完全不同的實體」。[13]所以在古希臘語裡，polis既表示「城邦」又表示「城市」。古希臘詩人表現又頌揚了城邦——the Polis。哲學家的對話皆在雅典的街道和雅典學院的柱廊下面進行。

---

6 奧維德：轉引自《田園模式》，布萊恩・洛夫格非編（倫敦，1984 年），第 94 頁。

7 海頓 ・ 懷特：《話語轉義學》（巴爾的摩：約翰霍普金斯大學，1985 年），第 157 頁。

8 霍爾頓：《城市，資本主義與文明》，第 10 頁。

9 同上書，第 11 頁。

10 同上書，第 13 頁。

11 同上書，第 14 頁。

12 同上書。

13 同上書，第 15 頁。

蘇格拉底在其《斐得若》中曾說，他是在城牆之內和在其人民之中獲得了智慧與知識，而不是在森林之中。城市，在他們看來，是一個「神聖空間」（a sacred space），一個他們能在其中漫步，思考，品味存在與創造福澤的場所。「城市的創立等於某種宇宙的起源，每一座新城市都標誌著世界的一個新的開端」。[14]任何棄城出走的行為都會被看作是宇宙的徵兆性災難。

早期的城市是自由，安全的家園並與鄉村互為一體。在那個時期，任何行為都是集體性的，一年之中的時間可分為三部分：沉思，勞動和休息。休息時間一般都是帶有宗教性質的慶祝活動，即喜慶宴與狂歡節。[15]沉思的宗教牧師們則以全套的象徵，概念，教義以及儀式主持著人們的一切精神活動，維繫著人們從生到死的全部信念生活。而勞動不僅是一種有益的活動，而且是一種有意義的遊戲。它能給人以極度滿足，是大自然及其原野的守護者。在西方文化精神中，勞動對自然或鄉野的守護意義往往顯得更為重要。原因就在於鄉村曠野（countryside／the wild）一直被宗教神學視為神所賜恩澤之地，也是神恩蘊含之地。「上帝創造了鄉村」，[16]天空與鄉野正是神與大地一樣的關係。所有的先知都隱居在鄉村原野（如先知阿米斯和傑米耶等），在其中獲得神靈的啟示，然後複出其間，對世界進行預言。[17]這種在鄉村原野獲得神靈啟示，然後進而拯救世界的原型還可在《聖經》福音書中找到。在《福音》書中，基督耶穌在接受了洗禮，察覺到他自己所將背負的使命之後，便退隱到鄉村原野之中。四十日一過，他的精神力量異常旺盛，又從隱居的鄉村原野複出，從而開始了拯救的天職歷程。[18]這種視鄉村原野為聖地，神祕的沉思空間以及精神啟示源泉的思想便構成了後來西方詩人「還鄉」精神的真正意識內核。

隨著城市規模不斷擴大，人口日益增多，政治經濟生活日益社會化以及商業與政治特權階層的形成，城市與鄉村早期的有機整體關係便出現了分裂。正如馬克思在其《論德意志意識形態》中所說：「物質與精神勞動的最重要分工便是城市與鄉村的分離」。[19]即，原先基於土地所有權與農業之上的城市開始擺脫傳統的農業手工生產方式，轉向了以經濟活動為其

14　米爾希・埃利亞德：《神祕主義，巫術與文化風尚》（北京：光明日報出版社，1990年），第27頁。

15　F・傑姆遜：《後現代主義與文化理論》（西安：陝西師範大學出版社，1987年），第41頁。

16　奧維德：轉引自《田園模式》，第11頁。

17　霍爾頓：《城市，資本主義與文明》，第4頁。

18　湯因比：《歷史研究》（上海：上海人民出版社，1986年），第282頁。

19　霍爾頓：《城市，資本主義與文明》，第60頁。

社會活動的中心。城市不再依賴於土地。而土地也不再代表人們生存的主要物質基礎。「自然社會化」（socialization of nature）即「鄉村都市化」（urbanization of countryside）就是這種轉型性分裂的明顯標誌。古代城邦的衰落，即准現代都市的興起便是這種分裂的必然結果。分工導致了城市與鄉村的分裂，導致了人與土地的隔離，同時也導致了勞動意義的轉變。勞動已不再是一種自我滿足和自得其樂的活動，而成了一種責任和強制（responsibility and coercion）。[20]勞動產品的社會化（製作的集體性）與鄉村產品的手工性形成了鮮明的對照，由此，「社會便與城市聯繫了起來，而鄉村則與自然聯繫了起來」。[21]人們之間原先的直接關係讓位於一種非個人化的社會關係，從而增大了個人的活動自由，自我意識便開始萌芽了。正是在城邦衰微，准現代都市興起的時候，一種題材與主體都與都市文明不諧的文類—田園詩誕生了。可以說，田園詩以及田園詩人正是在人日益遠離自己的根基與誕生地時，伴隨著自我意識的最初蘇醒而誕生的。它是嚴峻現實的產物。正如喬治・普廷漢姆（George Puthenham）所說：「雖然養羊是人類最早的職業之一，但田園詩（Pastoral Poetry）則是後來都市化（urbanization）的產物」。[22]鄉村的都市化在威脅著潘神（Pan）及其先知在大地上的居所並使其子民從家中遭到驅逐。在面臨可能來到的無家可歸的危險情境中，田園詩人則以其理想化的方式描述了「牧人的生活，鄉村的生活」，呈現他們心底的「黃金時代的幻象」；[23]以傷感的情調歌唱著不復再來的伊甸園純真樸質的時代，渴望回到作為「繁殖母親與豐收饋贈者的根基性大地」。[24]

二

古希臘泰俄克里托斯（Theocritus 316-260 BC）是田園詩的開創者之一。在《田園詩》中，他描寫了生活在鄉村的牧羊人，收穫者，漁民，農夫，果林看護人等，表現了牧人閒適的生活，收穫者純真的喜悅，歌頌了鄉村生活的無限魅力。他的西西里島簡直就是一個新伊甸園：

---

[20] 埃利希・弗洛姆：《健全社會》（北京：中國文聯出版社，1988 年），第 181 頁。

[21] 霍爾頓：《城市，資本主義與文明》，第 72 頁。

[22] 喬治・普廷漢姆：《英國詩歌藝術》（倫敦，1979 年），第 16 頁。

[23] A・蒲柏語，轉引自《田園模式》，第 121 頁。

[24] R・波吉奧利：《英國田園詩：從開端到馬維爾》（倫敦，1952 年），第 101 頁。

Ye vales, and streams, a race divine.

這些峽谷與溪流，一個神聖的族民！

泰俄克里托斯奠定了田園詩的形式和內容。但他的詩太現實化，帶有對現實生活的諷刺意味。古羅馬詩人維吉爾（Virgil）在泰俄克里托斯《田園詩》原模上創作了他自己的《田園詩》。他把泰俄克里托斯的牧羊人置放在一個新的田園世界—阿卡狄亞（Arcadia）之中。維吉爾構造阿卡狄亞的偉大理想，那是一塊牧童與牧女共同生活的土地，一塊潘神與簫的家園，一個羊群與獅子共飲的和平樂園，一個人類沐浴著陽光進行野餐的世界。對維吉爾來說，阿卡狄亞並不僅是塵世中的人化世界，也是森林和山巒居住著奧林匹亞眾神的詩意境界。在他的《田園詩》中，神話與經驗世界匯流，神與人自由往來。維吉爾創造了一個神人同居的非現實境界，使田園詩具有了超驗性的品質，並奠定了田園詩中想像界與現實界之間的對立關係。[25]「自從維吉爾以來，一種生活方式就已經傳遞給了我們」。[26]繼維吉爾之後，又有賀拉斯（Horace）的《田園詩》問世。它發展了古典田園詩，使之進入第三發展階段，即，歸隱田園的偉大神話，使田園詩具有了逃遁性的因素，昇華了「人人快樂無比，遠離城囂之事」的懷舊夢想，在隱遁於鄉村的寧靜世界中，而不是在放縱於感官享樂中獲得純真與幸福的狂喜情感。簡言之，古典田園詩可以概括為以下的獨特品質，即，田園詩是城市與鄉村分裂以及准都市化造成的現實危機的產物，它暗含著一種對現實狀態的強烈不滿和否定性精神並希求通過對鄉村田園生活以及單純自然之物的強調使分裂的存在世界得以彌合，從而使人們與其原根基性家園永遠保持親和相處的關係。所有田園詩人都以一種超越現實的理想方式創造了一個供人們適意生存與獲得寧靜，純真與幸福的幻設世界（fictional world）。在這意義上說，「田園詩是幻想的詩歌，黃金時代是願望達成的烏托邦替代物」。[27]

然而，城市與鄉村的巨大分裂以及鄉村的城市化並沒有因田園詩人的歌唱而停止，舊有的城市與鄉村的整體空間關係並沒有得到恢復。相反，城市與鄉村的分裂不但已成為不可挽回的客觀事實，而且鄉村正日漸被狂熱的城市化欲望所吞沒和侵佔。特別是自中世紀以來，「城市自由」

[25] 布萊恩・洛夫格非（編）：《田園模式》，第 9 頁。

[26] 伊萬斯：《梨之下的型式》，第 17 頁。

[27] W・H・奧登：《田園詩形式與概念》（柏克萊，1977 年版），第 154 頁。

（The Freedom of the City）的思想導致了歐洲人大量湧入城市，以擺脫封建莊園的首屬秩序和土地的束縛，使他們在法律上成為自由人。城市不但使越來越多的農民成了自由民，而且還促使其個性得以發展。這樣，城市的魅力就愈加彰明了。「因此，作為個人自由之地的早期城市理想便與『個人主義』和資產階級主體的興起是同時進行的」。[28]城市人口的日益集中，公共建築物的大量興建，空間的不斷物質化，自由民對政治的參與和城市惠利觀的出現進而導致了城市與鄉村的分裂，產生了人對自然的征服意識，也促使了田園詩的衰落。[29]因為田園詩人面對都市向鄉村的浩蕩進軍感到無能為力。一座座城市在他們周圍聳立而起，鄉村中以土地為生的農民失去了土地而成為無所事事的遊民。他們四處流浪，無家可歸。城市的進程還促使了過去以鄉村，家庭為單位的社會共同體系的解體，舊有的集體感，整體關係消失了。在經典田園詩中經常被謳歌的牧羊人正在被羊群吃掉，所有原先嬉戲在遼闊原野上的羊群統統被圍欄圈了起來，過去被田園詩人歌唱的純樸打漁人，收穫者以及果園人等也完全被剝奪了自由者生產的權利，成為等待被城市雇傭的「勞動後備大軍」。在這段大動盪的年代裡，「原人」或「野蠻人」就是在鄉村都市化以後遭到放逐的田園詩人。他們拒絕認同城市對鄉村的殘酷吞噬，但又無力抗爭，所以他們便被驅逐或隱遁在荒野，沙漠，森林，叢林和山巒之中，與都市「文明」，「宮廷」和「城市」遙相對峙，成為「都市文明」的異己或它者（the alien／the other）。他們被認為最具有智慧，人性，力量與拯救精神，[30]並超越一切文明法規；是動物，森林以及鄉村的保護者。根據R・伯恩海墨（Richard Bernheimer）的考察，這種「原人」的概念和形象反映了一種當時人們對自然的田園式視角（pastoral perspective），其本身就是一種對鄉村新的體驗的映現。[31]在大地與森林橫遭踐踏的危險時刻，作為「原人」形象的田園詩人就扮演了古代森林之神（Satyrs），農牧之神（Fauns）的英雄角色，成為原始大神的替代性力量。

在十六世紀文藝復興到十七世紀宗教改革期間，田園詩再一次得到復興。[32]為了抗議城市「新人」與宮廷「貴族」的腐敗墮落之氣，文藝復興

---

[28] F・傑姆遜：《歷史句法》（明尼蘇達大學出版社，1988 年版），第 89 頁。

[29] 布萊恩・洛夫格非（編）：《田園模式》，第 9 頁。

[30] 海頓・懷特：《話語轉義學》，第 152 頁。

[31] 理查・伯恩海默：《中世紀的野蠻人》（劍橋大學出版社，1952 年），第 45 頁。

[32] 布萊恩・洛夫格非（編）：《田園模式》，第 14 頁。

的田園詩人歌唱了鄉村中大自然的美好風光，其快樂而自由的鄉村純樸生活方式以及勞動者未被塵俗的墮落所沾汙的自然美德。在尼柯拉斯・布裡頓（Nicolas Breton）的《朝君與農夫》中，我們可以讀到這樣一種對鄉村風光與生活的描寫：

> 我們雙眼飽受快樂之福，我們有五月—大地一片五彩繽紛，鮮花盛開，斑斕的色澤，甜蜜的芳香；我們擁有漿果，櫻桃，豌豆與蠶豆，李子與蘋果；在六月和七月—酪梨與鮮蘋果，小麥與黑麥，大麥與燕麥。在寬闊而美麗的田野裡，到處揚漾著勞動的快樂與歡笑，豐收的馬車在回家時所發出的歡快和喜悅的聲音。而且，我們還有森林中鳥兒的歌唱，草原上牛群的低吟，母羊在咩咩叫，小駒在嘶嘶鳴。收穫與快樂是我們沉浸在音樂之中，純樸又悠揚。在早晨燦爛的陽光下，小兔子在遊戲，而我又看見老兔子正在洗臉。[33]

這種對鄉村的讚美與城市中宮廷生活的腐敗、墮落和沉悶之氣形成鮮明對照，後者又正是田園詩人自身存在的理由。從上文中「我們擁有」之類的句法結構和對城鄉之間差異性的過分強調，可以明顯看出田園詩人奮力據爭的態度與傾向。

在宗教改革時代，田園詩人為了反抗宗教神學對人性的迫害便在歷史傳說與民間神話中尋找其理想的原型以表現人們想從宗教神學禁忌中獲得解放的內在願望。[34]此時的「原人」便被賦予了一種超越神學的力量。他被塑造為一個生活在伊甸園式的純粹狀態中，沒有染上任何原罪的人；既然如此。他便不再是一個墮落的放逐者，不需要救助，並有權拒絕任何宗教神學所制訂的諸種教義。而在十八世紀的啟蒙主義運動時代，田園詩被當作一種人們從鄉村自然，即植物本然原性世界去觀看社會的幻象（vision）。這一時代的啟蒙主義思想家（如洛克，斯賓塞，孟德斯鳩，盧梭，伏爾泰等）並以此幻想作為參照框架把社會存在諸形態視作完美自然的墮落。[35]基於這種認識，他們便構想出一個資產階級的自在統一的自我一作為資產階級本體與自由存在中心的新型主體範式—「崇高的野蠻人」（The Noble savage）。這個「崇高的野蠻人」生活在無歷史的自

---

[33] 弗蘭克 ・ 克莫德：《自然與藝術》，第 94 頁。
[34] 海頓 ・ 懷特：《話語轉義學》，第 172 頁。
[35] 同上懷特，第 173 頁。

然界中，那裡沒有剝削，沒有特權階層，沒有世襲權力，更沒有政治迫害。他本身便是意義與道德的源泉，自由社會的立法者—「啊！修倫人（Hurons）人萬歲！沒有法律，沒有監獄，沒有折磨，他們在甜蜜與寧靜的狀態中度過其生命，始終享受著一種幸福的韻律……我們平靜地在本能與純樸行為的法則下生活，智慧的大自然從我們降世之日起就已把這些賦予給了我們的心靈」。[36]

顯而易見，這個「野蠻人」的概念是一個異常極端的概念，它旨在掘除所有文明所積累的價值，否定任何由歷史產生的文明世界以及抨擊每一種現有社會的運行法則，從而重構一個始初本能所渴望的無對立的世界—烏托邦世界。盧梭所提出的自由與純樸的資產階級主題便是一個前社會前歷史的「童年空間」（space of childhood），而洛克（Locke）所描寫的「澳洲世界」則充當了一個自由主體神話的哲學基礎。這種「崇高的野蠻人」概念演轉成一個歷史之外的「自由童年」的個人主體神話，它對「新田園主義」（New Pastoralism）以至後浪漫主義（Post-Romanticism）文學產生了重大的影響。[37]大詩人歌德在其《浮士德》中塑造了一個牛奶與蜜汁之地的田園世界（Arcadia）：

> 宛如慈母，在一輪寧靜的影子圈內，溫暖的牛奶
> 流向孩童與羔羊，果實在手上，牧場上成熟的食物，
> 蜜汁從中空的箱中溢了出來。[38]

其影響便可窺見一斑。

三

自文藝復興，宗教改革和啟蒙運動開始，西方人便把理性當作是一切行為與價值判斷的指南，他們以自己所擁有的理性力量而自豪，並以理性為價值尺度對宗教與皇權的合理性進行了質疑，西方人首次從絕對的信仰—「真理神話」中解放了出來。[39]哥白尼和伽利略的科學革命打破了以神權政治為宇宙中心的神話，促進了以實證主義與理性邏輯為特徵的近代

---

[36] Baron de Lahontan：《駛向美的新旅行》，轉引自伯恩海默：《中世紀的野蠻人》，第 172 頁。

[37] 波吉奧利：《英國田園詩：從開端到馬維爾》，第 178 頁。

[38] 轉引自 T·G· 羅森米耶爾：《麥笛：論田園詩與田園理想》（劍橋大學，1975 年），第 16 頁。

[39] 葉維廉：《從跨文化網路看現代主義》，載《中國比較文學通訊》，1989 年第二期，第 4 頁。

科學的興起。科學的興起引發了資產階級工業革命。工業革命之後便是蒸汽機，內燃機，鐵路與電力的廣泛運用，從此人們的勞動手段以及生活條件得到了重大的改觀。機械的勞動取代了手工勞動，機器的能量代替了人的能量。勞動的意義這時有發生澈底的分裂。勞動對於資產階級是一種責任，對於無產者則是一種強制性的活動。勞動已經同勞動者相異化，它不再是一種有意義的遊戲，而成了一種獲取金錢的手段。科學技術的發展和機器的使用造成了社會物質財富的繁榮與興盛。「1870年到1914年期間是物質主義的時代：歐洲的主要國家已經統一起來了，處處都是繁榮景象」。[40]資產階級正得意十足於飛速的物質進步，陶醉於由利潤所帶來的豐厚財富之中。理性的膨脹與強烈的自我意識使他們變本加厲地向自然開戰，不斷征服新的疆域以開拓更大的財富來源市場。在這場財富大爆炸的時代裡，城市與鄉村之間的關係發生了根本性的變化。經過這場城市與鄉村之間的長期「拉鋸戰」之後，城市已經完全打敗了鄉村，城市從來沒有像現在這樣享有對鄉村的澈底勝利所帶來的自豪感。契爾德（Childe）說，「現代西方城市代表了都市革命的最大成功之果，它宣佈了前歷史的結束」。[41]「城市蔓延」（urban Sprawl）在一天天搗毀鄉村的自然美景，「工業化」或「都市化」，即「都市工業化」（urban industrialization）或「工業都市主義」（industrial urbanism）使歷史文化傳統翻了個底朝天。「現在，城市踩在了鄉村之上而不是鄉村踩在了城市之上；正是城市在形成國家機構，制訂法律，製造社會輿論，設立社會慣用語和價值標準」。[42]也就是說，城市不僅在生產方式上勝過了鄉村，而且還在文化上及政治上勝過了鄉村，在語言表達上也取得了對鄉村的絕對話語權。於是，取得勝利的城市社會層便完全顛覆了城市與鄉村之間長期保持的親和關係，轉而把鄉村斥責為「愚昧」，「落後」，「保守主義」。「這種鄉村觀的出現是十九世紀城市勝利者的意識形態的產物。[43]「在這個「鍍金時代」（Gilded Age）裡，田園詩人從前所歌唱的神性與人性的鄉村在人們的視野裡漸漸消失了，正如馬克斯・韋伯（Max Weber）所說，「殘酷的商業競爭的壓力使那種田園牧歌式的狀態分崩互解了」。[44]「田園詩死亡

40　威廉・百瑞德：《非理性的人》（哈爾濱：黑龍江教育出版社，1988年），第32頁。
41　理查・沃德：《都市化》，見《美國歷史的比較研究》（華盛頓，1983年版），第207頁。
42　葉維廉：：《從跨文化網路看現代主義》，第208頁。
43　杜爾海姆：參見R・J・霍爾頓的《城市，資本主義與文明》，第11頁。
44　轉引自R・J・霍爾頓的《城市，資本主義與文明》，第49頁。

了，黃金時代不再金黃了，潘神絕跡了」。[45]真正植根於真實鄉村的田園詩傳統，其脆弱的整體性已經被現代文明所摧毀了。[46]

工業化或都市文明澈底搗毀了田園詩的基礎—鄉村，並進一步促使作為一種文學傳統或一種詩歌形式的田園詩的解體。這種結果是否說明了都市文明是人類所期望的一種進步或者說是人類所找到的最終歸宿？這種排斥性和征服性文明是否真正符合人的自然生命形態的內在合理性與內在需求呢？莫非現代西方人真在大都市之中生活的既自在，舒適，又內在和諧，精神健全？他們是否真的將現代都市視為生命所系所托的家園？事實上，在西方人的生存處境中已出現了一種令人困惑的悖論，即，人們一方面對工業化，都市化的快速發展步伐所帶來的物質進步和生活條件的改善感到歡欣鼓舞，而另一方面，他們卻總感到絕望，憂鬱，厭倦，不適，壓抑，恐懼，淪喪，空虛和焦慮。他們一方面感到由科學技術發展所解放出來的巨大能量，而在另一方面卻感到疲憊不堪和耗盡（burnt-out）。這種物極必反所導致的現代西方人的矛盾生存狀態反映在現代西方文學中便是現代西方作家（文人）對工業化，機器化和都市化結果的覺悟和普遍反思。

1857年，法國象徵主義詩人夏爾・波德賴爾（Charles Baudelaire）發表了詩集《惡之花》（Les Fleurs du Mal）。在這本詩集中，波德賴爾首次在西方文學中使用了大量的城市詞彙並抨擊了由工業化和機器化所組織的社會形式對人性的壓抑以及由城市所代表的現代文明形式對詩人（田園詩人）的放逐，並由此而激發了現代西方文學的一種新的意識潮流或情感傾向—「現代田園主義」。即，現代西方詩人開始發現由人類的創造力所產生出的科學技術與機器工業並沒有個人類帶來更多的自由與幸福，反而因其極端的工業化和都市化使人的整體生命受到肢解、分割，並使創造現代文明的主體淪為其所創之物的奴隸。在這種危機與放逐的情境中他們便開始厭倦（Ennui）科學技術和工業文明，對其自身的創造力進行自責。在他們的內在意識中，無形滋生一種對這種反常態的文明形式的羞恥感。這種不斷增長的羞恥感與遭放逐的精神狀態使他們把通常為文明標誌的機器與城市斥責為人類的一種拙劣業績，對技術進步與科學發展深懷敵意。同時，與其羞恥感緊相交織的，還有他們對現代文明形式的危機感（即末世恐懼）和疏離感。在這種精神危機的困擾下，他們轉向與城市文明相對

[45] R・科爾曼：《田園詩》（劍橋大學，1977年），第34頁。
[46] A・派特森：《田園詩與意識形態》（紐約：哥倫比亞大學，1987年），第266頁。

立的鄉村田園，憧憬一種前歷史前意識的自然社會原型，或以此作為一種理想世界以反抗和否定都市文明；或在都市文明之中置入一種田園理想以療治、改編和調整它。所以，從某種意義上說，這種「現代田園主義」傾向並不是傳統田園詩的完全脫節或澈底分裂，而是傳統田園詩對現代詩人詩性意識潛移默化的結果。雖然如此，「現代田園主義」卻在本體意識方面與傳統田園詩不同。傳統田園詩追求一種人與自然的和諧狀態，而具有現代田園意識的現代詩人則追求一種「人造天堂」的精神家園。正如波德賴爾所宣稱的那樣，「給我你的糞土／我把它變成黃金。」繼波德賴爾之後，在西方現代文學中出現了一大批相當卓越「現代田園主義者」，如法國的A・蘭波，S・馬拉美，耶麥，哥爾蒙，瓦雷里，佩斯等，英美的E・龐德，W・B・葉芝，W・C・威廉斯，W・斯蒂文斯，狄蘭・托瑪斯，金斯堡等，德語國家中的里爾克，荷爾德林等，俄蘇的葉賽寧以及印度的泰戈爾等詩人。可以預料，在都市化全面統治二十世紀，鄉村田園已成為神話之後，下一個世紀將是現代詩人普遍「還鄉」的時代。

據著名文藝理論家R・韋勒克和A・沃淪（René Wellek & Austin Warren）所言，田園詩形式具有「外在」與「內在」兩種形式。田園詩的傳統和主題是「外部」形式，而起勃發的衝動則是它的「內部」形式。前者已經消亡，而後者仍以一種「潛在的詩性結構」（poetic structure）存在著並播散在其「文本的互相指涉性」（intertextuality）之中。[47]威廉・燕蔔蓀（William Empson）把這種「內在的詩性結構」稱之為「田園過程」（pastoral process），即田園詩形式的基本要素或稱為「田園素」在始終對現代詩人產生驅使性力量。[48]現代詩人是現代生活的「它者」。他們始終生活在「願望時間」（wish-time）和「願望空間」（wish-space）之中（Rosenmeyer），生活在伊甸園（Eden）即對過去黃金時代的追溯（Nostalgia）和烏托邦（utopia）即對未來理想世界的構想之中（W. H. Auden）。現代世界在他們的詩中只充當一種觸媒（mediation），而黃金時代（過去）和大同世界（未來）則將是他們的「田園烏托邦衝動」（pastoral utopian impulse）所投射的永恆主題。正如愛爾蘭著名詩人W・B・葉芝（Yeats）在渴望前往神話島—茵尼斯弗利（Innisfree）時所吟唱的那樣，「我要起身去了，去茵尼斯弗利島／去那裡建造一間小屋（a

[47] R・韋勒克與沃倫：《文學理論》（北京：三聯書店，1984年），第256-271頁。
[48] 威廉・燕蔔蓀：《田園詩的幾點看法》，載《新文學史》，P・阿爾卑斯編，1978年，第102頁。

small cabin），泥土和柳條的小房：／我要有九排雲豆架，一個蜜蜂巢／獨居於幽處（Live alone），在林間聽群峰高唱。／於是我會有安寧（some peace），安寧慢慢來臨／從晨曦的面紗到蟋蟀歌唱的地方；／午夜一片閃光（all a glimmer），中午燃燒得紫紅（a purple glow）／暮色裡，到處飛舞著紅雀的翅膀」。

> 我要起身走了，因為我總是聽到，
> 聽到湖水日夜低低拍打著湖濱；
> 我站在公路，或灰色的人行道上，
> 在內心深處聽到那水聲。[49]

本文原載《四川外語學院學報》1992年第1期

[49] W‧B‧ 葉芝：《茵尼斯弗利島》，《抒情詩人葉芝詩選》，裘小龍譯（成都：四川文藝出版社，1992 年）。

第四章　張狂與造化的身體：自我模塑與中國現代性——郭沫若《天狗》再解讀[1]

如果說自我意識，自我覺醒與自我主體性是界定現代性話語的根本要素，那麼，追尋「中國現代性中自我話語的形成軌跡始於何時、何處？」這一問題就尤為重要。無論我們今天對郭沫若（1892-1978）的人品和作品如何言說，要回答這個問題，郭沫若是無法繞開的詩人。郭沫若最先對這個根本性的問題做出了至為關鍵的回應。儘管對他的詩藝以及意識形態立場持疑，但從歷史事實的角度仍可達成某種批評上的共識。他那部誕生於1922年中國現代性啟蒙大業始初的詩集《女神》仍值得我們重新細讀、研究，進而重塑其詩的特異性、文本性與多重性。我們有必要對一首家喻戶曉的作品《天狗》[2]進行文本細讀，欲求釐清郭沫若在《女神》中如何通過對身體的喚醒從而創造自我主體性。這樣，郭沫若詩歌中的身體詩學與中國現代性大業中的主體性修辭便可得以重構。

一、自我誕生的雙重旅程

《天狗》
我是一隻天狗呀！
我把月來吞了，
我把日來吞了，
我把一切的星球來吞了，
我把宇宙來吞了，
我便是我了

---

[1] 本文是根據筆者1993年在香港中文大學寫的長篇英文論文"The Dialectic of Progressive Body: Self, Cosmos and National Identity in Guo Moruo's *The Goddess*"一小節，感謝周英雄老師的批評指教。承蒙趙凡翻譯成中文，特以致謝。

[2] 郭沫若：《天狗》，見《郭沫若全集》（卷一）（北京：人民文學出版社，1992年），第54-55頁。文中所引詩皆自該卷，不另注。

我是月底光，
我是日底光，
我是一切星球底光，
我是X光線底光，
我是全宇宙底Energy底總量！

我飛騰，
我狂叫，
我燃燒。

我如烈火一樣地燃燒！
我如大海一樣地狂叫！
我如電氣一樣地飛跑！
我飛跑，
我飛跑，
我飛跑，
我剝我的皮，
我食我的肉，
我吸我的血，
我齧我的心肝，

我在我神經上飛跑，
我在我脊髓上飛跑，
我在我腦筋上飛跑。

我便是我呀！
我的我要爆了！

1920年2月初作

《天狗》一詩作於1920年2月，發表於當月的上海《時事新報・學燈》。全詩分五節，共29行，每一行都以「我」作為抒情的主體（lyric agent）開頭，這是一首在中國現代詩歌史上極其特別的作品。整首詩是由29個作為抒情主體的「我」所激起的自我宣示；換言之，抒情身體經歷了一次主體「我」多重階段的戲劇性旅行。如果使用「我」的能力以及其他與主體相關的詞語成為自我意識與個人身分出現的一個前提，[3]那麼此詩可以被視作現代中國自我之發生的一個意義深遠的轉捩點，因為在過往的中國詩歌中從未有過任何一首詩如此密集地使用「我」作為抒情主語。正如李歐梵所言，如此持續頻繁地使用「我」揭示了「郭沫若的思維態勢在於強調主體自我的全能」。[4]

照字面看，這首詩所述相當簡單：「我」吞噬了宇宙之後所發生的事。從主題上來看，這首詩直白得令人迷惑：通過反復吞噬的步驟，從身體中誕生了自我。但自我如何通過身體的生成與形塑而誕生的問題則相當複雜。為了解開自我經身體而誕生的祕密，我們需要對這首產生了重要影響的作品進行一絲不苟地文本分析。按照「我」一連串「吞噬／吞食行為」時序的敘述方式，我姑且把全詩分為兩部分：（1）「從外至內」到「由內向外」；（2）從「從上到下的縱軸（垂直）運動」到「由後向前的橫軸（水準）運動。

二、狂暴的吞噬：絞痛的身體與自我的創生

讓我們首先討論「從外到內」到「由內向外」的結構。詩開頭第一行：「我是一條天狗呀！」便澈底地表現出第一人稱的我——抒情主體，句子主語——的反常，異端的立場和顛覆性行為：「我」與中國傳統民間傳說中代表邪惡、厄運與災異化身的反面形象——「天狗」相認同。[5]首先，這一「異端」的認同行為被句子本身的感嘆語式強有力地加以肯定並進而重新定義了「我」的身分，自此之後，「我」作為一隻天狗的全新地位得以確立。通過與「天狗」的澈底認同，而顯明「我」為野獸的新身分之後，「我」才能夠進行下面一連串的吞食／吞噬行為：吞月、吞日、吞星球、吞全宇宙。「我」之所以能吞食／吞噬這些存在於「我」身體之外，並大大超過其身體的遙遠的「日、月、星球和宇宙」，全然依賴於天

3　參見吉安東・吉登斯（Anthony Giddens）：*Modernity and Self-Identity: Self and Society in the Late Modern Age* (Cambridge: Polity Press, 1991)。

4　李歐梵（Leo Ou — fan Lee）：*The Romantic Generation of Modern Writers* (Cambridge: Harvard University Press, 1973)，第190頁。

5　據中國的民間傳說，當月蝕或日蝕發生時，人們相信是天狗在吞食日或月。所以當日月蝕發生時，不論何時人們都會擊鼓鳴鑼驅趕代表著不幸與災難的天狗。

狗同類相殘的本性，它具有一股強烈的動物性欲望來吞食在它面前的一切而毫無憐憫之心。現在「我」成為天狗，在一切面前，「我」擁有了同樣的動物性欲望。重複了四次的「我吞了……」清晰地顯示了強烈欲望的積極實現，而且實際上應被理解為轉化的意動行為，即在「我」身體之外的遙遠的空間之物：「日、月、星球、全宇宙」轉變為時間之物，以便用以吞噬／吞食。亦是說，「我」吞噬「日、月、星球、全宇宙」的空間過程變為「我」身體中的時間過程，廣袤無垠的宇宙被吸入了有限的「我」的存在。就此而言，正是通過使外在空間變為「我」之內在身體的「吞食行為」，由「日、月、星球、全宇宙」所構成的外部空間才最終成化為「欲望主體」的內在空間。

經過野獸化「我」的吞食之時間化，這一空間的肉身化或身體化才得以達成。在這裡，時間的改變成為了喚醒主體性意識的關鍵要素。正如芬格萊特（Fingarette）所論，在自我的構成中，時間是一個關鍵性要素，對於時間的體驗「生成了一個特定的自我與大寫的自我」：「自我與時間有一種特別的關係。作為『本體』而非現象存在的大寫自我，並不處於現象性的時間與『主體』的時序中，而是時間（主體）順序的來源」。「就啟蒙而言，時間的確是透明的，就蒙昧來說，時間則通常令人困惑，總是成為一個負擔」。[6]在「我」持續地吞食／吞噬使「日、月、星球、全宇宙」的空間形式轉化為肉身化的時間形式之後，「我」認識到了自己，並獲得了「我」之獨特性的意識——「我便是我了！」作為「天狗」的「我」吃掉了所有異己與他者的空間之物，進而空間之物在「我」的體內溶解了，最終使得欲望主體發現了一個沒有他者存在的自我、一個同質的獨一體（a self-same singularity）以及一個自洽的主體性。因此，「我」變成了世界的中心：一個主體中心自我的孕育事件。同時，「我」不僅成為了自我的中心，也成為了全宇宙的中心，因為全宇宙之物早已被「我」同類相殘的「吞食」行為所征服，進而成為了主體身體的部分，「我」及「我」的身體已具有了宇宙的功能特徵：自我覺醒的膨脹，自我中心主體的誕生。這種自我膨脹在一個以自我泯滅為傳統的社會中則是革命性的，顛覆性的。

在第二節中，既然「我」已經把「日、月、星球、全宇宙」吞食進了

[6] 參見赫伯特・芬格萊特（Herbert Fingarette）：《自我的轉化：精神分析，哲學與靈性生命》，The Self in Transformation: Psychoanalysis, Philosophy, & the Life of the Spirit (New York: Harper & Row, 1963)，第 208-212 頁。

「我」的體內，「我」已經完成了從外部空間向內部的身體時間的轉化，最終「我」把自我的覺醒視作身處整個宇宙中的單一身分。因此，「我」自然便擁有了成為生長與更新之源頭所應具有的一切物質形式——「光、熱和能量。」「我是……底光，我是……Energy底總量」的肯定句式清楚表明「我」已不再依賴「我」的身外之物而存在了。「我」已經吸收了宇宙的形式。因此，「我」便是「我」自己的「光、熱和能量」的來源。「我」自足、自構、自創、自生。最重要的是，此一能量與力量的積聚從數量上對空間之物的吞食轉向質量上在個體體內能量的生成，即一次具體顯示時間之身體化的行為。全宇宙的「光、熱和能量」全部匯聚於一個個體的身體，一具從黑暗的沉睡狀態中覺醒出自我意識的身體，已使「我」的身體膨脹到了白熱化的極限，一種無法忍耐其殘酷性的存在狀態，「全宇宙的energy的總量」之爆發與釋放勢在必行，無人可擋。

於是，在第三節中，一個動態的、神經質的、興奮的世界顯現出來，「我飛奔（如電氣一樣），我狂叫（如大海一樣），我燃燒（如烈火一樣）」。這些肢體部位的動態活動，即腳（飛奔）、喉嚨（狂叫）、以及細胞（燃燒），這一系列動詞一方面表達了「我」吞食「日、月、星球、全宇宙」後具有「光、熱和能量」的物質轉化形式，即快速度（如電氣飛跑），高聲音（如大海狂叫）和強熱能（如烈火燃燒）；但另一方面，「飛奔」、「狂叫」、「燃燒」外加三個「飛跑」的一連串行為本身不具有造物的功能，或任何清晰的目的，這在於這些動作全都為不及物動詞。所有的這些行為的功能是為了顯現主體的身體在其消耗了全宇宙，與成為宇宙總能量之後的能量狀態：強力的激情與不安的騷動，這不過成為了接下來的新行動的序曲。也就是說，「我」在前二十行中只完成了由外在空間向內在時間化的轉化過程，「我」的自我覺醒來自於身體形式的時間維度，「我」在其中匯聚了全宇宙的能量。「我」雖已具備了創造「光、熱與能量；速度、聲音和熱能」的能力，但創造和徹底爆發的時機還沒有到來。包含著全宇宙之總能量的身體仍舊以老套、頑固與冷漠的形式存在——一具無力生殖的軀體，它需要被完全的更新、變形與徹底地脫胎換骨，用青春、旺盛的生殖力以及豐饒的能量去加以除舊換新。只有如此，「由內向外」的現代新「自我」的創造與誕生才會成為可能。

所以在第四節，當「我」體內的激情、騷動四處奔突、蔓延、裂變時，對自我的否定與對自我的更新同時開始了。「我」開始毫不留情地自噬其身／自我吞食，「我剝我的皮，／我食我的肉，／我吸我的血，／我齧我的心肝」，進而最後穿入身體的內部：「我在我的神經上飛跑，／我在我脊髓上飛跑，／我在我腦筋上飛跑」。這一自我轉變的戲劇性的場景可以被歷史性地視作一個非常特別的事件，以及在現代性新身體的轉變中的劇痛時刻。通過極痛的身體性經驗與自毀的極度苦惱，一個新的現代主體性誕生了。「剝、食、吸、齧以及飛跑」的行為暴力性地影響「皮、肉、心、肺、血、神經、肝、腦」這些身體部位的真意為何？字面上，它們的功能定義了這些行為的身分，例如，「我」強烈的動物性欲望齧食並刻上了行為的限度，例如，這一行為僅發生在「我」的身體上。換言之，「我」只是將自己齧食。但就主題的上下文而言，自食與自毀的行為精確地產生了變化的行為。他們成為生長的要素，以及一具新鮮身體誕生的場所。所以在澈底的自我質變，自我瓦解以及與舊身體全然地斷裂之後，整個形塑過程才得以完成，在「我」的軀體歷史性地割斷與分裂的時刻：一個嶄新的自我誕生了。

「我便是我呀！」[7]在末節，「我」天啟般地最後宣示，並非是奮力一吼的產物，而是在經過一段曲折之途後（從吞食外在的他者進入內部的能量聚集，又從內部的自齧朝向外部的自我生成），「我」終於贏得了自我身分的合法性地位。一個中心主體站立起來。從第一節的「我便是我了！」的自我形塑開始，「我」的自我意識之覺醒（我是我自己，獨一的「我呀」，而不是別人，這與拉康鏡像理論中的自我觀念相呼應），以及肉身化「我」的雛形，在征服、合併了他者之後，使自我形塑得以完成，「我便是我呀！」。雅克・拉康對於人類主體概念的新圖景——小我或自我——可以幫助我們釐清郭沫若「我便是我了！」與「我便是我呀！」的特殊句法學。我們使用拉康的架構，便可將第一個「我」指定為說話的主語「我」，第二個「我」則為對主語個性化的認同「我呀」，而「是」則被歸於「我呀」的存在屬性。據拉格蘭—蘇利文（Ellie Ragland-Sullivan）所言：「我呀是理念中的自我，其基本形式在有意識的生命中不可追溯，但卻反映在其所選擇的認同對象（第二自我或自我理念）中」。[8]如果我們用拉康的「三界」概念（想像界或鏡像階段；象徵界和實在界）來分析此

---

[7] 根據瑪麗安・高利克（Marian Galik）的說法，郭沫若的這一行詩有可能借用自《聖經》上帝對摩西說：「我是自有永有者！」參看瑪麗安・高利克：《中西文學碰撞大事記（1898-1979）》，Milestones in Sino — Western Literary Confrontation（1898-1979）（北京：北京大學出版社，1991年）。

[8] 艾莉・拉格蘭—蘇利文（Ellie Ragland — Sullivan）：Jacques Lacan and the Philosophy of Psychoanalysis (London: Croom Helm, 1986)，第3頁。

詩，那麼可以更好地理解自我誕生的形塑與構成過程。大致來看，如果想像階段可以簡單地被解讀為一個嬰兒對於其存在認識，或通過消融他的他者性來將其塑造為鏡中的對應物，那麼將「日、月、星球、全宇宙」（注意日、月、星辰甚或天空那鏡子般的澄明）吞入身體的行為則切實地成為「我」（「我呀」）或自我的生成過程。如果「象徵秩序」被理解為指向「我呀」作為人類主體的認識與意識的力比多或偏執欲望的動態運動的話，那麼能量、力量與熱量的聚集，以及一連串的自我轉化便顯示出內在的「我呀」與外在主體構成（「我便是我呀！」）之間的分離。最後，如果「實在秩序」被解讀為「代替了已然賦予象徵的許多力量的無盡的畏懼力」，[9]那麼作為中心主體的「我呀」在最終誕生後，「我的我就要爆了」——「我」被轉入了實在界，這一界大體上形成了一個「我呀」尤其是「自我」的力比多關係。[10]

對自我新生的合法性肯定，以及肉身成功的脫胎換骨（「我」不再僅僅是作為奇點的「我」，而成為了一個富有強健體魄的新人）後對新生的狂喜稱頌，經歷了一次內外關係中的辯證交互。「新人」概念即為現代性的理想人格，一般由新文化的主將們所宣導，並由新文學或「人的文學」之功能所構成。我們能在那些新型知識份子，如魯迅、周作人、李大釗、陳獨秀、胡適、茅盾、巴金、曹禺等作家的筆下讀到一系列的「新人」形象。這一運動開啟了一場對中國人國民性的激進批判，這種風潮也成為了努力創造民族新人的典型例證。例如，周作人曾在一篇文章中重新將人定義為「一切生活本能，都是美的善的，應得完全滿足」。認為人之內面生活的力量可以「轉換一種新生命」。並最終將人的理想生活提高至「道德完善」與「使人人能享自由真實的幸福生活」。[11]顯然透過這層辯證關係，我們便能窺探到郭沫若在自我形塑的過程中，詩人所懷抱的「光、熱與能量；快速度、高聲音和強熱能」的現代性精神，以及世紀轉折之際中國新型知識份子的偉大夢境。然而，當「我」宣佈「我便是我呀！」這一歷史性的自我新生之後，一股在身體內積聚的創造力並未停止，不僅如此，「我」所建立起來的新生自我亦作為此一創造力的終極目的。「我」

9　瑪律考姆・鮑伊（Malcolm Bowie）：*Lacan* (London: Fontona Press, 1991)，第 95 頁。

10　儘管如此，本文並不著重于用拉康的術語細緻地闡明此一論點，更為詳盡的資訊，請參看艾莉・拉格蘭—蘇利文：《雅克・拉康與精神分析哲學》，*Jacques Lacan and the Philosophy of Psychoanalysis*；瑪律康・鮑伊（Malcolm Bowie）：《拉康》，*Lacan*，1991 年。

11　見周作人：《人的文學》，《新青年》，6 卷第 10 號（1918 年 10 月 15 日）。

繼續沉醉於此一強大的力量，熱情與騷動把「我」推向了「我的我要爆了！」的臨界點。

最後一行可以說是全詩敘事發展的必然邏輯結果，也點明了詩人面對世界時的基本立場。正如上文所示，詩歌從一開始，就把作為反叛角色的「我」與「天狗」的反叛形象相認同，把「日、月、星球、全宇宙」吞入自己的體內，從而使身體聚集了「全宇宙的光、熱和總能量」，由於自我蛻變是在「我」體內的「高聲音，快速度與強熱能」的驅使下進行，所以「我」便完成了對自我的創造。但是，這種創造性行為並不能完全耗解行動者體內「在燃燒，飛奔，狂叫」的「光，熱和能量」，因此，才創造出來的自我不得不爆炸，或曰自我摒棄。自我消解與反自我中心的行為表明了自我意識之覺醒的真相：即使沒有經歷自我形塑這一重要過程就不可能完成比之更偉大的任務，郭沫若在五四時期想要完成的最終任務也並非自我的創造。正如郭沫若在《我是個偶像崇拜者》（99頁）中所表現的破／立思想那樣：「我崇拜偶像破壞者，崇拜我！／我又是個偶像破壞者喲！」正是這種「不斷的破壞！不斷地創造，不斷的努力喲！」（《立在地球邊上放號》72頁）的創造／破壞的辯證法，使得郭詩中「雙重身體」所生出的「雙重世界」最終變成一個真實的現代世界，「表現自我，張揚個性，完成所謂『人的自覺』」（周揚1941年）。

然而，問題也由此而起。既然在「我」吞食／吞噬了「日、月、星球、全宇宙」之後獲得了「我」對「我」的自我意識（「我便是我了！」），繼而又在自噬其身之後驅使身體的自我轉變，引發了新「自我」的誕生（「我便是我呀！」），但就在自我誕生的同一歷史時刻，新生的「我」（個性主義自我）卻又不能存在下去便自行爆炸了，那麼，這不就等於宣佈了「我」一系列的吞食行為與創造努力不過換來了最終的「流產」嗎？既然「我」無法適應作為存在之絕對基礎的「我／自我」，那麼作為個性主義的我又存於何處呢？「我的我」爆炸了，自我的邊界消失了。那麼自我又導向了怎樣的世界？自我與它所安身立命的世界如何交流？自我與這一世界的關係如何？這些問題把我們帶至別樣的話語，諸如泛神主義與民族主義，這些問題將不在本文中論述。

三、口腔膨脹：未來的敞開與自我的裂爆

我已經在上文中討論了通過身體進行自我創造與自我削除的雙重行為這層結構，而自我的身體之特徵便在於抒情主體從外到內與由內向外時間

運動。下面我將分析另一層結構：從上到下的垂直運動以及向後的過去與向前的未來的水準運動。就拓撲學角度來看，垂直-水準軸的交叉結構映射出身體本身的直立結構。

首先，就從上到下的垂直運動來看，在詩的開篇，作為天狗的「我」將「日、月、星球、全宇宙」吞進自己的體內，使「我」產生了自我意識，並承受了自我形塑的一系列行為。然而，我們很快便會注意到一個事實，按照一般生物正常的進食順序，吞噬／吞食行為必須先從嘴開始。是故，「我」若要把龐大的「日、月、星球、全宇宙」吞了，那麼「我」必須先得張開大嘴，擴張上下兩顎，打開雙齧，伸露舌頭，甚至變形「我」的面部肌肉，以便為這些龐大的「日、月、星球、全宇宙」的進入騰出一個「通道」，一個巨大的口腔空間。作為「天狗」的「我」雖具有極強的吞食欲望（可能饑腸轆轆），但也不能立馬「狼吞虎嚥」。「我」必須先用嘴巴「吃掉」日、月、星球、宇宙，再用牙齒「齧咬／嚼爛」它們，然後用舌頭「送食」，最後才能把它們「吞、啖」入身體的下部（lower stratum），在腸肚之中「消化」。通過對「日、月、星球、全宇宙」的漸進性「吃、嚼、咬、啖、吞、化」這一細膩的吞食行為，「我」在充滿整個口腔的複雜感覺中獲得了最微妙的時間體驗：時間的肉身化以及味覺的分解使得「我」意識到了自我，喚醒了自我意識的感覺——「我便是我了」。換言之，「我」擴張為全宇宙的中心主體在於「我」逐漸吃掉了比「我」大得多的外在之物。此處，口腔在啟發「我」與天狗的自我意識的認同中扮演了一個決定性的角色。正如讓・呂克・南茜（Jean-Luc Nancy）指出：「嘴是自我的敞開，自我是嘴的敞開。通過之處正是傾吐之物」（[*ce qui s'y passe, c'est qu'il s'y espace*]。[12]被「傾吐」之物隨之成了「我」之奇點的誕生，以及受形塑欲望驅使的自我擴張。

其實，除了口的吞食行為之外，郭沫若還把眼睛、視像與視覺的功能在《女神》中加以表現。在他的各種太陽詩篇，例如《鳳凰涅槃》、《太陽禮贊》、《天狗》、《浴海》、《金字塔》等作品中，他展現出對「太陽、陽光、光亮／光明」的強烈讚美，換言之，太陽變成最為顯著的意象——太陽崇拜的神話。對郭沫若而言，太陽光亮的啟蒙力量對於自我的感知來說非常重要，即是說，視覺（*voir*）即知覺（*savoir*），眼睛即啟蒙現代性的典型邏輯之「我」。對梅洛・龐蒂來說，看見或感知由一個視覺

---

[12] 讓・南茜（Jean-Luc Nancy）：*Ego Sum*（Paris：Flammarion, 1979），第 161-162 頁。

空間的知覺主體構成的世界成為了一切表達的來源；同樣，對尼采來說，看見什麼便意味著眼中圖像（*the ocular image*）尚未被視覺化，或意味著對「獨創性」焦慮的救贖。但就郭沫若《女神》中自我的創生之重要性來看，口／嘴、聲音、咀嚼、品嘗、吞食的功能顯著地高於眼睛、看見、與視像／視覺。[13]就此而言，如嘴高於眼，南茜的論述頗具指導性，他指出：「看見一具身體恰恰是用一種視覺來把握：視像（sight）本身被此處的身體所脹大、隔空……神祕的『凝視』（epopteia），一方面，只知一個面容和一種視覺……它本然地並決然地是一種死亡的視覺……美杜莎……但裂隙、孔穴和區域並不呈現所見之物，無所揭示：視覺並不滲透，而是沿著間隙滑行，緊隨邊界。它是一種並不吸收的觸摸，沿著突處與凹陷移動，對身體進行著內外的刻寫」。[14]

因此，口腔敞開（espacing）的行為致此二端：一方面，通過將比「我」高大的「日、月、星球、全宇宙」吞進主體的內在身體，「我」獲取了宇宙的維度；「我」便是宇宙的血液和肉體，「我」的身體獲得了與宇宙一樣的基本力量（光、熱、能量、氣、水、火、土））——宇宙化的身體，「身體成為宇宙最後且最好的語詞，主導力量」。[15]另一方面，通過對全宇宙的吞食行為，宇宙從而也獲得了「我」的身體屬性，具有了「孕育、誕生、死亡和再生」的人類存在形式——肉身化的宇宙。在前者，「我」便是宇宙，「我」將擁有創造一個新自我的無限「能量、光和熱」；在後者，宇宙便是「我」，「我」將擁有自我更新與自我超越的力量。

就此看來，當「我」把「日、月、星球、全宇宙」吞食進「我」的身體之內，並經過「胃」的「消化，磨碎」後，我們才能理解這兩個過程。「我」才獲得了自食其身的能量，「我」才能「剝」、「食」、「吸」和「齧」自己的「皮」、「肉」、「血」和「心肝」，在對「我」的「神經」、「骨髓」和「腦筋」進行層層穿透和全面清理之後完成創造「我便是我呀！」的使命。換言之，正是「日、月、星球、全宇宙」從身體的上部（口、嘴、齒、舌頭、喉）被吞噬進「我」身體的下部（腸、胃、心肝、子宮），並在其中接受受孕與胎化-成型（剝皮、食肉、吸血、齧心

---

13 參看尼采：《快樂的科學》，1969 年，261 節。關於看見或觀看自我之形成的重要文獻，參看約翰．V．坎菲爾德（John V. Canfield）：《鏡中自我：自我意識的考察》，The Looking — Glass Self: An Examination of Self — Awareness (New York: Greenwood, 1990)，第 19-56 頁。

14 讓．南茜（Jean — Luc Nancy）：*Corpus* (Paris: Metailie, 1992)，第 42 頁。

15 米哈．伊爾巴赫金（Mikhail Bakhtin）：*Rabelais and His World* (Cambridge: MIT Press, 1968)，第 341 頁。

象徵了形塑、萌發與生長中的受孕與能量消耗），最後達到「我的我要爆了！」這一完全復活、再生、新生，更新的大誕生、大出世事件。

因此，在這雙重的身體所生成的雙重世界中，一邊的死亡便是另一邊的誕生；舊世界的毀滅也就預示了新世界的降生；自我的創造便是自我的削除。這種生生不息的死亡／再生的辯證時間幾乎成為貫穿郭沫若《女神》全詩的主導性主題，它表達了現代中國的文化敘述中新的歷史時間意識：世紀轉折之際社會-文化的災變與啟示。

在向後之過去到向前之未來的水準運動中，整首詩響徹著一種全新的現代性時間意識。為了從文本上闡明此點，我們或可認為，當「我」把「日、月、星球、全宇宙」吞入「我」的體內從而使「我」具有了宇宙的形態，並使宇宙具有了「我」的形態之後，斂聚於「我」身體中的「光、熱與能量」使「我」能夠「去舊換新」，使「我」能超越一個秩序遂進入另一個新秩序。這種躍進／生長的行為便把「我」處於的歷史時間不斷推向前進，推向未來的新時代，「一個個恐後爭先，爭先恐後／不斷地努力，飛揚，向上」（《心燈》，56-57頁）。新文化運動的主將之一李大釗表述了這一進步演化至完美未來的樂觀的至高圖景：「無限的『過去』都以『現在』為歸宿，無限的『未來』都以『現在』為淵源」。[16]所以，「我」把「日、月、星球、全宇宙」的「光、熱與能量」吸納入「我」的體內之後，「我」身體的強勁、激昂、力量便表現為「高聲音，快速度，強熱能」的「狂叫，飛奔，燃燒」，促使「我」沿著一條水準時間線不斷地「飛跑又飛跑」，直到剛顯現為「我」的自我—主體（釋為對現時間的自我定位），便以加速向前推進後的爆炸而告終。

從這飛速的時間運動中可以看出，作為行為主體的「我」因身體內的「光、熱與能量」的不斷激增，以至於根本就不能有一刻的停歇。由體內向體外能量的快速釋放使「我」的「雙腳」注滿了向前推進（「如電氣一樣飛跑」）的動力；使「我」的「嘴」因快速地奔跑而處於緊張的呼吸運動中，從而生出極端狂喜的自由（「如大海一樣狂叫」）；使「我」全身體的細胞因「雙腳的飛奔，狂叫的嘴」而沸騰、膨脹到了極點（「如烈火一樣燃燒」）。終於，這一連串的身體運動（雙腳，口／嘴，細胞）促使了「我」體內的「光、熱與能量」的最後大釋放：爆炸—毀滅／創生—開始；舊曆史之粉碎／新未來之誕生；單一自我與中心主體之否定／無我和

[16] 李大釗：《今》，載於《新青年》，4卷4號，1918年4月15日。

宇宙大我的再生。正如拉康所說：「在我的歷史中所實現的定非過去的所是，因為過去已逝，甚或我之所是乃已然完成的現在完成時，而是我之未來的可能形構即為我現時將生成的東西」。[17]

簡言之，通過分析《天狗》的敘述時間：從上體到下體的縱軸（自我的誕生過程）和從後向前的橫軸（自我與非我的生長形態），我試圖釐清「自我」如何在身體中，並通過身體形塑、構成及誕生的辯證過程，並且證明了郭沫若對身體這一獨特功能（哺育、誕生、生長、死亡／再生）的有力調動與準確把握。如上所述，本詩的雙重結構顯示出郭沫若對身體重要性的意識，這一意識抓住了世紀之交大變革的精神動態，以及將西方現代性移植於中國的夢想，中國新型知識份子對此表現出矛盾的心理（夢、欲望與焦慮）。最後，我們將以一幅圖表示縱橫兩軸交叉的結構形式：

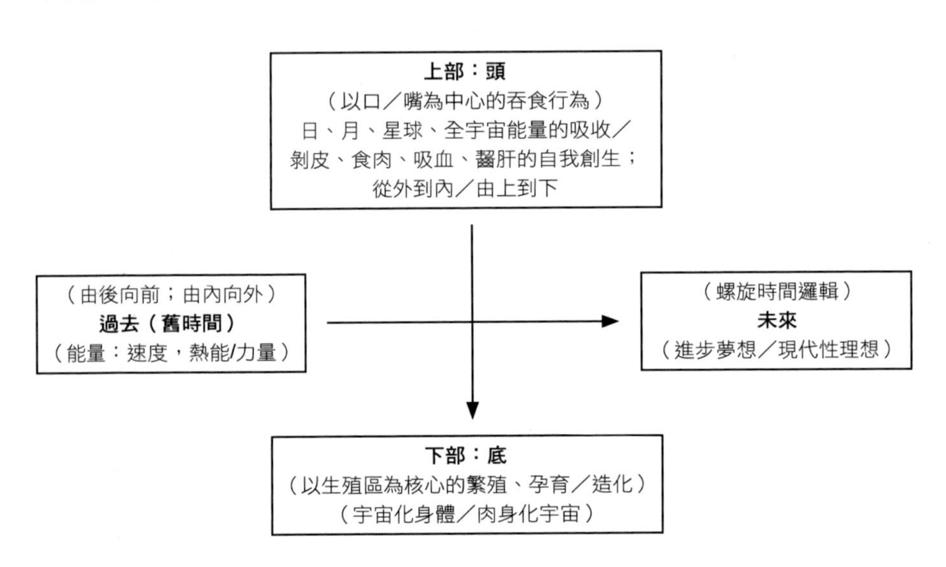

四、祛魅與重構：現代性的自我幻象

將上面的簡圖延伸至更深層的結構，即中國的社會-文化語境，如此便精確地揭示了以口／嘴為中心的吞食／吞噬的行為實際上是一種「祛魅」行為，褻瀆與俗化發生於中國從農業經濟向現代工業經濟的轉變，由一個王朝帝國向一個共和國的轉變，以及從一個靜止、封建的文化系統向一個

[17] 雅克・拉康（Jacques Lacan）：*Speech and Language in Psychoanalysis* (Baltimore: Johns Hopkins University Press, 1968)，第 63 頁。

科學民主與個體自我盛行的現代系統轉變的過程之中。[18]這一行為作用於兩個層面：一方面，「我」把所吞食之物從象徵著至高能力的上部（一切神性與神聖，至高無上，經典的宏大敘事，正統秩序）送入下部（感覺器官與生殖器官，被「上部」當作醜陋、低級、次等、非理性、骯髒、粗野、下流、寄生的、黑暗、混亂而被完全地壓抑、拒絕、控制和詛咒）。在下部沸騰的血液、汗淋、饑腸絞痛、抽搐、痙攣的疼痛及顫慄的胃中，神聖性、正統性、崇高性以此種方式遭到了褻瀆與揭秘，從而經歷了為著他們的繁殖而創造的一種新秩序的否決、消化與祛魅。從這個角度來看，從上部到下部的吞食行為恰好地反映了中國社會-文化語境中現代性構成的種種特徵：傳統的去合法性（反傳統的興起），權威性的消散（王朝政體土崩瓦解），傳統宏大敘事的中斷（白話文與多種文類之現代文學的興起）。

另一方面，從外到內的吞食行為實際上被視為一種對舊有價值規範的顛覆與替換，與對新價值的重建。「我」把外在於「我」的「光亮、可見與確定的世界」統統吞進「我」的身體內部。這個世界被傳統、倫理、道德價值以及秩序合法化了，身體通常遭到這些主導性力量的壓抑、折磨、規訓與虐待。非人的奴性、非人、非自我、非個性，以及麻木不仁的國民性被消化進入身體，並把它們拋入身體代謝的幽暗深處，懸置在敞開於生死之際的神祕的空隙時刻：黑暗、死亡、神祕、生命、本能、欲望、性欲、衝動、意志、感性、瘋狂、愛。這一運動使穩固的等級秩序和封建價值符碼遭到中斷與顛轉，這是為了開闢一個以生命價值（生命意志、本能、欲望、感性、衝動）為中心的內在性獨特世界，最終重建一個以人的本性、個性、自我、主體性為存在基礎的新文化範式和生命表現的美學模式。

為了闡明此點，我們可以引用《女神》中包含了這些顛覆性理念的三首詩。在詩劇《湘累》中，郭沫若借被放逐的屈原之口尋找「寬仁」之夜的最快路徑：

> 太陽往哪兒去了？我好容易才盼到，我才望見他出山，
> 我便盼不得他早早落土，盼不得我慈悲的黑夜早來把

---

[18] 馬克斯・韋伯將興起于西方的現代性視為一種「祛魅」的過程，一種「神性被驅逐的過程，亦即，使之變得日常和平凡。通過工具「合理化」，使世界的內在意義與價值空乏。」馬克斯・韋伯：《學術作為一種志業》，載於馬克斯・韋伯：《社會學論文》(New York：Free Press, 1974)，第 151-160 頁。更詳盡的資訊，請參看斯科特・拉什 & 山姆・維姆斯特（Scott Lash & Sam Whimster）編：《馬克斯・韋伯：合理性與現代性》，*Max Weber, Rationality and Moderni*ty (London: Allen & Unwin, 1987)。

> 這濁世遮開，把這外來的光明和外來的口舌通通掩去。
> 哦，來了，來了，慈悲的黑夜漸漸走來了。我看見她，
> 她的頭髮就好像一天的烏雲，她有時還帶著一頭的珠玉，
> 那卻有些多事了；她的衣裳是黑絹做成的，和我的一樣；
> 她帶著一身不知名的無形的香花，把我的魂魄都香透了。
> 她一來便緊緊地擁抱著我，我便到了一個絕妙的境地，
> 哦，好寥廓的境地呀！（19頁）

在《夜》一詩中，郭沫若以反常態的形式讚美黑暗的夜，稱此為真正的「德謨克拉西」（「解放、自由、平等、安息」）；而與此同時他憎恨那些製造「差別」的「外來的光明」。他唱道：「黑暗的夜！夜！我真正愛你／我再也不想離開你。」在《死》一詩中，他又以更極端的方式把「死」譬喻為「年輕的處子」，稱「死」為「我心愛的死！」並時刻夢想見到「她」（死）。這種對「從外到內」的傳統敘述模式的大膽顛覆與替代，以及新的表現典範的建立，全然體現了「五四」時代自我意識的覺醒，生命價值的新發現，知識份子人格的重新塑造，同時還展現了二十世紀初現代性進程中自我覺醒的思維新路徑。

由外向內的「內轉」便是對人之存在的本體論的肯定，強調凡是內在的東西都是健康、自然、富有生命力和創造力的；反之則被設定為不健康、病態、枯萎與腐朽。正如周蕾所述，中國現代性進程中的「內轉敘述」被用於構建一個新自我的革命性努力中，「一種（反偶像的）『看見』『人性』的渾濁的嘗試……『人類思維』的一套新機制在嚴密的定向中趨進新中國」。然而，周蕾也認為向內退撤，或作為一種不可穿透其內護的無上自我必定「切碎統一民族意識的龐大地位」。其中細節的敘述令「作為民族主體的身分」失去存在的可能性。因此，她最後的結論是：「敘述不再是構建民族的手段，而細節生成的過程正不斷地拆毀此類愛國大業」。[19] 鑑於中國幾千年的封建禮教、宗法制度以及偽道德對個體生命的無情扼殺、摧殘、壓制，對身體及其內在性價值的完全摒棄，否定和禁錮。這種「從外到內」的轉移，重新對身體的合法性，以及內在要素的絕對肯定可以說象徵了一個新的文化典範的誕生，並具有劃時代的影響和意義。

---

[19] 參見周蕾（Rey Chow）：《婦女與中國現代性：東西之間的政治性閱讀》Woman and Chinese Modernity: the Politics of Reading between West and East (Cambridge: Harvard UP, 1991)，第96頁。

在更大層面上講，在外辱內亂的危機情景中，作為個性主體的「我」退回到「我」本身內在的生命之中，並發現了內在的身體本性：本能、衝動、潛意識、生育功能、感性、愛欲所具存的合法性，創造性和根源性力量，而不再是那種被傳統宏大敘事所定義的無用性、低級性和醜陋性。如此一來，通過突出作為生命存在基質的自我，「我」便能完全依賴初始的本性和內在身體的力量，以及堅持以真實為本的身體內在的生命活力，向封建舊系統的一切形態發起攻擊。

五、郭沫若的身體詩學與新民族身分

這些均源自於郭沫若找尋的「身體詩學」的新概念。在1921年，一篇題為（《西廂記：藝術上的批判與其作者的性格》）的論文中，[20]郭沫若便對文學和生命（「性欲、潛意識、力比多、人性、夢」）進行了重新闡釋、顛轉和定位。他一開頭便把文學重新定義為「文學是反抗精神的象徵，是生命窮蹙時交出來的一種革命」。這正是封建禮教對人性、尤其是男女性欲的迫害、壓制，他從生理學、心理學上把人的性欲、無意識、潛意識、力比多闡釋為人的生理的自然發展和合理的心理要求，並對數千年以來禮教對人性，尤其是身體（如「纏足」的「戀足癖」）的摧殘進行了強烈的抨擊、批判，稱「以禮教自豪的堂堂中華，實不過是變態性欲者一個龐大的病院！」但同時，他又指出「如今性的教育漸漸啟蒙，青年男女之個性覺悟已如火山噴裂」，讚頌人的脈管裡流動著的「青春的血液」。

更有甚者，郭沫若在文章結束時完全顛轉了傳統文學對創作源泉和審美標準的定義，稱創作者在經過「個體的性欲」和「力比多」的「精神創傷」之後，「惟其有此精神上的種種苦悶才生出向上的衝動，以此衝動以表現文藝，而文藝之尊嚴性才得確立，才能不為豪貴家兒的玩弄品」。對個體內在質素的放大，對生命原動力的高揚，以及對身體內在性的創造性力量的稱頌，可以被理解為五四新文化運動中「人的文學」得以建立的根本動力和基礎。此一決然的呼喊直接喚醒了那些仍沉睡在「鐵屋子」中的國民精神與靈魂，激發健康的、強力的國民性「啟蒙思想」來重鑄中國新人強健的人格結構。

從上部到下部，由外向內的運動就是一種邁入黑暗、混沌及死亡的時

[20] 郭沫若：《西廂記：藝術上的批判與其作者的性格》，見《郭沫若全集》（卷十五）（北京：人民文學出版社，1990年），第321-327頁。

間之運動，其真正的目的便是為了從死亡中再生、復活、新生，從死亡中重建光明，正如詩歌《Venus》所示：

> 我把你這對乳頭，
> 比成著兩座墳墓。
> 我們倆睡在墓中，
> 血液兒化成甘露！

1919年間作

所以，在橫水準軸方向，從內向外的運動便精確地表現為一種由後向前的時間運動。如果僅從時間運動來看，這種從上到下與由內向外的運動實際上是一種時間向後倒退的時間運動：從上部到下部呈現為一種下降與沉淪；由外向內則呈現為一種逆時方向的後撤與退化。

但從水準軸運動方向上看，這種時間的沉淪、下降實為向上，突破與進步。這在最後一行「我的我要爆了！」中的動詞「爆」最為明顯，這是因為一系列的驟變具有獨特的語義功能。爆炸就是「光、熱和能量」由內向外的釋放，就是某種內在的動力突破自我的內環、內層、內殼向外部空間的躍出、噴放。因此，由內向外的「爆炸」所釋放的「熱量」無疑顯現為「我」從後向前的高速飛躍。將此置入一個邏輯順序中，便可見到進步的程式：「我」否決過去時間，透過現在時間，意在進入一種未來時間，即進步、希望與現代性的新秩序。與此同時，一系列的新意象將會沿著這一連續朝向未來發展的歷史道路不斷湧現：新太陽、黎明、朝陽、新宇宙、新大陸、新春、新時代、新世界、新中國……。為了展現時間的意識：「時間的行動、創造、發現與變革……從黑暗中脫身而出的時代，一個覺醒與『復興』、預示著光明未來的時代」。卡林內斯庫（Calinescu）認為現代性常常以「光明與黑暗、白天與夜晚、清醒與睡眠」的隱喻形式，以及「上升、黎明、春天、青春、萌芽」的意象來表達自己。[21]在李大釗那裡，我們同樣可以讀到他對中國自新的信念：「我們現在必須向世界證明的並非舊中國未死，而是一個青春的新中國正在誕生之中」。[22]就

---

[21] 馬特・卡林內斯庫（Matei Calinescu）：*Five Faces of Modernity* (Durham: Duke UP, 1987)，第156頁。

[22] 李大釗：《今》，載于《新青年》，4卷4號（1918年4月15日）。

此緊要點來看，在郭沫若的《女神》中，時間的概念完美地表徵了始於啟蒙運動之後西方文明宏大的現代性：對於人性大解放與社會進步的樂觀信念，一個許諾「啟蒙理想的社會：自由、公正、理性、幸福、社會和諧以及文化追求、美」，這些全都仰賴科技的發展。[23]現代進步理想的天真與樂觀已然遭受嚴厲地質疑，對現代性傳統的重估與批判運動根植於啟蒙觀念，自西方19世紀中葉始，可以列出一長串批評家、哲學家與思想家的名字，例如，馬克斯・韋伯對「工具理性」的全面宰製，以及「官僚系統」的擴張予以批判；卡爾・馬克思將西方現代性描繪成人的全面「異化」；塗爾幹把西方的個體存在特徵描述為「失範」（「anomie」）；佛洛德將現代人診斷為「壓抑變態」（「perverse repression」）的精神病人；尼采把西方的發展視為「混亂／頹廢」；海德格爾發現西方人甚至不「在世，而在此在」（「being-in-the-world, in Dasein」）；波德賴爾將現代性的進步時間重新定義為：「短暫、易逝、偶然」；福柯的知識考古學詛咒通過技術的力量和西方現代性的知識，從而殘酷地「對人類身體的逐漸規訓與折磨」。然而，對進步理念的誠摯信仰事實上引出了二十世紀伊始中國的一系列社會——文化的變遷、轉型與革命。

就我們對《天狗》一詩的細讀考察來看，可見一個現代新自我的誕生多歸功於郭沫若對於身體在創造行為中之重要性的意識。通過對這一重要文本的細讀，我們可以窺察在進步自我中湧現出了一條歷時軌跡，即身體的擴張生成使得面向現代性的進步自我之誕生成為可能。

本文原載《江漢學術》2016年第1期

[23] 對於啟蒙觀念更為詳盡的闡述，請參看尤根・哈貝馬斯以下兩部著作：《現代性的哲學話語》The Philosophical Discourse of Modernity (Cambridge, Mass.: MIT Press, 1987)。《道德意識與交往行為》Moral Consciousness and Communicative Action (Cambridge, Mass.: MIT Press, 1989)。

第五章　奇幻之旅：畢肖普旅行地理學中的海洋景觀[1]

我喜歡那地方；我喜歡那地方的觀念。
——《聖塔倫》

我們的知識是歷史的，流動的而且是漲滿的。
——《在魚屋》

美國傑出女詩人伊莉莎白・畢肖普（Elizabeth Bishop 1911-1979）酷愛旅行。她的一生中，經常是橫渡大西洋的旅客，足跡遍佈巴黎、西班牙、義大利、北非、倫敦、愛爾蘭、墨西哥和巴西等世界各地。故而，她的大部分詩歌都源自於旅行經驗。正如卡爾斯通（Kalstone）提到的，「從一開始，放逐與旅行就是她詩歌的核心」。[2]旅行不但是畢肖普創作靈感的源泉，也是她一直探尋的詩性主題；在開啟她詩歌寫作方式的同時，還界定了她的詩歌意識和獨特的詩歌風格。畢肖普卓越的旅行寫作實踐，正好印證了蜜雪兒・德・塞圖（Michel de Certeau）的論述：「一切寫作都是旅行寫作，或者說文學就是旅程」。[3]

旅行總是發生在空間中，需要通過空間的轉換，離開熟悉的場景，而抵達一個全新的陌生地。鑑於此，描述旅行寫作總會涉及空間、場所、風景和地理。同時，與旅行寫作最緊密相關的，還有渴望導向期許、希望和愉悅的獨特路線或軌跡。因此，旅行寫作常表達未完成的預期性邏輯，在幻覺、錯覺或者虛幻的力比多影響下形成的烏托邦或者異域世界。從另一個視角而言，旅行也常開始於某種病症、創傷、傷口或者災難，因此，踏上旅途就意味著尋找療救、救贖、奇跡和金丹妙藥。畢肖普的詩歌

1　本文寫于 1997 年 UC Davis 英文系教授 Alan Williamson 開設的「當代美國詩歌」研討班。英文原文為："Fantasmatic Voyage：Elizabeth Bishop's Hodoeporics of Seascape," 承蒙翟月琴博士譯成中文。翟月琴博士也對文中的一些論點加以了補充和擴展，特致謝忱。

2　David Kalstone, *Five Temperaments: Elizabeth Bishop Robert Lowell James Merrill Adrienne Rich John Ashbery* (New York: Oxford University Press, 1977), p. 26.

3　Michel de Certeau, *L' Invention du quotidian* (Paris：Flammons, 1980), p. 206.

正契合了這些顯著的質素，她對空間和地理所表現出的濃厚興趣，遠遠超過時間和歷史。「她選擇了一種旅行的生活和藝術」，正如羅泰拉（Guy Rotella）所指出的，「一首詩探尋空間而不是時間，探尋地理而不是人，探尋順序而不是原因和結果，探尋表層而不是意義」。[4]事實上，她的詩開始於一種病症、傷痛和個人化生活的喪失（她在童年時就飽受失去雙親之苦），於是她總是深切地渴望在赤道和兩極處尋找異國的天堂——海洋景觀。

畢肖普的一生都難以與海洋割捨，她出生和成長在海邊（新斯科舍的鄉村），她沿海旅行（大西洋和南大洋），她生活在海邊（居住在里約熱內盧、佛羅里達和波士頓），她創作了與海洋相關的一切要素（包括潮水、島嶼、海浪、岸、沙、船、捕魚、海洋植物、魚類、大洋火山、冰山等）以及它們與陸地的關係。海洋景觀成為激發她詩歌創造力的獨特性世界，在這裡，能夠彰顯（自白和開掘）她生活世界中的創傷，而且，在美學追求上，她的詩歌也逐漸變得明晰。畢肖普詩歌中出現的海洋景觀，作為詩歌的軸心地帶，形成了詩人對自我的身分界定。因此，如果所有的寫作都是旅行寫作，那麼在畢肖普提供的範例中，我們可以說，所有的寫作都始於海洋之旅。事實上，畢肖普的詩歌繼承和延續了西方海洋文學的三個宏大傳統：《奧德賽》中建立的荷馬史詩傳統，隱喻了人類與自然的爭鬥與衝突；哥倫布-達爾文樹立的地球大發現的科學傳統；在都市現代性時代，人類無根和失去家園生存處境中的浪漫主義—現代主義抒情傳統（包括柯勒律治、霍普金斯、波德賴爾、蘭波、高更、瓦雷里、里爾克在內的創作）。

下面我將討論海洋景觀所揭示、構建的四種自我類型，換句話說，就是詩人對海洋景觀的象徵性所產生的共鳴，通過敏銳的觀察力，以奇幻的視角（fantasmatic perspective）從不同的方式實現自我定位。這四種與海洋景觀相關的自我類型分別是：（1）記憶中的自我，以紀念創傷的過去；（2）無根的自我，以構築夢想的家園；（3）沉思的自我，以追求本質與表現的關係；（4）欣悅的女性自我，以顛覆男性統治下建構的範式。由海洋景觀衍生出對自我的區分，儘管其間缺乏必然的因果關係，但無疑它們又在主題的連貫性和詩性的相關性達到了高度的統一。

4　Guy Rotella, *Reading & Writing Nature: The Poetry of Robert Frost, Wallace Stevens, Marianne Moore, and Elizabeth Bishop* (Boston: Northeastern University Press, 1991), p. 206.

一、遺失的時光：記憶、哀痛與懷舊

出生於1911年2月8日的畢肖普，3歲至6歲時，在加拿大的一個漁村新斯科舍（Great Village, Nova Scotia）與祖父母一起生活，她的大部分詩歌都涉及到這段不愉快的童年經歷。可以說，她記憶底部的音調是悲傷的。在某種程度上，畢肖普的詩歌創作也開始於對失去的世界的深切哀痛。從她的傳記中能夠得知，未滿周歲時父親去世，5歲母親因精神失常而被送往精神病院，從小便深受失去雙親之痛。同時，年少的畢肖普還飽受疾病之苦（支氣管炎、急性哮喘、濕疹和在新斯科舍生活時差點奪去她生命的聖維斯特舞蹈病）。[5]她病態、孤獨而又寂寞，終日臥在床上閱讀旅行書籍，比如她父親的《世界奇觀》、盧卡斯・布里奇斯（E. Lucas Bridges，1874-1949）的《地球的盡頭》、丹尼爾・笛福（Daniel Defoe，1960-1731）的《魯濱遜漂流記》、喬納森・斯威夫特（Jonathan Swift，1667-1745）的《格列佛遊記》和查理斯・達爾文（Charles Darwin，1809-1882）的《小獵犬號航海日記》。對旅行書籍飽含的熱情，滋生出她去異國遠行的夢想，而不久這夢想就變成了現實。她通過寫作，揭開童年的傷疤，並克服傷痛，聊以慰籍因為失去而帶來的痛苦。

回憶起童年的往事和逝去的時光，海洋像是嵌入到了她個人經歷的海床中，朦朧地難以捕捉。然而，正如《在魚屋》中所讀到的，她又渴望著返回：

> 在水邊，在他們
> 把船拉上來的地方，在那條
> 伸入水裡的長長坡道上，銀色的
> 細瘦樹幹橫放在
> 灰色石頭上，每隔四五英尺
> 就下一個坡度。[6]

「下」的視覺體驗暗示回到深度的垂直過程，在積澱的個人經歷和人類認識中，能夠尋找到人類意識殘存的軌跡。因此，詩人說道，「我反復

[5] Anne Stevenson, *Elizabeth Bishop* (New York: Twayne Publishers, 1966).

[6] Elizabeth Bishop, *The Complete Poems: 1927-1979* (New York: The Noonday Press, 1979), p. 65.

地看到，相似的海，那樣相似」。在記憶這片無意識的疆域中，對自我的探尋是一種永恆的回歸。然而，每一次對過去經驗的回歸又總是推遲和延緩的，因為最初的印象已經被替代、移位或者改變，而以陌生化的方式作為另一個對象出現。在這首詩歌中，「海豹」的象徵性形象顯得難以把握，它陌生化或者改變了人類自我的歷史，「他佇立在水中鎮靜地望著我，搖一搖他的頭。／然後他就消失了，然後又突然出現／在幾乎同一個地方，聳了聳肩／好像這與他更好的判斷不符」。回到人類歷史（個人化或者集體性），黑暗的海床中總蘊藏著痛苦的經驗，因為在古希臘的詞源學中，詞條「懷舊」（nostalgia）暗示了「回歸」和「痛苦」雙重意蘊，而英法詞典中，動詞「勞作」（travailler）意味著旅行和折磨。[7]這種「旅行和勞作」、「回歸和痛苦」的雙重結合，清晰地標識出畢肖普的詩歌對於理解歷史和人類知識提供的重要視野：

> 如果你把手插進去，
> 你的手腕立即就會發痛，
> 你的骨頭會開始發痛,
> 你的手會灼燒
> 彷彿水是火的化身，
> 吃的是石頭，燃起暗灰色的火焰。
> 如果你品嘗，它先是較苦，
> 然後發鹹，接下來肯定灼燒你的舌頭。
> 它就像我們想像的知識：
> 黑暗、鹹澀、清晰、活動、完全自由，
> 從世界那冰硬的口中
> 拖出來，永遠源自岩石般的
> 乳房，流動和吸收，因為
> 我們的知識是歷史的，流動的而且是漲滿的。[8]

事實上，懷舊帶來的這種灼燒的肉身體驗（「你把手插進去」）是任何人類知識和歷史都必須經歷的冒險，因為這是主體「我」發明、發現和

---

[7] Luigi Monga(ed.) , *Hodoeporics: On Travel Literature*. Vol. 14 (Chapel Hill: The University of North Carolina, 1996), p. 11.

[8] Elizabeth Bishop,《在魚屋》, p. 65.

形成知識的自覺。與此同時，任何知識都是從非知識中形成、「流動」和裂變而出的；一旦變成認知性知識，在我們所知道的歷史或者歷史知識的意識中，就會以情感的印痕而出現，從而烙上「拔出和流動」的印跡。但只要返歸併挑戰歷史海床中的遭遇，就能夠有機會把握歷史知識的真理，從晦暗中點亮一片透明的啟示。在點亮的過程中，畢肖普在直面她個人化的缺失的同時，則更指了人類普遍性的失落經驗，試圖通過記憶中的自我重建普遍的人類歷史知識。

可以說，哀痛是一種重建失落的過程：在《大幅拙劣的畫》中，「偶爾嘆息」的悲傷失去了「包容安慰」，而在《在候診室》中，一次7歲時的體驗，讓她在痛苦的記憶中，喚起了與姑姑之間難以分辯的錯位與重疊關係。這印證出一種召喚的力量，即從哀痛和懷舊的旅途潛入深邃的歷史知識，而上述的分析則始於全新的自我認識，正如她在《紀念碑》中提到的：

> 這是一幅畫的開端
> 是一件雕塑、一首詩、一座紀念碑
> 及所有木頭的開端。仔細端詳它吧。[9]

二、無根的境遇與尋找家園

畢肖普深愛旅行，是為了尋找可以停靠和庇護自己的家園。失去雙親後，她過著不穩定的生活，常常客居於別人家中——在她祖父母和姑姑的房子裡、在寄宿學校、在基韋斯特，在里約熱內盧和波士頓。這種無根的感覺使她萌生出對旅行、空間、場所和地理的興趣，從中也潤育了她詩歌的創造性。她的第一卷詩集《北與南》表達了她不可抵抗地想要尋找一個理想世界的願望。在《旅行的問題》中，她提出一個疑問，「想想歸家的長路。／我們該呆在家裡還是想著這兒？／今天我們該在哪裡？」在詩歌的結尾處，她回答了這一疑問，「選擇從不寬廣也不自由。／而這裡，或那裡……不。我們該呆在家裡，／那會是在哪兒？」[10]關於此，阿蘭・威廉姆森（Alan Williamson）恰當地指出了，畢肖普詩歌表達了「她對家園的渴望和不信任」。[11]

---

9 Elizabeth Bishop,《紀念碑》, p. 25.

10 Elizabeth Bishop, p. 93.

11 Alan Williamson in Guy Rotella, p. 198.

在她早期的詩歌中，畢肖普就表露出對「家園」的不信任，並熱烈地將海洋景觀作為獨立的棲居之地。在《歡樂的海浪》中，詩人宣稱「海是歡樂的，海意味著房間。／它是舞池，是通風的舞廳」。在海浪裡她發現了富於光明和節奏感的視線，在這裡可以遠離人類的侵擾而快樂、天真地躺著：

在那裡，是珊瑚的暗礁架
水在上面流動、跳躍，拋出自己
輕輕地、輕輕地，在空中變得蒼白
它是自己歡樂的舞者[12]

為了達到和保持這種快樂和天真，詩人將自己命名為她捕捉到的「大魚」，「我窺視他的眼睛／它們遠比我的大／卻淺、又黃」，「我欽佩他那陰沉的臉，／他頜骨的結構」，「我看了又看／勝利充滿了／這租來的小船」，「那船舷──直到一切／都是彩虹、彩虹、彩虹！／我才把魚放走了」。[13]生活在「租來的小船」裡，感覺像是無家可歸，而變成魚就可以在大海中暢遊，如回到家一般，自由、舒適。藍色天空中的彩虹、浩瀚的海洋和與魚同游的詩人，構成了天堂般的家園──詩人一直夢想和羨慕的理想而自然的家園。

然而，當畢肖普的幻想行至遠處時，她開始提醒自己去懷疑這一自我建構的理想世界，比如詩歌《地圖》、《假想的冰山》、《布裡多尼海峽》、《旅行的問題》和《三月末》。在《地圖》中，畢肖普質疑所謂完滿的地形學是人為的，非自然的；在《假想的冰川》中，因為冰川無根地漂浮在海面上，畢肖普不再信任它那清澈而又獨立的美。詩人決意走出這種假想的完滿：「再見，我們說，再見，船隻駛離／波浪屈服於另一層波浪，／而雲朵跑入更溫暖的天空」。[14]在《旅行的問題》中，畢肖普拒絕封閉的家園，「從不曾在歌鳥的籠子」，甚至懷疑尋找永恆的家園的可能性，「是缺乏想像讓我們來到／想像的地方，而不只是呆在家裡？」[15]或許尋找「家園」也是為自我設置陷阱的行為，畢肖普試圖將她無家可歸的個人痛苦，與人類精神在本質上的無根和文化價值的危機聯繫了起來，構

[12] Elizabeth Bishop, p. 195-196.
[13] Elizabeth Bishop,《魚》, p. 42-44.
[14] Elizabeth Bishop, p. 4.
[15] Elizabeth Bishop, p. 94.

成了一種揮之不去的荒誕意識。

德語詞彙「荒誕／詭異」（unheimlich）指的是「怪誕的」和「無根的」，它的反義詞是家（Heim），如家一般的（Heimlich）和家園（Heimat）。根據佛洛伊德的定義，「荒誕」（uncanny）表達的是前歷史階段的烏托邦欲望，既熟悉又存有不安的陌生感——俄狄浦斯情結。佛洛依德寫道，「然而，荒誕之處，是所有早期人類家園的入口，是每個人從前的居所……同樣，在這一情況下，荒誕也曾是家的、如家一般的，並且是熟悉的。首碼「不」（un）是壓抑的表徵」。[16]荒誕和家園組成了矛盾性心理的兩個部分，進而挑戰人類尋求絕對封閉的「家園」的終極欲望。這種心理矛盾無處停靠——它「只是表達一種視覺感受，引領我朝向理想的未來或者牽引我回到熟悉的地方」。[17]在家與無家之間，這種遊移的欲望，只能追逐理想的未來，或者返歸田園牧歌式的過去，從中也流露出畢肖普的欲望和對家的不信任感。畢肖普的旅行實踐以及對永恆的理想世界的拒斥，恰證實了現代主義處境中失去家園的根本：「一盞用來看書的燈——完美！但是——不可能」《三月末》。

儘管在這個世界獲得完美的家園是不可能的，然而，幻境和希望總是滋生與留存於內部的海洋景觀中。正如詩人在《三月末》中所言：

一切都在盡可能地縮回
內部：遠處的潮汐，收縮的海洋，
三三兩兩的海鳥。[18]

家園隨時都面臨著被收回的可能，讓詩人有著強烈的不安全感。但顯然，這不但不妨礙幻境的存在，而且更在內部得到了守護。同樣她也在《布裡多尼海峽》中寫到：

凡是有意義的風景似乎總要荒蕪，
除非那條路延伸回來，在內陸，
我們看不見[19]

---

16 Sigmund Freud, *On Creativity and the Unconscious* (New York: Harper & Row, 1958), pp. 152-153.
17 Roland Barthes, *Camera Lucida* (New York: Farrar, Straus, and Giroux, 1981), p. 40.
18 Elizabeth Bishop, p. 179.
19 Elizabeth Bishop, p. 67.

通過一系列的語詞「縮回」、「內部」、「深入」、「庇護」，畢肖普開掘出理解無根與失去家園這種現代生活處境的本質。為了抑制住自我不斷地面臨失去，我們需要保留幻像或者夢想，以超越人類獨特的荒誕處境。換而言之，海洋景觀應該變成描述自我的內部景觀，這是一處停靠的港灣，它可以庇護、擁抱、包裹著願望和期許，但又向外部世界敞開並吸收著養料。

在這樣低潮處，水是多麼純淨
白色的，泥土的碎骨，延伸、並且閃耀
船是乾燥的，如橄欖樹的乾燥
吸收著，而不是被吸收
水在光焰中，卻不沾濕一切
燃起火苗的顏色，變得越來越低[20]

「吸收著，而不是被吸收」呈現了主動的敞開姿態，而「水在光焰中，卻不沾濕一切」則保留了港灣燃起而將近熄滅的幻美。通過海洋景觀，畢肖普堅信，人類儘管失去了家園，在歷史的災難與不幸中飽受著創傷和痛苦，但如果在我們內部心靈和精神上保留這瞬間的圖像，就仍然能夠倖存下去。

三、邊緣化詩人：流動性的冥想與辯證

畢肖普哀唱著失去家園的時代，創造出一種流動、遊蕩、觀看與變化的詩意。她的姿態是內省和自我批判式的。有時像一位預言者，佇立在大海與陸地的邊界上，觀看潮水的運動，並聲稱：「我們的知識是歷史的，流動的而且是漲滿的」（《在魚屋》）；有時她像一位流亡者，漂流在世界中絕望地嘆息，「那些書裡／我讀過的，盡是空白」（《克盧梭在英格蘭》）。她傳達的訊息總是根本性的、爭議性的、假定性的和反神學型的。正如羅泰拉觀察到，「畢肖普是一位假定性詩人，無論是開始或者結束，她都不追求絕對：她發現無源生的語詞，無神聖的頓悟或者啟示。畢肖普致力於邊陲或者邊界，構成了一個重要和至高的空間，集中呈現

[20] Elizabeth Bishop,《光焰》, p. 60.

了圖像與意義、描寫與推斷、共同的追求與放棄，宗教的文本與空虛的頁面」。[21]對於發生轉化與過渡的圖像，她持有高度的敏感，如詩作《2000多幅插圖和一種完美的和諧》所示：

> 那眼睛落下，稱分量，經過那些線
> 做成冰窖，那些分開移動的線
> 就像沙漠上的波紋，
> 撒開風暴，上帝正散發著指紋，
> 而且最終痛苦地，在藍白色的
> 水棱鏡中點火[22]

其中採用的視角是流動、彌散，漫遊於臨界區的，構成容納自我的核心，無一物是固體的，總是在溶解著。畢肖普對「線」以及「紋」的重複，表達出一種曲線的軌跡，像在「冰窖」、又像在「沙漠」，蔓延、曲折而不斷「移動」，在水與火的交融中，凸顯出詩人對流動性的追蹤與表達。

畢肖普的詩頌揚這種流動性。顯然，這種姿態與她對海洋以及海洋旅行的幻想有關。對她而言，海洋景觀既是象徵的，又是物質的。大海的流動和上漲的物質特性，為詩人思考大海與陸地的辯證關係提供了象徵性的力量。那麼，陸地（所指的文化、文明、藝術、心理、宗教、語言和理性）與海洋（表現自然、原始、野性的荒野和破壞的非理性）之間的關聯是什麼？堅硬、冷酷、男性化的陸地與柔和、綿軟、女性化的海洋之間的辯證關係又是什麼？畢肖普對邊緣地帶的思考，總是從一個極端遊移至另一個極端，試圖避免將自我陷入整體化的空間中，在《地圖》一詩中，她思考了陸地與海洋的表現特徵：

> 陸地躺在水中；被蔭成綠色。
> 陰影，它們真的是陰影嗎，它的邊緣
> 展示著海草叢生的大陸架的線條
> 那裡，海草從綠色向淡藍搖曳。

---

[21] Guy Rotella, p. 196.

[22] Elizabeth Bishop, p. 57.

或是陸地俯身從水底舉起海，
拉著它，平靜地圍住自己？
晴朗的多沙的褐色岩架旁
是從水底拽著海的陸地？[23]

審視是詩人注視地圖所採用的視角（如不斷重複「或是」所示），直接指向了陸地與海洋的非自然化與自然屬性。人類是否能夠利用陸地與海洋的表現符號而真正創造一個容納自我的生命世界？畢肖普對這一實踐產生疑惑：「給它抹上油彩。我們可以撫摸這些可愛的海灣，／它們在玻璃下面，就像我們期待的那樣盛開」。其中，對「就像」的重複，強調了這種嘗試的意圖，也強調了自由、自然的生命和危險的自我。因此，利用地圖和地形學將自然拼制或者定制出一個完滿的封閉性系統是不可能的，關於這一點，也正印證了詩歌《假想的冰山》中所暗示的批評觸角。

為了在總體上表現對抗世界的構想，畢肖普更喜歡潮水和海浪的節奏所蘊含的某種縫隙、邊緣、間隙和相對性，如卡爾斯通評論的，「畢肖普的大多數作品都恩惠於或者追隨著潮水」。[24]與陸地相遇後，潮水經受著自我破壞的過程，這就使得絕對整體與自律性變得不再可能；潮水衝擊之處，誕生了新的空間，在這裡能夠馬上或者同時顛覆過去，書寫新的意義。潮水和海浪的破壞性能力，是一種顛覆性的力量，侵蝕和粉碎了佔據統治地位的陸地，「那光滑如絲的海水織了又織，／從不同的方向消失在薄霧下」（《布裡多尼海峽》）。[25]在《磯鷸》中，畢肖普懷疑布萊克「一沙一世界」這樣與世隔絕的內封視角：

世界是一場霧。而且那世界是
一瞬間、巨大又清晰。那潮水
更高或更低。他說不清是哪種。
他的喙被聚了焦；他是全神貫注的，

尋找著什麼東西，什麼東西，什麼東西。
可憐的鳥，他多麼煩惱！那成千上萬的

[23] Bishop,《地圖》, p. 3. 胡桑中譯 (http://www.jintian.net/bb/redirect.php?tid=56475&goto=lastpost)。
[24] David Kalstone, p. 23.
[25] Elizabeth Bishop, p. 67.

> 穀粒是黑色的，白色的，棕褐色的，和灰色的，
> 混和著石英顆粒，玫瑰和紫水晶。[26]

一粒沙中尋找的瞬間，迷失在了多樣而混雜的世界中。結果，人類欲想在一次性想像的表徵中控制自然和現實的企圖則隨之分崩離析了。一切知識也都以這種方式不斷被銘記、被刻寫，而後又不斷生成。畢肖普極端化實踐著這種邊緣詩學觀，把歷史知識拋擲入潮水翻卷的流動性之中，蕩滌成迥然不同的碎片。在此基礎上，詩人否認任何先驗存在的封閉性知識，「我們的知識是歷史的，流動的而且是漲滿的」。

四、女性的險旅與凱旋的空間

對畢肖普而言，海洋旅行不僅是象徵性的行為，還是身體的實踐。儘管她旅行過許多國家，但仔細翻閱她的旅行日記，就能夠看出，凡是她偏愛旅行的地方都出現過傳奇式的男性探險家：西班牙，哥倫布發現新大陸離開的地方；義大利，馬可波羅第一次東方旅行的出發地；倫敦，達爾文革命性地發現物種起源的策源地；法蘭西，波德賴爾和蘭波在幻望熱帶海域中的奇異天堂；里約熱內盧，由哥倫布發現，之後詹姆斯·庫克（Captain James Cook）、亞歷山大·馮·洪堡（Alexander von Humboldt），查理斯·達爾文（Charles Darwin）又紛紛到訪過的地方。這種獨特的軌跡揭示了畢肖普祕密珍藏的野心：想要擔負早前由男性探險家在世界冒險中所承擔的風險。一方面，童年時，夢想環遊世界的無意識激發了這種野心；另一方面，這也是她有意識地向男性占主導的西方敘事性文學發出的挑戰。就這個角度而言，她的海洋旅行和海洋詩歌，對於理解旅行文學中的性別政治有著特殊的意義。

在性別研究中，旅行，尤其海洋旅行，常被認為屬於男性的活動。從一開始，作為一種生殖崇拜，旅行與克服險境、征服未知世界緊密相關（如在奧德修斯和尤裡西斯的英雄史詩中所示）。正如在《唐璜》和《浮士德》中讀到的，旅行為男性在異域尋覓肉身的快感提供了機會；又如哥倫布和達爾文提供的範例，旅行還代表了男性想要發現新世界的任務。與之相反的是，女性卻足不出戶，獨守家園，艾比爾（Georges Van den Abbeele）提出，這是「一組性別規範」，譬如「在丈夫奧德修斯漂泊期

[26] Elizabeth Bishop,《磯鷂》, p. 131.

間，佩涅洛佩留在家中守護財產，並抵禦那些想要篡位的貴族」。[27]在男性中心的價值系統中，離家遠遊的女人通常被視為精神異常、變態、歇斯底里的不祥之物，例如海倫被劫去特洛伊，美狄亞與伊阿宋私奔，阿裡阿德涅被忒修斯滯留在島上，最後都引來禍患。針對西方文化中的這些性別歧視，畢肖普的海洋旅行不僅為了尋找她的自我意識，更為了喚醒西方文化中女性意識和女性的自我認同。

因此，畢肖普力圖顛覆旅行文學中的性別霸權，與此同時，還創造了一種女性寫作方式，能夠抵抗性別障礙、確證女性冒險活動並賦予女性聲音和力量。在這個意義上，應該重新閱讀和梳理畢肖普的那些看似結構鬆散的旅行詩歌。如她在《旅行的問題》中的疑問，「那是什麼樣的孩子氣當我們的身體中／有一絲生命的氣息，我們決定沖出去／用另外的方式到處去看看太陽？」想要「用另外的方式」觀看，是一種破壞性和顛覆性的活動，連根拔起且有力摧毀了男性中心主義的旅行敘事文學。基於此，《地圖》一詩揭示了男性利用重繪地圖、歷史和地形學的非自然的方式而控制自然世界（也是女性世界）的根本性失敗：「城市的名字跨越臨近的群山／一就像當激情遠遠超逸了它的因緣／印刷者在這兒也體驗到同樣的興奮。／這些半島在指掌之間掬水／像女人們感觸織物的平滑」。在詩歌《假想的冰山》中，詩人向男性所構想的透明體男性中心世界告別：「再見，我們說，再見，船隻駛離」。在詩歌《紀念碑》中，矗立在教堂（「四邊形、僵硬，教會一般」）和政府（「斜得像釣竿或旗杆」）的紀念碑引發了詩人的思考，人造的紀念碑不過是彰顯男性費勒斯（phallus）的價值與榮光（「它是木質的／人工物。用木頭支撐在一起」，「一旦每天的光線像一頭／巡遊的動物繞上它」）；它看似崇高、傲慢和雄偉，內部卻盡是空虛和陰影（「它可能實心，也可能中空。」）。詩人告誡著，「湊近些看它吧」，主張這種批判和自我反思的能力。在詩歌《海景》中，「神聖的海景……它看上去像天堂。／但像骷髏似的燈塔，站在那裡／穿著黑白亮色的牧師服，／靠緊繃著臉過活，以為他知之甚多」，[28]她向男性中心信仰的海洋崇拜發出質疑，試圖恢復海洋的物質屬性，即自然的流動性。詩歌《2000多幅插圖和一種完美的和諧》，她對聖地誕生的《聖經》神話進行解碼，展現了一幅在旅行中所目睹的截然相反的場景，

[27] George. Van Den Abeele, *Travel as a Metaphor: From Montaigne to Rousseau* (Minneapolis: University of Minnesota Press, 1992), p. 25.

[28] Elizabeth Bishop, p. 40.

「同時人群外的一個，用伸出的手臂和手／指點那墳墓、那洞穴，那聖物的埋葬之處」，「我見到的事全讓我驚愕：／一群神聖墳墓中的一個，看上去並不怎麼神聖」。[29]

這種以犧牲女性而建構的男性秩序和立法，引起了畢肖普的批判。除此之外，她還轉向免除女性在身體體驗上的束縛。《在魚屋》中，拒絕漁村和織網的老人所象徵男性中心世界後，她寄希望於肉身體驗過的「寒冷的黑夜深沉又絕對清澈」而「冷冷的」水，將這種獨特的女性意識作為知識的來源：手和骨頭在水中燃燒的疼痛和苦楚。畢肖普強調了味覺、觸覺和聽覺的多重體驗，從中挖掘新的創造性知識的獨特敏感性：

> 如果你品嘗，它先是較苦，
> 然後發鹹，接下來肯定灼燒你的舌頭。
> 它就像我們想像的知識：
> 黑暗、鹹澀、清晰、活動、完全自由

知識不可回避地產生於品嘗的感覺，因為它直接來源於流動的女性身體，用來抵抗任何被男性權力話語異化的跡象。如愛蓮・西蘇（Helene Cixous）指出的，「品嘗（gouter）和認識（Savoir）密切相關，認識就是品嘗，真正的認識是享受（Savourer）」。[30]根據西蘇的理論，觸覺、味覺和聽覺都與說話的能力有關，唇和舌的生理反應製造了「語言」。強調口頭作用是為了解放被壓抑在男性話語秩序下的聲音，讓其發聲並最終被聽到。畢肖普的詩歌中，「寒冷的黑夜深沉又絕對清澈」的聲音，為女性在寫作中無意識地抵抗、拒絕和解放自我提供了典範。由此，以印證這個世界是被命名、重新命名，甚至是倒置的。畢肖普在《克盧梭在英格蘭》中強烈地表達出這一觀點，她將自我取代克盧梭（Crusoe），從而探索女性身分時如何建構的：

> 他們給它起了名字。但我可憐的舊島嶼的名字
> 仍未被重新發現，未被重新命名。
> 從來沒有一本書將它寫對過。[31]

---

[29] Elizabeth Bishop, p. 57-59.

[30] Helene Cixous, *Limonade tout etait si infini* (Paris: Des femmes, 198), p. 103.

[31] Elizabeth Bishop,《克盧梭在英格蘭》, pp. 162-166.

為了自由，女性應該脫離家庭束縛中的自我憐憫，「憐憫應在家裡開始。所以我／越覺得憐憫，越感覺是在家裡」。因而，對自身的憐憫熄滅了他們遠遊的欲望。正如畢肖普指出的，家是封閉自我的島嶼，囚禁了女性，侵蝕了女性的自由意志，腐蝕了女性的創造力，「我覺得深深地熱愛／我島嶼上那最小的工業。／不，那不準確，因為最小的／才是最可憐的哲學。」這種島嶼式的限制自我的幻想，表現了畢肖普對「家園」的嚮往和不信任，因為永恆的家園就如一間囚禁自我的監獄。那麼，女性將何去何從呢？詩歌《邀請瑪麗安・摩爾小姐》是獻給她的良師益友瑪麗安・摩爾的。畢肖普要邀請摩爾飛過來，「請飛過來／哨笛，三角旗和煙正吹著。旗幟／像港口的鳥群飛起並降落／船隻打著熱情的標語」，「飛行是安全的；天氣也已排妥。／這個早晨的波浪有韻律的翻滾著。／請飛過來」。由這種飛翔體驗不禁回憶起波德賴爾在《邀遊》中旅行去過的奇妙天堂，「在那裡，一切都是秩序與美麗，／是奢華，靜謐以及狂喜」。這裡，詩人相信自由的光芒、創造力的來源和希望的源起依賴於飛翔，而不是逃避。飛翔是超越性，超驗，反男性中心和能動性的。總之，對畢肖普而言，飛翔是女性寫作的家園和本質：

帶著衰朽王朝
包圍你的黑暗和死亡，
帶著突然變化和閃亮的語法
像一群飛舞的磯鷸，
請飛過來。

來吧！像白色魚鱗天空上的一道光，
像白日裡的彗星
帶著長長的詞語的雲狀軌跡而來，
從布魯克林，越過布魯克林橋，在這樣美好的早晨，
請飛過來。[32]

畢肖普向飛行和航行發出的邀請都是自白式的，因為它傳達出嚮往遠

[32] Elizabeth Bishop,《邀請瑪麗安 ・ 摩爾小姐》, pp. 82-83.

方的天堂和天國的夢想，因為它宣佈了全新的世界——烏托邦式的饋贈，喚醒旅行的氛圍和女性勝利的歡悅。詩人以女性主義的視角探尋自我建構和女性身分認同。從記憶的自我，無根的自我，到沉思的自我和女性自我，她的旅行軌跡，是定向而且非線性的，是逐漸形成而且反目的中心的（anti-telos-oriented），是愉快而且痛苦的，是勝利而且總以開放式的姿態迎接新的挑戰。畢肖普是記憶，邊緣化和不確定性的詩人，她的詩歌顛覆了對性別觀念的傳統認識，也超越了她自身的限制性。最後，她又是一位極富感召力的詩人，她始終堅信，詩歌的確能夠改變世界。

本文原載《國外文學》2013年第4期

第六章　反行衝動：論黃翔詩歌中的聲音，口頭性與肉身性[1]

一天你被割去了舌頭
還可以用啞語作為表達
周倫佑：《模擬啞語》[2]

一、「行」的多義性

題目中出現的陌生語詞「反行」（anti-line），初看上去難免令人感到困擾。這裡使用「行」，是由於英文單詞「line」在內涵上就極為豐富有趣，它包含了多重本義和外延。根據《牛津英語大辭典》中的界定，「line」具有如下定義，（1）生命線（命運的紋路）；（2）生活的定居之處（標識出自己居住的地方）；（3）生活的標準、規定或者規律；（4）災難或者不幸（厄運）；（5）一致（在一條路線上）；（6）服從政治與意識形態中的特殊政策（政治路線）；（7）一種限制或者邊界（劃清界限）；（8）等級或者區別（階級路線）；（9）一排書面紀錄或列印線（印刷線）；（10）韻文的一部分（詩歌的行或者節）；（11）家族的譜系（血統關係的排列）；（12）軌跡、道路或者線路；（13）顯著的趨勢或者走向；（14）行動、生活或者思想的線索等等。

若將上述關於「行」的多重定義冠之以首碼「反」（anti—），其意義就在「行」的基礎上，帶有了「相反或者反對，對立，反面或者反向」的意味。那麼，將黃翔描述為「反行」詩人，恰恰是因為與之相對應地，也可以繪製出一幅有意思的詩人形象畫面：作為一位「反行」詩人，黃翔總是致力於不斷地挑戰時代賦予他的命運，甚至因為排斥固定的居所而最終淪為無家可歸的流散者。同時，他還反復打破固有的現實秩序和規則，重蹈自身的厄運（10年6次入獄），背離政治局勢和主流，對抗官方／主流意識形態，超越美學的限制和群體化的界限，拒絕階級劃分觀念。他堅

1　本文曾於2005年在美國匹茲堡大學舉行的亞洲年會中大西洋亞洲分會上宣讀，英文題目為："Anti — lines: Orality, Vocality and Embodiment in Huang Xiang's Poetry"，承蒙辛月博士譯成中文。辛月博士也對原文的一些論點加以了補充和擴展，特以致謝。

2　周倫佑：《模擬啞語》，《周倫佑詩選》（廣州：花城出版社，2006年），第45-46頁。

持推崇聲音的實踐，抗拒極端現代主義的精英路線，反對任何地緣和譜系上的定位，實現了精神和肉體的統一。

在我們看來，在所有的論述中，真正能夠凸顯和張揚黃翔這種「反行」特質的，無疑是他的口頭性和聲音。這是一種聲帶膨脹的獨特體驗，是肉嗓子所發出的喉音，也是他詩歌當中一以貫之對聽覺、音調和動覺的偏好。研究者一度為黃翔賦予了諸多的稱號，可以說，他已經被公認為「詩歌的野獸／野性的詩人」，「魔羅詩人」（Mara-poet，）、「詩獸」（monster poet，）、「戰士詩人」（warrior poet），「鬼魅詩人」（ghost poet）和「嚎叫詩人」（howling poet），而我們以為，考慮到黃翔嗓音中發出的聲嘶力竭的怒吼和嚎啕聲，真正最適用於黃翔的名稱應該是「惡魔般咆哮不休的詩獸」。

二、政治化的聲帶構成

自1997年赴美國以來，詩人黃翔獲得了奇跡般的再生。在中國的國土上，黃翔飽受了40年的沉默，而後又經歷了連續10多年的監禁生活，此後當他重獲自由時，難免驚異於全球文學共同體的生成。他重新開始書寫著屬於世界詩歌的別樣景觀，這種再次與詩歌所碰撞出的火花，不僅源自於他詩歌寫作的高度理智和技巧，也更取決於他在詩歌朗誦和詩歌創作時嗓音中震顫著的爆發力。以這種「聲音-口頭」表達（vocal+oral）方式所呈現出的肉身性，幾乎可以在諸多方面理解黃翔的詩人身分：可以將其描述為不一致或者異見的聲音，這是一種在長期壓抑的意識形態霸權中所堅持的自由精神；可以將其描述為口頭朗誦的風格，因為貫穿半個世紀以來，黃翔都只能在當地的沙龍和群眾聚集地大聲地朗讀著他的詩歌，並以此來作為他出版詩歌的唯一途徑；[3]同樣，也可以將其描述為詩人在發音上的補償，以最為有力的方式使得詩意的行動主義（activism）介入到中國政治社會環境中。由此，我們可以歸納出，黃翔口頭聲音的民族政治特徵的三種構成方式：生命本體的聲音（bio-ontology），以回歸對於生命本身的自由追求；話語能動行為的聲音（speech-act），以語言本身的獨立性力量獲得大眾的共鳴；社會實踐行為的聲音（ambiental activism），以激進的聲音行為方式參與到對意識形態的抗爭中。黃翔頗具特點的詩歌表達方式，返回到了聲音當中，並在詩學領域提供了一種範例，就這點而言，在當代漢語

[3] 傅正明：《黑暗詩人：黃翔和他的多彩世界》（紐約：柯捷出版社，2003 年），第 269 頁。

詩歌乃至世界詩歌範圍內，都是極具紀念意義的事件。

在狹隘意識形態的集權統治下，人民講話的自由受到了抑制，人民表達欲望的聲音更遭到了窒息。在這一背景下，黃翔清晰地意識到了聲音器官（舌、唇、嘴、喉、牙、聲門）的關鍵意義，並發覺到了聲音（推進、振動、重音、音量、語調、語法的破壞、姿勢、氣息）的顛覆性力量。在詩篇〈終生失竊〉中，黃翔施展出他作為詩人的聲音獨特性，以叫喊的方式洗劫著語言，嘶吼出在極權壓迫下他聲音當中的悲劇性幻象。

> 除了叫喊
> 我還能說出什麼
> 我的嘴巴如倉庫
> 洞開
> 語言被搶竊
> 一空[4]

的確，在禁忌的時代，詩人的嘴巴如空空的「倉庫」。但儘管在特殊的歷史環境下，全然抑制了詩人黃翔發聲的可能，但他卻始終維護和保留著對於聲音的一貫堅持，正如在詩篇《我》中，他是那樣堅定地寫道，「我是一次呼喊／從堆在我周圍的狂怒歲月中傳來」，正是這種一如既往的呼喊聲，將詩人從狂怒的歲月中拯救出來，並且以更為狂怒的聲音對抗這世界並發出強聲。詩人黃翔相信聲音的力量不僅是絕對不能屈從的，相反它還會在壓力下反彈出更為有力的聲音，以拓展人類的尊嚴、真理和自由：

> 死亡不屬於你
> 你是不可戰勝的
> 是的
> 我相信自由不會閉上嘴唇
> 終有一天
> 你會從血泊中起來
> 你會十倍甚至百倍地千倍地
> 比今天強大

[4] 黃翔：〈終生失竊〉，《詩——沒有圍牆的居室》（臺北：唐山出版社，2003 年），第 97 頁。

你將重新高舉覺醒的旗幟
戰勝那曾經用槍口對準你的
把人的權利莊嚴地大聲宣佈[5]

詩篇再次開啟「嘴唇」，讓這種發聲器官與自由結為一體，它穿透了死亡，穿透了槍口，在血泊中獲得新生，以更為劇烈兇猛的方式，直擊「人的權力」。

詩人並沒有被任何壓力淹沒，反而在其中尋找著釋放的突破口。所有的聲音，混響著襲來，詩人將自我的聲音以看似沉默的形式，抗拒著嵌入其中。正如在《大動脈》詩系的一個篇章〈貝多芬〉中，黃翔歌頌著狂歡的喜悅，交響樂中的活力和洪亮的旋律：

世界如粉末
金光燦爛的嚎慟的
鼓聲，銅號聲，喇叭聲
亂蹄奔突
垂蕩讚美力的流蘇
雷聲吞噬甲蟲的淺薄
沉默動輒噴水的電鯨
幻想震碎宇宙的凸鏡
夢指戳洪荒的船影[6]

「鼓聲」、「銅號聲」、「喇叭聲」、「雷聲」，仿似爆炸般轟鳴著，而與之相對的卻是「粉末」的「世界」。的確，這消聲的世界是必然會走向粉碎的，而沉默的，也不必再沉默。詩人以幻想和夢的方式在「震碎宇宙」和「指戳洪荒」的行為暴力下，演繹出混雜膨脹中決絕的自我形象。

三、喧嘩與狂飲的聲音

黃翔最具表現力的口頭聲音是他的朗誦或者放聲的誦讀。儘管由於禁令，他的詩歌仍未得到公開出版，但黃翔從邊遠的貴州到首都北京，在非

---

5 黃翔：〈不，你沒有死去〉，《我在黑暗中搖滾喧嘩》（臺北：唐山出版社，2003 年），第 116-117 頁。

6 黃翔：〈大動脈〉，《裸隱體與大動脈》（臺北：唐山出版社，2003 年），第 86-87 頁。

官方的沙龍、當地群眾的聚集地以及北京的林蔭大道上，都曾朗誦過那些詩篇。他活躍而充滿生氣的朗誦為他贏得了「詩歌朗誦大師」的稱號。準確的說，黃翔的朗誦是「生命投擲式」的。1969年8月5日，在他完成了具有紀念意義的詩篇《火炬之歌》之後，他在朗誦時所呈現出來的狀態，幾乎調動起身體的一切器官，在感情所釋放出的波浪中，顫慄、勃發或者躍動出一連串的生命激流。聽到過黃翔朗誦的人們，在與他轟動的誦讀相碰撞時，也曾一度紀錄下來了他們內心中的震驚體驗：

> 隨著情緒的高漲或突發，他會發出瘋狂的暴吼，令人膽顫心驚。文革那些年，黃翔對〈火炬之歌〉的朗誦簡直是瘋癲又迷狂！對此，啞默多次對我作過描述；黃翔也常與我談起他那「霹靂」似的詩歌朗誦所產生的搖滾樂般席捲聽眾的效應，他自己則「每朗誦一次」，就因渾身情感與力氣傾泄淨盡而「死去一次」。綳破和撕爛襯衣。咬破嘴唇。熱淚飛濺。朝天吼誦黃翔對〈火炬之歌〉的朗誦，同樣具有經典意味，我指出以下一點也就夠了，那就是朗誦時的「人詩合一」。黃翔的朗誦以其「電動心靈的詩的生命力」不可遏止地勃發，出演生命囂張時的激盪與瘋狂！隨著他那生命化聲音的顫抖、呼喚、被啟動的詩歌生命蠕蠕而動，猶如小獸低沉地喘息，緩緩爬行；然後漸次抬頭，伸肢展腿，走動、跳動、激動、躍動，忽如雄獅抖擻鬃毛、突然瘋狂地一聲暴吼！隨後是席捲一切的颶風呼嘯，掃蕩一切的雷霆震怒……詩歌就這樣因了他的朗誦成了大生命縱情奔放的磅礡之音！[7]

正是在這激烈而近乎迷狂的怒吼聲中，黃翔如獸般，撕裂、緊綳、爆發，一連竄地向自我所渴求的自由發出死亡的咆哮。詩人所製造出的噪音，是一種狂歡式的喧嘩。它激越而震顫，與大眾一起呼喚著最接近自我生命追求的回聲。1978年10月11日，黃翔與他的朋友在北京王府井大街和天安門廣場朗誦了他著名的史詩作品〈火神交響詩〉。黃翔根據記憶朗誦了他長達六百行的詩歌。他以驚人的高昂情緒毫無顧忌地向群眾質問道，「為什麼一個人能駕馭千萬人的意志／為什麼一個人能支配普遍的生

---

[7] 張嘉諺：〈精神生命的癲狂縱欲〉，收入黃翔詩歌系列《詩——沒有圍牆的居室》（臺北：唐山出版社，2003 年），第 164-172 頁。

亡」，當時已是情緒高漲的群眾也齊聲喊道，「是！」那晚，群眾們一直聚集在大街小巷，藉著火炬的光也試著一起朗誦詩歌。就在包括黃翔在內的四個詩人仍然待在房間裡肆無忌憚地放聲朗誦時，便衣員警早已悄然出現在屋外的大街上，將他們圍困在屋內。直到後來，他們才得知，那晚，中共中央委員以防止黃翔等人蓄意叛亂暴動進行了會面，並早已安排將他們的個人檔案從貴陽空遣到了北京。

對此，詩人和批評家鐘鳴對於黃翔如此令人難以置信的朗誦也曾作出過這樣的評價，「當黃翔為我朗誦時，我有一種五臟俱焚的感覺，意義消失了，只有聲音，聲音。這時我才能體會，何以他說自己每朗誦一次就會死一次」。[8]在黃翔的身體裡彷似住著一隻兇猛的獸，他曾經也寫過兩句話來描述他詩歌朗誦所釋放出的力量：「詩是獅子，怒吼在思想的荒原上」。詩歌作為語言，成為一種在思想的邊界上雄雄而立的聲音存在。在他的長篇敘事詩《魘——活著的墓碑》有兩節詩被命名為《遺書》，黃翔真實記錄了詩朗誦的魔力、聲音韻律的流動以及與飲宴狂歡的自由交融在一起的聲音：這是一個詩歌朗誦會，在一個隱秘的地點；／當我們走進會場，朗誦已經開始，／黑魆魆的房子裡湧動著黑魆魆的人頭。／只有一隻蠟燭點在當中立著的柱子上，／朗誦者面臨著飄搖又朦朧的燭火，／這一個朗誦完了，另一個又接著開始，／只能聽見聲音，看不見朗誦者的面部。／我選了一個角落，把自己躲在黑影裡，／我閉上眼睛，在黑暗中分辨各種聲音。／牆外一陣又一陣巡夜的摩托車聲傳來，／每一個聽眾都提心吊膽，禁不住打著冷噤；／而我卻徑直地向一個聲音的世界走去，／它比任何蕩人心弦的音樂更令我迷惑。／千種生活在豐富的聲音裡重演，／百樣性格在奇妙的聲音裡表露，／每一個聲音都是一種獨特的人生，／給人的印象、感受卻各各不同。／忽然一陣沉寂，許久，許久又爬出一個聲音，／它開始象種很軟的東西踩在地上：

> 接著象一隻豹子在岩石上磨著爪子，抖動皮毛，
> 終於暴發了一聲吼叫，叫人毛骨悚然。
> 彷彿那豹子直向你撲來，要把你吞噬，
> 我嚇得縮成一堆，雙手緊緊地抱著胸口。

---

[8] 鐘鳴：〈南方詩歌傳奇〉，轉引自張嘉諺〈精神生命的癲狂縱欲〉，收入黃翔詩歌系列《詩——沒有圍牆的居室》（臺北：唐山出版社，2003），第164頁。

慢慢地，這聲音變了，彷彿又偷偷出現了另一隻怪獸，
這是一隻巨鯨，它的身形幾乎佈滿了整個房間，
它張開大咀，裡面那么大，伸手摸不到上齶，
所有的人全都象小魚小蝦一樣進了裡頭。
我急忙想退了出來，它突然閉上了大咀，
黑暗中，我象只小魚一樣亂撞，四處不見出路。
這奇特的聲音象浪潮一樣把我包圍，
我的身子癱軟了，任其將我淹沒；
我想抵抗，我想逃脫，但我的掙扎徒然，
這聲音牢牢地將我抓住，將我俘獲。
它如此豐富地展示一個人的內心世界，
它令我懼怕又好奇，深深地把我迷住。[9]

詩篇從「隱蔽」開始，房子裡攢動的人頭或者柱子中央的燭光、以及房間外巡夜的摩托車，並不能阻擋這「迷惑」、「豐富」、「奇妙」和「獨特」的聽覺感受。詩人拋去一切雜質，直抵聲音。他瞬間將現實與佈景置換為聲音，全面地描述了在整個現場朗誦所帶來的忘我體驗。那看似精疲力竭的肉身「死亡」，使得聽眾在其中澈底地體驗了詩性的自由，如猛虎出籠般地沉浸在物質化聲音所帶來的純粹聽覺感受中，這正契合了人類最自然的聲音表達。可以說，這種來自於純粹聲音的詩性力量，是欲望爆發時不可遏制的動力源，因此，即使黃翔總是處於被壓制的狀態中，但他卻從未放棄。

四、聲音詩學

在當代漢語詩歌中，黃翔可能是僅有的一位在系統上建構聲音詩學和詩歌朗誦體系的詩人。黃翔詩學核心中最為堅定不移的信仰便是口頭和聽覺藝術，他認為，這才是詩歌的根基。他所堅持的這種信仰，是一種平民主義的信仰，因為在主流意識形態為主導的國家，已然取消了多種發聲可能性，而黃翔的信仰，正體現了他對於詩歌自由精神的獨特理解，就這點而言，他延續了其他聞名於世的詩人沃倫・惠特曼（Walt Whitman）、聶魯達（Pablo Neruda）、馬雅可夫斯基和金斯伯格（Alan Ginsburg）等所宣

[9] 黃翔：《遺書》，《活著的墓碑：魘》，（臺北：唐山出版社，2003），第27-29頁。

導的詠詩傳統。

黃翔的口頭詩歌理論可以被概括為四個方面。第一，就朗誦的發生空間而言，他認為詩歌必須從私人的研究、精英的沙龍以及矯揉造作的座椅上解放自己，直接走向街道、馬路、廣場和社會人群中。正如他在文章《留在星球上的箚記》中所寫道：

> 朗誦詩是詩的一種性格，也許在今天的時代生活中是一種主要的性格。它不是一種姿態的亮相，而是一種行動的要求。
>
> 要理解朗誦詩，你就必須參與聽眾的群體；你就必須到群眾集會上去；到大劇場去。
>
> 那兒，在成千上萬的聽眾的眼光注視中，朗誦詩自如地呼吸著自身創造的緊張、熱烈和集中的氛圍；同時又被這種活的熱辣辣的生命的氛圍所感染。
>
> 那兒，朗誦詩不屬於任何個人，它交給了聽眾全體，詩與聽眾合二為一，融為一體。
>
> 那兒，朗誦詩變態了，變形了。在聽眾的感覺世界裡，它成為一種巨大的力。
>
> 那兒，也只有那兒，在聽眾的心中產生著，形成著，完整著詩的形象的雕塑。[10]

在黃翔的理解中，朗誦更帶有運動的性質，他希望在群眾的集會中，與聽眾齊聲共鳴，將個體熱烈的激情在群體中得到膨脹擴散。在這個層面上，黃翔無疑在與意識形態的對抗中，渴望獲得一種顛覆歷史時代的集體性共振效果。

第二，詩歌是行動藝術的一種。它演繹、流動、激發以及參與到了聲音宣言的形式中。換言之，聲音本身就是一種行動，它在時代背景與個人生活的雙重奏鳴中，生動地波動著，呈現出一條具有勃勃生機的大動脈，貫穿著藝術和現實的生命。黃翔曾經寫到：

> 詩是行動的藝術。那裡面你必須聽出詩人所生活的時代蹬蹬走響的

---

[10] 黃翔：〈留在星球上的箚記〉，《沉思的雷暴：太陽屋手記之二》（臺北：桂冠圖書有限公司，2002 年），第 34 頁。

兩隻大腳。讓詩不僅生活在書本中，紙面上；也生活在喇叭筒裡，麥克風中，以詩的交響樂跳動在千千萬萬人的耳朵中，打擊在時代的巨型鍵盤上。[11]

倘若說，在詩歌當中，語詞本身即是一種行動。那麼，聲音的行動力，更是迫切而激烈的。他直接作用於人的聽覺，又深入地紮根於生活當中。在此基礎上，這種交響樂般的藝術效果，已經演變為黃翔口頭聲音詩學的固定模式，他無數次地與時代共呼吸，又無數次地抵抗，似乎聲音與生活之間在某種程度上達成了默契。只要詩人的生活還要繼續，生命還在延續，那麼，就無法拋棄這種怒吼。

第三，詩歌首先是聲音和聽覺的藝術。可以說，現代漢語新詩所面臨的聲音困境一方面處於集體失聲的狀態，尤其是在反對極度精英主義（excessive elitism）、高度藝術現代主義理性（high-art modernist intellectualism）、政治逃避主義（political escapism）、隱喻性蒙昧主義（figurative obscurantism）；另一方面則過多地沉浸於後毛澤東時代的朦朧詩歌的書面印刷體形式中，無力於發出真正的口頭性聲音。而黃翔卻截然相反地返回到了口頭聲音重拾企圖挽救書面文本中所流失耗損的自由精神，向遊吟詩人的口頭傳統、向聲音、也向氣息的流線回歸。關於這種將詩歌從視覺解放出來、邁向聽覺的嘗試，黃翔寫道：

我大聲地讚美朗誦詩。我以為，它是具有運用聲音表白一種思想、一種信念、一種情感的有社會成效的藝術。
它更多的是宏大、抽象的、概括的；
它比一般的詩包羅更多更廣的空間；[12]

它通過振動的聲音來塑造巨大的形象；它有富於變化的聲音的表情；它的完整的藝術形象成形於你的聽覺中。黃翔試圖將聲音從書面形式的視覺禁錮中拯救出來，澈底打破詩歌書面形式的局限性，讓詩歌在聽覺中，呼吸自由的空間，從而在更為廣闊的空間中吸納聲音所要傳達的情感、思

[11] 黃翔：〈留在星球上的箚記〉，《沉思的雷暴：太陽屋手記之二》（臺北：桂冠圖書有限公司，2002年），第36頁。

[12] 黃翔：〈留在星球上的箚記〉，《沉思的雷暴：太陽屋手記之二》（臺北：桂冠圖書有限公司，2002年），第36頁。

想和信念。

第四，詩歌是一種三維藝術，不僅涉足朗誦，同時還與表演、舞蹈、裝置、音樂、繪畫和身體舞動相關。在這個意義上而言，在黃翔詩歌中創造出了一個豐富而又超越的世界，可稱之為「星體詩人大爆炸」。如他在詩歌〈立體寫作〉中所歌唱的，

寫詩最古老的方式
用筆；
寫詩最新的方式
用身體；
寫詩最妙的方式
是倒豎著頭顱
靈肉一體地
在虛無中
塗抹！[13]

與古老的書寫方式相比，詩歌與朗誦之間的結合，無疑是立體的。肉體膨脹、靈魂出鞘，讓詩人彷似在多種藝術結合的空間中，處於星體爆炸的狀態中。

就表現方式和演奏器樂而言，與西方齊唱、合唱以及交響樂為主的演奏傳統所造成的恢弘跌宕感不同，中國古典音樂注重獨奏獨唱，以簫、瑟、笛、琵琶之類的絲竹管弦樂器為依託，音調相對舒緩平穩。但黃翔對於復興口頭性以及保留詩歌聲音的救贖，卻反應了當下世界詩歌的趨勢，將遊移於中西音樂形式的詩性表達得到了最大的發揮。這種趨勢，尤其在美國極為盛行。結合黃翔的聲音實踐，就如同看到了當代美國最為流行的說唱詩（rap poetry）、牛仔詩（cowboy poetry）、撞擊詩（slam poetry）、獨立詩（stand-up poetry）、表演詩（performance poetry）、口頭詩（oral poetry）、視聽詩（audio-visual poetry）和行為詩歌（action poetry），[14]可以說，綜合了當下多

---

[13] 黃翔：〈立體寫作〉，《總是寂寞：太陽屋手記之一》（臺北：桂冠圖書有限公司，2002 年），第 68 頁。

[14] 參 見 Gioia Dana , *Can Poetry Matter? : Essays on Poetry and American Culture* (Saint Paul: Graywolf Press, 1992); “Disappearing Ink: Poetry at the End of Print Culture.” 來源：(http://www.poems.com/essagioi.htm1) 2005 年 5 月 6 日流覽。

元的口頭文化元素，在低潛徘徊與慷慨激昂中，在孤聲獨奏與混響和鳴中，黃翔全面地將詩歌與音樂從傳播形式上取得了全面的融合。

五、大音寫作：殉道者的音粒

黃翔在他的聲音詩學中最為完滿地呈現了他詩歌朗誦的肉身性。儘管他的詩歌並不直接與節奏相關，然而他卻爆炸般地成功創造出了流淌在詩歌內部的節奏和旋律單位。朱光潛在《論詩》中強調，外在的客觀節奏與身心的內在節奏是交相影響的，詩與樂也是心物交感的結果，因而，音調的緩急，與筋肉、心力的緩急並行不悖，而呼吸的長短，也直接限制字音的長短輕重。高而促的音，會引起筋肉器官的緊張激昂，低而緩的音，則讓人鬆弛安適。「在生靈方面，節奏是一種自然需要。人體中各種器官的機能如呼吸、循環等等都是一起一伏地川流不息，自成節奏。這種生理的節奏又引起心理的節奏，就是精力的盈虧與注意力的張馳，吸氣時營養驟增，脈搏跳動時筋肉緊張，精力與注意力隨之提起；呼吸時營養暫息，脈搏停伏時筋肉弛懈，精力與注意力亦隨之下降」。[15]黃翔在朗誦中，恰恰將節奏的自然需求以肉身化的形式凸顯了出來，將聲音流推向了爆發點的極端，火焰般生髮出高度混響效果，使得詩歌最為直接的表達和氣息的流動感交融為一體。每一次朗讀都如同重新創作一次詩歌，以至於聽眾體驗到語法在重複中的豐富變化。如黃翔所覺察到，他可以在人群沉默時獨自狂飲，又能夠在人聲鼎沸時保持沉默：

我旋轉風暴而至
人群沉默不語

我噴湧海嘯而至
人群沉默不語

我終於寂然無聲
人群震顫不已[16]

---

[15] 朱光潛：《詩論》（上海：上海古籍出版社，2005 年），第 91 頁。

[16] 黃翔：〈朗誦〉，《總是寂寞：太陽屋手記之一》（臺北：桂冠圖書有限公司，2002年），第40頁。

黃翔的朗誦超越了語言、文化和心理的邊界，在某種意義上，他詩歌當中的語義認知主要源自於他使用充滿活力的音節連續性地對聲音的推進。他的朗誦為聽眾帶來了愉悅、同時也帶來了挑戰和沮喪，這種複雜的情緒感與傳統詩歌精神正相吻合。

即使在沒有聽眾的時候，詩人仍然在他聲音驅動所帶來的喉音顫動中享受著愉悅，創造出集聲音、姿勢和周圍環境為一體的理想世界，也創造出淩駕於外部集權壓迫之上的自我獨立的詩歌王國。這一幕同樣切實地發生在他的詩篇〈暮日獨白——枯溪之畔〉中，

常常沒有聽眾，一人獨自朗誦。
四壁之間，語言暴漲，自己將自己蒙頭蓋臉整個兒
淹沒。
總有一團氣，總有一團氣，在體內氾濫，朝體外湧
出。終生星雲迴旋壘砌。晴光中，倒豎懸掛一道
雷聲淋漓的
大
冰
瀑
天地之間展卷孤絕獨處的
晶瑩的
靜
止[17]

詩人已經徹底地陷入自己的聲音世界裡，他能夠與孤獨並生，又在語言的洪水中氾濫出內在的生命激流。而在這種自我釋放的愉悅中，詩人在聽覺的直接性和聲音的同步性上歌頌絕對的精神再生，而最有力的證明恰恰是那句令詩人黃翔聲名狼藉的宣言，「我每朗誦一次，我就要死去一次」。但是「有一千個聽眾，就有一千個陪葬者」。[18]

在高度現代主義的世界裡，佔據主導地位的是「非個人化的文本」，後結構主義的「作家聲音的消亡」以及「印刷寫作的物質化崇拜」，而黃

---

[17] 黃翔：〈暮日獨白〉，《詩——沒有圍牆的居室》（臺北：唐山出版社，2003 年），第 116-117 頁。

[18] 黃翔：〈中國詩歌的搖滾〉，《我在黑，暗中搖滾喧嘩》（臺北：唐山出版社，2003 年），第 151 頁。

翔一以貫之地秉持「大音寫作」，不僅宣稱了詩歌在聽覺上的認同性，還宣稱了在人類權利和人類尊嚴上所必須表達的精神自由。「大音寫作」無論是直接地還是生理上地，都面向聽眾，同時也為聽眾而生。口頭性，正如瓦特・翁（Walter Jackson Ong）所指出的，擁有異於印刷和書面文化獨特的品質：即「瞬逝的，添加的，直接於人類生命世界的，眾聲喧嘩的，參與性的，傳通性的，群體性的，當下的和穩態性的」。[19]黃翔所提倡的「大音寫作」，再次確認了口頭詩歌的獨特生命力，也確認了不可遏制的聲帶自由，以及詩人在表演中所產生的衝擊感染力。只是黃翔義無反顧地把這種「大音寫作」推向了極致，變成了一種英雄主義的「絕唱」，意在用這種異質的聲音去抗衡，消解那個泯滅生命及個性的壓制性同質聲音，即壓制性的主流意識形態：「我就是語言中突圍的惡魔／搖滾樂騷亂我的舞影／調色板顫動我的絕唱」。[20]

畢竟「大音寫作」是一種由聲音器官打造出的肉身寫作，是一種從「表像文本」（pheno-text）向「生成文本」（geno-tex）的根本跨越。正如克利斯蒂娃（Julia Kristeva）所言，「表像文本，是交流中的語言，並成為語言學的分析對象；生成文本，可以憑藉一些語體和語言要素發現它，儘管從本質上講它不是語言」。[21]表像文本就是可感知的、可分析的、可用結構描述的符號意指系統和語言現象，它體現了結構和意義以及言說主體的有限性；而生成之文則是抽象的、文本之中語言意義的生成過程，它也是文本的一部分，它可能源於文本的無意識，通過節奏、語調、韻律和複述甚至敘述的方式等體現出來，在某種程度上，生成文本甚至破壞、分裂、擾亂了表像文本。生成之文先於語言符號，是語言中的潛在驅力，文本意義生命力的所在，是一種顛覆意指系統的異質象徵行為。黃翔打破了存在之文的書面局限性，以口頭聲音的方式，在生成之文中，不斷地膨脹、跨越、顛覆，以獨特的抗聲，彰顯詩歌的有聲世界。

黃翔一系列「單字垂體詩」與「縱向語流」則是詩人狂動呼吸的結果，它們體現了「大音寫作」行為的生成性「音粒」（the grain of the voice），即聲音的肉身化動態力度。試舉兩首詩為例：

---

[19] Walter J. Ong, *Orality and literacy: The technologizing of the word* (London: Routledge,1988), p. 69.

[20] 黃翔：〈中國詩歌的搖滾〉，《我在黑暗中搖滾喧嘩》（臺北：唐山出版社，2003 年），第 150 頁。

[21] Kristeva Julia , *Desire in Language: A semiotic Approach to Literature and Art* (New York: Columbia University Press, 1980), p. 7.

〈獨居室中〉

水
滴
是白天唯一的
風
景
夢
滴
清脆如黑夜的
鈴
鐺
淅淅瀝瀝的歲月
擊
響
囚犯光頭
之
磬
滴
穿
沉
鬱
千囚同此
一
瞬
千夢同此
一
滴
它聽見
夢中銅鈀拍擊
……　　　……
1990年4月11日[22]

〈第二種生存〉

骷
髏
激動
如
鸛
醒來
發現
一片從未沾唇的
　　蔚藍
　　天
　　空
　　吐
　　出
一顆含著太陽之核的
　　　　櫻
　　　　桃
　　　　碑
箴口如
人
死
亡
之
樹
在日復一日的注視中
老
去
1991年1月14日[23]

22　黃翔：〈獨居室中〉，《詩——沒有圍牆的居室》（臺北：唐山出版社，2003年），第23-24頁。
23　黃翔：〈第二種生存〉，《詩——沒有圍牆的居室》（臺北：唐山出版社 2003年），第30-32頁。

正如羅蘭・巴特（Roland Barthes）所提到的「大音寫作」（writing aloud），他認為：

> 大音寫作則不具表現力；它將表達之責賦予給了已然存在之文，賦予給了傳通之規則符碼；它卻屬於生成之文，屬於意指過程；它並非由戲劇式的抑揚頓挫、微妙的語勢、交感的音調運載著，而是含孕於聲音的音粒之內，此音粒乃音質與語言具性欲意味的交合，其因此而與語調一道也可以成為一門藝術的實體：左右自身身體的藝術……大音寫作不屬音位學，而屬語音學；其目標不在於資訊的明晰，情感的戲劇效果；其以醉的眼光所尋索者，乃為令人怦然心動的偶然物事，雪肌玉膚的語言，其類文，自此文處，我們可聽見嗓子的紋理，輔音的水亮，母音的妖媚，整個兒是幽趣蕩漾之肉體的身歷聲：身體之交合，整體語言之交合，而非意義之交接……使我們聽見喘息，喉聲，唇肉的柔軟，人類口吻的全部風姿（那聲音，那寫作，鮮嫩，柔活，濕潤，微細的肉蕾，顫振有聲，一如動物唇吻），就足可將所指成功地逐至邊荒，把演員的無以命名的身體順當地插入我的耳朵：它成肉蕾狀，它硬起來，它撫摩，它抽動，它悸然停住：它醉了。[24]

從這段論述中，能夠更為準確地捕捉到黃翔詩歌中的「反行」特徵，即身體與語言超越了意義本身，而被賦予了獨立的美學價值與生命形態。

「大音寫作」與反行的「音粒」論述可表示如下圖：

[24] 羅蘭・巴特：《文之悅》，屠友祥譯（上海：上海人民出版社，2002 年），第 78-79 頁。譯文有所改動。

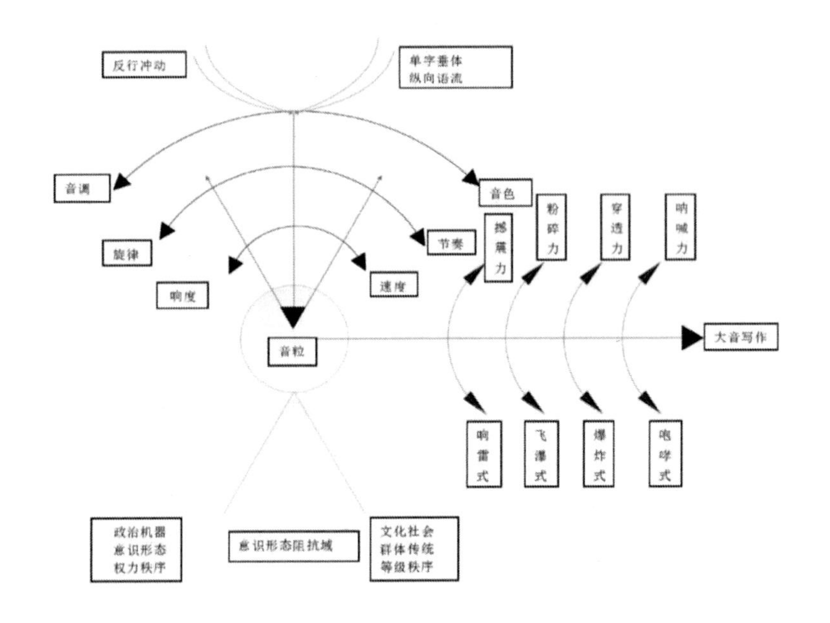

從上述圖表中可以看出，飛瀑而下的音粒在黃翔氣血暴走的呼吸催逼之下毫不隱晦地（與北島為首的「朦朧詩」所宣導的晦澀性迥然不同），赤裸裸地，義無反顧地，猶如隕石墜落地球，直接撞擊意識形態的權力秩序和與之共謀的文化秩序。從這撕裂般的角鬥中所迸發出的「血嘯」最強音則生成出了「大音寫作」的四大特質（響雷式，飛瀑式，爆炸式和咆哮式）以及四大衝擊力（震撼力，粉碎力，穿透力和吶喊力），從而奠定了黃翔「反行衝動」的詩性良知。

六、結語

在中國古典詩歌中，詩與歌本為一體，民歌與廟堂文學作為聲詩的源頭，與禮樂文明交織在一起，在內容上歌功頌德，在功能上傾向於宮廷禮儀活動，被用來「知興衰」、「正得失」、「厚人倫」、「美教化」、「移風俗」，一直長盛不衰，綿遠流長。伴隨著新詩運動的開展，封建倫理體系開始瓦解，詩樂逐漸分離，詩歌的音樂伴奏形式，在新詩的起步階段開始退場，新詩的吟唱、歌詠功能也漸漸弱化了。但這種弱化，為新詩在口頭形式上的分化提供了新的可能。口頭聲音，作為一種詩學傳統，它非但沒有隨著歷史的發展而銷聲匿跡，反而愈加表現出其綜合性。它集合了表演、舞蹈、裝置、音樂、繪畫等多元藝術形式，在精神和肉體的雙重激盪中熠熠生輝。

在當代漢語新詩中，黃翔無疑是獨特的，他不僅秉承了口頭聲音詩學的傳統，更重要的是，他還對意識形態進行了極端而毫不妥協的介入與抗爭，在歷史語境的局限中發出了獸般的怒吼。也正是這個原因，黃翔甚至被尊稱為「中國的沃倫·惠特曼」或者「中國人的良知」。赴美使他在藝術上獲得了奇跡般的再生。他驚異於全球文學共同體的生成，開始重新書寫世界詩歌的景觀，這不僅源自於他寫作詩歌的高度理智和技巧，而更取決於他在詩歌朗誦和詩歌創作時嗓音中震顫著的爆發力。

全文在三個方面概括了黃翔口頭聲音與肉身性特質：即生命本體的聲音；話語能動行為的聲音；社會實踐行為的聲音。黃翔調動著詩歌中的語詞，不斷地變化著回到口頭聲音，從而對文學在當代世界中所預設的作用提出了一系列的質疑。通過將黃翔的口頭聲音寫作擱置於高度現代主義，「非個人化的文本，」後結構主義的「作家聲音的消亡」以及「印刷寫作的物質化崇拜」的社會文化背景中；擱置於惠特曼、聶魯達、尼采、蘭波、金斯堡、馬雅可夫斯基的口頭聲音實踐中；擱置於沃爾特·翁在虛空的數位化時代建構的口頭和書面語的理論中，分析了口頭聲音在黃翔詩歌中的三種作用，一方面挖掘詩人是如何以詩歌的口頭方式介入到中國社會政治語境中的現實穿透力，另一方面則探討詩人以他詩性的聲音抵達大眾社會所採取的姿態。綜上，可以說，詩人黃翔的口頭聲音與肉身性，不僅重拯了詩歌在聲音上的本真特性與活力，而且還見證了人類權利和人類尊嚴上所必須秉具的精神自由。

本文原載《臺灣詩學學刊》2013年第21期

第七章　河流抒情，史詩焦慮與八十年代水緣詩學[1]

水是人類創傷之一。[2]
河，載荷天地的精氣，把它分佈到四方。
懷藏著屬陰的水，五行始於水，
循著地勢低窪處而流。[3]

在魯迅1921年的短篇小說《故鄉》的結尾，河流夢境般的本性得到了一次生動而短暫的記述。敘述者「我」在河上的小船裡打盹兒，在親眼目睹故鄉的崩潰後，即便未來飄渺難測，他毅然決定永遠離開他的故鄉。就在他若有所思的一刻，他夢想到了一個去除了舊人類（包括代表知識階層的「我」和代表愚昧農民階層的「閏土」）的全新的自然空間（「我在朦朧中，眼前展開一片海邊碧綠的沙地來，上面深藍的天空中掛著一輪金黃的圓月」），一種從未有過的全新的生活（「他們應該有新的生活，為我們所未經生活過的」）。[4]這個全新的未來懷望著四種新的生活方式：新生代間「沒有隔膜」；沒有勞動階級的「辛苦輾轉」；生活不再「辛苦麻木」，以及生命不再「辛苦恣睢」。敘述者夢中的河流所喚起的渴望清晰地表達了某些現代性的宏大理想，自轉入二十世紀起，這些理想就為中國知識份子熱烈地追求：平等，自由，幸福，尊嚴感與生活之美。

在中國現當代文學中，關於民族身分與主體性的書寫關聯著民族河流夢的烏托邦地形學，魯迅這篇對理想化之未來的幻想可以說稱得上一部發軔性的文本（inaugural text）。根據法國哲學家加斯東・巴什拉（Gaston Bachelard）的看法，雄性之海激發冒險故事，河流（包括湖與溪流）憑藉

[1] 本文寫於 1999 年 UC Davis，曾在亞洲研究協會 2002 年 Skidmore College 分會上宣讀。英文題目為："Poetics of Navigation: River Lyricism, Epic Consciousness and Post — Mao Sublime Poemscape"，感謝趙凡的中文翻譯。

[2] 讓・蓋博賽（Jean Gebser）：《持續在場的原點：整一體世界的基礎》The Ever — Present Origin: Part One, Foundations of the Aperspectival World (Columbus: The Ohio University Press, 1985)，第 219 頁。

[3] 酈道元：《水經注》，陳蕎鐸編（太原：山西人民出版社，1995 年），第 1 頁。

[4] 魯迅：《故鄉》《魯迅全集》第一卷（北京：人民文學出版社，1981 年），第 485 頁。

其流動性，則喚起夢與幻想：「溪流的景象再次喚醒遙遠的夢；使我們的幻想富於生氣」。[5]如果我們細緻地考察二十世紀的文化想像便會發現，河流的形象不僅僅與中國的現代性緊密關聯，即河流的形象與民族國家的興起以及新的民族身分的建構相伴相隨，而且，在現代中國的啟蒙大業中，作為生產、維繫現代性理想與渴望的憂患話語，河流的形象還會被當作此一夢想的基質。[6]

在後毛澤東時代生機勃發的所謂「文化復興」中，河流對於重新浮現的民族大業來說不可或缺。在二十世紀八十年代的十年間，中國的文學、藝術、電影、政治書寫經歷了一場河流話語的大爆發，所有這些都或隱或顯地記錄著社會、文化、美學，以及政治症候與創傷，記錄了後毛澤東時代對民族復興的集體渴望。[7]最強有力地表達了民族河流之魅力的小說有：張承志的《北方的河》（1984）、李杭育的《最後一個魚佬兒》（1982）、鄭義的《老井》（1985）、張煒的《古船》（1986）、賈平凹的《浮躁》（1985）、以及高行健的《靈山》（1986）；詩歌則有昌耀，海子和駱一禾。「河流熱」的頂峰便是《河殤》（1988）的播出，一部由中央電視臺播出的六集電視政論片，此片激起了一場對於家園與海洋之內涵的大討論。[8]

八十年代的中國正處於轉變與過渡期，在激發社會想像，文化理想以及政治無意識方面，河流想像非比尋常地激增並在其中扮演了一個動態的角色。河流想像把差異與對立的話語捆綁在一起，成為一個開放媒介，關於自我與民族身分的競爭話語在其中得到展現與溝通。河流話語的膨脹尤

---

[5] 加斯東・巴什拉（Gaston Bachelard）:《水與夢：論物質的想像》Water and Dreams: An Essay on the Imagination of Matter. Trans. Edith Farrell (Dallas: The Pegasus Foundation., 1983)，第 185 頁。

[6] 由冼星海（1905-1945）創作於 1939 年，改定於 1941 年的音樂史詩《黃河大合唱》或許是最有影響力與最具民族主義的作品。這部作品確立了黃河作為民族主義、英雄主義與愛國主義事業的合法性地位。經由神話—詩學的重構，黃河不再是大災難的來源，而變為民族的大救星，帶來幸福與自由的生命源頭。

[7] 例如，關注黃河的重要電影包括陳凱歌的《黃土地》(1984)、《邊走邊唱》(1990)、沈剡的《怒吼吧！黃河》(1979) 以及滕文驥的《黃河謠》(1989)。電視紀錄片則有三部重要作品：四十集的《話說黃河》(1986-1987)；《話說長江》(1986-1987) 以及《話說運河》(1987)。另外，全民族都席捲于確定黃河源頭的科考熱，以及在黃河與長江上的漂流熱。

[8] 有關《河殤》的討論，進一步的詳細分析可參見本書後面筆者的文章：《視覺的想像社群：媒介政體，虛擬公民身份與海洋烏托邦》The Visually Imagined Communities：Media State, Virtual Citizenship and Oceanotopia in *River Elegy*, *The Quarterly Review of Film and Video* 22.4 (October — December 2005)，第 327-340 頁。我在文中討論了電視鏡頭所傳達的河流鏡像如何使民族身份的想像成為問題。

其激勵我們去追問與此相關的一連串問題：什麼樣的集體願望被刻寫在民族河流所呈現的幻景中？在河流話語與身分想像的相互作用之間，社會-文化的無意識欲望如何得以表徵？河流話語怎樣處理後毛澤東時代中國的民族重建中所產生的張力與猶疑？

為了釐清這些問題，我提出「水緣詩學」（poetics of navigation）作為一種分析性概念來考察對於民族河流認識學上的建構，這一點在張承志的《北方的河》、以及海子、駱一禾與昌耀的抒情詩中最為清晰地顯現出來。我認為構成這一獨特「大河漫遊場景」（excursive scenario）的實質，在於創造史詩時過度狂熱的激情，借由河流的幻想性形象，重繪了後毛澤東時代的空間及地緣政治的民族身分。在追蹤這條龐大的水緣軌跡時，我欲考察這一新的生命欲望在投入營造史詩工程時所產生的解放性力量，以及實現此一宏大願景的困難艱辛。與其把河流的景觀僅僅視為象徵物或待破譯的文本，我則凸顯其動態表現的語義運作，依照威廉J・T・蜜雪兒（W. J. T. Mitchell）的識見，即考察景觀的「文化實踐「與「身分的構成」。[9]本文希望揭開在全球化去疆界化的時代，中國所呈現出的深切焦慮，闡明在後毛澤東的八十年代新時期，由文化烏托邦主義所重新界定的民族身分。

一、海子與駱一禾：水緣詩學中史詩意識的重構

八十年代上半期，全民族都被捲入了開創新時代的狂熱中，經濟改革、向西方開放門戶、文化復興。讚美河流的話語井噴式地爆發了出來，尤其集中於在後毛澤東時期中國文學裡的黃河。一方面，對於中國現代化來說，這一時期的中華民族，上上下下都沉浸在現代化的歡欣鼓舞與極度樂觀之中（正如「實現四個現代化」與「振興中華」此等宏大運動的口號）；另一方面，這也是一個精神危機與文化焦慮的時期（反映在知識份子運動與文化爭論中）。[10]在這樣一種社會文化氛圍之下，河流則應時提供了一個舞臺，展示中國在敘述對現代性之追求過程中出現的眾聲喧嘩圖

---

9 威廉・蜜雪兒（W. J. T. Mitchell）："Introduction"（序言）。*Landscape and Power*. Ed.W. J. T. Mitchell (Chicago: The University of Chicago Press.1994)，第 1-2 頁。

10 關於八十年代知識份子運動的詳細討論，請參見以下一系列著作。張旭東：《改革時代的中國現代主義：文化熱、先鋒小說、中國新電影》(Durham: Duke University Press, 1997)；王瑾：：《高燒：政治、美學與鄧小平中國的意識形態》(Berkeley: The: University of California Press. 1997) 以及陳方正與金觀濤合編：《從青年手稿到河流挽歌：中國流行文化運動與政治轉變 1979-1989》(Hong Kong: The Chinese University Press, 1997)。

景。一些評論認為，張承志1984年的中篇小說《北方的河》引動了對黃河的民族崇拜，以及一系列相應的反應。正如王一川指出：

> 在80年代前期，「黄河」在廣大讀者中樹立的崇高或神聖形象，很大程度上與張承志的名作《北方的河》（《十月》1984年1期）有關，至少可以說，正是這部中篇小說裡的「黄河」，集中凝聚了這時期文化語境中有關黃河的崇高期待或神話式遐想，從而最後儀式般地完成了黄河作為一個重要表徵形象的塑造……嫻熟地運用精英文學特有的正體語言去創造崇高而神聖的「黄河」。[11]

如此說來，張承志的作品扮演了兩種有趣的角色：它開創了社會文化對民族象徵性景觀的想像；也同時確認了新時期歡欣鼓舞的烏托邦話語。

史詩的抒情敘述中內嵌的模糊性就連作者自己都沒法梳理清楚，因為貫穿整部小說的男性主人公在科學家角色（文化地理學者）與詩人角色之間猶豫不定。也就是說，在科學與文化之間，作者無法確定哪一種角色對於重塑中國現代性、及其科學或文化的復興更有效。對於一個現代中國來說，應把期望寄託於河流文化（中國固有文化）內部的復甦，還是寄託於海洋文化（西方現代化）的外部轉化？這一兩難話語主宰了整個二十世紀意識形態二分法迷思。[12]所以意識形態的不確定性困擾著張承志筆下的男主角，其實質就是向內轉向河流還是向外轉向海洋的心理衝突，這一衝突使得作者在小說結尾象徵主義的夢境中身處一個難以抉擇的空間。結果，通過民族河流尋求民族的具象表達的史詩並不能寫出。中國現代性的夢想大業僅僅是一個開始或者是一系列的開始，而這一大業的竣工始終被不斷推遲，延宕。

然而，八十年代兩位天才詩人的出現使得「史詩衝動」或「史詩意識」得到了最完整的昭示，他們捕捉到了貫穿於整個二十世紀（尤其是八十年代）知識份子的民族想像。他們就是駱一禾（1961-1989）與海子（1964-1989）。1989年之後，兩位詩人的早夭使他們變成了民族崇拜的偶象。[13]隨

---

[11] 王一川：《中國形象詩學》（上海：三聯出版社，1998 年），第 231 頁。

[12] 對八十年代知識份子運動的細緻討論，參見陳方正 & 金觀濤（1997）。

[13] 對這兩位詩人的死亡崇拜及其一系列殉道／／聖徒身份，請參閱奚密的兩篇論文：Michelle Yeh，《中國當代的詩歌崇拜》，*The Journal of Asian Studies* 55, no.1（1996 February），第 51-80 頁；《詩人之死：當代中國與臺灣的詩歌與社會》Death of the Poet: Poetry and Society in Contemporary China and Taiwan，參見奚密：《現代詩文錄》（臺北：聯合文學，1998），第 227-

著二人地位的上升，張承志的史詩追尋找到了其在詩歌中最具雄心的釋放，特別是河流之詩，我稱之為「水緣詩學」（poetics of navigation）。

和張承志一樣，在八十年代上半期，詩人們同樣對這些河流著迷，特別是黃河。最有趣地是，對河流或海洋的詩意認同強烈到某些詩人把自己稱為「江／河」或「海／洋」，他們的筆名多與河流（波、浪、流或渡）以及海洋（濤或沙）的元素相關[14]。因此，河流作為詩人想像之所在不僅成為民族的象徵景觀，對民族振興的極度熱情，使得河流同樣成為特定年代心靈史的景觀。

如果張承志以一種雄性氣概的方式，通過對神聖黃河的朝聖肩負起後革命時代中國神話的重構，那麼駱一禾和海子則嚮往創造徹頭徹尾的中國史詩，海子稱之為「真詩」或「大詩」。[15]沒有一個中國現代詩人表現出的「史詩衝動」如這兩位詩人這般充滿力量與不可抗拒，他們驚人的詩歌作品令他們的同代詩人難以望其項背。然而如果我們仔細地觀察他們的創作軌跡，我們就會看見河與水的形象在激起他們的史詩圖景中扮演了一個重要角色。換言之，是河流引領兩位詩人雄心勃勃地創作一部終極史詩的計畫：逐日之河造就了海子未完成的史詩《太陽》；匯海之河則造就了駱一禾未完成的史詩《大海》。這一水緣詩學便著眼於將民族河流的話語「史詩化。」

二、河流的再神話化：駱一禾

作為一部史詩誕生的序曲，黃河又一次成為詩意想像的所在。在他們仙逝前，二位詩人都寫出了一組以黃河為中心母題的微型抒情史詩（大多寫於八十年代中早期），其中包括駱一禾的《河的曠觀》（1983）、《河的傳說》（1983-84）、《滔滔北中國》（1984）、《水（三部曲）》（1985-86）、《祖國》（1985）、《大河》（1987）、《水的元素》（1987）以及《黃河》（1987）；還有海子的《龍》（1984）、《河流》（1984）、《傳說》（1984）、《但是水、水》。作為北大的同窗與好友，

---

263 頁。對於海子自殺與詩人身份的浪漫圖景之間的複雜關係，最為全面的研究可參看柯雷最近的論文。Maghiel Van Crevel，《死亡學與詩性言語：閱讀海子的方式》Thanatography and the Poetic Voice: Ways of Reading Haizi，*Minima Sinica*, 1 (2006)，第 90-146 頁。感謝論文作者柯雷將這篇頗富洞見的研究惠寄給我。

[14] 筆名字面上與河流／水有關聯的一些較為著名的詩人有：江河、西川、歐陽江河、西渡、孟浪、孫文波、宋渠、劉漫流；與海洋相關的詩人則有：海子、海男、海上、海客、巴海、伊沙、北島與島子。

[15] 海子：《海子詩全編》（上海：三聯出版社，1997 年），第 888 頁。

二人不可避免地相互影響，他們詩中的主題有著非常明顯的重疊現象。

首先，兩位詩人河流詩歌的特徵在於，他們對於作為精神資源的河流存在想像力的一致性，此種精神資源在於民族的復興，以及作為英雄主體為民族代言的詩人形象。通過河流的持續性與流動性，對民族身分的想像在他們對河道的神話、傳說、歷史和民俗的詩性重構中強烈地表達出來。許多河流詩歌展示出一種神話化的時空，其中的河流與河水喚起了復甦與滋養的力量，敞開為一種民族興衰的進化論式敘述。因此民族的命運切近地與河流的原始神話相聯繫。在《河的曠觀》這首詩中，駱一禾描述了春天河流的蘇醒，從壓抑的蕭條中解放，並使祖國大地重現生機：「大河今日／到底像祖國一樣／奔流了」。[16]通過顯示河流之「曠觀」的壯麗場面，詩人夢想著民族的「奔流」與「甦生。」

通過河流來呼籲自我賦權與民族蘇醒，在駱一禾的長詩《河的傳說》中得到了最強力的表達，副標題為「獻給中國精神發源地：偉大的河流」。標題傳達出這首詩是一首讚美河流的頌歌，它是塑造中華民族的原型力量，這首詩同時也喚起大災難之後民族振興的力量。詩歌的史詩結構，以黃土高原上中國人種的創造為開端，探索民族神話的起源、記憶、離散、戰爭、苦難、歷史性時刻以及先驅者的軌跡，並終結於河流激盪的高潮中那可感的民族重生的啟示性圖景。作為中國文化的源頭，大河的力量正迷失「在火山灰和健忘火山的記憶中」（61頁）；河流在等待復甦的循環，好使那些滿載「燃燒」能量的人，藉著對河流深度的挖掘釋放這種能量：「騷動在果實裡的生命在燃燒／這一瞬間　河流明亮起來／我們的身軀轟然作響／一切都回蕩在激動的心中」（頁63）。詩人尋問：「有力的河／還在流動嗎？」回答堅定無疑：

> 河
> 是不會枯乾的
> 河是空氣的母親
> 河把滿天的流星
> 化作飽含著水分和熱量的樹種
> 我們在那裡流散

[16] 駱一禾：《駱一禾詩全編》（上海：三聯出版社，1997年），第45-46頁。以下文中引文均出自該選集，不另注。

分而複合　合而複分
哼唱著河道譜下的邁進的歌（頁64）

河流再次與樹的有機形象相連，樹「經受」了民族生與死的歷史。河流經由「水文圈」（「hydrologic circle」）的循環往復展現出它的轉換力，這股力量常常與人類命運以及宇宙秩序緊密聯繫。[17]河流不僅滋養了「土地　史詩和中國人的神話」（頁66），而且也被當作了中國歷史變遷的見證。最為重要的是，河流在這種循環性中總是孕育著中國人的新希望，「河流的種族」：「於是宇宙對人說／你們是偉大的／於是人們在河流裡／獲取了躍動的再生」（頁68）。詩人相信：「有了河流／中國的火才燃燒到如今」（同上）。伴著「我們」的激情、祈禱甚至犧牲，詩人呼喊著原型河流的復活：

河呵河呵
我們民族最古老的傳說
那關於天地起源的傳說
就是這樣的
在靠近生存的地方
鍾鍊生活　鍾鍊壯麗的憂患
溝通起群山和先驅者的意義
河水滔滔的　驚醒黝暗的時間
陽光敲響大地
河呵河呵……陽光敲響大地（頁69）

民族的神話因此在河水滔滔的流動上孕育。「陽光敲響大地」的啟示錄式的新世界景象顯示了一種烏托邦式的願望：在衝突得以解決與創傷得以治癒之後，民族能和諧地安定下來。正如懷曼・赫裡迪恩（Wyman H. Herendeen）注意到，這樣一種烏托邦話語精確地闡明了人類「基本衝動」與河流的聯繫。在創世神話中：河流即為自然神性的顯現，以及從墮落世

[17] 參閱段義孚（Yi — Fu Tuan.）：《水文圈與上帝智慧：地理學的主題之一》*The Hydrological Cycle and the Wisdom of God: A Theme in Geoteleology* (Toronto: University of Toronto Department of Geography, 1968)。

界中復活的超然力量。[18]正如文章開頭的引文所示，黃河在古代中國作為荷載宇宙精氣的大河被神話化了，黃河給予泥土裡的東西以生命。如此一來，如果河流顯現出它的神力，那麼民族的復活便指日可待。詩歌以此種可能性暗示作為結尾：「從那裡遠遠傳來／河流的聲音／……／……」（頁70）。最重要的是，詩人喚起的神話之河來自未來而非過去，這是一條不存在現世的河流，而僅僅存在於內心深處期許的夢境之中。

三、作為神祕超然的水

其他作品像是《滔滔北中國》、《水（三部曲）》、《祖國》、《水的元素》全都在讚美河流救世主般的超然力量與民族命運之間的休戚相關。《大河》中的兩行可以作為對神話之河崇拜的最佳例證：「我們仰首喝水／飲著大河的光澤」（頁243）。仰首的姿勢顯示出由大河之神力所驅使的超然信念。在《黃河》一詩的開頭（寫於1987），詩人將中華民族的姻緣認同為黃河，並以此作為全詩的開端：

> 人民。在黃河與光明之間手扶著手，在光明
> 與暗地之間手扶著手
> 生土的氣味從河心升起，人民
> 行走在黃河上方
> 人影像樹木一樣清晰，太陽獨自乾旱
> 黃河是一條好姻緣
> 只一條黃河就把人民看透了（頁369）

黃河的幻景作為神性與姻緣的顯現給人們帶來幸福，並極具神話意味，使得詩歌的開端呼應宇宙與人類的開端，一個在尚未墮落與腐化之前的清白、純潔與原始和諧的伊甸園世界：「村莊在大氣間顫抖／人民用村莊的語言在天上彼此知道／在黃河上晝夜相聞」（頁369）。黃河進一步被喻作一隻「大碗」，男男女女在其中生生死死，暢飲其中的聖水。飲水再次強調了生命滋養與生命提升的過程，使得與水相聯繫的血在整個身體內循環。因此，河流的乾枯象徵著文明的死亡，民族的衰落：「在枯水季

---

[18] 懷曼・赫裡迪恩（Wyman H. Herendeen）：《從風景到文學：地理學的河流與神話》From Landscape to Literature: The River and the Myth of Geography (Pittsburgh: Duquesne University Press, 1986)，第 8 頁。

節／我走到了文明的盡頭」（頁370）。值得注意的是「人民」這個詞，一個在革命意識形態中被神聖化了的關鍵字。然而，通過解構這個霸權性符碼，駱一禾為「人民」這一術語賦予了一種新含義：「人民」不是「一個抽象至上的觀念，他不是受到時代風雲人物策動起來的民眾，而是一個歷史地發展的靈魂。這個靈魂經歷了頻繁的戰爭與革命，從未完全兌現，成為人生的一個神祕的場所，動力即為他的深翻，他洗禮了我的意識，並且呼喚著一種更為智慧的生活」（頁833）。很明顯，滋養與洗滌生命的「神祕靈魂」即為黃河，一個擬人化的心靈承載著中國人集體無意識的原型力量：

> 人民以手扶手，以手扶手，大黃河
> 一把把鋤頭緊緊抱在胸前
> 在太陽正中端坐
> 這就是人民的所有形態，全部的性命
> 閃爍著燭光
> 美德的河，貧困的河
> 英雄學會了思想的河
> 一場革命輕輕掠過的河
> 美德在燈盞上遲鈍地閃耀（頁371）

「鋤頭、太陽、英雄、革命與燈盞」的形象作為意識形態的能指，指涉了基於延安的革命（從三十年代到四十年代），黃河的支流渭河流過那裡。那種由一系列革命運動來振興中國的烏托邦信仰已經流產，正如中國之靈黃河仍舊遭受著貧窮、蕭條與落後。什麼才能拯救中國麻木的靈魂？以略帶超現實的筆觸，詩人在作品結尾試圖回答這個問題：

> 在牛頭的遮罩下
> 兩眼張開，看見黃河不再去流
> 而是垂直的斷層
> 以罕有的綠光
> 向我們迎面壓來（同上）

「牛頭」所展開的景象，或許可以讀解為祈禱者的儀式，用作求雨、求得好運或保佑豐收（就像在陳凱歌1984年的新浪潮電影《黃土地》裡的最後一幕所看到的那樣）。黃河的斷流預示著深重的民族危機，「垂直的斷層」一方面展示了探索萎靡不振之真正原因的雄心，另一方面，揭示了河流向內流入人們的靈魂。因此從「垂直的斷層」發出的「綠光」表徵了一個歷史性契機，或表徵了一個為創造新生活而需要實現的期許。這是一次對中國魂強有力的召喚，它賦予民族主體在後革命時期一種「使命感」和「憂患意識」，以此來進行英雄主義般的重新賦權，民族亢奮主導了八十年代的認知想像。

四、作為症候的河流：海子的史詩詩人身分

海子與駱一禾一樣，急劇地受到「史詩衝動」的驅使，洞悉到河流修辭中的中國神話、歷史與民族身分的存在。在他短暫而富有創造性的一生中，他創作了多首卓越的微型河流史詩。在三章史詩《河流》中，海子揭示了河流的全景圖貌：追溯河流神話的誕生，生殖力與毀滅力，母性護佑與創生的光輝，原始的神性。最有意義的是，他創造了一個對話空間，在這個空間中，他將河流擬人化為「你」和「我」，二者能夠相互作用、質疑、挑戰以及反思。河流的「你」代表了歷史與神話，過去豐富的文化，如今卻消失殆盡，然而河流的「我」看似一個年輕英雄，在一段英雄成長與成熟的旅程中，尋求「你」失落的根源。詩歌開始於「你」的誕生，歷經「你」與「我」之間對抗性的交流，最後在黃河「你」與「我」的融合之中「我們」結束：

> 編鐘如礫
> 在黃河畔我們坐下
> 伐木丁丁，大漠明駝，想起了長安月亮
> 人們說
> 那兒浸濕了歌聲[19]

「編鐘」與「長安」（盛唐的大都）的意象同時喚起由黃河養育的中國歷史的榮光。詩人的探尋使得「我」將自己的身分視為「你」那持續流動、不可分離的一部分：

[19] 海子：《海子詩全編》（上海：三聯出版社，1997年），第205頁。以下文中引詩均出自該選集，不另注。

我凝視
凝視每個人的眼睛
直到看清
彼此的深濁和苦痛
我知道我是河流
我知道我身上一半是血漿一半是沉沙（頁187）

身分的相互指認——「你是河流／我也是河流」（頁193）——促使青春期的「我」穿過失落的世界並進一步進行自我探索：流經遠古的河流現在也流經他的身上。詩人規定了神話的連續性而非差異性，神話的在場而非缺場。只有意識到這一點，原型的「你」和被放逐的「我」的最終融合才成為可能。與駱一禾的詩篇《樹根之河》一樣，海子使用了樹這樣一種有機體修辭來描述持續生育的河流：「樹根，我聚集於你的沉沒，樹根，穀種撒在我周圍」（頁193）。在河裡深深紮下的樹根變成中國的生命之源。這一有機統一體以幻想的方式提供了治癒經由荒謬的極端革命所造成的分裂、麻木、以及創傷身分的可能性。換言之，河流神話的「你」向內流經個體生命的「我，」同樣也會使歷史殘骸得到洗滌，澈底地恢復瀕於精神崩潰邊緣的生命，引導自我的重生：「我不得不再一次穿過人群走向自己，我的根須重插於荷花清水之中，月亮照著我／我為你穿過一切，河流，大量流入原野的人群，我的根須往深裡去」（頁194）。此處，海子民族之河的三部曲史詩——《春秋》（意為歷史的開端）、《長路當歌》（意為民族的發展歷程）、《北方》（讚美原型力量的重聚與重歸）——清晰地顯示出對「清澈如夢的河流」（頁201）之回歸的召喚，映照出民族振興的無意識願望。

六章史詩《傳說：獻給中國大地上為史詩而努力的人們》（1984）是一部夢之詩，表達了從死灰（不死鳳凰的神話）中復興的中國（「中國的負重的牛，」頁208）的預言景象，滔滔江河（母性的「東方之河，」頁225）帶來了重生。通過對文化記憶的發掘與重拾——不朽詩人李白，禪宗詩人王維，道家聖人老子與莊子，孔聖人以及詩聖屈原——詩意的「我」宣示：「誕生。／誕生多麼美好！」（頁227）。初生的嬰兒來自「河上的搖籃」（頁221），「絳紅的陌生而健康」（頁221），象徵了中國的重生——「更遠處是母親枯乾的手／和幾千年的孕」（頁222）。「河水初次」（頁220）使得類似的重生成為可能。

在詩人看來，有兩個關於中國的傳說：一個關於「早晨的睡眠」（中國文化猶如一個早夭的早熟嬰兒）；「在早晨早早醒來」（中華民族的復興受一股危機感與焦慮感所驅使）：「第一次傳說強大得使我們在早晨沉沉睡去／第二次傳說將迫使我們在夜晚早早醒來」（頁222）。「夜晚早早醒來」的景象清晰地顯示了八十年代「趕上熱」的社會-政治心理。換言之，這兩個傳說暗示了中國落後於西方列強，因為她在全世界都在發展時過早的停止了生長；現在她應該在全世界處於睡眠的夜晚中早早醒來開始工作。接下來的問題變成如何能使仍在酣睡中的人們得以蘇醒。這也是一個困擾魯迅的問題，魯迅將中國比作一間「黑暗的鐵屋子」，人們在其中沉睡，悲觀地拒絕任何蘇醒的可能性。跟魯迅一樣，海子面對同樣的真實困境，他對能否喚醒一般民眾並不確定，但同時海子也意識到那些少數已經醒過來的知識份子可以甘願成為殉道者；海子詩意的英雄主義使他確信，少數幾位上下求索尋找史詩的詩人是真正的大徹大悟者：

我繼承黃土
我咽下黑灰
我吐出玉米
有火
屈原就能遮住月亮
柴堆下叫囂的
火火火
只有灰，只有火，只有灰
一層母親
一層灰
一層火。（頁228）

殘酷的事實在於中國的重生只能以犧牲生命來實現。個體的「我」決定肩負起使中國覺醒與振興的英雄使命，只是此番壯舉重如泰山，難以完成，因此通靈的詩人最終必須犧牲他自己，來促成這個烏托邦大業的成功。令人唏噓的是，甚至海子的殉難，儘管在全民族的頂禮膜拜中獲得了名垂青史的光環，也無助於喚醒人們的麻木意識，最終被媒體嘩眾取寵，庸俗化以滿足貪婪無忌公眾的獵奇心理。[20]

[20] 據他的詩人朋友西川（1962年生）所說，在海子死後的五年裡，他變成了一個神話：「他的詩

五、作為宇宙招魂符語的水

儘管海子不確定如何喚醒那些沉睡的人們，但有一件事他相當確定，河流對於中國之復興至關重要：「啊，記住，未來請記住／排天的濁浪是我們唯一的根基」（頁219）。此種對母性河流所具有的生殖、生育與復興神力的呼喚在海子四章的史詩《但是水，水》（1985）中獲得了最強烈的表達。在這首長詩中，海子急迫地構造了中華文化的廣闊圖景——創造、衰落、苦難與重生的神話貫穿於廣闊的河系。在其廣闊的視野下，以宏大的時間架構，神祕的典故以及寓意來尋求中華文化的身分，這首詩不禁讓人聯想起T・S・艾略特的劃時代史詩《荒原》。[21]第一篇是題為「遺址」的三幕詩劇，開始於一個詩人與戰俑之間的對話，背景為一條完全乾涸的大河（黃河），四位老人像樹根一樣盤坐著。被活埋的戰俑，呼求一頭母羊的到來（母羊即指用以復活的水），即將在絕望中崩潰，因為他害怕拯救他的母羊永不到來，但詩人相信水和母羊一定會到來。詩人將親手把母羊牽到戰俑那兒。從這個意義上來說，如果戰俑代表死亡，那麼詩人就代表生命。戰俑所拒斥的，便是詩人所堅持的。

第二幕是對沉江的詩聖屈原的合唱，神祕的山峰，背景悠遠，群巫在沿南方的大河（長江）邊采藥。當巫醫用超自然的神力來治病，召喚死靈，從第三幕起，詩人與「母羊」回來了，背景中伴有雨水聲。詩人無疑在這裡成為了通過巫術喚回生命的屈原的化身。說話人不僅僅代表了復活的屈原，也代表海子自己，因為海子總是宣稱自己是現代世界中詩聖的化身。詩人在他的長篇獨白中宣稱他從雨季的荒原中返回，他是「傾盆大雨」，他將使蓮花開放，給乾旱與死亡的世界廢墟帶去新生——「在東方，誕生、滋潤和撫養是唯一的事情」（頁236）。因此在劇末，傳來了新生嬰兒的哭泣聲，伴隨著「雨水聲像神樂」（頁237）。顯然，這是一個在肥沃的土地與豐饒的江河上重生、復興與讚美新生的時刻。

被模仿；他的自殺被談論；有人張羅著要把海子的劇本《弒》譜成歌劇，有人盤算著想把海子的短詩拍成電視片；學生們在廣場或朗誦會上集體朗誦海子的詩；詩歌愛好者們跑到海子的家鄉去祭奠；有人倡議設立中國詩人節，時間便定在海子自殺的3月26日；有人為了寫海子傳而東奔西跑；甚至有人從海子家中拿走了（如果不說是'掠走了'）海子的遺囑、海子用過的書籍以及醫生對海子自殺的診斷書（這些東西如今大部分都已被追回）」。西川：見《海子詩全編》（上海：三聯出版社，1997年），第919頁。

[21] 《荒原》早在1937年就被趙蘿蕤譯成中文，在八十年代由裘小龍，趙毅衡，查良錚，湯永寬，葉維廉等譯者再次譯成中文，在中國被廣泛地閱讀，這首詩對中國當代詩人的史詩意識與漢語史詩的寫作產生了巨大的影響。

第二篇題為「魚生人」，探索摧毀世界的大洪水神話以及再造世界的天神盤古和女媧。詩人以獨特的文本結構呈現了災難性的大洪水，在同一頁紙上再造了對稱性的雙重世界，以此展示同時發生的死亡與再生。在這樣一個生死同質的時空中，儘管看上去風格古怪，卻可用來消解時間的流動，並打碎歷史的線性時間，創造一個沒有時間的神話時空，其中和諧的宇宙秩序被刻寫，被依次讚美。此一創世神話的關鍵在於詩人所讚美水的女性力量。黃河「神祕的水」（頁245）賦予中國文化以生命與滋養：

……母親
母親痛苦抽搐的腹部
終於裂開
裂開：

黃河呀慘烈的河

東方滾滾而來（頁240）

滾滾而來的母性力量創造了光輝的史前中國文化——「青銅時代」與「新石器的半坡文化」（頁244）。因此，為了生命的創造與撫育，「靠近大河」的呼喊響徹了整首詩篇。只要靠近「大河」，無論何時何地，生命便生長繁茂。為了與河流的神性力量重聚，「靠近大河」的召喚話語貫穿了整個八十年代，激發了對河流的崇拜，促發了書寫河流的史詩之夢。從另一面看，激情昂揚地呼喚「曙光逼近大河」同樣釋放了海洋的烏托邦（oceanotopia），亦即想要同海洋合併的社會欲望：「我的呼吸／把最初的人們／帶入大海」（頁248）。然而，詩人說：「東方是我遠遠的關懷」（同上）。生與死的矛盾母題最終在毀滅與創造的一節詩中得到融合：「一共有兩個人夢到了我：河流／洪水變成女人痛苦的雙手，河流／男人的孤獨變成愛情。和生育的女兒」（249頁）。「靠近大河」便是親近始源的創造能量，融入生生不息的民族之魂。

第三篇題為「舊河道」，通過強調水的女性與母性品質來繼續探討生與死的主題。包括黃河與長江的舊河道，同時指向中國歷史（「盛唐之水，」251頁）及其衰落的現代。通過回到舊河道去經歷光輝的過往——「我便回到更加古老的河道……女人最初誕生……／古老的星……忘記的業績……五行……和苦難」（頁255），並進一步探索衰落的軌跡——「我便揪住祖先的鬍鬚。問一問他的愛情」（同上）。正如詩人所揭示的預言圖景，承載著中國文化記憶的舊河道將用復活之水再次將自己填滿：

> 便是水、水
> 抬起頭來，看著我……我要讓你流過我的身體
> 讓河岸上人類在自己心上死去多少回又重新誕生
> ……
> ——水
> 讓心上人誕生在
> 東方舊河道（頁253）

水所攜帶的復興力量完全源自海洋，詩人將在那裡開始重建：「……水噢藍的水／從此我用龜與蛇重建我神祕的內心，神祕的北方的生命」（頁252）。最終，舊河道便載著新生命的水重新澎湃：「根上，坐著太陽，新鮮如胎兒……但是水、水」（頁258）。

最後一篇題為「三生萬物」，女人誕生於水中，水承載著持續生殖的母性力量。這一篇還包含了，詩人作為失落世界的救世主的預言圖景。這一篇的第二部分意義最為深遠，詩聖屈原「A」與後輩詩人「B」之間進行的對話。在他們晦澀的交流之間，詩聖將自己稱作「水」和「神祕的歌王」，像一個導師一般（正如維吉爾對於但丁）引領出場的詩人穿越死亡與乾旱的陸地；屈原將詩歌遺產傳給了這位年輕詩人，並最終激勵著後輩詩人的成熟。[22]現代詩人的崇高形象便傲然地出場了：

> B：是的。我記住了。
> 詩人，你是一根造水的繩索。
> 詩人，

22 海子理念中向後輩詩人平和地傳遞詩歌資本的景象，不同于對先驅詩人的布魯姆式的暴力弒殺，卻更像在初學的轉折過程中，榮格式的原型力量的宇宙起源變形。然而，海子通過屈原確立自己詩性語言的合法性之景象，與布魯姆稱之為「阿波弗裡達斯」（Apophrades）（或死者的回歸）的最後階段相適應。通過對前輩詩人的原創／轉換性改寫，現代詩人獲得了徹底的勝利，從而成為大宗師。參看哈樂德 · 布魯姆（Harold Bloom）：《影響的焦慮：一種詩歌理論》*The Anxiety of Influence: A Theory of Poetry* (London/New York: Oxford University Press, 1997)。

你是語言中斷的水草。
詩人，你是母羊居留的二十個世紀。
詩人，
你是提水的女人，是紅陶黑陶。（頁264）

新生代詩人為屈原招魂成為一場詩歌契約的轉讓儀式，由此確立了海子作為「神祕歌王」的現代化身的合法性，一個中國文化長久地訴諸於屈原的角色。在聖詩人的角色中，海子便有能力創制他的夢之詩，那部他稱之為「大詩」的終極史詩。

因此我們發現，女性在海子的微型河流史詩中的突出地位是其史詩的一個重要特徵。與張承志甚至駱一禾的作品中男性主義的河流概念正相反，海子讚美河流的女性特質，全身心地擁抱河流散發出的愛與撫育的母性力量。在1987年之後，他放棄了這一主題，並轉向一種「父性，烈火般的復仇」來對抗世界。[23]正如巴什拉所注意到的，水帶有「強烈的女性特質」，養育、護佑與管制。[24]在他的一篇短文中《寂靜》（《但是水，水》的原代後記）中，海子清晰地解釋了他對水的女性特質的偏愛。據海子來看，世界是水質的，因此具有包含的特質：如同女人般的身體，生產但同時也包含——「女性的全面覆蓋……就是水」（頁877）。相對於男性世界，水是一種痛苦的征服，水質的女性世界是「一種對話，一種人與萬物的永恆的包容與交流」（同上）。他這麼寫道：

但是水、水，整座山谷被它充滿、洗滌。自然是巨大的。它母性的身體不會無聲無息。但它寂靜。寂靜是因為它不願訴說。有什麼可以要訴說的，你抬頭一看……天空……土地……如不動又不祥的水……有什麼需要訴說呢？但我還是要說，寫了這《水》，因為你的身體立在地上、坐於河畔，也是美麗的，浸透更多的苦難，雖不如自然巨大、寂靜。我想唱唱反調。對男子精神的追求唱唱反調。男子精神只是寂靜的大地的一部分。我只把它納入本詩第二部分。我追求的是水……也是大地……母性的寂靜和包含。東方屬陰。

[23] 西川：見《海子詩全編》（上海：三聯出版社，1997年），第923頁。
[24] 加斯東・巴什拉（Gaston Bachelard）：《水與夢：論物質的想像》Water and Dreams: An Essay on the Imagination of Matter，第9頁。

> 這一次，我以水維繫了魚、女性和詩人的生命，把它們匯入自己生生滅滅的命運中，作出自己的抗爭。（同上）

由此可以看出，海子將河流的女性氣質放置到突出的地位具有兩個目的：一方面，利用與河之女性氣質的對話，來與男性意識形態的主流社會，在八十年代透露出的尚武情緒相抗衡；另一方面，構造和平主義以及包容的「東方精神」來對抗西方霸權侵略性的思想狀態。然而，這樣一種浪漫的反抗姿態只能是自我防衛，自我催眠，因為詩人的目標非常模糊，抒情力量在日常的平庸現實面前顯得如此脆弱，簡直不堪一擊。在八十年代後半期，從此種「史詩衝動」的英雄主義畫景中實際出現的並非包容的女性氣質，以及河流水質的母性所擁有的夢幻景象，而是一些古怪、諷刺以及荒謬的夢魘焦灼，亦即在鄭義、張煒與蘇曉康的作品中出現的末世感。[25]

六、水緣彌賽亞主義：昌耀

我已經在上面討論了張承志、駱一禾與海子的水緣詩學，下面我將簡要討論八十年代另一位重要的水緣詩人昌耀（1950-2002）的詩歌。昌耀是青海大西北的詩人，因為其地理上的遙遠以及他作品不羈的風格，常被稱作「邊塞詩人」。像駱一禾與海子一樣，昌耀熱情洋溢地擁贊黃河，他的詩極力推崇對民族身分的精神崇高性進行神話-詩性的探尋。作為對張承志的小說中河流朝聖的迴響，昌耀的《青藏高原的形體》（1984）是一部包含六個部分的史詩，描述了重新探索中國的旅程，通過對黃河源頭的考察來追溯河流的神話、歷史、文化與地理。例如，在《之一：河床》中，河床被擬人化為抒情的「我」從河流的源頭升起，「白頭的巴彥卡拉」——攜帶著歷史與神話的聲響——「我是時間，是古跡。是宇宙洪荒的一片化石。是始皇帝。」——伴隨著拯救與重生的期許從祖國的陸地流入海洋——「我答應過你們，我說潮汛即刻到來，／而潮汛已經到來……」。[26]承諾療救的彌賽亞力量並沒有呈現為母性的力量，而是父親的形象，一個紋身的、身體多毛的巨人（粗獷男性的象徵），一顆博愛的胸襟，以及

---

[25] 在筆者的論文《熵的焦慮與消失的寓言：論鄭義〈老井〉與張煒〈古船〉中的水緣烏托邦主義》中，我分析了鄭義與張煒的作品如何挑戰與介入民族河景的抒情地形學諸種問題。參見 Jiayan Mi，"Entropic Anxiety and the Allegory of Disappearance: Hydro — Utopianism in Zheng Yi's *Old Well* and Zhang Wei's *Old Boat*." *China Information*. 21 No. 1 (March 2007)，第 109-140 頁。

[26] 昌耀：《青藏高原的形體》，收入《昌耀詩集》（北京：人民文學出版社，1998 年），第 100 頁。

「把龍的形象重新推上世界的前臺」（同上）的力量：

> 他們說我是巨人般躺倒的河床。
> 他們說我是巨人般屹立的河床。
>
> 是的，我從白頭的巴顏喀拉走下。
> 我是滋潤的河床。我是枯乾的河床。我是浩蕩的河床。
> 我的命令如雷貫耳。
> 我堅實寬厚、壯闊。我是發育完備的雄性美。
> 我創造。我須臾不停地
> 向東方大海排瀉我那不竭的精力。（頁98-99）

「排泄」一詞的身體性行為釋放出的創造能量，源於大河作為一種驅動力所激發出來的原始激情的歡騰表演，以及面對海洋世界，社會的生命衝動之解放，男性主義的欲望再一次與張承志產生了共鳴。在詩歌《之六：尋找黃河正源卡日曲：銅色河》中，不同於第一首中原型抒情的「我，」說話的主語在這一章變成了複數的「我們」，無疑暗示了集體所承擔的探求：「從碉房出發。沿著黃河／我們尋找銅色河。尋找卡日曲。尋找那條根」（頁103）。

將河流的源頭轉喻為樹的根，使得對河流源頭的尋找變成了對某些基本事物之根基的尋找：中國文化的根。「我們」被賦予這樣一個崇高任務，被「親父、親祖、親土的神聖崇拜」（頁103）所驅使，預備去探索中華民族與中國文化的源頭——「我們一代代尋找那條臍帶。／我們一代代朝覲那條根」（頁104）。在黃河源頭，「我們」找到了一棵深深紮根的大樹，「生長」出中國的神話家園：

> 而看到黃河是一株盤龍虬枝的水晶樹。
> 而看到黃河樹的第一個曲莖就有我們鳥窠般的家室……
> 河曲馬……遊蕩的裸鯉……（頁105）

通過將河流構造為一棵神話之樹，[27]「我們」在第一條「曲莖」裡發

[27] 在古代神話中，對樹之仁慈力量的崇拜，參看詹姆斯．弗雷澤影響甚廣的作品《金枝：巫術

現，中國文化之樹的原始靈魂，成長、開放，最後結出果實——「騰飛的水系。」「騰飛」作為八十年代新時期的關鍵字，表達出「民族振興」的普遍夢想。不同於《河床》啟示性的口氣，詩歌的結尾採用安靜的口吻：「銅色河邊有美如銅色的肅穆」（頁106）。這個結尾一方面顯示出，經過對中國文化聖地的朝聖油然而生的精神淨化，另一方面也顯示出，在自信恢復以後，對民族復興的要求。這種安靜不是永久的，而是高潮的爆發與騰飛之前的平靜。因此我們看到經過對中國的再次探索，昌耀對黃河源頭的史詩探索是一個神話化的進程。[28]在河流神話裡鐫刻著八十年代上半期烏托邦幻象的主要能指，諸如：「振興中國」，「趕上世界強國」或是「四個現代化意識」。

張承志、駱一禾、海子與昌耀的作品，催化了對民族河景的水緣性重繪的史詩衝動，記錄了後毛澤東時代民族振興衝動的社會-文化想像。因此，他們所讚美的河與水的療愈性以及神話詩性的力量，構成了八十年代早期的文化烏托邦主義的真正內容。與歡欣鼓舞的陶醉於擁抱生機勃勃的生殖力相對，一些作家（如鄭義，張煒）在八十年代後半期，開始通過提供一幅更加荒謬的熵之河景（entropic riverscape），挑戰這種民族河流之神話力量的浪漫化形象。水緣的爭論性話語催促我們去提出更多關於社會幻想、民族身分，以及後社會主義的生態狀況之諸種問題。

中文原載《江漢學術》2014年第5期

英文原載*Modern Chinese Literature and Culture*. 19. 1 (Spring 2007)

與宗教之研究》，尤其是第九章：樹之崇拜。參閱詹姆斯 · 弗雷澤（James G Frazer）：《金枝：巫術與宗教之研究》*The Golden Bough: A Study in Magic and Religion* (New York: TheMacmillan, 1922)，第 109-135 頁。

28 不光大陸詩人深深地捲入對於黃河的瘋狂，中國大陸之外的一些詩人同樣如此。臺灣詩人林耀德（生於 1962 年）寫過一首題為《黃河源》的作品，顯示了對黃河之「天上活水」流向海洋，追尋東方日出的源頭的敬畏。林耀德：《黃河源》，見於韓雅君編《青年詩選 1987-1988》（北京：中國青年出版社，1990 年），第 27-29 頁。除了多數與黃河有關的詩歌外，也有不少關於長江的詩歌。「朦朧詩人」楊煉的作品便是一個絕佳例證。在這首詩中，詩人對著蘇醒的長江大聲呼喊，以求併入「清澈、透明的」海洋世界。在他富有爭議的五首系列微型史詩《諾日朗》（西藏男神，同時還是四川與西藏交界的著名風景區「九寨溝」的瀑布）中，詩人讚美了原始粗獷的激情與男性水神的青春活力，同樣把水與樹的創造力聯繫起來。楊煉：《一個北方人唱給長江的歌》，收入蔣精武編《八十年代詩選》（上海：上海文藝出版社，1990 年），第 293-295 頁。

第八章　繆斯點燈：抒情邊緣性，游牧意識與中國新詩性電影[1]

20世紀80年代中期，由於詩人、詩群、詩刊和誦詩活動迅猛增長，使得現代漢詩名聲大噪、烜赫一時，迎來了一次後來人們所津津樂道的詩歌文化的復興時代。可以說，「80年代，詩人是明星」，[2]其耀眼奪目的程度堪與搖滾歌手相提並論，詩歌光環下的追隨者可謂不計其數。「連當時的空氣都充滿了抒情與犧牲」，[3]以至於當時有句流行語，形容社會上四處流竄的流浪詩人多如牛毛，就算順手向窗外丟塊磚頭，也能砸到一個詩人。即便如此，對80年代詩人的嘲諷還算客氣，但90年代的詩人卻要面對備受冷落的社會現實。成為詩人，大抵也就意味著三種結局：一是鋃鐺入獄，如廖亦武；二是自殺身亡或夭亡，如海子、戈麥、顧城，駱一禾；三是遠離故土流散海外，如昔日的朦朧詩以及後朦朧詩的眾多主將們。

資本市場加快國際化，滋生出一個超領域的全球化空間。這其中，民族國家之間傳統的疆界紛紛坍塌，本土文化逐漸遭到邊緣化。全球化趨勢挑釁著我們的認知域，包括空間、邊界、家園、主權和身分，尤其是離散、流亡和抗爭等新問題，隨之席捲而來。面對這一去疆界化的大潮，我們必須拷問以下關鍵問題：在全球化時代，再談離散、流亡，其真實性何在？換言之，置身於多元化、跨文化以及無邊界的世界語境，是否還能夠書寫一種以內部／外部、內在／外在，或者精神／物質（經典流亡文化的定義）觀念、邏輯為主導的元敘事？在跨文化語境中，不斷遷徙的隸屬性隨時在超越文化空間的差異，「身分認同」觀念是否還有效？當傳統的主體、作者、主動性和抗爭類型之間的交互影響關係遭遇挑戰時，又如何理解「身分認同」？

九十年代以後，大量流散詩人的集體遁逃，清晰地勾繪出一幅國際化的反諷圖景。饒有趣味的是，流離故土、流散海外的詩人之多，遠遠超過

---

[1] 本文曾在美國亞洲研究協會2003三藩市年會上宣讀。英文題目為："Rewinding the Lines of Muse: Lyric Minoritarianism, Depoeticization and Diasporic Consciousness in New Chinese Cinema of Poetry"。感謝翟月琴博士的中文翻譯。

[2] 劉晉鋒：「張棗：80年代是理想覆蓋一切」，原載《新京報》，2006年4月20日。

[3] 柏樺：《今天的激情——柏樺十年文選》（上海：上海人民出版社出版，2006年版），第9頁。

小說家，最具代表性的就是北島、楊煉、多多、顧城、一平、芒克等朦朧詩派，和貝嶺、孟浪、雪迪、馬蘭、張棗、李亞偉、宋琳，呂德安（包括短居紐約的翟永明與歐陽江河）等後朦朧詩派。一旦流離故土，他們的足跡跨越整個西半球，從法國到瑞士、從荷蘭到瑞典，從德國到法國、從澳大利亞到加拿大、從香港到美國，顛沛流離、居無定所。他們看似是無國籍的世界流浪兒，口袋裡卻揣著中國護照。更為反諷的是，此時，中國正迷人地向世界施展魅力，而世界的流散熱浪也已退潮。故而，1989年以來的中國詩人的離散現象，創造了一幅在全球化、數碼化時代的詭異圖像，這無疑挑戰我們如何辨析離散和身分認同文化的悖論，兩難性以及在地性。

在後社會主義的九十年代，詩歌所遭遇的令人沮喪的頹勢，恰證實了當代漢詩陷入不合時宜、邊緣化、乃至價值和功能喪失殆盡的絕境。然而，令筆者感興趣並不是評論界喋喋不休痛惜「詩歌死亡」的言辭，而是由蕭條的詩歌生態所引發的一系列問題，包括詩歌的價值、有效性和社會功能。尤其是諸多邊緣化境況，與當代中國社會的一個亟待探討的中國性問題密切相關。與其說關注詩歌本身的不安狀況，還不如考察詩歌與詩人在電影這種大眾媒體中是如何被呈現的。這三部電影分別是：《顧城別戀》（陳麗英，1998）、《周漁的火車》（孫周，2002）和《像雞毛一樣飛》（孟京輝，2003）。[4]筆者認為，此三部影片試圖詮釋出三種後社會主義的詩歌時代精神：離散者、浪漫派和消費主義者，堪為典型，寓意深遠。它們既捕捉住當代漢詩的詭秘命運，又為我們理解個人與公共身分的症候打開了嶄新的視野，更有助於我們理解抒情少數主義能動性如何（minoritarian agency）在參與社會變遷時對社會現實的抵抗、干預以及協商。

義大利導演皮埃爾・保羅・帕索裡尼（Pier Paolo Pasolini）在其1965年發表的重要文章《詩的電影》中聲稱：「電影語言本質上是一種詩意的語言」。[5]在帕索裡尼看來，與散文電影不同，「詩性電影」具有以下特徵：非理性的，非敘事性的，非線性的，夢幻性的，隱喻性的，主觀性

---

[4] 除了這三部詩性電影外，據我所知，目前還有以下幾部詩性電影：張律的《唐詩》(2003)，趙大勇的《下流詩歌》(又名《尋歡作樂》，2010)，睢安奇的《詩人出差了》(2002-2015)，秦曉宇導演的打工詩人紀錄片《我的詩篇》(2015)，畢贛的《路邊野餐》(2016)，楊超的《長江圖》(2016)。

[5] Pier Paolo Pasolini（皮埃爾・保羅・帕索裡尼）: "The Cinema of Poetry." *Movies and Methods*. Vol. 1. Ed. Bill Nichols (Berkeley: University of California Press, 1976)，第 542-558 頁。"Cinema of Poetry" 目前尚無統一的中文譯法：詩電影，詩的電影，詩化電影，詩意電影，詩性電影。前兩個譯法則重詩歌中的電影特性（cinepoetry），而後三種則強調電影中的詩性特徵。

的，粗狂性的和無序的本質。正是「自由的間接主體性」使得電影中「詩性的技術語言」成為可能，即創作者進入到人物的內心深處並通過人物的主體意識去表達和觀察世界。「詩性電影」具有對神話及制度性的解魅和震驚功能，它是以反好萊塢「類型電影」而提出的，具有反建制的先鋒意識。中國「新詩性電影」肇始於八十年代初期後毛澤東時代的中國新浪潮電影，包括一些所謂的第五代導演的作品（陳凱歌的《黃土地》，《孩子王》，張藝謀的《紅高粱》，《秋菊打官司》，田壯壯的《盜馬賊》，《獵場紮撒》，張暖欣的《青春祭》等），以及一些第六代導演的作品（賈樟柯，婁燁，姜文，王小帥，霍建起等）。「中國新詩性電影」除了具有上述的帕式「詩性電影」特徵外，它的「新」還體現在以下三個層面：（1）如同「中國新浪潮電影」一樣，「中國新詩性電影」的崛起首先是對過去占統治性的「主旋律電影」的反動以及對其宣教性意識形態的解魅，轉而強調自由的個人化主體意識及其內心焦慮；（2）它又在電影視覺語言與敘述風格方面區別於在它之前的第四代導演（吳天明，謝飛，吳貽弓等），更強調電影的夢幻性，隱喻性，主觀性的功能以及鏡頭的個人化風格；（3）它也在審美觀照與圖像構造方面區別於西方的「詩性電影，」吸收中國古典詩歌，繪畫美學，中國古典音樂的抒情寫意傳統，突顯自然，即興，真實與質感化的影像韻味。

但本論文的首要議題並非探討詩歌與電影的緊密關聯，也不打算深究這三部電影的品質。筆者主要討論三部影片提出的一個關於詩歌與後社會主義中國性的共同問題。我們並不提問「詩歌預示著什麼？」、而是問「電影中的詩歌有何作為？」也就是說，我們從傳統的詩歌內容-意指研究轉切到詩歌的「表演性／施事行為」（performative act），即，詩不但言志，而更言行，催生變革的行動和改變現狀的後果。[6]基於此，筆者首先試圖分析詩人、詩歌形象在電影中的顯現方式，進而以德勒茲的小眾文學、少數主義與塊莖性理論探討詩歌的能動性聲音。

[6] 有關「表演性／施事行為」更詳細的論述，請參閱以下英文著作：J. L. Austin, *How to Do Things with Words*. Eds., J. O. Urmson and Marina Sbis (Cambridge: Harvard University Press,1975); Jacques Derrida, *Limited INC* (Evenston: Northwestern University Press,1988); Judith Butler, *Gender Trouble: Feminism and the Subversion of Identity* (New York and London: Routledge,1999)。

一、詩人的流散與放逐

《顧城別戀》

回顧歷史脈絡，不難發現，大量中國詩人的反諷式的集體逃離從空間、邊界、家園、主權、到身分等方面提出了一連串新的疑問。1989年以後的流散詩歌為反思身分認同與民族國家、國內政治與民族歷史、主體間性與流散經驗幾組張力關係，提供了一個難得的契機。而跨越邊境的流動感，為詩人創造了一個潛在而靈活的雙重視鏡，文化批評家周蕾稱之為「跨——場域」（para-site）的觀視姿勢。[7]這面「雙重視鏡」既可質疑中國式的抒情獨白、純母語的迷思，懷鄉和抵抗情緒的合法性，乃至虛構性自我模塑的可能，又可述說混雜多元的抒情聲音、觀念視點和敘述語體，還有批判、反諷和戲謔，有如巴赫金式的複調和狂歡化。北島的一首離散詩《鄉音》最能體現這種「跨——場域」的雙視鏡觀照：

【原詩】	[分鏡頭2／1]	[分鏡頭2／2]
鄉音	鄉音【1】	鄉音【2】
我對著鏡子說中文，	我對著鏡子說中文，	一個公園有自己的冬天，
一個公園有自己的冬天，	我放上音樂，	冬天沒有蒼蠅，
我放上音樂，	我悠閒地煮著咖啡，	蒼蠅不懂得什麼是祖國
冬天沒有蒼蠅，	我加了點兒糖，	祖國是一種鄉音，
我悠閒地煮著咖啡，	我在電話線的另一端，	聽見了我的恐懼，
蒼蠅不懂得什麼是祖國，	於是我們迷上了深淵。	於是我們迷上了深淵。
我加了點兒糖，		
祖國是一種鄉音，		
我在電話線的另一端，		
聽見了我的恐懼，		
於是我們迷上了深淵。[8]		

在背鄉離井的放逐情景中，自我的完整性逐漸崩潰，正經歷著一場難堪的精神分裂，剝離出一個既戲謔又絞痛的他者：作為抒情主體的「我」

[7] 周蕾：《寫在家國以外》（香港：牛津大學出版社，1995 年版），第 23 頁。
[8] 北島：《舊雪》（New Yokr: New Directions, 1991），第 50 頁。

的肉身日常性生活（《鄉音1》被一個不速之客的「他者」在嚴寒的冬天攪亂，錯位，反切鏡中的「祖國／鄉音」（《鄉音2》），進而在無底的鏡像虛妄中使離散者的「返鄉」成為不可能（「恐懼／深淵」）。如是，北島用「深淵」喻指瓦解了「祖國」這一線性目的式的終極高地。

然而，陳麗英的電影《顧城別戀》，焦點不在於從顧城一反常態的性格和三角戀生活中尋找獨特的跨文化反思視角，而是立足新西蘭激流島本土被遺棄的外鄉人身分，戲劇化地呈現「童話詩人」顧城尷尬的病態心理、身處異域的不適和悲劇的結局。針對天才詩人的身分，儘管電影無意揭示其不堪回首的過往經歷，但鬼／幽靈似的詩人印象，卻有如他所迷戀的高筒帽子，不可摘卸，深入人心。詩人主體性的喪失首先表現在他處理生活能力的缺失：他不會開車，不會用英語交流，陷入三角戀，拋棄兒子，極端非理性，與妻子的戀人角逐時一敗塗地，最終殺死了妻子。顧城帶給人的螢屏印象，幾乎囊括了人類的一切負面癥結：偏執、厭女、虐待、自戀、狹隘、嫉妒和殘忍，這些完全背離了他的詩歌所創造的純真的童話世界。

首尾複現的黑白色調，預示了詩人的命運。如同他走出觀眾的視線，向一棵遠方的樹，最終又因為自縊身亡消失於此。顧城這一背對觀眾深長的遠走，記錄地不僅是詩人身體的消失，同時也是詩歌向觀眾絕望的告別，標示著一個抒情烏托邦時代的終結、最後的「民族寓言」的消亡。[9] 緊接電影黑白開片，鏡頭切向一幅全景式的田園牧歌的島嶼景觀，在海洋、樹木、海鷗和白雲中，詩人深情而狂熱地誦讀他的組詩《水銀》之一「滴的裡滴」：[10]

> 本來　你可以過去
> 拍拍手
> 走過草地
> 樹一個勁冒葉子
> 你一個勁說話

---

[9] David Der — Wei Wang（王德威）, *The Monster That Is History: History, Violence, and Fictional Writing in Twentieth—Century China* (Berkeley and Los Angeles: University of California Press, 2004), p. 254.

[10] 由陳士爭導演、蘇聰根據顧城的 20 首詩作曲的歌劇《水銀燈光下的世界》「Mercury Light World」於 2006 年 3 月 16 日至 3 月 18 日連續三日在柏林的 Hebbel am Ufertheater 舞臺演出。生與死象一條紅線貫穿了這部歌劇。

葉子
你留著開機器
一個勁冒冒　冒進煙裡

遠遠的看是桶倒了
滴
好多精細的魚
在空中跳舞
滴的裡滴
魚把樹帶到空中
滴
魚把樹帶到空
中
棕色的腿聳在空
中
滴的裡滴[11]
……　……

於詩人而言，樹象徵生命、想像和詩，而現在卻連根拔起，倒懸於空中，無家可歸。夢幻般交織著的諧音與擬聲，卻預言詩人的生命始於樹，又終於樹。影片開頭那只翱翔在藍天的白色大鳥，預示著詩人的純潔的烏托邦夢想，卻獨自在天際中飛翔，高傲，倔強，不妥協而又與俗世疏離，永不著陸，最終消失在茫茫的無際天涯。

《周漁的火車》

周漁是一個在三明小鎮為瓷器畫畫的女人，她愛上了遠在重陽市做圖書管理員的陳清。陳清寫詩但生活卻時常缺乏詩意、他抱負遠大又總會失去信心。同時，他懦弱，害羞、無助、孤僻而被動，就像他對周漁說，「你是不是覺得我特別沒本事」；圖書館精簡員工，他被館長派去西藏教書；周漁精心為他準備的詩歌朗誦會空無一人，令他備感羞辱；他的戀人周漁，也開始傾心於獸醫張強；因為他的詩人身分，周漁請同事阿香去

---

[11] 詩據陳麗英的電影《顧城別戀》DVD眷寫。

見見他，還遭到拒絕（周漁說：「我給阿香去見見詩人。」阿香立刻說：「我不去啊。」周漁催促著：「去吧。」其他同事竊竊私語、驚訝地問：「什麼詩人啊？」）；[12]為了幫陳清出版詩集，周漁請出版社的朋友吃飯，反被潑了一頭冷水：「詩出了，也沒人買」。陳清問周漁：「你是愛我的詩，還是愛我的人呢？」周漁卻回答說：「我愛詩人」。可以說，這一系列遭遇，將他的命運隨著詩人的身分，一同被推向邊緣化。

儘管戀人陳清陷入如此尷尬的處境，但周漁仍鼓勵他追逐詩人的夢想，並且堅定地告訴他：「你行」。她變賣了自己畫的、家傳的所有瓷器，支持陳清出版詩集；她還為陳清組織和舉辦詩歌朗誦會；當在重陽的報紙上讀到陳清的詩時，她激動萬分；她還想在陳清未來的新詩集上標注她的名字，因為這樣就可以成為第一個讀者。這一切僅僅因為她被陳清的一首詩《仙湖》打動，在詩裡，為瓷器畫畫的周漁，被比作「仙湖」。如穿插影片的敘述人秀所說：「那個成長在鐵路邊上的女孩，她將因為一首詩愛上陳清」。

《像雞毛一樣飛》

孟京輝的電影戲劇化地將社會主義市場經濟以來詩歌、詩人的非詩化、邊緣化和無效性處境推向極致。出版過詩集的詩人歐陽雲飛，從上海飛往北京郊區探望陳小陽。昔日的詩人同學陳小陽，而今已是黑雞養殖的知名企業家。由於失業和挫敗，歐陽雲飛與女友小夏分手，乃至患上幽閉恐懼症。在瀕臨崩潰的邊緣，他三年都未寫詩。陳小陽諷刺他是個生活一團糟的傻詩人，還不如給黑雞蛋寫點好的標語和廣告歌曲。一次偶然的機會，雲飛購買了一張名為《你想成為一個詩人嗎？》的盜版光碟。因為這張具有神奇魔力的光碟，他終於摘除了落寞詩人的帽子，一夜成名。光碟試用版過期、系統崩潰之後，他不再有野心追求詩人夢，還對女友芳芳說：「詩人沒什麼用」。

與之相關的是，同芳芳在一家醫院工作的醫生，聽聞她的男友是個詩人，詫異又帶有幾分嘲笑地問：「詩人，什麼詩人？」在婚禮上，小國鼓起勇氣，連續五次起身，聲明要朗誦一首詩，而客人們卻全然漠視。此外，電影開頭，還清晰地展現了非詩化的一幕。雲飛丟失行李包，連同身

---

[12] 這種對詩人的鄙視令人聯想起朱文小說《食指》中詩人主人公吳新宇遭嘲諷一樣：「吳新宇是他媽的什麼鳥東西？一個詩人？詩人又是他媽的什麼鳥東西？」轉引自宋明煒《批評與想像》（上海：復旦大學出版社，2013 年），第 201 頁。

分證也一起丟失，於是被兩名機場安全員警視作小偷，審問道：

> 員警B：你是幹什麼的？
> 雲飛：沒工作。
> 員警A：你總不能什麼都不幹吧？
> 雲飛：寫東西。
> 員警B：寫什麼東西啊？
> 雲飛：寫詩。
> 員警A：詩，你是詩人？（員警以譏諷的眼神看他）你叫什麼來著？歐陽雲飛。歐陽，你聽說過這人嗎？
> 員警B：沒有，我聽說過高爾基。
> 員警A：高爾基不是詩人，
> 員警B：李白才是詩人。
> 員警A：對，李白
> 員警B：你都寫過什麼作品啊？

管制和壓抑的社會環境裡，丟失身分證就意味著喪失社會身分。而在這樣的貧瘠時代，詩人也已失去了其社會價值。

二、抒情少數主義

基於二戰以後技術主義和物質主義急速增長，哲學家海德格爾重提55年前荷爾德林的問題：「貧困的時代裡詩人何為？」據海德格爾所言，時代貧困乃因其缺乏痛苦、死亡和愛情之本質的無蔽。世界進入黑夜和深淵時，詩歌的作用在於它有著神聖的力量，能夠追蹤遠逝諸神的蹤跡。換言之，有深淵就有遮蔽，詩人也就意味著在世界黑夜的時代裡道說神聖，使得遮蔽變得敞開、澄明。當然，與其探尋存在論意義上的「貧困的時代裡詩人何為？」，不如觀察詩歌創作的實踐表現，進而追問：「詩歌能做什麼？」回答此問題，德勒茲、瓜塔耶（Gilles Deleuze and Félix Guattari）的少數文學和少數主義觀念提供了重要的參照。二人合著的《卡夫卡：走向一種少數文學》（1986），[13]提出少數文學的三種特質：（1）在少數文

---

[13] 德勒茲所宣導的 littrature mineure/minor literature，目前有多種中文譯法：少數文學（對應「多數文學」），小文學（對應「大文學」），弱勢文學（對應「強勢文學」），非主流文學（對應「主流文學」），次要文學（對應「主要文學」），以及小眾文學（對應「大眾文學」）。茲以詩歌在當

學裡，語言帶有一個高度「解疆域化」（deterritorialization）的係數，將語言從主流語言推向極限，以消除意義和標準，從而導致語言從本質上成為異質的現實，並從支配一切的多數主義體系裡產生出自我的異質化和他者化；（2）每件個人事務皆直接與政治相關，因為少數文學是非個人化的，而是與整個人類歷史有關；（3）因此，少數文學是群體性的，只表述群體的集合價值。鑑於此，成為少數並不是變得不重要和微不足道，而是變得更新、更有朝氣，構成一種生成的過程和所有文學的革命性力量。少數文學拒絕自我的固化、同質化與標準化，而且從邊緣或邊界處啟動起的塊莖性意識和裂變性敏感度，並進而去鬆動，對抗與陌生化主流意識形態的壓制性權力與正統。[14]故而成為少數主義者，就是拒絕與當下主導意識與價值同流合污，顛覆主流語言的僵化，腔調化與標準化，永遠逃離被合法性語言吸納，始終在廣袤的異質化「千重高原」上做一個變動不居的「游牧人。」筆者將在下文著重探討詩歌的邊緣化對詩人批判意識的推進，進而為詩歌的文化認同重新定位。

三、恩賜的繆斯與病理學

詩人的去權力化和邊緣化是否就意味著詩歌完全失去社會功能，變得毫無用處呢？電影中詩人的繆斯所給出的答案當然是否定的。三部電影共同塑造出一位靈動的繆斯女神：雷米和英兒之於顧城，周漁之於陳清，芳芳之於雲飛。這些女性呼喚，激盪著詩人，亦是男性詩人詩作的熱忱讀者。如果沒有她們，那些男性詩人就無以成為詩人。在某種意義上，她們甚至創造了這些男性詩人。

《顧城別戀》中，因為詩的魔力，雷米不僅成為顧城的繆斯，還是他深愛的妻子和「母親」。顧城與雷米邂逅於火車站，不料當時車站意外熄燈。黑暗中，顧城開始向雷米朗誦他的名作《一代人》，隨著「黑夜給了我黑色的眼睛／我卻用它尋找光明」的詩句湧出，火車站的燈光竟奇跡般地重新點亮了。導演使用獨特的電影場景、道具，彰顯出詩歌既能夠贏得雷米的愛，還為火車站帶來了光亮。在20世紀80年代，朦朧詩備受爭議，甚至有官方的評論譴責：「朦朧詩是毒藥、精神污染和垃圾」，然而，顧城卻有力地控訴了這種壓抑的意識形態，嚴正宣告：詩歌可以照亮人世間

代社會受眾而言，筆者更傾向用「小眾文學」的譯法。

[14] 詳細論述，請參閱 Deleuze, Gilles and Flix Guattari , *Kafka: Toward a Minor Literature*, trans. Dana Polan (Minneapolis: U of Minnesota P, 1986)。

的黑暗。或者可以說，流散西方國家之前，顧城以一個「游牧的他者」的身分，有效地抗拒著規範化的官方文化和意識形態。然而具有諷刺意義的是，在流離他鄉，漂流至四周環海的新西蘭激流島之後，「成為他者」的處境不僅將顧城的命運澈底推向邊緣化，而且也同時造成了其精神崩潰。詩人創造力的枯竭，乃象徵著繆斯的死亡。不幸的是，導致死亡的工具並非詩人的筆桿，而是一把斧頭。而「詩人之死」，也一語成讖，成為顧城斷送生命的預言。在《詩人的悲劇》中，他寫道：

> 詩人說
> 地球像個蘋果
>
> 太陽說
> 我會把它曬紅
>
> 於是，海枯了
> 綠野化為飛塵
>
> 只有剛出爐的磚瓦
> 才沒感到吃驚
>
> 可敬的詩人呢
> 早就不見了蹤影
>
> 難道他的詩裡
> 沒寫過一條果蟲？[15]

假如詩人相信自己是一條鑽進蘋果的果蟲，而「地球就像一個蘋果」，蘋果毀滅，詩人站立的地球也就毀滅了。結果，詩人自己也將由此消失。

從電影來看，《周漁的火車》表達出不同讀者對於詩歌的反應，分別是周漁的理想主義，張強的實用主義和敘述人秀的解構主義。影片開場所

[15] 詩據陳麗英的電影《顧城別戀》DVD 眷寫。

朗誦的《仙湖》，是陳清第一次與周漁在舞會相遇時，為她而作的詩歌：

用盡世界所有語言
也不夠彌補我們分離的憂傷
把淚水留給自己
如果我消失
你也將寂靜無聲音可聽
為了讓你聽見我的話
有時候變的纖細
微風吹起鱔魚的冰裂
仙湖
陶醉的青瓷
在我手中柔軟得如同你的皮膚
它溢出了我的仙湖
由你完全充滿
完全充滿[16]

詩中的「仙湖」，神祕莫測、美輪美奐，令周漁迅速陷入情感的漩渦，成為陳清的繆斯。對周漁而言，由詩歌所創造的「仙湖」表徵著愛情、激情、信仰和理想。她堅信現實卻存有詩裡的喻體「仙湖」，於是她沿著陳清的愛戀去尋找「仙湖」。即便在現實中無法找到，但她仍然相信「仙湖」的存在：

周漁：我去過仙湖了。
陳清：哪個仙湖？
周漁：你詩裡寫的。
陳清：真的？那你說說那個仙湖怎麼樣？
周漁：很美。

獸醫張強提醒周漁：面對現實，並不存在陳清這個人。但周漁卻抱守

[16] 詩據孫周的電影《周漁的火車》DVD 眷寫。據說這首詩是編劇北村改寫自聶魯達《二十首情詩和一首絕望的歌》第 5 首《為了使你聽見》。

強烈的信念：「心裡有就有，心裡沒有才是真的沒有了」。為了取悅周漁，張強滿心歡喜地為她製造了一場美妙的派對，那一刻，塑膠花朵、煙花，在湖面上綻放。然而，周漁來到湖邊，卻極其厭惡這場庸俗、虛假的派對，任性地拒絕張強後，決然地跑開了。周漁組織的詩歌朗誦會失敗後，陳清想過放棄詩歌，還要離開周漁去西藏支教。即便如此，周漁還是習慣一周兩次去陳清的家鄉重陽。繆斯／周漁選擇乘車追隨詩人去西藏，但不幸的是，還未見到詩人陳清，她便在一場交通事故中喪生，亡於湖中。繆斯的死亡，是否也預示著詩歌之死？究竟是誰殺死了她？是詩人，還是殘酷的社會現實？儘管繆斯死了，詩人仍漂泊在外，但敘述人秀受到周漁的魔力的驅使，邊讀陳清的詩集《周漁的火車》，邊向觀眾講述他們的故事。詩意的王國裡，秀不僅重建了周漁發現自我的旅程，還顛覆了詩人陳清以詩意的權力壓制繆斯周漁的聲音：

> 秀：你不是把我當成周漁了吧？我見到周漁了。
>
> 陳清：你也是在做夢吧？周漁已經死了。你沒機會見她。
>
> 秀：陳清，看著我。你不是每天都活在夢裡嗎？周漁還有一個男人。
>
> 陳清：不可能。周漁只愛我一個。你根本不瞭解周漁。

陳清以文本的權力創造出他的繆斯／愛人周漁，然而，秀卻顛覆了他這種佔有欲，而是開拓出一種讀者重塑文本性的權力。換言之，對人們而言，詩歌是少數主義者述說的權力。

《像雞毛一樣飛》中，詩人歐陽雲飛有一位堅定的繆斯／芳芳，她信守詩歌的力量，與此同時，還不間斷地考驗詩人的意志和對詩歌的虔誠，並且以詩意對抗主流的社會價值判斷。芳芳患有色盲，在小鎮的醫院工作，她幻想成為一名空中小姐，能夠遠離小鎮乏味的生活。歐陽雲飛在機場登記丟失的行李包時，與芳芳相識。芳芳從遺失的包裡發現《雲飛詩集》，得知他是一位詩人。一行行詩句，令她深受感動，熱淚盈眶：

> 火車開了
> 帶走臉和一張張報紙
> 帶走手、外衣和靈魂
> 啞孩子在露水裡尋找他丟失的聲
> 就像我在人群中尋找你的蹤跡

芳芳的小學同學小國，因為女方父母反對他們的婚事，特意去雞場請歐陽雲飛為他的婚禮寫首詩。雲飛拒絕了小國的請求，並表明自己已經不再寫詩，也不再是詩人。芳芳得知此事，為了小國，趕忙找到雲飛。起初還是懇求的口吻，遭到拒絕後，她氣急敗壞地吼著：

> 芳芳：為什麼不給小國寫詩？
> 歐陽雲飛：你讓那小子找我去的？
> 芳芳：對啊，小國是我小學同學，他下個星期六就跟王梅結婚了，可是王梅她們家非讓她嫁給黃毛，小國就想讓她高興一下，能為她們的婚禮感到驕傲一點。
> 歐陽雲飛：你就出主意讓他在婚禮上念詩？
> 芳芳：是啊，怎麼了？
> 歐陽雲飛：這主意挺好。
> 芳芳：就是啊！
> 歐陽雲飛：但我寫不了詩。
> 芳芳：為什麼你寫不了詩？
> 歐陽雲飛：我現在改行養雞了。
> 芳芳：從來就沒聽說過是人可以改行養雞的。
> 歐陽雲飛：現在你聽說了。你以後，再別跟別人說我是詩人了，好嗎？
> 芳芳：為什麼呀？
> 歐陽雲飛：因為現在，大家需要雞蛋不需要詩。
> 芳芳：需要！小國就是需要詩！他就想送王梅一首詩。
> 歐陽雲飛：那他可以給她送兩箱雞蛋嘛！
> 芳芳：可以！你可以送給她兩箱黑雞蛋。

儘管雲飛的確為小國的婚宴奉上了一首愛情詩，但事後他也向芳芳坦言，這首詩的作者不是他，而是匈牙利的詩人裴多菲。詩歌的力量，再一次透過電影場景呈現出來。詩歌朗誦完畢，亮著的燈突然熄滅了。黑暗裡，我們又聽到小國的聲音：「所有的保險絲都換新的啦！」這時，更為強烈的燈光瞬間重新點亮。

對芳芳而言，詩歌就象徵著光明、夢想、美好的生活，也象徵著空中飛行理想的實現。她懷著對詩歌的熱愛去愛著雲飛。《雲飛詩集》裡俄羅斯詩人馬雅可夫斯基的插圖，以及雲飛對馬雅可夫斯基的描述，令芳芳更堅定了信仰：

> 芳芳：馬雅可夫斯基？
> 歐陽雲飛：蘇聯詩人。現在沒人讀他的詩了。
> 芳芳：他是白天寫作還是晚上寫作？
> 歐陽雲飛：什麼意思？
> 芳芳：每個詩人都有他自己的寫作習慣。托爾斯泰是晚上寫作，傑克倫敦是早上寫作，你呢？
> 歐陽雲飛：我是翻著跟頭寫作。嘿嘿，年輕的時候人人都容易產生夢想，年輕的時候人人都是詩人。但詩人沒什麼用。
> 芳芳：有用。
> 歐陽雲飛：那你說我有什麼用呢？
> 芳芳：顏色。你是我的顏色。
> 歐陽雲飛（恒久的旁白音）：有一個女孩相信，我的筆能給她的世界帶來色彩。我就只好裝模作樣地舉著那支用完了墨水的筆，像一個士兵舉著槍，給自己壯膽。

到底是為自己的繆斯／芳芳寫詩，還是為他的朋友小陽兜售黑雞蛋，在糾結的生存狀態下，雲飛最終以漂亮的廣告語幫助小陽的黑雞蛋銷售一空。他們從城市返回後，為慶賀行銷成功，在不久前剛購買過光碟的橋上喝得酩酊大醉。芳芳拿著一顆雞蛋，向橋下小陽的腦袋砸去。她責備雲飛與小陽同流合污，因為她始終堅信詩人與眾不同，不應屈從商業大潮。

> 芳芳：我們家雲飛不跟你幹這些事。
> 陳小陽：這，這不能跟我幹這些事。
> 歐陽雲飛：哎小陽！小陽！
> 陳小陽：沒事，我沒事我沒事，沒事，你忙。
> 歐陽雲飛：你為什麼要這樣對待小陽？
> 芳芳：你看看他都帶你幹了些什麼？洗澡，桑拿，唱歌，跳舞，陪吃陪喝，這些是你該幹的事嗎？他會把你變得和其他人一樣的，你知道嗎？
> 歐陽雲飛：我願意跟別人一樣。

芳芳：你不能變得和其他人一樣。

歐陽雲飛：就一樣。

芳芳：你不能！你是個詩人！

歐陽雲飛：什麼詩人，實話告訴你吧，婚禮上那首詩就根本不是我寫的，那是裴多菲的詩，三年了我一個字都沒寫過。

芳芳：你就是個天才的詩人！啞孩子在露水裡尋找他失去的聲音，就像我在人群中尋找丟失的你一樣。能寫這樣詩句的人就是天才！

歐陽雲飛：我神經衰弱沒有我的枕頭我就睡不著覺，我還有幽閉恐懼症。我怎麼可能是詩人我？幹什麼你？開門！開門！開門！

芳芳（將雲飛鎖在房間裡，列數完幽閉恐懼症的所有症狀後，她對雲飛說）：我知道幽閉恐懼症，就是不能忍受狹小的空間，不能長時間地呆在黑暗封閉的屋子裡。你不能坐電梯，不能坐飛機，在不適應的環境裡面，你會心慌，會吼叫，甚至會盜汗有的還會昏厥。可是這些都是會治好的，你怕什麼呢？你看你現在。

詩人雲飛究竟害怕什麼？他自言自語道，實際上他並不害怕「狹小的空間、密封的機艙或是晃動的船體」，真正令他恐懼的是「不被重視，被人群拋棄，沒有才能，成為一個失敗者」。然而，充滿魔力的CD，創作出一首《黑白橘子》，使得雲飛一夜成名。突然間，媒體的瘋狂來襲，一次又一次邀請他參加脫口秀活動。新聞頭條寫著「歐陽雲飛，新詩的勝利」，APC排行榜上的雲飛的照片和標題「隨時記下你的靈感／人人都是詩人」掛在摩天大樓上。脫口秀活動上，他宣稱自己的成功是「詩歌的勝利，說明我們這個時代需要詩人」。當被問及如何看待年輕一輩時，他發表了當代社會詩歌的宣言：「詩歌需要永恆的革命。每一個詩人都在不斷使得眼前的這個世界變得陌生化，是對現實生活的一種顛覆，一劑良藥，一種功效。我現在想談的是一種大詩歌的概念」。頗具反諷意味的是，當雲飛以詩人的身分兜售他的成功詩學時，相機迅速地截取電腦螢幕、印表機瘋狂地生產著他的超現實主義詩歌。最壯觀的場面，當屬MTV播放雲飛的詩歌《這是我們詩一樣的生活》，人們手舞足蹈、歡呼雀躍地慶祝後社會主義時代的國際消費主義商品熱。小國看到電視上的MTV時，滿心神往地說：「這是詩！」

在數碼化再複製時代，雲飛向多數主義和市場經濟的低頭，意味著詩的靈魂也已淪陷。而他的速食式詩歌顯然是理想主義的祛魅，也是詩人和社會倫理道德價值的崩塌。然而就在此時，電影再次出現紅色番茄汁從詩人馬雅可夫斯基的光頭上飛濺而出的場景。盜版光碟過期後，資料全部消失，雲飛才終於從庸俗的虛幻世界中醒來，恍然明白：作為一位詩人，毫無前途希望可言。因為不能辜負芳芳想要他脫離社會的期望，他還是決意與芳芳分手，放棄繆斯女神。在芳芳吟唱的詩人頌歌裡，她對於詩人的信仰，猶如黑白世界裡絢爛多姿的色彩。芳芳去海南後，禽流感突然襲來，農場的雞死的所剩無幾。這時，小陽也神祕失蹤了，雲飛澈底陷入絕望。《雲飛詩集》裡的插圖馬雅可夫斯基的照片，批判性地再次進入雲飛的視線。照片爆炸成一團火球，意味著燃燒盡一切污穢與傳染病雞場。電影中，雲飛圍繞熊熊火焰來回踱步，他誦讀的聲音是那樣自信，只聽見馬雅可夫斯基具有革命意義的詩歌《穿褲子的雲》在空中飄蕩：

你為什麼叫我詩人
我不是詩人
我不過是個哭泣的孩子，你看
我只有撒向沉默的眼淚
……　　……
可我不是一個詩人
我只是一個溫順，沉思默想的孩子
我愛每一樣東西的普普通通的生命
……　　……
我知道，要想被人叫做詩人，
應當過完全不同的另一種生活。
天空，在煙霧中被遺忘的，藍色的天空，
彷彿衣衫襤褸的逃亡者般的烏雲，
我都把它們拿來，
渲染這最後的愛情。
這愛情鮮豔奪目，
就像癆病患者臉上的紅暈。[17]

[17] 據考證，雲飛朗誦的這首詩並非馬雅科夫斯基所寫，部分詩句來自義大利微暗派詩人塞爾

置身後社會主義商品經濟這樣世俗的時代，成為詩人，就意味著與眾不同，就意味著「變成小眾分子」、「變成他者」，以對抗當下的社會規則。這種對抗，正是芳芳／繆斯對詩人的期待。伴隨著青年馬雅可夫斯基雷鳴般的聲音，雲飛敘述著夜晚美妙的夢境，那一刻，他的詩人之夢似乎又忽然復活，正如他對小國所說：

那天晚上我做了一個夢
夢見院子裡長出一棵樹
樹上長滿了一首一首的詩
都是真正的詩
一張張寫在白色的稿紙上
在風中嘩嘩作響
我和芳芳
就提著籃子在樹下摘詩
好大的詩啊！

如果顧城在電影《顧城別戀》結尾裡背向觀眾而消失在遠方，也意味著詩人的死亡和繆斯的消失，那麼，在《像雞毛一樣飛》中，雲飛剃成光頭變成馬雅可夫斯基的化身，在空空蕩蕩的城市街頭裡直接面向觀眾徑直走來，則象徵著希望冉冉升起。我們聽到，雲飛以漢語朗誦的畫外音，與馬雅可夫斯基用俄文朗誦的背景聲音，重疊交織：

我31歲的時候，像馬雅可夫斯基一樣剃成了光頭。
我知道我可能永遠都不了他那樣的詩人。
但我像他一樣，剃成了光頭。
他曾經說過，人，必須選擇一種生活並且有勇氣堅持下去。
我希望，至少能有他那樣的勇氣。

年輕的馬雅可夫斯基，具有挑釁一切標準、規則和權力的無畏，反叛

喬・柯拉齊尼（Sergio Corazzini，1886-1907）的一首詩《一個可憐的多愁善感詩人的失望》，而另一部分詩句則可能摘自導演孟京輝的詩人好友白雲飛的一些詩作。

所有偽善和淺薄的膽量並具有無拘無束的創新精神。詩人作為社會行動的鼓號手，這正是年輕的馬雅可夫斯基所秉持的理想主義氣質。這種理想主義，如興奮劑一般注入後社會主義語境，使得中國當代詩人積極地參與到社會文化認同與變革潮流之中。我們並不能指認這種邊緣化的身分就代表詩歌的滅亡，恰恰相反，對詩人而言，這種抒情邊緣化，既是一種對主流社會規範的挑戰，與精神貧瘠的消費主義的抗爭和使正統表述去疆域化的力量，也是走向其異質生成過程中詩歌得以重振的意志力。《像雞毛一樣飛》的最後一個場景，既重申「變成少數主義」毫不妥協的精神，又從邊緣為詩歌發出直言不諱的宣言：這並非一個時代的結束，而是中國詩歌的一個新的開端。

本文原載《影視文化》2016年第1期

第九章　翻譯敵人：重構中國現代翻譯中的背叛倫理[1]

翻譯者即背叛者（Traduttore, traditore）
——義大利諺語

1924年12月1日，文學刊物《語絲》發表了法國詩人波德賴爾《死屍》（Une Charogne）的中文版。這首詩由著名的浪漫主義詩人徐志摩翻譯，他是「新月派」詩歌的創始人之一。「新月派」和其他兩大詩歌流派（嘗試派與象徵派），主導了1917年肇始的中國新文學詩歌運動。在那個年代的翻譯熱中，大量外國作品被翻譯出版。對徐志摩來說，是他首次把波德賴爾的詩歌翻譯發表，其本身無疑是正常而簡單的智力勞動，理應受到讚揚和尊敬。然而，這首詩發表沒多久，來自新文化運動主將們對徐志摩進行了嚴厲的批評和諷刺。捲入那場爭論的新文化運動主將們，包括魯迅、胡適、茅盾，劉半農等等。魯迅諷刺徐志摩對波德賴爾《死屍》的翻譯，是「徐志摩先生的神祕談」，搬進了「真的惡聲」來腐化中國人。[2]茅盾嚴厲批評徐志摩的翻譯為「懷疑的頹廢……精神破產」，這是完全脫離時代的，因此是一個不負責任的翻譯。[3]在同一時期（1920-1928），因出版《女神》（使自由詩成為新詩的一個合法類型）而蜚聲文壇的詩人郭沫若則翻譯了歌德的《浮士德》（第一、二部分）和惠特曼的《草葉集》，這些作品被認為適時地引進了西方的真精神，得以幫助中國的變革並鼓勵民眾的積極奮鬥，從而贏得了國家的認同和民眾的歡迎。西方作品的兩個譯作為什麼得到了如此不同的待遇，一個被譴責為是對民族精神的背叛，另一個被譽為是對民族精神的提升。徐志摩對波德賴爾詩歌的翻譯有什麼過錯嗎？本文基於中國現代歷史的、文化的、心理的語境，試圖從翻譯的

---

[1] 本文寫於 1998 年 UC Davis 比較文學教授 Robert Torrance 開設的」／Translation and Modern Identity ／翻譯與現代身分」研討班。英文題目為："Translating the Enemy: Reframing the Ethics of Betrayal in Modern Chinese Translational Practice"，由董國俊教授翻譯成中文，特致謝忱。

[2] 魯迅：《音樂？》1924 年 12 月 15 日《語絲》週刊第五期，見《魯迅文選》（香港：文學社，1973），第 90 頁。

[3] 矛盾：《徐志摩論》，《現代》第二卷第四期，1933 年 2 月。

（無）意識形態的角度來反思翻譯中背叛的問題。

一

曾聲稱自己是「中央帝國」並認為其國界之外的人都是「野蠻人」的中國，過去數百年來幾乎與世界其他國家隔絕開來。因此，在19世紀中葉以前，西方著作並沒有得到真正的翻譯和出版。只有當那種自我中心的文化優越感和自我封閉的心態在鴉片戰爭期間（1840-1842）被西方列強所打碎，人們才意識到翻譯他國著作的必要性。但在辛亥革命和隨後的五四運動之前，西方著作的翻譯主要是基於對西方的一種好奇心所驅動，並以文言文翻譯和出版（如林紓的譯作）。翻譯的指導原則，用開明學者張之洞的話說，就是「中學為體，西學為用」。然而，堅持儒學的學者和文化保守主義者認為，翻譯西方文化對中國文化的基本價值是有害的、危險的和破壞性的，因此對他們而言翻譯是一個「去中國」的過程。[4]

清王朝的崩潰和1911年中華民國的成立，標誌著中國現代性的開端。一種新的語言「白話文」取代了文言文，也隨後成為國家語言。在中國有朝一日可能會被開除球籍和「中華民族可能會滅絕」的憂患中，[5]五四新文化運動給中國知識份子引進了「新的世界觀」，[6]並激發了學習西方的全民熱。這種向西方尋求新的知識與真理、希望中國變得更強大的民族主義激情，開啟了大規模翻譯西方科學、哲學、文學著作的熱潮。在這裡，我們看到了翻譯他者過程中發生的一種現象，即一種讓中國翻譯家們無法擺脫的矛盾情結。一方面，他們總是困擾在被西方敵人擊敗的羞愧、恥辱和創傷之中，正如一位新文化的宣導者所言：「我們最近遭受的國恥像一個大山一樣」；[7]另一個新文化的激進主義者朱自清，這樣表達了被西方征服的內心屈辱：「這是襲擊，也是侮蔑，大大的侮蔑！我由於自尊，一面感著空虛，一面卻又感著憤怒，於是有了迫切的國家之念」。[8]

另一方面，他們也表現出對敵人的愛慕、欽佩和擁抱之情，用魯迅的話說，即「與其崇拜孔丘……還不如崇拜達爾文、易蔔生」。[9]五四運動

4 魯迅：《魯迅全集》第三卷（北京：人民文學出版社，1981 年版），第 29 頁。

5 魯迅：《魯迅文選》，第 382-383 頁。

6 Vera Schwarcz（舒衡哲）, *The Chinese Enlightenment: Intellectuals and the Legacy of the May Fourth Movement of 1919* (Berkeley: University of California Press, 1986), p. 48.

7 俞平伯：《防禦和復仇》，《雜拌兒》（上海，1928 年），第 36 頁。

8 朱自清：《朱自清文選》（香港：文學社，1964 年），第 54 頁。

9 魯迅：《魯迅文選》，第 213 頁。

的領導者之一羅家倫，這樣表達了他對西方的傾慕之情：「中國的學術和社會，到現在真是沉悶極了！不特現在沉悶，簡直可以說是兩千年來，一脈相傳，一點變更沒有，一點進步沒有。而西洋則除中古時代稍微停滯一個時期而外，從"新生時代"Renaissance以後，則無時無刻不在進化之中，蓬蓬勃勃的發達，終究造成現代的文化，這是什麼道理呢？據我細細的觀察，則創造西洋文化的要素，只有一件東西，就是'批評的精神'！」。[10]羅家倫也批判了中國在過去對西方的無知，他認為，最根本的問題是，我們的人民沒有認識到西方文化的豐富和中國文化的貧困。既然國人對西方文化缺乏理解，那麼翻譯就是絕對必要的和緊迫的。要讓西方文化走進來，地面必須打掃乾淨，也就是傳統的價值觀必須被完全加以否定，即便是中國語言文字也必須被廢除。正如新文化的激進主義者錢玄同說：

> 先生前此著論，力主推翻孔學、改革倫理，以為倘不從倫理問題根本上解決，那就這塊共和招牌一定掛不長久……玄同對於先生這個主張，認為救現在中國的唯一辦法。然因此又想到一事：則欲廢孔學，不可不先廢漢文；欲驅除一般人之幼稚的野蠻的頑固的思想，尤不可不先廢漢文。[11]

魯迅在他的《青年必讀書》一文中，甚至建議青年最好不要閱讀任何中國書：「我以為要少——或者竟不——看中國書，多看外國書（除了印度書）。少看中國書，其結果不過不能作文而已。但現在的青年最要緊的是『行』，不是『言』。只要是活人，不能作文算什麼大不了的事」。[12]正是這種愛恨交織的矛盾心態，構成了中國現代翻譯的雙重身分，並進一步塑造了中國翻譯現代性的兩難困境。

二

中國現代翻譯實踐中這種特別的愛恨交織的關係，使我們對喬治・斯坦納（George Steiner）所宣導的「初始信任」（initial trust）概念產生懷疑。在斯坦納看來，所有的翻譯開始於對乙方文本的信任，譯者把他的信

---

[10] 羅家倫：《批評的研究——三 W 主義》，《新潮》雜誌第二卷第三號，1920 年 4 月。

[11] 錢玄同：《中國今後之文字問題》，《新青年》第 4 卷第 4 號（1918 年 4 月 15 日）。見《錢玄同文集》（北京：中國人民大學出版社，1999 年），第 162 頁。

[12] 魯迅：《魯迅全集》第三卷，第 12 頁。

任投入給他者：「我們起初承認一定有能夠可以理解的意義，轉移將不會是無效的。所有的理解以及理解的明證即翻譯，都起始於信任行為」。[13] 然而，中國現代對西方著作的翻譯走向了相反的方向，就是，它開始於自己的本土文化被源文本（source text）擊敗的恥辱之中，並表現出對霸權性他者的敵意。同時，中國的翻譯家們已強烈地確信源文本中「某種意義」是可以被轉移的。然而，這種初始信任不是來自於對乙方源文本的尊重，而是來自於對征服者復仇的心理動機。正如尼采所說：「事實上，翻譯就是征服，不但省略歷史的東西，還加進對當今的暗示，刪去原詩人的名字，以自己的青睞者取而代之」。[14]中國現代的翻譯實踐恰恰反映了這種文化兼併的策略，翻譯敵人就是征服敵人。因此，中國現代性中的翻譯，不僅是文化、語言上與對手談判，而且更顯著的是，它是一種克服自己被擊敗的窘迫和內心屈辱的有效手段，也是一個最終彌合心理創傷的治癒過程。借用德里達的雙語詞匯來講，翻譯是一個「生存」（Sur-vival）的階段：*Fortleben*即作為生命延續的存活，而不是作為死後的生命。[15]

在這種原則的指導下，翻譯源文本便是具有高度選擇性的，也經過了意識形態的過濾。翻譯外國文本的任務首先是要開啟民智，鼓勵和激發民眾尋求權力和財富的奮爭精神，最終挽救中國不會從世界上被消滅。因此，違背這一意識形態的外國文本，即那些削弱和軟化民眾精神的文本不應該被翻譯進來。這種通過翻譯敵對西方來挽救中國和中國人的主導意識形態，賦予中國譯者一種啟蒙者的特權和尊貴地位，但這也是一種非常嚴肅的榮譽與使命。中國譯者經常被被描述為給民眾盜來火和光的普羅米修士。魯迅有一個著名的隱喻，把中國描述為一間沉睡的黑暗鐵屋子：

> 假如一間鐵屋子，是絕無窗戶而萬難破毀的，裡面有許多熟睡的人們，不久都要悶死了，然而是從昏睡入死滅，並不感到就死的悲哀。現在你大嚷起來，驚起了較為清醒的幾個人，使這不幸的少數者來受無可挽救的臨終的苦楚，你倒以為對得起他們麼？[16]

---

[13] George Steiner, *After Babel: Aspects of Language & Translation* (Oxford: Oxford University Press, 1992), p. 312.

[14] Friedrich Nietzsche, *The Gay Science* (New York: Random House, 1974), pp.137-138.

[15] Jacques Derrida, "After the Babel." Trans and ed. Joseph F. Graham, *Difference and Translation* (Ithaca: Cornell University Press, 1985), p. 178.

[16] 魯迅：《魯迅全集》第三卷，第 37-38。

因此，譯者被賦予了從西方帶來火、光和希望的重任，藉以啟蒙、喚醒和拯救那些沉睡的中國人。為了實現這一目標，並不辜負公眾的期望，過濾源文本的標準就被建立起來。例如，為了改造舊的中國傳統文學，新文化領袖之一胡適把翻譯西方文學名著看作是新文學的模範。胡適制定了譯者要遵循的幾條辦法：

> 只譯名家著作，不譯第二流以下的著作。我以為國內真懂得西洋文學的學者應該開一會議，公共選定若干種不可不譯的第一流文學名著，約數如一百種長篇小說，五百篇短篇小說，三百種戲劇，五十家散文，為第一部《西洋文學叢書》，期五年譯完，再選第二部。譯成之稿，由這幾位學者審查，並一一為作長序及著者略傳，然後付印；其第二流以下，如哈葛得之流，一概不選。詩歌一類，不易翻譯，只可從緩。[17]

試圖通過翻譯挽救中國和啟蒙民眾的主導意識形態，在最早翻譯西方著作的偉大翻譯家嚴複的譯作中最充分地體現了出來。在嚴複之前，西方思想主要是通過西方傳教士、旅行者等人引入中國。嚴複曾在英國格林威治海軍學院接受教育，是最早閱讀了西方政治經濟學的中國知識份子之一，他從中選譯了一些著作以服務於自己的文化利益。嚴複翻譯了赫胥黎的《進化論與倫理學》（即《天演論》，出版於1898年）、亞當・斯密的《國富論》（即《原富》，出版於1901年）、赫伯特・斯賓塞的《社會學研究》（即《群學肄言》，出版於1903年）、約翰・穆勒的《論自由》和《邏輯學體系》（即《群己權界論》和《穆勒名學》，出版於1903年）、孟德斯鳩的《論法的精神》（即《法意》，出版於1909年），等等。從這些譯作中，我們可以看到嚴複的思想價值在於提升國家的財富和權力。嚴複的翻譯給他的同時代人引入了社會達爾文主義世界觀，這種觀念強調了優勝劣汰和生存競爭。嚴複在西方文化中找到了一種普羅米修士-浮士德式的進化論的財富以及追求進化與進步的強力：「動態性、目的性行為、能量、魄力、全部潛能的實現」。[18]所有這些追求無限財富和權力的普羅

[17] 胡適：《建設的文學革命論》，1918年4月《新青年》第四卷第4號，收入《胡適文選》第一卷（臺北：遠流出版公司，1968），第72頁。

[18] Benjamin Schwartz, *In Search of Wealth and Power: Yen Fu and the* West (Cambridge, Mass: Harvard University Press, 1964), p. 238.

米修士-浮士德式的意志，在中國文化中是不能找到的。因此，對於嚴複來說，譯者的責任就是給中國引入進化論的價值觀和觀念系統，因為只有這樣才能挽救中國免於遭受羞辱。正是通過嚴複的翻譯，一個在財富和權力中實現的、更加進步和美好未來的達爾文主義邏輯，被內接在中國知識份子的意識之中。從這個角度來看，翻譯在中國語境中不是語言、文化理解的技巧或技術問題，而是一個極其關注中國生存和未來的嚴肅的責任問題。這樣，翻譯就變成了一個倫理場域，它可以測驗譯者的真誠性和忠誠度，任何違反、褻瀆或逾越了這一主導意識形態的譯者，都會被看作是叛徒。正是在這種特殊的文化-歷史情境中，徐志摩對波德賴爾《死屍》的翻譯引起了廣泛的責難。

三

留學劍橋大學的徐志摩學習和研究英國文學，也曾把拜倫和雪萊的詩歌引入中國新詩界。他不是不知道這種主導意識形態會有一種強大的統攝性力量，來決定翻譯敵對者作品的接受狀況。但問題是，徐志摩陷進了遵守這種意識形態和堅持他的美學價值的衝突之中，這是一種集體授權和個人理想之間的衝突。正如安德列・勒菲弗爾（Andre Lefevere）指出：「翻譯為文學作品樹立什麼形象，主要取決於兩個因素。首先是譯者的意識形態，這種意識形態有時是譯者本身認同的，有時卻是贊助者強加於他的。其次是當時翻譯文學裡占支配地位的詩學。譯者採用的翻譯策略，直接受到意識形態的支配。原文的語言和『話語世界』帶來的各種難題，譯者也會依據自己的意識形態尋找解決辦法」。[19]讓我們閱讀這首詩，看看中文版如何違反、背叛了徐志摩那個時代的意識形態授權：

《死屍》
我愛，記得那一天好天氣
你我在路旁見著那東西；
橫躺在亂石和蔓草裡，
一具潰爛的屍體。

[19] Andre Lefevere, *Translation, Rewriting, and the Manipulation of Literary Fame* (New York: Routledge, 1992), p. 41.

它直開著腿，蕩婦似的放肆，
洩漏著穢氣，沾惡腥的粘味，
它那癰潰的胸膛也無有遮蓋，
沒忌憚的淫穢。

火熱的陽光照臨著這腐潰，
化驗似的蒸發，煎煮，消毀，
解化著原來組成整體的成分，
重向自然返歸。

青天微粲的俯看著這變態，
彷彿是眷注一莖向陽的朝卉，
那空氣裡卻滿是穢息，難堪，
多虧你不曾昏醉。

大群的蠅蚋在爛肉間喧哄，
醞釀著細蛆，黑水似的洶湧，
他們吞噬著生命的遺蛻，
啊，報仇似的兇猛。

那蛆群潮瀾似的起落，
無饜的飛蟲倉皇的爭奪；
轉像是無形中有生命的嘆息，
巨量的微生滋育。

醜惡的屍體，從這繁生的世界，
彷彿有風與水似的異樂縱瀉。
又像是在風車旋動的和音中，
穀衣急雨似的四射。

眼前的萬象遲早不免消翳，
夢幻似的，只模糊的輪廓存遺，
有時在美術師的腕底，不期的，

掩映著遼遠的回憶。

在那磐石的後背躲著一隻野狗，
它那火赤的眼睛向著你我守候，
它也撕下了一塊爛肉，憤憤的，
等我們過後來享受。

就是我愛，也不免一般的腐朽，
這樣惡腥的傳染，誰能忍受——
你，我願望的明星！照我的光明！
這般的純潔，溫柔！

是呀，就你也難免，美麗的後，
等到那最後的祈禱為你誦咒，
這美妙的丰姿也不免到泥草裡，
與陳死人共朽。

因此，我愛呀，吩咐那赳趄的蟲蠕，
它來親吻你的生命，吞噬你的體膚，
說我的心永葆著你的妙影，
即使你的肉化群蛆！[20]

多麼怪異而又驚世駭俗的一首詩！我們可以想像1924年的中國讀者，在讀到這首詩的時候會有多麼強烈地被激怒，他們傳統的審美理想會怎樣猛烈地被震驚。當新興知識份子正努力用新的美和道德創造一種新的中國形象——那時中國常被理想化為一個清新的、充滿活力的、追求上進的少女——的時候，讀者可能強烈地感受到他們的理想被徐志摩的翻譯背叛了。他們怎麼可能忍受看到愛人的屍體躺在路邊上，腫脹的腹部裸露著，兩腿像淫蕩的女子那樣向上翹起，被成群的蒼蠅和蛆蟲親吻和吞噬；同

[20] 徐志摩：《死屍》，收入《徐志摩詩歌全集》（杭州：浙江文藝出版社，1987年），第186頁。其實，在差不多的同一時間出現了該詩的三個不同中文譯文：金滿成《死屍》發表在《文學旬刊》第57期（1924年12月）；張人權的《腐屍》發表在《文學旬刊》第59期上；學衡派代表之一李思純則用古體詩翻譯了這首詩，題名《腐爛之女屍》。

時，詩人聲稱她「就是我愛」，更糟的是她是「美麗的王后」！新興知識份子正在重建的主導審美理想是美麗的、宏大的、崇高的世界，而波德賴爾對傳統的美的觀念的激進化，被視為是醜陋的、乖張的和墮落的，因此是不被主導意識形態所接受的。就此而論，徐志摩對這首詩的翻譯肯定是不合時宜的，它與「時代精神」是背道而馳的。無論在意識形態還是詩學觀念上，徐志摩被認為背叛了他的時代；抑或用魯迅的諷刺性話語來說，他輸入了「一瓶毒藥」來腐化中國青少年。

對這首詩的拒絕並不意味著這首詩本身是不好的。相反，《死屍》是一首劃時代的詩歌，它在波德賴爾的《惡之花》中佔據著一個顯要位置。埃裡希・卡勒爾（Erich Kahler）認為，《死屍》開啟了對肉體世界的一種新感覺，是一種對「感官真實在的超越」，不是向上進入精神和抽象的領域，而是向下、向內進入「內超越，次存在」，進入人的感性的肉體感官和神經。[21]這是一首反現代性的詩，表達了永恆之美來源於或昇華於最表面的、稍縱即逝的、短暫的事物的觀念；同樣地，永恆之愛能夠在情人腐爛的屍體中被救贖回來。然而，在跨文化翻譯中，文學作品的成功並不取決於作品的內在價值，通常是依賴於目標受眾的意識形態和譯者對他所翻譯作品的態度。如上所述，徐志摩在遵守意識形態和堅持個人審美價值之間陷入了兩難困境。如果徐志摩遵從了那個時代的主導意識形態，他就不會翻譯波德賴爾的《死屍》。即便他很想翻譯這首詩，也可以從否定的、批判的視角來翻譯。換句話說，他可以批評、低估甚至譴責波德賴爾關於美的觀念和關於愛的倫理。徐志摩如果這樣做了的話，《死屍》的中文翻譯想必就不會引起讀者和新文化領袖們的嚴厲批評。但是，實際發生的事與此相反，徐志摩卻離道而行。在這首譯詩之前，徐志摩寫了一個很長的序言，表達了他對這首詩的過度讚賞和偏好。他寫道：

> 這首《死屍》是菩特來爾的《惡之花》詩集裡最惡亦最奇豔的一朵不朽的花。翻譯當然只是糟蹋。他詩的音調與色彩像是夕陽餘燼裡反射出來的青芒——遼遠的，慘澹的，往下沉的。他不是夜鴞；更不是雲雀；他的像是一隻受傷的子規鮮血嘔盡後的餘音。……他的話可以說沒有一句不是從心靈裡新鮮剖摘出來的。像是仙國裡的花，他那新鮮，那光澤與香味，是長留不散的。……必得永遠在

[21] Erich Kahler, *The Tower and the* Abyss (New York: G. Braziller, 1957), pp. 154-160.

> 後人的心裡喚起一個沈鬱，孤獨，日夜在自剖的苦痛中求光亮者的意象——有如中古期的「聖士」們。……他創造了一種新的戰慄。……他還不是捕得了星磷的清輝，采得了蘭蕙的異息？更可奇的是他給我們的是一種幾於有實質的香與光。……玉泉的水準在玉泉流著。[22]

從這篇序言中，我們可以清楚地看到，徐志摩沒有理會他那個時代的主導意識形態，即通過翻譯挽救中國和啟蒙在黑鐵屋子裡沉睡的民眾的意識形態。徐志摩寧願堅持自己的美學價值和文學標準。換句話說，正是徐志摩對波德賴爾《死屍》的公開讚賞引起了對其翻譯的廣泛批評，正是徐志摩對敵人的態度造成了對其背叛的譴責。那麼，徐志摩到底背叛了什麼呢？它不是源文本的意義（實際上，徐志摩的翻譯在準確性、風格、內容和韻律方面都非常成功；原詩的韻式是ABAB，中文版也保留了這個韻律），而是譯者對他那個時代的責任，對危機四伏的國家的忠誠，以及把譯者看作是給民眾帶來光、火和希望的普羅米修士式英雄的崇高地位的堅守。也就是說，徐志摩偏離和背叛的是嚴複開啟的翻譯的宏大傳統，即翻譯敵人就是征服敵人、而不是被敵人征服的傳統。翻譯變成了為中國轉移、運輸、傳遞財富和強力的源頭，認為這樣便能夠清洗和祛除遭受到的深刻恥辱。在這個「傳輸」（carrying over）的過程中，產生了意識形態和譯者個人詩學之間的鴻溝，正是這種鴻溝政治化了對徐志摩譯作的不可接受性，並進一步戲劇化了對他的誹謗性指控。

然而，幾乎在同一時期，由郭沫若翻譯的歌德作品卻得到了舉國的歡迎和認可。郭沫若曾在日本學習醫學，早在1916年就開始翻譯歌德的自傳《詩與真》。1922年，郭沫若首次翻譯出版了歌德的《少年維特之煩惱》，這曾引起了全民的「維特熱」。從1920年到1926年，郭沫若翻譯了歌德的《浮士德》（第一、二部分）。後來，他花了六十年時間完成了整部《浮士德》的翻譯，因此他常被讚譽為「中國的歌德」。《浮士德》的翻譯，引來了讀者極為廣泛而積極的反響。人們讀了《浮士德》後驚呼：「中國需要更多的歌德和浮士德精神！」人們受到浮士德大膽拒絕正統思想的鼓舞和啟發，他對任何絕對價值體系和權威的反抗，他奉獻於「生命和知識最高形式」的無限追求，他的包含全人類經驗的理想主義的自我

---

22 徐志摩：《譯〈死屍〉「une Charogne」序》，見《徐志摩詩歌全集》，第 186 頁。

擴張，他對強力的不斷努力和爭取，以及他為爭取更大成就而堅定不移的意志，所有這些浮士德精神元素正是中國新知識份子所期待的東西。一句話，他們崇拜浮士德的不斷進取精神和積極向上的活力。他們以為，如果浮士德精神能夠在中國實現，那麼中國將不但得以挽救，而且會變得更加強大。在那時的中國新知識份子和大學生中間，經常會聽到浮士德的這些話：「竭盡全力去競爭／那就是我所承擔的／……書使我生厭。我不再學習／……如果人站著不動，是不能行動的」。[23]歌德的《浮士德》激發了新文化知識份子對中國未來的夢想。像嚴複一樣，郭沫若發現西方文明的本質是浮士德精神：「浮士德代表的是西方精神的靈魂」。[24]因此，郭沫若對《浮士德》的翻譯，恰好契合了當時的主導意識形態，其結果與徐志摩對波德賴爾《死屍》的翻譯形成了鮮明對比。

然而，筆者以為對徐志摩的背叛的指責是有問題的，因而它是一種問題化的背叛。首先，中國現代西學翻譯並非始於一種主動的意願，而是始於一種被征服的屈辱之舉，因此它被構建為一個回擊敵手的實用主義戰術與邏輯，也就是去翻譯那些財富和強力的知識源。根據這種霸權性原則，翻譯已成為支配文化差異、吞沒對手文本、消滅他者的統攝性力量。然而，就翻譯本質而言，它總是生產位移的力量，激發文化異質性的非中心主義世界觀，最終打破單一的文化敘事。第二，在這種統攝性敘事下，任何在不同方向或違背這種原則的翻譯會被看作是一種背叛，因為這是對挽救國家和啟蒙民眾的宏大意識形態的不負責任和在實踐上的不忠誠。第三，就此而論，應該對徐志摩翻譯的《死屍》重新評價，因為這是一次在霸權性敘事中生產了差異的努力，關於他的所謂的「背叛」實質上是一個異質性事件，它拆除了愛恨交織的矛盾情結，而文化的多元化和多樣性敘事也是中國現代性的基本價值。然而，當馬克思被譯入中國，最終消除所有差異話語並獨尊為一統天下的集權式意識形態的時候，翻譯便再也不是語言與審美的論辯，而真正變成了改變社會的革命行動，新知識份子才認識到有必要用差異性、異質性、多樣性來重建一種新型的中國現代文化，但這時候已為時已晚了。因此，通過翻譯來征服敵人的努力，結果反過來又變成了被敵人所征服，這是中國現代翻譯實踐中一個巨大的諷刺，它提出了重新思考翻譯中背叛倫理這一至為關鍵的問題。

---

[23] J. W. V. Goethe, *Faust* (Part One). Trans. David Luke (Oxford: Oxford University Press, 1987), p. 53.

[24] 郭沫若：《郭沫若全集》第十六卷（北京：人民文學出版社，1982 年），第 268 頁。

第十章　展開的洞視：蓋瑞・施耐德的元圖像山水詩[1]

畫筆，
可以描繪山河，
儘管國土已破。
——蓋瑞・施耐德《神話與文本》

山在水上行，
水讓山如波蕩漾。
——蓋瑞・施耐德《溪山無盡》

1996年8月中旬，我遠道而來，穿越太平洋，來到加州大學分校之一的大衛斯，一卸下行李，就讀到了剛剛面世的巨卷長詩《山河無盡》（Mountains and Rivers Without End）。十月初的一個傍晚，在加州大學大衛斯分校希爾茲圖書館，我正好聆聽到了蓋瑞・施耐德（Gary Snyder）對這首長詩的首次公開朗讀。那天秋高氣爽，晚霞染紅了加州朗朗的天空，施耐德衣著簡樸，站在一棵巨樹下麵，一派仙風道骨，上百聽眾圍繞在他四周，聆聽詩人朗誦其創作橫跨四十年的巨卷。施耐德的朗誦蒼勁有力，喉音婉轉，語速低緩，目光炯炯有神，如道行精深的巫師，催眠了在坐的聽眾；而恰巧一行歸巢的鳥群從聽眾頭上飛過，發出嘹亮的喧嘩聲，此時，地上詩人的朗誦聲與天上飄緲的鳥聲正好遙相呼應，真是何等壯麗的天人契合啊！在過去的日子裡，我反復閱讀，問自己一個問題：在多大程度上我聆聽到了，把握了詩人的真實聲音？現在，我卻要來冒險撰寫評析，聽到那無形的聲音來自遠方；它也總是靜候在那裡，在我的身體和記憶中言說。這是一種多麼熟悉的、親密的聲音，但它又如此遙遠而又難以捉摸！

[1] 本文寫於1997年春季蓋瑞・施耐德在加大大衛斯分校所授《世界詩學》研討班。這篇冥想絮語式文章曾在研討班上宣讀並有幸獲得施耐德老師的指點和批註。英文題目為："The Vision that Unfolds: Gary Snyder's Meta—Picto—Poetics of Landscape"，感謝董國俊教授的中文翻譯。

首先，讓我們試問：《山河無盡》從哪裡開始？它是如何生成的？蓋瑞・施耐德說，這首長詩受到東方山水畫特別是中國手卷畫的啟迪，「我意識到了薄霧、浪花、岩層、空氣旋渦的能量，一個混亂的宇宙但一切都在其位，這正是東亞畫家的世界的一部分。在一本書中，我看到了《溪山無盡》的手卷，這個名字深深地印在我的腦海中」。[2]在其他文字中，施耐德寫道：「有一個巨大的山水手卷，叫做《溪山無盡》[清代陸沅所繪，現藏於佛葉（Freer）博物館]」。[3]中國山水畫誘發了史奈德的自然情感，啟迪了他的山水意識，並引導了他對荒野的冥想視角，[4]「在我九歲或十歲的時候，進入西雅圖藝術博物館，在那裡我看到了前所未見，或許今後再也不會親見的中國山水畫，我為之心馳神迷。一眼望去，那些山脈都好像是真的，而也正是我心目中所想像的山；再仔細看下去，卻又像是別處的山，的確是另一種山；看到第三眼，山又變成了心靈的，想像中的山，好像是這些畫進入了另一種真實，既真非真，是我們通常稱之為真實中的『山』」。[5]因此，這首長詩是在藝術博物館被形塑和被書寫的，而在那裡沒有真實的、只有繪畫中的山河風景。換句話說，這首長詩是關於繪畫的，關於山水畫的，關於手卷形式的山水畫的，關於中國水墨畫中的山水的。我們明白這種模仿出現在許多層面：詩人、詩歌、題寫場景、畫家、繪畫、繪畫場景……有框架內的，有框架外的，一個接合另一個，一個模仿另一個，沒有結束，沒有盡頭，互相纏繞，互為文本。那麼，我們還能問「從哪裡開始」這樣的問題嗎？[6]

我從遠方來，只想詢問這樣的問題：這首長詩的真相是什麼？山水畫作品的真相是什麼？真相的作品究竟是什麼？山河的真相的作品又是什麼？

真相令人好奇，又飄忽不定，無窮無盡。讓我們不要猶豫，打開手卷的滾軸，按照其水準的展覽方式，看看框架之內、山河中究竟有什麼。

---

[2] Gary Snyder, *Mountains and Rivers Without End* (Washington：Counterpoint, 1996), p. 153. 文中引詩皆出自該版本，不再另外標注。

[3] Gary Snyder, *The Practice of the Wild* (New York: North Point Press, 1990), p. 107.

[4] 施耐德在我的文中用鉛筆旁注道：「實際上正是那些山脈啟迪了我，而繪畫則進一步肯定了我」（「Actually it was mountains that initiated me, painting affirmed me」）。

[5] 轉引自 Dan McLeod,「Some images of China in the works of Gary Snyder,」*Tamkang Review*, Vol. 10, no 3, 1980. p. 378。施耐德旁注道：「它們（那些山脈）看起來像卡斯卡底斯山」（「They looked like the Cascades」）。

[6] 施耐德旁注道：「它（這首長詩）也是關於山脈與風景的」（「It is also about mountains & landscapes」）。

一、超全景手卷

設想一個九歲或十歲的男孩（不是十九歲的年輕人），也許第一次站在藝術博物館古老的東方山水畫面前，特別是當他看到了像動態圖像一樣以手卷形式展出的叫做《溪山無盡》的繪畫時，[7]在他單純而好奇的心中會流動著怎樣的想像？施耐德後來回憶說：「在巨大的岩石、樹木、山脊、群山和水道中，我們看見了人和他們的工作。有農民和茅屋，有和尚和寺廟建築群，有坐在窗戶邊的學者，有坐在船上的漁民，有攜帶貨物的行商，還有婦女和兒童」。[8]正是這種相遇，「把我從對美國西部荒蠻山地的過度迷戀中解脫出來，中國詩人以一種幾乎無意識的方式，呈現出最原始的大山也是人居住的地方」。[9]這種與畫中山河的視覺相遇，使施耐德感到了強烈的震撼和自由，並啟迪和改變了他，最後幫助他形成了自己獨特的觀看風景、自然和荒野的嶄新視界：「如果手卷被看作是一種中國的曼陀羅，那麼畫中的所有人物都是我們不同的小自我，那些懸崖、樹木、瀑布和雲朵都是我們自己的變化和位置」。[10]因此，施耐德認同、加入、進入了手卷畫中的山河。在觀看的過程中，施耐德的心中湧現出了一種溶解他自我（「我存在」或「我思」）的強烈欲望，這是一種不願觀看或凝視、而是想用手去觸摸、打開手卷的欲望：

> 向左打開畫軸，
> 一次一段，
> 隨後從右邊卷回。
> 大地依次展開。[11]

正是這種以特殊方式展開卷軸而激起的觸覺感，承接了溶解觀看主體和繪畫之間距離的場景，並最終吸納了施耐德：一種被吸納與被實境化的奇妙愉悅感。手卷畫何以引起了這種視覺愉悅和景致趣味？這裡暫且不論，下文再詳細分析。在中國繪畫傳統中，卷軸畫有兩種陳列展示形式：

---

7 施耐德旁注道：「我當時看到的只是豎軸」（「What I saw then was hanging scrolls」）。

8 Gary Snyder, *The Practice of the Wild*, p. 107.

9 轉引自 Dan McLeod, p. 369.

10 同上 Gary Snyder。

11 Gary Snyder, *Mountains and Rivers Without End* (Washington: Counterpoint, 1996), p. 5. 施耐德旁注道：「這是我在佛葉博物館寫的」（「I did this at the Freer」）。

橫卷和豎軸。嚴格說來，只有橫卷被稱為「手卷」，它興盛於11世紀初的宋朝。[12]一幅中國手卷畫不是一個單畫格的繪畫，而是一個多畫格的結構，一個「超全景」（vista-vision plus）的格式，它的繪畫、觀看位置、所承載的建築空間有其特殊的方式。由於視覺範圍無法覆蓋它的整個水準維度，畫家通常從右至左繪製手卷，有時展開一隻胳膊的長度。因此，一幅手卷畫由一系列畫格、亞畫格、雙畫面和移動畫面組成，創造出一種分層的表面和空間；其中，單體場景也會顯露出來。這種繪畫需要有一種特殊的觀看能力。一般情況下，觀看者從右至左開始觀看手卷，因而複製了整個繪畫過程。觀看者一段接一段，一個畫格接一個畫格逐步展開繪畫，最後是手卷的題字部分。觀看結束後，觀者又從畫的尾部再卷回到畫的開頭，實際上起到一種以相反順序（倒敘經驗）重看畫面的功能。

這種「闔卷／開卷」（roll／unroll）的觀看形式，創造了一種開放性的敘事，它是閱覽手卷的一種走走停停的運動姿勢。也就是說，觀看者有時可以停下來觀看或重看一些饒有趣味的景致細節。觀看者在展開手卷時，可以控制他的活動、速度和熱情。觀看位置也由手卷格式的垂直或水準方向性而不同：垂直方向分離了單個景致，並打斷了圖畫意象的流動，從而產生了畫面相對獨立的空間單元。然而，當觀看者從水準方向打開手卷時，每個孤立的單元最終相互連接了起來，並且獲得畫面的全景整體觀看。在手卷畫中，展開的運動受「下一個是什麼？」這個問題的支配，這是一種把孤立的景致推遲而聯成整體畫面的懸念感，也是鼓勵觀看者繼續打開畫面、探索越來越深的內部畫面。因此，手卷畫的構造空間限定了觀看之前和觀看之後兩個區域，經常既是展示也是隱藏，始終邀請觀看者探索和思考畫中隱藏了什麼，未看見什麼。在這種構造空間的雙屏中，一幅畫面在解釋和重寫另一幅畫面。因此，手卷繪畫創造了一種「畫中畫」（painting-within-a-painting）的繪畫空間，這裡的景觀可以被重複，可以用不同方式觀看或重看，也可以被深刻地加以沉思。[13]

手卷畫是一種元繪畫作品，就施耐德的巨卷《山河無盡》是基於閱讀或觀看中國手卷畫創作而成來說，它整體上就是一首元山水詩（meta-

---

[12] 參閱 Sherman E Lee, *Chinese Landscape Painting* (Cleveland: Harry N. Abrams, 1962); Hung Wu, *The Double Screen: Medium and Representation in Chinese Painting* (Chicago: The University of Chicago Press, 1996)。.

[13] 參閱 Hung Wu, *The Double Screen: Medium and Representation in Chinese Painting*（Chicago: The University of Chicago Press, 1996）。以上關於手卷繪畫的討論基本上是對巫鴻著作的概述。

picto-poetry）。如果從手卷畫形式的角度來閱讀和評析這首詩，可能會更有價值和啟迪意義。打開這部詩卷，第一首詩《溪山無盡》（與封面畫《優勝美地大瀑布的晚霞》）是詩人冥想的焦點，也正是手卷畫的題名。從第一首詩到最後一首詩《尋找心中的空間》，構成了手卷畫中的山河景觀。手卷畫中的題字部分是《山河無盡》中的《無盡山河的形成》和《經由致謝》。（考慮到《山河無盡》的開首版面沒有致謝，而「致謝」被附在最後部分，這恰好與手卷畫中把「致謝」題寫在末尾一致，它也是題字內容的一部分。）整部詩集的前三頁和後三頁用中國匿名手卷畫《宋人溪山無盡圖》裝訂、覆蓋和包圍，正是這幅畫啟迪了這首詩的誕生。因此，打開詩集的時候，似乎是它被無盡的山河所包裹、環繞和擁抱。這是多麼精巧的視野和視覺設計！如上所述，手卷畫的觀看定位通常是從右到左；也就是說，右邊開始觀看手卷而在左邊結束。然而，具有反諷意味的是，當讀者從左到右打開《山河無盡》這部詩卷時，就發生了一個相反的觀看位置：詩集開始的左邊實際上是手卷畫的結束，而詩集結束的右邊則正好是手卷畫的開始。東西方之間這種相反的視覺設計意味著什麼呢？這種設計是有意為之還是錯視或視覺缺失的結果？它表明了一種「開始就是結束、結束就是開始」的哲理（如佛教的輪回觀）、因此是一種永恆返回和生命輪回的觀念嗎？（這也回應了T・S・艾略特在《四個四重奏》中的詩句嗎？）然而，在鑑賞手卷畫時，一些行家確實是反位觀看手卷畫的，也就是為了抓住一些景致的細節而從左到右觀看手卷畫。那麼，施耐德希望我們以何種方向開始閱讀他的作品呢？是從左到右還是從右到左？因此，以反位的方式閱讀《山河無盡》或許是可以考慮的。

真相令人好奇，又飄忽不定。讓我們一起帶上我們的視覺好奇，閱讀該詩集的第一首詩《溪山無盡》。我們開始上「路」吧！

二、禪定之道

「道」指「路」，在道家學說中它是一個最關鍵的字。老子在《道德經》中首先使用了這個字，這部著作的第一行便是「道可道，非常道」。因此，道是無形的，看不見的，更不能言說的；但它在那裡，始終是存在的，是一種不在場的在場，是一個生成一切的邏各斯（老子說：「道生一，一生二，二生三，三生萬物」）。然而，「道」也意味著非常具體的、日常的、可見的事物：路。「路」就是可以跟隨的，帶領某人走向某地的，它也是一個線性的方向。唐代隱士、和尚、詩人寒山，在他的一首詩中完美地把「道」這個字的兩層意思（既在形而下也在形而上層面）結合了起來。他說：

> 登陟寒山道，寒山路不窮。
> 溪長石磊磊，澗闊草濛濛。
> 苔滑非關雨，松鳴不假風。
> 誰能超世累，共坐白雲中。[14]

第一行「寒山道」指最終引向開悟和超越的精神之途，第二行「寒山路」指他每天行走其上的修行之路，在路上的冥想禪定行為。但是，沒有日日在「石磊磊」與「草濛濛」之荊棘路上跋涉，跨越「世累」的阻礙，人是永遠不會抵達這座「白雲中」的「寒山」道場。

施耐德說（也許是跟隨寒山的修行）：尋道要在「道之外，」（off the path）與「徑之外」（off the trail）。[15]在漢語中，這叫「出道」，通常描述一個人離開正規的、實用的、世俗的世界而遵循道家的修煉（在佛教中，它叫「出家」，指一個人要離開自己的家庭而做一名和尚）。但是，「出道」也意味著一個人會獲得修煉的成功或練就一門手藝，像武術或醫療（用藥、把脈、針灸）那樣。因此，「道之外」的另一種說法是走向道路，離開道路的漫步是荒野的修煉，」就是「在道上」（on the path）。[16]

施耐德常常在路上，又在路之外，常常在道上，又在道之外。他從俄勒岡到伯克利，從三藩市到日本、印度、中國，從禪宗到佛陀，再到北美印地安大神叩叩湃力（Kokopelli）……他一直在旅行、朝聖，尋找荒野的大道、曼陀羅、神殿和聖地。他找到了嗎？我們準備祝賀他成功地實現了荒野的修煉且出道了嗎？但是，施耐德卻說：「修煉即道路」；[17]寒山說：「寒山路不窮」。毫無止境，沒有結束，沒有盡頭，無家、荒誕，虛空，無限。家在哪裡？道又在哪裡？

真相令人好奇，又飄忽不定。它還在路上，在道上，在徑上……

在宋人手卷畫《溪山無盡》中，從平地升起的一條小徑打開卷軸，然

---

[14] 寒山（Han Shan）：*The Collected Songs of Cold Mountain*. Trans. Red Pine (Port Townsend: Copper Canyon Press, 2000), p. 56.

[15] Gary Snyder. *The Practice of the Wild*, p. 145.

[16] 同上，第 154 頁。施耐德旁注到：「這有點兒意思！」(「Quite interesting ！」)。

[17] 同上，第 153 頁。

後沿河展開，蜿蜒，捲繞，彎曲，移動，滑入石山，最後掩映在茂密的樹葉之中。它最終不見，消失，隱藏在卷軸結束的另一片平地之間。小徑起起落落，若隱若現，經常在有形與無形、在場與不在場之間；它誘惑著人的視覺也欺騙它，無盡無痕，朦朦朧朧。像手卷的繪畫者一樣，施耐德也遵循著這一條無盡的小徑；換句話說，小徑引導詩意之眼一小段一小段、一部分一部分地觀察山河的細節，它們並列，盤繞，疊加。這絕不是一條帶領一個人筆直地前行、不經過繞道而到達特定目的地的直線路徑。讓我們跟隨的是：

> 小路隨低處的溪流下來，
> 穿過巨石堆和茂密的闊葉林，
> 出現在一片松林裡，
> ……
> 一條上山的梯級岔道逆河而行。
> ……
> 小路深入陸地，
> 繞過水灣，折向返回，
> 在遠處山腳的斜坡邊消失，
> 接著出現在
> 河灘旁的村子裡。一個人在垂釣。
> ……
> 小路沿著層層降落的溪流上行
> 看不見橋——
> 穿過栗樹或楓香樹林，小路
> 重新出現；又一群趕路人。
> 山色如黛，崢嶸石岩下，小路
> 終止在一條小溪的河口。[18]

很明顯，這不是一條引領人們到達某地的小路，而是一條向所有方向開放的心路，是一條詩人的夢想和想像的心靈之旅。正如施耐德所說：「在我們整個的人類世界是一張路徑之網時，路徑的隱喻來自於我們徒步

[18] Gary Snyder, *Mountains and Rivers Without End*, pp. 5-6.

旅行或騎馬獨行的日子」。[19]在詩歌和繪畫中，我們都不知道道路從哪開始在哪結束，它無始無終，是一條沒有原初的路徑。這樣，路徑就否定了尋求起源和終極目的欲望，這是始終在場的邏各斯的不在場。但是，這首詩和手卷畫還是指示了一條向石山退入的路徑。這條路是引領人們走向山的唯一途徑，雖然山也是一座空山。

三、靈魂之山

山是山：岩石，石子，卵石，灌木，峽谷，懸崖，瀑布。山似乎沒什麼特別的。然而，偉大的禪宗詩人寒山住在山中，「我家本住在寒山，石岩棲息離煩緣」。像寒山一樣，施耐德一生癡迷於山，或被「山魂」所附身。這不僅是因為施耐德一直住在山裡（Sierra Nevada Mountains／內華達山脈），而且山對他來說是曼陀羅，是道之存在的神殿：

> 像佛陀一樣，峰巔
> 瀉下水流
> 注入旋動世界的中心深處。
> ……
> 山將是佛陀
> 當——狐尾松針是綠色的！
> 鮮紅的鈞鐘柳
> 花是紅色的！[20]

完全可以大膽地說，如果沒有作為神聖存在的山脈意識，也就沒有中國的山水畫，那麼施耐德的《山河無盡》也就不會寫成。

在中國的宇宙哲學中，山代表著組成世界和構成「道」的兩個基本要素之一。山屬「陽」，意為「乾燥，堅硬，男性，光明」；[21]它是「向陽的一面，受精的，暖和的」。[22]對於施耐德而言，山意味著「垂直，精神，高度，超越，硬度，抵抗，陽剛」。[23]山並不是靜止的、穩定的、不

19　Gary Snyder, *The Practice of the Wild*, p. 144.

20　Gary Snyder, "The Mountain Spirit," *Mountains and Rivers Without End*, pp. 145-146.

21　Gary Snyder, *The Practice of the Wild*, p. 101.

22　Gary Snyder, *A Place in Space: Ethics, Aesthetics, and Watersheds* (Washington: Counterpoint, 1995), p. 87.

23　Gary Snyder, *The Practice of the Wild*, p. 101.

變的，其形狀總是改變的、轉移的、流動的。在中國山水畫中，山具有那麼多不同的特定形狀、角度、比例、法則和秩序，也具有極其豐富的、精細的岩石地層區分。中國山水畫中對山的這種特殊理解方式，十二世紀的北宋評論家和畫家韓拙在《論山》中進行了精闢的描述。長文引述如下：

> 山有高低大小之序，以近次遠至於廣極者也。洪穀子雲：尖曰峰、平曰頂、圓曰巒、相連曰嶺、有穴曰岫、峻壁曰崖、崖下曰巖、巖下有穴而名巖穴也。山大而高曰嵩，山小而高曰岑。銳山者高嶠而纖峻也，卑小尖者扈也。小而眾山歸叢者名羅圍也。言襲陟者山三重也。兩山相重者謂之〈再木〉暎也。一山為坯小山曰岋，大山曰峘。岋謂高而過也。言屬山者相連屬也，言嶧山者連而絡繹也。絡繹者群山連續而過也。山岡者其山長而有脊也。言翠微者近山傍坡也。山頂眾者山顛也。岩者洞穴是也。有水曰洞，無水曰府。言堂者山形如堂室也。言嶂者如幃帳也。言小山別大山鮮不相連也。言絕景者連山斷絕也。言屋者左右有山夾山也。言礙者多小石也。平石者盤石也。多草木者謂之岵，無草木者謂之峐。石載土謂之崔嵬，石上有土也。土載石謂之砠土，上有石也。土山曰阜，平原曰坡，坡高曰壠。岡嶺相連掩映林泉，漸分遠近也。言谷者通路曰谷，不相通路者曰壑。窮瀆者無所通而與水注者川也。兩山夾水曰澗，陵夾水曰溪，溪中有水也。宜畫盤曲掩映斷續伏而後見也。[24]

山的地層區分是如此超自然、如此豐富、如此微妙，沒有一點是完全相同的，每一部分也都是不同的和獨特的。對山的觀察不是一種單眼的、線性的、固定的、透明的視角，而總是分散的、播散的、包羅整體的、不斷旋轉的視點，這就使山產生了豐富的變化和多樣性。海德格爾曾拷問詩人一個存在論問題：「在精神貧困時代裡詩人何為？」[25]施耐德給予了這樣的回答：「荒野修煉」（practice the wild）。像上文的中國畫家所做的那樣，要對山進行命名，並給山的不同存在形態取名。要喚起、激起、召集、鼓起山魂，這是詩人在無性／無自然或後自然（no nature／post-

[24] 韓拙：《山水純全集》，見網頁《歷代畫論合輯》(http://www.readers365.com/hualun/hl025.htm)，2016 年 5 月 24 日流覽。以下引文皆出自於此。

[25] 施耐德在文右邊用了兩個「X ？」符號，似乎表示不喜歡海式的提問或者我的引文。

nature）時代該踐行的使命。

不僅是山擁有如此獨特的神妙名字。在韓拙看來，山的景致也因山的方位不同而各有特色。他寫道：

> 東山敦厚而廣博，景質而水少。西山川峽而峭拔，高聳而嶮峻。南山低小而水多江湖，景秀而華盛。北山潤塢而多阜，林木氣重而水窄。

山還有因時間變化而發生差別的四種季相：

> 春山豔冶而如笑。夏山蒼翠而如滴。秋山明淨而如洗。冬山慘澹而如睡。

為了描繪季節性的細微差別，韓拙認為畫家必須要完全明乎物理度乎人事，這樣才能把自然和人類生活和諧地組織起來。韓拙這樣說道：

> 品四時之景物，務要明乎物理度乎人事。春可畫以人物欣欣而舒和，踏青郊遊，翠陌競秋，千漁唱渡水，歸牧耕鋤，山種捕魚之類也。夏可畫以人物坦坦於山林陰映之處，或以行旅憩歇水閣亭軒，避暑納涼，翫水浮梁，浴鶴江滸，曉汲涉水過渡之類也。秋則畫以人物蕭蕭翫月，採菱浣紗，漁笛擣帛，夜舂登高賞菊之類也。冬則畫以人物寂寂圍爐飲酒，慘冽遊宦，雪笠寒人，騾輛運糧，雪江渡口，寒郊雪臘履冰之類也。若水野之間春兼於禽鳥者，可畫以燕雀黃鸝。夏畫瀨鷗鷺。秋畫征鴻群鶩。冬宜畫以落鴈鳴鴉。今各舉其大概耳。若能知此以隨時製景任其才思，則山水中裝飾無不備矣。

山與人類活動密切相關，它與自然時光一起移動。最重要的是，由於山代表「陽」，因此它是中國文化中風水的真髓。山是精神和神祇的家園。這就是寺廟為什麼總建在山中或山頂的緣由，這就是寒山為什麼住在「寒山」而感覺在家的緣由，這也是施耐德為什麼一直住在山裡而隨山魂吟唱的緣由：

> 山魂和我
> 像寒武紀海的漣漪

與松樹一起舞蹈。[26]

在精神貧困時代裡詩人何為？讓我們遵循施耐德已給詩歌打開的足跡：愛山，在山中棲居並進行沉思冥想，以及命名和識別山的細微差別。你會受到山的本性的啟悟，山魂肯定也會向你走來。正如施耐德本人在命名他的中國譯詩時宣稱：

山即是心。

那麼水呢？在象徵（精神）意義上，沒有（佛教和道教的）寺廟，就沒有山。同樣地，沒有山，就沒有水。山與河是不可分的，且經常是並存於一體的。這也是中國山水畫為什麼被如此命名的原因。

四、環抱之水

水的詩性是什麼？最簡單也最困難的定義是：透明、彎曲、韻律、空靈、無盡、冰冷……孔子曰：「逝者如斯夫！不舍晝夜」。老子曰：「上善若水」。水也是色情的，有時是破壞性的。在中國哲學中，水代表著組成世界和構成「道」的兩個基本要素中的另一個。水屬「陰」，是女性的——「陰面，濕潤，生育，容納」，[27]「潮濕的、柔軟的、黑暗的『陰』與流動的、易變的、尋覓的（開創的）、最低的、感情的、賦予生命的、形體變化的東西有關」。[28]在中國山水畫中，描述水的術語豐富多彩。韓拙在《論水》中寫道：

夫水者有緩急淺深，此為大體也。有山上水曰涀，涀謂出於高陵。山下有水曰潺，潺謂其文溶緩。山澗間有水曰湍湍，而漱石者謂之湧泉。巖石間有水凙潑而仰沸者謂之噴泉。

言瀑泉者：巔崖峻壁之間一水飛出，如練千尺分灑於萬仞之下，有驚濤怒浪、湧瀼騰沸、噴濺漂流、雖龜鼉魚鼈皆不能容也。

言濺瀑者：山間積水欲流而石隔礡中，猛下其片浪如滾，有石迎激，方圓四折交流四會，用筆輕重自分淺深盈滿而散漫也。

[26] Gary Snyder, *Mountains and Rivers Without End*, p. 147.
[27] Gary Snyder, *A Place in Space: Ethics, Aesthetics, and Watersheds*, p. 87.
[28] Gary Snyder, *The Practice of the Wild*, p. 101.

言淙者：眾流攢沖鳴湍疊瀨，噴若雷風四面叢流謂之淙也。

言沂水者：不用分開一片注下與瀑泉頗異矣，亦宜分別。夫海水者：風波浩蕩巨浪捲翻，山水中少用也。有兩邊峭壁不可通途，中有流水漂急如箭舟不停者，峽水可無急於此也。言江湖者：注洞庭之廣大也。

言泉源者：水準出流也。其水混混不絕。故孟子所謂；原泉混混不舍晝夜是也。惟溪水者山水中多用之。宜畫盤曲掩映斷續伏而後見，以遠至近仍宜煙霞鎖隱為佳。王右丞云：路欲斷而不斷，水欲流而不流，此之謂歟。

夫沙磧者：水心逆流，水流兩邊急而有聲，中有灘也。

夫石磧者：輔岸絕流水流兩邊，洄環有紋中有石也。

言壑者：有岸而無水也。

然水有四時之色，隨四時之氣。春水微碧、夏水微涼、秋水微清、冬水微慘。又有汀洲煙渚，皆水中人可住而景所集也。至於漁瀨鴈濼之類，畫之者多樂取以見才調，況水為山之血脈，故畫水者宜天高水濶為佳也。

為什麼要把像水這樣簡單的事情弄得如此微妙和複雜呢？畫筆真的能在手卷畫中創造出如此變化和精妙的水嗎？在宋人手卷畫《溪山無盡》中，從平地流出進入景觀的一條小溪開啟了畫卷，也在另一片平地結束畫卷；一條小船漂浮在畫卷的外側，佔據了整個水準前景。所有的山被水環繞和包圍：小溪，河水，激流，瀑布，琥珀樹，朗泉。水域和岩石互相滲透，環環相扣，相互疊加：水流入大卵石和裂隙岩石，通過另一卵石和岩石溢出。這就是「陰陽」共生的有機總體性，它生產了驅動自然、山水和荒野的「神意」，從而超越了「純淨和污染、自然和人工的二分法」。[29]

在施耐德的《溪山無盡》這首詩中，詩人同樣從水開始走向了他與自然相遇的旅行：

水網在岩石流瀉，
霧氣迷蒙，但未下雨，
湖面上，或寬闊平緩的河上，

[29] Gary Snyder, *The Practice of the Wild*, p. 102.

乘一條小船，觀看這景致，
沿岸劃過。

一條小溪也是一條路徑，蜿蜒流動，旋轉隱藏，引領人們走向一個神氣的聖地。山與水無窮無盡，合併共存，包含環繞，相互纏繞，「山與水是一個二聯體，一起構成可能的整體」：[30]

……水擁抱著山，
山融入了水……

最意味深長的是，通過這種「陰陽」交互的辯證變動，「岩石和水，向下流動和岩石隆起，地表形式的充滿活力和『緩慢流動』的辯證共生」，[31]使觀看、凝視、沉思手卷畫中山河的耐施德，最後受到了啟悟、喚醒和引導。因此，畫中的山水以轉世、復活的方式返回到自己的生命之中。這樣就形成了「氣韻生動」的神奇景致：

山在水上行，
水讓山如波蕩漾。

再次，我再說一次：「詩人終於得到啟悟」。換句話說，「我」終於受到啟悟，在「道／路之外」。那麼，這最後一刻是怎樣發生的呢？這幅手卷畫和這首詩中是否有一個「我／觀看的眼睛呢」（I／eye）？畫家在手卷畫中描繪了一個自我嗎？詩人在詩歌中銘寫了一個「我」嗎？雖然「我」想說，但「我」無法說出口。

真相令人好奇，又飄忽不定。

五、澄明之我

全詩中只有一處出現「我」：「——我走出博物館——湖上壓著烏雲——涼颼颼的三月的微風」。「我」在全詩結束時出現，那時詩人從觀看手卷畫的冥想中醒悟過來。在觀視主體收回和撤退的地方，「我」顯現了

[30] Gary Snyder, *The Practice of the Wild*, p.101.

[31] 同上 Gary Snyder。

出來。為什麼是在這個時刻而不是之前？詩人難道不知道他自己有一個「我」嗎？他是一個「無主體」（no-body）的存在嗎？這首詩的第一行對解碼這些問題至關重要。開篇這樣寫道：

> 澄清心靈，潛入（Clearing the mind and sliding in
> 那個造就的空間，（to that created space，）

誰在這裡說話？是詩人還是來自山魂的召喚者？在向誰說話？向詩人自己還是我們這些讀者？一個人為什麼在上路之前要「淨心」？抑或說人為什麼要不帶心地走在路上？簡言之，「淨心」就是清除一個人意識中的自我，取消一個人思考的智力邏輯，清空一個人理性化和分析性的活動；淨心就是讓虛空、安寧、沉靜注入一個人的心靈，它是為容納整個新世界而準備的清白、原初、天真之心境，即「clearing」的另一層意思：空地。正如施耐德所說，淨心是修煉一種「自我克制和直覺。人的偉大的洞見只有在到達空心的狀態以後才能出現」。[32]因此，施耐德歡欣地說：「當心濾空了意象的時候，心才會創造它自己」。[33]對於施耐德而言，精神之旅不應該從人的本性、身分和自我中開始，而應該從無性、無自身和「真如」（thusness）中開始，即佛教所宣導的「無我」之境（Anātman）。[34]

在中國哲學中，自然意為「自己如此」（self-thus），它是一種自我調理的、完全自在的事物狀態，只有通過無為，不擾和虛靜才能與它接近和相遇。在道家思想中，取徑山河之「道」以前，人要修煉「心齋」和「坐忘」，這樣人才能夠「觀物如物觀己」。[35]孫卓說：「道，溶解，變成河；道，聚集，成為山」。[36]因此，孔子曰：「仁者樂山，智者樂水」。在中國山水手卷畫中，畫家通常要淨心持空，否我冥思，以便創造出一個特別的虛空空間，進而直接與純粹的山水相遇。韓拙說：「凡未操筆，當凝神著思豫在目前。所以意在筆先。然後以格法推之，可謂得之於心，應之於手也」。因此，虛空和空白代表的是創作主體的消隱。在展開卷

32　Gary Snyder, *The Practice of the Wild*, p. 22.

33　Gary Snyder, *Earth House Hold* (New York: New Directions Books, 1957), p. 10.

34　在一次午餐小聚中，施耐德老師用中英文在我的筆記本上寫下「no nature」（無性）和「Anātman」（無我）兩個他一身所奉行的佛義。

35　轉引自 Wai—Lim Yip. *Diffusion of Distances: Dialogues between Chinese and Western Poetics* (Berkeley: University of California Press, 1993), p. 105。

36　同上，第 221 頁。

軸時，它邀請觀看者踏上一趟視覺之旅去尋找潛隱在畫中山水之間的創造者。[37]當施耐德出現並道出「我走出博物館」的時候，我們必須找尋詩人藏在詩歌的什麼地方嗎？達到淨心就是要有忘我的「無知」，而最終抵達自我與自然構成整體性的「大知」。

自我的「大知」在詩人之心或詩歌之中是怎樣發生的呢？「我／觀視之眼」經歷了哪種視覺歷程才能感知到這閃現啟悟的最後一刻呢？這的確是一個漫長的旅程，它充滿著纏繞、分叉、迴旋、扭轉和戰慄，它是一次心之旅和盲視之旅，最終不僅在手卷畫還在現實的物質世界中被照亮，達至在觀看山水的時候看見自己本性的境界。在《宋人溪山無盡圖》中，可以領悟到「我」經歷了三個階段的心路旅程：一是淨心之前的理性化和智識化自我階段；二是天真的、自由的、虛空的、無意識的、未分化的自我（非自我）階段；三是整體上與山水在一起的無我存在階段。在第一階段，自我把自然看作是物理的、唯物的存在，它是人主觀能動性的客體，物我分離；在第二階段，自我把自然看作是人的等價物，它變化豐富，形無定數；在第三階段，自我溶入整體，因而把自然看作是完全自在的、自我生髮的、原初的、神聖的和無止境的非二元的對立境界。下面是施耐德描述的他經歷自然感知的三個階段：

> 第一次我看到那些山時，它們像真的一樣，有秩序的山接近了我的心；第二次看時，它們還是那些山，也是不同之地的不同的山；第三次看時，它們是靈魂之山，這些繪畫穿透了另一種現實，都是但也不是「山」的原初現實。[38]

在《宋人溪山無盡圖》中，「我」淨心之後，帶著一顆虛空的心，遵循小路進入手卷畫的山水之間，從它們豐富的層理和相互滲透到其收藏的歷史敘事，通過與自然直接和無仲介的相遇，「我」受到啟悟，山水也從繪畫返回到它們的生命之中：「溪穀、懸崖如風中葉浪——／跺腳，邁步，拍手！轉身／小溪來了，啊」，帶著山水之魂「我走出博物館」：

---

[37] 參閱 Wu Hung，*The Double Screen: Medium and Representation in Chinese Painting*。

[38] 參見 Dan Mcleod，“Some Images of China in the Works of Gary Snyder.” *Tamkang Review* 3-4 (spring &summer, 1980), p. 378。

老鬼嶺，殘河道，復活轉世，
依牆而立，述說世事滄桑，
行路上，坐雨中，
研墨，潤筆，展開
寬闊的空白處：

筆尖引出
黑潤的線條。

行行複行行
腳下，大地輪轉
溪山本不居

山水永無止盡，變化無窮，永無定型。

事實上，施耐德感知現實（自然）的三個階段，正是他對著名的佛教禪宗《五燈會元》公案的再現和修訂：

> 老僧三十年前未參禪時，見山是山，見水是水。及至後來，親見知識，有個人處。見山不是山，見水不是水。而今得個休歇處，依前見山只是山，見水只是水。[39]

第一階段是天真的、幼稚的、具體經驗的觀看現實，它在知性上是整潔的，彷彿出自幼童之眼；第二階段是現實的抽象，它受到智力和自我意識的扭曲；第三階段是感知的啟悟狀態，把自然看作是自我完整、自給自足、原初充分的自在自為。那麼，「我」在說嗎？能說「我來，我見，我征服」嗎？不，彼時彼地絕對不能：「我」不說話，是山水在說——「筆尖引出／黑潤的線條。」

最後（或者最初），「澄清心靈，潛入／那個筆墨造就的空間」回應了一種認識論探究的緊迫性，即（1）筆尖首先出現，筆管跟隨其後，書寫源於繪畫；（2）在無自然或後自然時代，繪畫創造和生成山河。在韓拙的文字中，可以找到第一個表述的佐證：「書本畫也，畫先而書次

39　轉引自 Wai — Lim Yip. *Diffusion of Distances*，第 101 頁。

之」；第二個表述在施耐德對杜甫「國破山河在」的重寫中可以看到，「畫筆／描繪了山河／儘管國土已破碎」。[40]「那個筆墨造就的空間」，是一個山水居間的新紀元的視界，它是末世學的（eschatological），而不是啟示錄式的（apocalyptical）。施耐德沒有宣佈自然終結的預言，也沒有宣佈未來會有某種新事物（或許是虛擬自然）的「第二次來臨」。相反，他認為山河已經消亡，因此呼喚一種從史前和舊石器時代而來的救世性力量，以便贖回失落的東西，恢復消失的美麗。在「無自然」時代，施耐德沒有誇誇其談地高聲宣佈「來了！」而是呼籲「讓我們用我們的筆墨去創造和恢復」，使消失了的東西最後能夠在畫中得以復活；消失就是重現在「那個筆墨造就的空間」裡。虛空和空虛開啟並創造了一切：茫茫星系和特有心靈。山河即是心，即是道，即是佛。

在道上，在道之外；在路上，在路之外。真相令人好奇，又飄忽不定。我遠道而來，穿越太平洋蔚藍的海水閱讀施耐德的巨卷《山河無盡》；就像施耐德四十年前踏足遠行，穿過太平洋去日本閱讀百丈懷海和翻譯《五燈會元》。我們的因緣際會和交互地域在哪裡？這種時代誤置式的橫越意味著什麼？我生於斯長於斯的家園，國在卻山河已破（永遠！）。

「我」總是想說而不能說！綿綿無盡的山河！

後記：除了在拙文進行旁注外，施耐德老師還給筆者寫了一封短箋，語氣一如既往的自謙但又令人受到鼓勵。現抄錄如下：

1997年6月10日

親愛的米先生：

我欣讀了你關於《山河無盡》的論文，誠然，我或許不應置喙，但是我還是忍不住想說，文章寫得很好，反映了我作為作者希望在第一首詩裡想表達的思想。

另外，你提供了一些與中國繪畫和景觀哲學有關的很有創造性的（與細緻研究的）思想，以及它們與我作品的關係，對此我並不能完全加以判斷，但我欣然感到引人入勝和大有裨益的。

[40] Gary Snyder, *Myths & Texts* (New York: New Direction Books, 1960), p. 16.

（有一評語：在你初次給我草稿中的第二頁，我用鉛筆在頁上端標了個注解，澄清中國山水畫並沒有「開啟」我的自然觀，而是我在太平洋西北部的生活以及醉心於雪峰登山的經歷，加之眾多的東西方文學「開啟」了我。不可否認，東亞繪畫（日本與中國）確實對我的成長產生了深遠的影響。）

你的論文的確是一次很有原創性又有創造性的嘗試，富有卓見與啟發。恭喜！

此致，

蓋瑞・史耐德
（簽名）

第十一章　夢巢・夢網：全球超文字時代的網路詩歌與中國當代詩歌的異托邦書寫[1]

一、房子詩歌與夢巢：黃翔

2004年11月21日，美國匹茲堡市市長湯姆・墨菲（Tom Murphy）發表公告，宣佈這一天為「黃翔日」，匹茲堡市也成為加入接納流亡作家的「避難城組織」在美國的第四個城市。63歲的黃翔是一位著名的持不同政見者，因長期在其詩歌中宣導公民自由和人權，在中國曾六次入獄，被關押十二年之多。黃翔常被稱為「中國的沃爾特・惠特曼」或「中國的良心」，1997年赴美避難，是第一位由席夢思藝術美術館（Mattress Factory）提供兩年庇護和生活費的流亡詩人。

在慶祝儀式上，黃翔啟動了他稱之為「房子詩歌」的一個三維立體寫作項目。這是一座棕黑色木結構的古老的房子，整個房子的前面與側面，早已由詩人黃翔用巨大的中國書法，以乳白色的油漆寫滿了他不同時期的詩歌。這些詩句大多是短詩或詩中的片斷。正面的牆壁上的詩有《白鶴》、《世界在大風大雨中出浴》片斷、《獨唱》、《書法》、《詩》、《漁翁》、《暮日獨白》片斷、《立體寫作》、《門》。側面牆壁上的詩是《禪》、《鐵窗聽山》、《庭院》和《白日將盡》。黃翔把這個房子命名為「詩人之家和夢巢」，並把它題寫在房屋的前門上。

二、悖論

黃翔的三維立體寫作專案「房子詩歌・夢巢」，雖然在視覺上充滿奇異色彩，但它揭示了流亡想像和詩歌身分認同領域中的一個悖論。一方面，這個三維項目表示了邊界、地域、空間和閾限的詩學想像的表演實踐，它創立了一種房子、歸巢、家園、閾值和界限的符號學，最終證明

[1] 本文曾於2004年12月在美國費城召開的現代語言協會（MLA）上宣讀，英文題目為：「The Dream Ne(s)t: Cyberpoetry and Heterotopic Inscriptions of Contemporary Chinese Poetry in an Age of Global Hypertext」。承蒙董國俊教授翻譯成中文，特致謝忱。

了約瑟夫・布羅茨基（Joseph Brodsky）的洞見：「對於幹我們這一行的來說，我們稱之為流亡的狀態首先是一個語言事件：流亡作家被母語拋棄，而又躲回母語之中。母語，讓我們姑且這麼說，曾經是他的劍，而現在成了他的盾，他的宇宙艙。他和語言之間，起初只是私下裡情投意合，然而這一聯繫在流亡生涯中，甚至遠在它成為他無法擺脫的情結、成為他的義務之前，便已成了他的命運。一門活的語言，就其本性而言，就帶有離心力——以及推進力；它試圖覆蓋盡可能多的土地——也試圖包含盡可能多的虛空」；[2]這意味著流浪詩人的命運就是詩歌本身。另一方面，這個三維項目揭示了詩人和其詩歌處於一種失家、無家、詭異的狀態，它銘寫的是匹茲堡公民眼中的一種外來性、異形性、陌生性的異域奇觀，這是一個居內的陌生人（a stranger within）。因此，這個「夢之屋」喚起了全球大都市中幽靈性、鬼怪性、靈異性的某種神祕之物：一個被拋棄的他者／異鄉人。

三、1989 流亡詩人

1989年的天安門廣場學生運動被強制取締以後，大量持異議的詩人集體離開中國，這是全球化時代具有諷刺意味的圖景。有趣的是，詩人比小說家更多地逃走且被迫流亡。比如，老一輩「朦朧詩」派的北島、楊煉、多多、顧城、一平、芒克、黃翔，新一輩「後朦朧詩」派或「新生代詩人」貝嶺、孟浪、雪迪、馬蘭、呂德安，等等。這些詩人一旦處於流亡狀態，就變得非常具有流散性、跨國性和流動性。他們經常穿梭於西方國家和一些地區，從法國到瑞典，從德國到英國，從澳大利亞到加拿大，從香港到美國。一方面，他們是真正的無國界的世界流浪者；但另一方面，他們的口袋裡仍然裝著中國護照。諷刺的是，「後1989」中國的流散現象發生在高度全球化的時代，那時中國在慶祝她在全球的神奇崛起，那時全球的流散波似乎也已減弱。因此，1989中國的流散現象，似乎創造了全球化、數位化時代的一個詭異圖景，這對於我們理解流散文化和身分文化的悖論、矛盾、區域性提出了一些非同尋常的挑戰。

資本和市場的快速國際化已經創造了一個世界空間的「超地域性」，這分解了單一民族國家的傳統邊界，同時使本土的、民族的文化空前的邊緣化。這種全球化趨勢帶來了新的問題，它挑戰著我們對空間、邊界、家

[2] Joseph Brodsky, "The Condition We Call Exile," *The New York Review of Books*, January 21, 1988.

園、主權和身分的理解，尤其是對諸如流散、流亡、抵抗等問題的理解。其中一個經常被提及的根本問題是：在全球化時代，什麼是流散或流亡的真實性？換句話說，在這樣的多邊界、跨邊界、無邊界的國家的狀況下，仍然有可能書寫內部的與外部的、內在性的與外在性的、精神性的與物質性的元敘事嗎？而這些觀念的、邏輯的分類，經常是古典的流散或流亡文化中限定其合法性的基礎。這個問題與下列問題緊密相關：「穿越空間和文化的位移歸屬，在跨國語境中『身分』這個概念還有多少有效性？身分既是相關的也是『交叉的』，這種對身分的理解如何挑戰著主體性和作者性、能動性和抵抗的傳統模式？」

「後1989」中國的離散詩歌，為我們重新思考跨邊界詩人如何處理身分與祖國／民族、國內政治與國別史、主體間性與流散體驗之間的對抗關係提供了一次寶貴的機會。有趣的是，我們看到跨邊界的流動性已經創造了一個潛在的豐富空間，給中國詩人提供了一種雙重視覺。他們開始質疑單向的國家抒情聲音與中國性、母語與精神純潔的神話、鄉愁與抵抗的合法性，甚至自傳性的自我塑造本身的可能性。流散詩歌強調了異質性的抒情聲音、視點、敘事的相互作用，這在巴赫金的眾聲喧嘩和複調話語中更清晰地反映出來。

四、作為「夢巢 · 夢網」的互聯網／線上／電子——詩歌

黃翔的「房子詩歌」雖然看起來壯觀且頗具吸引力，但它僅僅是一件可租用的、可移動的、因而是易逝性的人工製品。對所有人來說，它都是不能下載的、不可變形的、不便攜帶的和因距離不易接近的。換句話說，黃翔的三維立體「房子詩歌」，根本上是傳統油墨印件形式的、紙質界限的文本生產。然而，有一種文本性開闢了新天地，那就是互聯網上的網路寫作，它對所有人來說都是真正無邊界的、可下載的、可變形的、可攜帶的和可接近的。自1990年代中後期以來，我們見證了中國的「網路爆炸」。根據摩根史坦利最近的「中國互聯網」報告，[3]中國現有8700萬互聯網用戶，在全世界排名第二，並在五年內將有可能排名第一；個人電腦用戶全世界排名第四，70%的互聯網用戶年齡低於三十歲；中國還有二十萬個網吧。互聯網熱潮已極大地改變了中國人看待自己的環境、社會問

[3] Mary Meeker, "The Internet in China, October 2004」" (http://www.morganstanley.com/institutional/techresearch/2004Chinareport.html). 2004 年 12 月 26 日流覽。

題、社區建設和通信的方式，最重要的是還有文學如何被寫作和被接觸的方式。[4]隨著個人電腦的普及和互聯網用戶的增加，中國出現了成百上千個致力於在互聯網上寫作詩歌的網站，這是一個驚人的現象。這些電子詩人和電子詩歌已通過多種連結、網站、鏈條、路徑、管道、節點和網路，創造了一個虛擬的詩歌社區，可謂是一種真正的「夢巢夢詩」。這些線上的電子網路詩歌網站，涉及極為廣闊的文學範疇，如話題、主題、類型、手法以及性別、階層、地域、民族，等等。

五、網路詩歌中的眾聲喧嘩和雙層語體

大多數這些詩歌網站的運行，以討論板、聊天室、網路雜誌、論壇、博客、電子雜誌、郵件板、即時通訊、電子佈告欄和網路咖啡屋為其形式。它們大致可分為以下幾類：

（一）海外與持不同政見的詩人

1. www.boxun.com博迅
2. www.penchinese.net獨立中文筆會
3. www.wenxue.com文學城
4. www.coviews.com酷我
5. www.jintian.net.今天
6. www.chinesepoets.ca北美風
7. www.newworldpoetry.com新大陸

（二）詩歌、國家身分與中國性（網站以「China／Chinese」命名）

1. http://163ag.com/bbs（Chinese Poetry Alliance）中國詩盟
2. http://bj3.netsh.com/bbs/118332（Poetry of China）詩中國
3. http://www.chinapoet.net（Chinese Poets）中國
4. http://bj3.netsh.com/bbs/118332（Poetry in China）詩在中國
5. http://sjxx.ywzc.net（Chinese Poetry and Literature Web）中國詩文網
6. http://www.cnwxs.com（Chinese Mini-Poetry）中國微型詩

---

[4] Michel Hockx, "Links with the Past: Mainland China's online literary communities and their antecedents." *Journal of Contemporary China* 13.38 (February 2004): 105-127.

（三）詩歌身分與抒情想像（網站以「Poetry」命名）

1. http://www.xshdai.com（New Epoch Poetry）新詩代
2. http://liushihang.go.nease.net（Poetic Culture Web）詩文化網
3. http://www.limitpoem.com（Limit Poetry）界限詩刊
4. http://tw.netsh.com/eden/bbs//704243（Return to Poetry Forum）回歸詩歌論壇
5. http://sh.netsh.com/bbs/16936（Poetry Domain）詩界
6. http://dl.netsh.com/bbs/503936（Poetic Soul of China）中國詩靈
7. http://www.yinghai.net（Hard Core Poetry）硬核詩歌
8. http://www.netsh.com.cn/bbs/3307詩江湖
9. http://hexin.nyist.net（Core Poetry）核心詩歌
10. http://sh.netsh.com/bbs/19424（Polar Light Poetry）極光詩歌
11. http://sh.netsh.com/bbs/22206（Red Poetry Ants）紅色螞蟻
12. http://bj2.netsh.com/bbs/97282（Transcendence Poetry超越詩歌
13. http://www.toppoem.com（Top Poem）頂點詩歌
14. http://my.ziqu.com/bbs/665228（Confessional Poetry Forum）自白詩歌論壇
15. http://www.yihang.net（One-line Poem Net）一行詩風
16. http://www.chinayxzx.com/cgi-bin/stx/leoboard.cgi 詩天下（Poetry World）
17. http://my.clubhi.com/bbs/660856（Poetry Home）詩家園
18. Avant-garde Poetry Forum（www.xfpoem.com）詩先鋒論壇
19. http://www.newpoem.com（Poetry Shrine）詩壇
20. http://www.poemcity.net（Poetry City）詩歌城市
21. www.lyrist.org 扶琴居
22. www.lingshidao.com 靈石島
23. www.poemlife.com 詩生活
24. www.arts2021.com／bujiepoem 不解詩歌
25. http://wenxue2000.clubhi.com（Poetry JiangHu）
26. http://www.netsh.com.cn/bbs/2549 鋒刃
27. http://www.netsh.com.cn/bbs/3436/ 終點
28. http://sh.netsh.com/bbs/17284 橡皮論壇

29. http://bj2.netsh.com/bbs/95657 哭與空詩歌
30. http://bj3.netsh.com/bbs/103264 爆炸論壇

（四）詩學繼承及遺產（網站以已故著名詩人的名字命名）

1. www.gucheng.net 顧城
2. www.poetmudan.yeah.net 穆旦
3. www.libai.com 李白

（五）性別與性認同（女性和同性戀網站）

1. www.poemlife:com.cn/forum/list.jsp?forumID=16 翼
2. www.nuzipoetry.com 女子詩歌報
3. www.tzsg.com 同志詩歌網
4. www.bj3.netsh.com/bbs/118534 嘴唇

（六）兒童詩

www.poemlife:9001/children 詩生活兒童論壇

（七）地域與區域認同（網站根據中國不同地區命名）

1. http://www.yqwl.com/2004（East Coast Poetry）東海岸
2. http://bj.netsh.com/fcgi-bin/listboard.fcgi?bookname=85355（Yunan Poetry）雲南詩歌
3. http://www.yzpl.com/ybbs/list.asp?BoardID=150（ShanXi Poets Web）山西詩人網
4. http://sxpoet.zj.com（Shaanxi Poetry Square）陝西詩歌廣場
5. http://my.clubhi.com/bbs/6615500揚子鱷論壇
6. http://bj3.netsh.com/bbs/100826（Qin Literature）秦文學
7. http://sh.netsh.com/bbs/13672（Guoba Poetry Forum）鍋巴詩歌論壇
8. http://gzsg.clubhi.com（Guizhou Poetry Forum）貴州詩歌雜誌
9. http://bj2.netsh.com/bbs/79271（Hebei Poets）河北詩人
10. http://www.ggwx.com/bbs（South Poetry Forum）南方詩歌論壇
11. http://www.szpoem.com/Boards.asp（Shenzhen Poetry）深圳詩歌網
12. www.tamen.net（Them）他們

（八）含蓄或明確的社會現實評判網站

1. http://19801014.xilubbs.com（Hunters' Poetry）獵人詩歌
2. http://80hou.bbs.xilu.com（Lihai/sharpness Forum）厲害論壇
3. www.liufangdi.com 流放地
4. www.xhere.net 這裡文學
5. www.koopee.net 果皮
6. my.clubhi.com（xiangpiBBS）橡皮
7. http://www.212013.net/bbs/list.asp?boardID=138（Chinese Poetic Monsters Net）中國詩魔網
8. www.shi-ge.com（Poets Ambulance）詩人救護車
9. http://bj.netsh.com/bbs/63000（Ghost Dictionary）魔鬼詩典
10. www.tong.clubhi.com 桶
11. www.poemlife.com 詩生活
12. www.lemonsea.bbs.xilu.com（withered poppy）枯萎罌粟
13. www.freenet.China.org 自由網上
14. http://bj3.netsh.com/bbs/103264（Explosion Forum）爆炸論壇
15. http://bj2.netsh.com/bbs/95657 哭與空詩歌（Crying and Emptiness Poetry）
16. http://com.cn/fcgi-bin/list.fcgi？booknard2549 鋒刃論壇（fengren/Edge-cut Forum）
17. http://bluetiger1998.coolcity.com.cn 藍色老虎俱樂部
18. http://bj3.netsh.com/bbs/126168 野草論壇
19. http://sh.netsh.com/bbs/15297 好色詩欲
20. http://bj3.netsh.com/bbs/124253 邊緣之緣

大多數這些互聯網詩歌網站，由地下和非官方詩人創建、資助和運營，其詩歌一直受到審查或在官方詩歌雜誌（如《詩刊》、《星星》、《詩潮》、《詩神》）上被禁止發表。互聯網在中國的繁榮和普及，給那些非官方詩人提供了一個其詩歌面向更多讀者的途徑。互聯網的自由訪問，使這些詩人衝破了審查、封鎖、過濾、清除、監視的「大防火長城」。然而，上網衝浪和訪問在中國仍然是受到嚴格監管、控制和過濾的。[5]由於僵

[5] Jonathan Zittrain and Benjamin Edelman, "mpirical Analysis of Internet Filtering in China" (https:/

硬的網路監管，線民的權利、言論自由（建立網站）、線上資訊自由（訪問所有網站）、結社自由（開設網咖）經常受到侵犯（見www.rsf.fr網站文章）。因此，大多數這些詩歌網站不能長期運作，有一段時間也不能正常訪問。當局有時沒收了電腦硬體和軟體，把那些網路上的異議人士或違規者要麼訴諸法律要麼處以罰金。然而，互聯網的巨大增長，使當局在技術上不可能監控全國各地發出的上千萬的資訊內容（見www.rsf.fr/rticle=7237網站文章）。笔者有理由相信中國會有越來越多的電子詩歌網站將由充滿活力的詩人在互聯網上創建出來。

六、超文字與詩歌虛擬社群

資訊技術的出現帶來了一場前所未有的變革，在文本生產上從油墨走向編碼，從線性的、羅格斯中心的單行文字走向非線性的、非時序的、共時性的、多重的超文字，它由多種連結、路徑、網格、介面、模組、編索、編碼、路由組成，同時被無形的大量讀者自由而共時地閱讀。根據超文字批評家蘭多（Landow）與喬伊絲（Joyce）的看法，由於超文字（hypertext）是由網路上的類比和關聯連結創建起來，因此它的無限開放性和異質性在本質上是適合於詩歌創作的。[6]超文字詩歌已經澈底改變了語言、印刷、民族、國家、類型、交流、寫作、閱讀、反應、流通和消費的傳統界限。在下文中，我將使用一個詩歌網站「北美楓」（www.coviews.com）作為例證，來說明超文字性和網路詩歌的革命性的一面。

「北美楓」這個網站創建於2001年，由加拿大海外中國詩人協會資助和運作。這個協會是一個非營利性的文學組織，其目標是促進中國人和華裔加拿大人的詩歌創作和文化建設。目前，它擁有40余名正式成員，319名註冊會員，網站上貼有14，235個公告。該網站的宗旨就是「coviews由兩個詞根組成：『views』即多元化觀點，『co』則意味著雙向交流.個體的獨立思考和自由表達是文化發展的源泉，而交流將無數個體的努力彙集為人類共同的精神財富。《酷我》是東西方文化交流的平臺，致力於加速東風西進，西風東進；《酷我》願意幫助中國的作家，詩人和藝術家走向世界；《酷我》願意幫助海外的華語作家，藝術家和詩人建造心靈的故

---

cyber.law.harvard.edu/filtering/china/)，2004 年 12 月 26 日流覽。

[6] George P. Landow, *Hypertext in Hypertext: The Convergence of Contemporary Critical Theory and Technology* (Baltimore: Johns Hopkins University Press, 1994); Michael Joyce, *Of Two Minds: Hypertext Pedagogy and Poetics* (Ann Arbor: University of Michigan Press, 1995).

鄉」；[7]要成為這個網站的會員，每年需交納20美元的會員費。該網站有一名管理員，全權負責網站內容的編輯、刪除、鎖定和解鎖，並移除無關的內容和帖子。打開這個網站，「詩人，愉快地在時光中穿梭！」這行詩會閃現出來。這個網站有七個論壇區，網頁可連結不同內容和類型的詩歌，如「愛情詩、懷舊詩、自然詩、冥想詩」。在連結類別上有「全世界各的體驗」，「先鋒詩歌、實驗詩歌、遊戲詩歌、另類詩歌、現代反思詩歌和當代思想家」，也有「詩學時光流」和「古典詩歌、押韻詩、詞」頁面，還可連結到「老調新聲」等欄目。

上文提及，超文字性或網路詩歌創造了一種全世界不同讀者之間無國界交流的方式，它也創造了一種許多讀者共時性參與的虛擬的互文性網路方式。試舉一例來說明這種「共時性的此時此地的電子烏托邦」模式。一位來自於加拿大維多利亞市的叫做「和平島」的會員詩人，在2004年12月21日（星期二）淩晨1時39分，貼出了題名為《如何躲避一場雪的來臨》四節共八十行的詩歌。下文是第一節：

《如何躲避一場雪的來臨》
（一）
所有美好的事物
都不可能長久地懸浮
潔白的形態被憂鬱的影子
日復一日地拉扯
呈現出的暗傷
在一夜之間掙脫
紛紛揚揚
花朵一般美妙的往事
在孤零零的枝椏
一搖一晃

這些優美的弧線
橫穿季節的掌心
磨擦出的火花

[7] http://www.coviews.com，2004 年 12 月 21 日流覽。

星星點點
充斥著悲劇的色調
是水的，終將蒸發
是火的，美麗在墜落的瞬間
只剩幾片枯葉
折磨著一團空氣
無聲無息[8]

5小時後，即2004年12月22日（星期三）清晨6時21分，一名自稱來自於中國「江南水鄉」名為「利子」的女詩人，貼出了一首關於雪的詩，題名為《最後的十四行詩》，作為對「和平島」一詩的回應。

《最後的十四行詩》
一夜風雪，只一夜的風雪
頭髮就一根一根叛變
還有人在追尋，有人大聲喧嘩
等犬聲漸次遠了
額頭也遍佈了逃亡的撤跡
鏡子裡，我已是祖母
別用親昵的聲音，換我的乳名
別企圖在陌生的地方，認出我

今夜，去往天堂的路上
雪的溫度就是內心的溫度
頭和手臂之間，沒有傷口
卻沒有理由地生長翅膀。推開門
再推開門，達不了的地域
一根癱瘓的繩索，等著我

16小時後，晚上11時49分，加拿大多倫多市的一位名為「白水」的詩人，貼出了題名為《魔鏡》的一首詩，這首詩也寫雪，可看作是對上面兩

---

[8] http://coviews.com/viewtopic.php?t=2853. 以下引詩皆在同一時間流覽，不再標注。

首詩的回應。

《魔鏡》
當雪凝固成冰時
詩歌
變得透明
那
曾經的
流動
那曾經的
朦朧
那曾經的恣意
那曾經的
輕盈
僵硬了，一面
清晰的鏡子
刻下
一縷縷
美麗的皺紋

12月23日上午7時8分，河南省鄭州市的一位名為「朱新魁」的詩人，貼出了關於雪的四首詩。下面《在雪中》便是其中一首：

《在雪中》
在雪中，我們踏出一條路
當我們回頭
想沿著自己走出的路回到起點
原來的路已被風雪刪去
風雪中，我們又重新走出一條更新的路
管它是否很快被風雪遮沒

一隻不知名的鳥兒
也在風雪中奮力飛著

我們叫不出它的名字
權且把它當做大蝙蝠
或什麼夜鳥

這麼晚了，它出來幹什麼？
謀生，或是為了愛情？
也想我們？
在黑暗的天空中
它飛出的路在哪兒？

12月23日上午10時35分，甘肅省的一位詩人「申萬倉」，也貼出一首題名為《2004年的雪》的詩歌：

《2004年的雪》
時間到了2004年12月20日。天
還沒有下雪的意思。人們
議論紛紛，咳嗽聲
此起彼伏。買藥的人
急急匆　匆。天
沒有想到，自己一時的疏忽
成了這麼的錯誤

操起荒疏的天事，　就像空轉
沒磨糧食的石磨。　推得費勁
篩不下白花花的麵粉。一天的功夫
僅給行人的腳步打了些臘或摸了些油
篩了滿地的艱辛，　換不來一句
安慰的話語

站在高處，最怕的是
打盹或閉上眼睛。天都會
塌下來的。第二天
天用滿地的白雪，來掩飾

內心的恐懼。孩子們
歡天喜地。大人們露出
欣慰的笑意

由講中文的不同社區、不同詩人創作的關於「雪」的一系列詩歌，編織成了一個互文性的網路詩歌形式。其中多重聲音穿梭在時空之中，跨越了國家和地域的邊界。不僅如此，由於該網頁有多個連結、節點和路徑，如「挑毛病、來源、出版時間和地點、個人資訊、電子郵件、友情連結、引用」，這些關於「雪」的互文性詩歌，引起了不同讀者對它們積極而熱烈的評論、回應和建議。由於超文字的可逆性，作者可以根據讀者的回饋而不斷地修改詩句。該網頁稱，「朱新魁」已經把他的詩歌修改了兩次。有一位讀者建議「白水」的詩「魔鏡」還有待打磨和修改，「立意及文筆均好。如果『曾經的那些』及『皺紋』再用些深刻的詞潤色一下，這首詩會更好一些」。「白水」既感激又好奇地回應說：「非常感謝你的鼓勵，這無論在精神上還是寫作技巧上都對改進我的作品大有益處。但是，我一直想問，Who Are You？（你是誰？）。老話說，真人不露相，你的點評確實擊中要害」。

總之，文化策略和詩學社區的話題非常有趣，在詩歌出版經常面臨危機或詩歌消亡的黯淡時刻，它提供了一個及時的互動與交流的創造性空間。從上面的討論中可以看出，互聯網和超文字為詩歌的繁榮和全世界詩人的互連創造了一個無限寬廣的時機，也創造了一個中國詩人和全球詩人共用的虛擬社群。

跋

本文集收錄了筆者從事學術志業三十年裡所撰寫的關於文學，詩學，文化，電影，藝術，哲學，與新媒體的論文。確切地講，這裡奉獻給讀者的應該是筆者三十年裡在不同時期寫下的各種「天馬行空」的狂想／冥想之絮語，其中大多的篇什都是個人隨性之作。在時間跨度上，這些篇章映現了筆者的人生與學術成長年代（從20世紀80年代到21世紀前10年；從青年到中年；從本科生，經研究生，博士生到大學教授）；在空間上，這些篇章可以說真正地跋涉了千山萬水（重慶，北京，香港，美國加州，新澤西），活脫脫地見證了筆者的漂泊離散之旅。因此，毫無誇張地說，這種時間與空間上的史詩般跨度刻苦銘心地塑造了筆者的學術氣格與精神追求。

要把三十年苦煮辛熬的駁雜文字原滋原味地呈現給讀者實在令筆者惶恐不安，也的確需要一番「風蕭蕭兮易水寒」的壯士氣度。每當筆者輕彈塵埃，重新翻閱舊作，特別是那些出道／初道之習作，親歷當年的粗陋稚嫩，時時不禁倍感汗顏。然而，隨著手指觸摸那些一疊疊泛黃的紙頁，頓感猶如普魯斯特那神奇的「瑪德琳小點心」，一股暖流穿越時空驟然而至，逝水年華的追憶既救贖又療治，昔日的血氣，朝氣與元氣歷歷在目，似乎爽心悅目。雖說那些習作多愚妄言，但因為是一段原真的「旅程」，只好敝帚自珍，讓那些孟浪之語算作「望道」之蹤跡吧。道法精深，得道之途遙遙，只能懷望遠眺，可旅程之初道則是可追溯的，所以就一同收起負笈上路了。文中必有諸多錯訛與失當之處，在此，敬祈高明讀者諒解與賜教。

收入在這一冊的17篇中，卷一《放逐與還鄉》的六篇文章是筆者於1988-1991年在北京大學比較文學研究所念碩士研究生時所寫的畢業論文。一目了然，這一課題的學術思路與個人情懷深受89年之後時代精神的影響，加之筆者那時對海德格爾詩化哲學的迷戀，所以論文主題旨在探討中西現代主義詩人在遭遇精神危機時所產生的還鄉衝動以及對精神家園的烏托邦追求。論文原本再繼續探討兩位中國詩人戴望舒與穆旦的家園意識，但誠如恩師樂黛雲常戲言筆者「只有詩人的火花，而無學者的系統」，加之89年之後的心灰意冷，便再也沒有興趣去討論那兩位詩人了，原計劃就只好作罷。感謝樂老師的諄諄教誨以及比較所學友們的激勵（陳躍紅，王華之，孔書玉，黃學軍，程魏）。我們都是一直在追求「精神家園」的同道中人。

卷二《詩遊記：詩眼東張西望》收入了論中西方詩人及詩歌的11篇文章，除兩篇用中文寫作外，其餘都是用英文寫成的，均首次由英文翻譯成中文。由於學術體制的不同，筆者自從1993年出國留學（先於1993-1996在香港中文大學，後於1996-2002在加州大學大衛斯分校）以來，基本上放棄了用中文寫學術論文，唯有用中文寫詩才保持了與母語的親密接觸，所以在用英文寫作時，筆者心中的潛在對象往往為西方讀者，自然論證的方式也是西學式的，而在中國讀者視為常識的背景知識則需多費筆墨的。其實，樂老師說筆者的學風是「火花式的」並非戲言，而真是一語中的，擊中要害，也道破天機。說真的，筆者非常羨慕尊敬那些「刺蝟型」的學者（比如：魯迅專家，沈從文專家，張愛玲專家，莎士比亞專家等），他們的治學非常深刻，專一和體系化；而筆者的思維則是跳躍性，發散性的，像一名遊擊隊員，打一槍後迅速撤離再換一個地方，很難擁有固定的根據地，筆者猜想這種「遊移性」氣格就算是「狐狸型」吧。所謂「東張西望」無非就是「東拉西扯」的大雜燴，在中西方詩歌的開闊地上鳥瞰巡遊，並對其有觸動的景致做一些蜻蜓點水式的評點。對作者和讀者來說，這類作文的好處就是自由。作者不要構造嚴密的體系，可以隨意去寫；而讀者也不要拘於任何閱讀成見，可以隨便去讀，開懷去翻閱。何不快哉樂哉！

時光荏苒，三十年一晃就過去了，真是白駒過隙。對一位學人來說，前三十年應是何等海闊天空的歲月：辛勤播種，耕耘與收穫！真誠希望這部文集可以酬答以下多方的惠助，關懷，支持與勉勵，不至於讓他們感到筆者在蹉跎寶貴的青春歲月。

首先，要由衷感謝那些為筆者掌燈的老師們，沒有他們的引導，指點迷津，筆者可能仍囚困在混沌的洞穴中，終日背對牆上反射的影子而尚未被開悟。他們是：四川外語學院英文系的何道寬老師，德語系的楊武能老師；北京大學比較文學研究所與北大中文系的樂黛雲老師，張京媛老師，孟華老師，戴錦華老師，謝冕老師，孫玉石老師，王岳川老師；北師大英文系的鄭敏老師；人民大學的張法老師；香港中文大學英文系的王建元老師，周英雄老師，陳清僑老師，袁鶴翔老師，李達三老師，李行德老師；香港大學比較文學系的黃德威老師，利大英老師，Anthony Tatlow老師；加州大學大衛斯分校東亞暨比較文學系的奚密老師，Gary Snyder老師，Robert Torrance老師；普林斯頓大學藝術史系的謝柏軻老師（Jerome Silbergeld）。

由於文集中的大部分文章都是用英文寫成的，承蒙諸位譯者盡心盡力將其翻譯成中文。想必譯者們在翻譯筆者那些佶屈聱牙的英文時會產生某些荒誕的穿越之感吧。雖然譯文最後均由筆者數次勘校，修正和潤色，但一定會有諸多不盡人意的地方，敬請學者方家不吝賜教。在此筆者向以下諸位譯者致以最誠摯的感謝與敬意。他們是：上海戲劇學院的翟月琴博士，上海外國語大學原蓉潔博士，北京大學南亞研究所的范晶晶博士，雲南藝術學院的趙凡老師，武漢大學外語學院的江承志教授，甘肅林業大學外語學院的董國俊教授。他們各自翻譯的文章均在文集中一一標出。

雖然學術研究與寫作終究是一項極個人化的孤獨勞作，但筆者深信時常與志同道合的學友們的密切交流，深入切磋，甚至激烈的論爭不但可以拓展一個人的知識視野，而且還可以開啟無窮的智慧之門。想當年八十年代的北大「侃風」盛行，有同學為了一個新觀點從一間宿舍「侃」到了另一間宿舍，從一層樓「侃」到另一層樓，從一個系「侃」到另一個系，從一所大學「侃」到另一所大學，甚至「侃」遍全中國；那個年代，「問道」之氣真的異常強大，常目睹走廊上兩「遊俠」爭得面紅耳赤，時有揮拳捶臂。那可真是一個為理想，真理與學問而生活的浪漫年代啊！在筆者三十年「問道」的旅程中，曾得到眾多的學友們的惠助與激勵。他們或閱讀過筆者的文稿並提出寶貴的修改意見，或徹夜長談並激發出諸多批評性的火花，或在不同的學術會上評點初稿以便日後修訂完善，筆者在此無法一一列舉他們的名字，不過仍想借此機會向陳躍紅，臧棣，魯曉鵬，龔浩敏，歐陽江河，柏樺，于堅，楊小濱，宋偉傑，宋明煒，韓晗，翟永明，柯夏智（Lucas Klein），陸敬思（Christopher Lupke），楊治宜，翟月琴，劉潔岷，王斑，柯雷（Maghiel van Crevel），劉劍梅，張真，賀曉麥（Michel Hockx），徐剛等諸位學友同仁致以由衷的謝意。

在此我要特別感激劉再復先生在自己著述與講學的繁忙中抽出寶貴的時間為本文集撰寫了這麼一篇精彩至極的序言。先生是我一直敬仰的大學者與大思想家。筆者本人自80年代初起步望道以來就深受先生的文學批評思想的啟發與恩澤，先生的開放胸襟莫大地惠及學林。所以在動手編輯這本文集時，筆者心中就暗藏一個奢望，就是請先生給陋作寫一個序言。但筆者深知先生日程繁忙，而且筆者這本粗陋，汗顏之作未必夠得上先生的眼光。但無知者無畏，筆者還是斗膽愚行，就懇請劍梅兄將筆者這癡想與拙作轉達給令尊。筆者跟劍梅兄講，只有拙作能打動令尊才寫，否則就不打擾他老人家了。劍梅來信告知，令尊很喜歡拙稿並願意賜序。果然不久，筆者就收到了先生撰寫的一篇洋洋灑灑的大序，高屋建瓴地點評了拙作，對拙文進行了富有真知灼見的導讀。先生對後學的褒獎與美言推薦實在令人感佩，令筆者動容。再次感謝先生為本文集慷慨作序，同時也對劍梅兄的俠義惠助深表謝意。

感謝韓晗主編以及秀威資訊的鄭伊庭主任將拙作納入【秀威文哲叢書】，使這些歷經久遠的文字能有機會拂去灰塵，見諸於世。徐佑驊小姐對文稿進行了精心的編輯與細查，筆者深表謝意。

最後，在筆者三十年迢遙的「望道與旅程」中，全家人的呵護，摯愛與支持始終伴隨在筆者的身邊，尤其是內子盧丹跟隨筆者跋山涉水，共度風雨飄搖的的人生歷程，為筆者那些虛無縹緲的「望道」做出了難以言喻的奉獻，愛子米稻，愛女米顆給予筆者了無窮的人生樂趣與鼓勵，他們的愛護關懷始終是筆者繼續「望道」與耕耘永不枯竭的精神支柱和力量源泉。謹將這本微不足道的文集獻給他們。

在秋日的大道上，宣言聚攏，樹葉向您捲起，請收割吧，遠遊人種在懸崖邊上饑餓的糧食，我的善良又苛求的讀者！

米家路

2017年5月21日

於普林斯頓

語言文學類　PG1786　秀威文哲叢書21

望道與旅程：中西詩學的幻象與跨越

作　　者／米家路
叢書主編／韓　晗
責任編輯／徐佑驊
圖文排版／莊皓云
封面設計／王嵩賀

發 行 人／宋政坤
法律顧問／毛國樑　律師
出版發行／秀威資訊科技股份有限公司
114台北市內湖區瑞光路76巷65號1樓
電話：+886-2-2796-3638　傳真：+886-2-2796-1377
http://www.showwe.com.tw
劃撥帳號／19563868　戶名：秀威資訊科技股份有限公司
讀者服務信箱：service@showwe.com.tw
展售門市／國家書店（松江門市）
104台北市中山區松江路209號1樓
電話：+886-2-2518-0207　傳真：+886-2-2518-0778
網路訂購／秀威網路書店：http://www.bodbooks.com.tw
國家網路書店：http://www.govbooks.com.tw

2017年6月　BOD一版
定價：450元

國家圖書館出版品預行編目

望道與旅程：中西詩學的幻象與跨越 / 米家路著.
-- 一版. -- 臺北市：秀威資訊科技, 2017.06
面； 公分. -- (語言文學類；PG1786)(秀威文哲叢書；21)
BOD版
ISBN 978-986-326-438-5(平裝)

1.詩學 2.比較詩學

812.18 106009423

讀者回函卡

感謝您購買本書，為提升服務品質，請填妥以下資料，將讀者回函卡直接寄回或傳真本公司，收到您的寶貴意見後，我們會收藏記錄及檢討，謝謝！如您需要了解本公司最新出版書目、購書優惠或企劃活動，歡迎您上網查詢或下載相關資料：http:// www.showwe.com.tw

您購買的書名：＿＿＿＿＿＿＿＿＿＿＿＿＿＿＿＿＿＿＿＿

出生日期：＿＿＿＿年＿＿＿＿月＿＿＿＿日

學歷：□高中（含）以下　□大專　□研究所（含）以上

職業：□製造業　□金融業　□資訊業　□軍警　□傳播業　□自由業

□服務業　□公務員　□教職　□學生　□家管　□其它＿＿＿

購書地點：□網路書店　□實體書店　□書展　□郵購　□贈閱　□其他

您從何得知本書的消息？

□網路書店　□實體書店　□網路搜尋　□電子報　□書訊　□雜誌

□傳播媒體　□親友推薦　□網站推薦　□部落格　□其他＿＿＿＿

您對本書的評價：（請填代號　1.非常滿意　2.滿意　3.尚可　4.再改進）

封面設計＿＿　版面編排＿＿　內容＿＿　文／譯筆＿＿　價格＿＿

讀完書後您覺得：

□很有收穫　□有收穫　□收穫不多　□沒收穫

對我們的建議：＿＿＿＿＿＿＿＿＿＿＿＿＿＿＿＿＿＿＿＿

＿＿＿＿＿＿＿＿＿＿＿＿＿＿＿＿＿＿＿＿＿＿＿＿

＿＿＿＿＿＿＿＿＿＿＿＿＿＿＿＿＿＿＿＿＿＿＿＿

＿＿＿＿＿＿＿＿＿＿＿＿＿＿＿＿＿＿＿＿＿＿＿＿

請貼
郵票

11466
台北市內湖區瑞光路 76 巷 65 號 1 樓
秀威資訊科技股份有限公司 收
BOD 數位出版事業部

（請沿線對折寄回，謝謝！）

姓　　名：＿＿＿＿＿＿＿＿　年齡：＿＿＿＿　性別：□女　□男

郵遞區號：□□□□□

地　　址：＿＿＿＿＿＿＿＿＿＿＿＿＿＿＿＿

聯絡電話：(日) ＿＿＿＿＿＿＿＿＿＿ (夜) ＿＿＿＿＿＿＿＿＿＿

E-mail：＿＿＿＿＿＿＿＿＿＿＿＿＿＿＿＿